新世纪东南亚华文文化散文精选

朱文斌　[泰]曾　心　主编

浙江工商大学出版社 | 杭州
ZHEJIANG GONGSHANG UNIVERSITY PRESS

图书在版编目（CIP）数据

新世纪东南亚华文文化散文精选 / 朱文斌，（泰）曾
心主编. — 杭州：浙江工商大学出版社，2020.4
ISBN 978-7-5178-3554-7

Ⅰ. ①新… Ⅱ. ①朱… ②曾… Ⅲ. ①散文集－东南
亚－现代 Ⅳ. ①I330.65

中国版本图书馆 CIP 数据核字（2019）第 240331 号

新世纪东南亚华文文化散文精选
XINSHIJI DONGNANYA HUAWEN WENHUA SANWEN JINGXUAN

朱文斌　[泰]曾　心 主编

策划编辑	任晓燕
责任编辑	张晶晶
封面设计	林朦朦
责任印制	包建辉
出版发行	浙江工商大学出版社
	（杭州市教工路 149 号　邮政编码 310012）
	（E-mail：zjgsupress@163.com）
	（网址：http://www.zjgsupress.com）
	电话：0571-88823703，88831806（传真）
排　　版	杭州朝曦图文设计有限公司
印　　刷	杭州五象印务有限公司
开　　本	710mm×1000mm　1/16
印　　张	21.5
字　　数	342 千
版 印 次	2020 年 4 月第 1 版　2020 年 4 月第 1 次印刷
书　　号	ISBN 978-7-5178-3554-7
定　　价	85.00 元

本书编委会

序

　　要了解东南亚文学概貌,了解东南亚散文发展近况,知道东南亚作家的浮沉,光读《海外华文文学史》及其教材,是远远不够的。一则这类书的出版时间已久,材料显得陈旧;二则受教材体例限制,不可能把作家的作品全部呈献出来。由朱文斌、曾心主编的"新世纪东南亚华文文学精选"系列丛书包含了《新世纪东南亚华文文化散文精选》《新世纪东南亚华文生态散文精选》《新世纪东南亚华文幽默散文精选》,正好弥补了这一不足。该丛书除了有东南亚华文作家的代表作,还有作家小传和文章评点。这些作家小传比过去出版的同类书,多了许多新鲜的内容。如果将其汇集起来,就是一本可观的《东南亚华文作家小传》。这种书过去也出过一些,但受国别的限制,覆盖面不广。而这套丛书的覆盖面除新加坡、马来西亚、泰国、菲律宾外,还有缅甸、老挝、柬埔寨、越南,对我们扩大东南亚华文文学研究乃至世界华文文学研究的版图,无疑大有裨益。

　　在世界华文文学世界里,东南亚华文文学创作的成绩,常常引起一些人的质疑,认为其成就既比不上北美华文文学,也难与中国港台文学并肩:那里没有大家公认的经典作家,也无可以上大中华文学史的经典文本。这种看法虽然有一定道理,但也不完全真实。像马来西亚金枝芒的长篇小说《饥饿》,并不比张爱玲等人写的同类题材小说逊色。本书所收集的梦莉的散文《过白帝城》,亦不可小觑。作者用丰厚的中国古典文学知识记述了自己游览三峡的过程,展现了打上中华文明印痕的名胜古迹的优美,还用生动的文笔讲述了与丰都、白帝城相关联的历史故事。梦莉还常常引用一些中国古代诗词中的名句。在散文创作中,"诗化"——具体来说是引用诗词佳句,并不是一切散文创作样式的最佳选择。但对梦莉的散文来说,诗词的运用无疑有助于增强作品的韵味。

梦莉的散文比起卷帙浩繁的鸿篇巨制，其内容也许不够厚重，气势也欠恢宏，但在内心世界的展示、人生意蕴的探寻和作品所表现的柔美、淡雅的风格方面，却令人刮目相看。梦莉一直保持着自己题材的特色和凄婉悱恻、回肠千转的风格，她没有改弦易辙写刀光剑影的战斗，写时代的大变动，写她父亲抗日的故事，如写所谓重大题材，她就不可能以自己细腻的感情、委婉的文笔和虚幻的美感动读者。读者看好她的，正是她笔下常出现的温馨而又苦涩的爱情故事及其甜美而又凄婉的笔调。总之，梦莉的作品具有阴柔之美的女性文学的特色，而非如战鼓、如狂涛、如号角一般具有阳刚之美。读她的其他文化散文，就好似面对一位内心世界丰富的歌者，听她亲切讲述美好的故事和平凡而高尚的人物，听她娓娓动听地谈论人间的友情和对亲人的刻骨思念，你会觉得字字情真，句句意切。

作为泰国华文作家的林太深，他的作品也没有切断中国文化传统。中国文化传统，在某种意义上来说就是"田园诗文化"。中国的文人，大都有深厚的诗学修养。林太深也不例外。他的《湘子桥遐思》，有强烈的诗歌精神的渗透。具体来说，这篇作品注重酿造诗的气氛和意境的创造。在隐约朦胧的广东潮汕景色中发现自己、寄托自己。正是经过这种"静美"气氛的过滤，作者的心里也染上湖光山色的情趣，以至情绪低落时，作者会风雨无阻地徘徊、流连于桥边。借景抒情，熔铸诗的意境，就这样成了林太深散文一种重要的构思手段。

在文学发展史上，散文是一种特殊的文类。它一度成为文学分类的"冠军"，以后的小说、新诗、戏剧便是从它分离出来，而成为一种和散文"并肩"的文体。反过来说，除小说、新诗、戏剧之外，剩下来的便可统而言之为散文。而随着文学创作的发展，散文本身也孵化出不同的文类，如杂文、报告文学、游记、传记等。"新世纪东南亚华文文学精选"系列丛书的散文部分没有按照这种传统分类，而按新时期尤其是 20 世纪八九十年代散文创作出现的新情况，分为文化散文、生态散文、幽默散文三大类。

所谓文化散文，是指具有鲜明的文化意识，以及理性批判色彩的作品。它出现在中国改革开放以后的 20 世纪八九十年代，随之东南亚作家也写了不少这类作品。他们的创作有理性的干预,也有知性和感性的密切结合。收录在本丛书中的不少作家的散文,就将理性的凝重与激情的抒发紧密结合在一起。如佘秀兰的《我与华大的情缘》,一而再,再而三地叙述了作者年轻时返国深造、工作和退休后到母校华侨大学驻泰国代表处工作的往事和经历,表达了对母校同时也是对中华文化的无限向往之情。

如果细分,"新世纪东南亚华文文学精选"系列丛书的文化散文还可以再分出一支历史散文,其内容聚焦中华文化传统的回望,从黄鹤楼或敦煌壁画,以及屈原、司马迁一类的文化名人故事里寻找灵感。像收在本书中一些作家的散文,在展示个体心灵和人格追求的同时,也蕴含家国民族的浓烈情怀。这些作家的作品,扮演的是站在传统与现代之间的使者,力图通过故事贯通古代与当下,让传统文化情结附上深刻的历史文化内涵。如墨子的《古筝情愫》中的古筝,是蕴含着中华文化的民族乐器。当柔美的女性弹起它时,便成了象征温婉恬静的艺术。墨子用古朴的笔调外加细腻深沉、委婉含蓄的意境,带我们领略了以古筝为代表的光辉灿烂的中华文化的魅力。再如博夫的《我从茶乡而来》,不仅写出作者与家乡茶的缘分,还写出作者在观茶、品茶中回忆往事、感悟人生的体验,写出茶与古代文化,以及现实生活的联系。这篇散文将茶文化科学研究的"理"与文学创作的"情"结合起来,既充满思考的智性,又不乏个人感受和文化情怀。

众所周知,农业时代结束后,生态紧接着成了要解决的问题,生态散文由此顺理成章产生。作为一种工业时代发生,同时又反过来批判工业时代的各种文化陋习的生态散文,我们不能用线性思维的方式将其理解为生态加散文。这种散文的本质是对诗意栖居的寻找、发现和重构,这可以从正面或反面借助语言重塑大自然与人的平行关系,由此敲响生态面临着污染的警钟。在东南亚华文作者笔下,无论写什么题材,其生态散文所运用的都是簇新的生态文明观念,并表现出作家的批判精神。在传统白话散文作家笔下,大自然本是用来表达人们内在思想的载体,表现人与天斗其乐无穷的昂扬情绪。生态散文把自然和人放在平等的位置作为表现主体,这相对于以人类为中心的作家,有着天南地北的文学观取向。以描写南丫岛的《海在呻吟》为例,作者不是为写生态而写生态,而是通过描写搜集海上漂流物的船只，呼吁人们要保护我们的海洋。王润华的《重返新加坡植物园三题》，主要围绕作者重返新加坡植物园展开，分别描述了"绿色地标""绿色围墙"及"登布树"三种事物，呼吁自然生态和环境保护的重要性，表露出不要再让植物哭泣及一草一木总关情的深厚情感，表达了人与自然和谐共存的愿望。周粲的作品则通过一天的见闻，追述了作者与知更鸟、鸡鸣、花香、黄金葛、老树、蕨等自然动植物之间所发生的故事。这里不乏闲情逸致，也有不少禅意之趣，表达出作者对山水花鸟的喜爱，以及对回归大自然的向往。

在中国新文学史上，幽默散文一直无法居主流地位。不过，在五四时期，幽默散文比现在受人青睐。周作人就指出，五四散文的一个来源是明人的性灵小品，另一个借鉴对象是英国的幽默随笔。20世纪50年代以后，受国内形势影响，幽默散文走向式微。到了20世纪90年代，中国的幽默散文再度复出，艺术上获得了丰收。从创作实践来说，东南亚幽默散文的成就比不上中国的幽默散文成就，但仍有幽默散文精品。不管是从社会批评还是文明探究来说，幽默都是这些作品鲜明的风格特征。像《新世纪东南亚华文幽默散文精选》中一些作家表现的自我调侃的冷幽默，另有一些尖锐讽刺的热幽默，都是卓尔不群的。此外，还有善良的挖苦、深刻的反讽、自我调侃，可谓百花齐放、风姿各异。以孙宽《我和精英有个约会》为例，语言幽默风趣，同时穿插了不少调侃讽刺的笔墨，把"精英"在咖啡厅貌似严肃其实是冷漠和害怕的形态，刻画得栩栩如生。许通元的《消解乡愁》，作者通过食物"砂朥越哥罗面"来缓解乡愁。其中有丰富的联想，外加片段刻画和白描，更有不少颇具幽默感的文句。蔡家梁的《壁虎止步》，写主人公和壁虎斗勇斗智，使人忍俊不禁，这是平淡无奇生活中的一剂胡椒粉，供人开胃和休息。

当然，东南亚华文作家所处的并非幽默的时代，也不是生在蕉风椰雨中的人都会幽默，而是因为这个时代的许多事很值得幽他一默。在淡莹、林锦、寒川、艾禺、希尼尔、董农政、伍木、南治国这些作家笔下，幽默不是带"荤"的段子，不是给读者带来的廉价的精神抚慰，而是意味深长的思考。用法国罗伯尔·埃斯卡皮特的话来说："幽默通过讽刺来故意建立一种紧张感。"

东南亚华文文学研究，远非一蹴而就的工作。每个国家作家的表达方式和风格特征往往独辟蹊径,没有《散文概论》一类的理论框框可套。东南亚华文散文不忘表现中华文化的传统,更多的作品具有中华性的同时又有本土性,这本土性也就是南洋特色,需要慢工出细活地研究。当然,"新世纪东南亚华文文学精选"系列丛书不可能将东南亚各国优秀之作"一网打尽",但这些资料足够我们书写《新世纪东南亚华文散文发展史》。朱文斌、曾心两位先生带领我们进入热带雨林的华文散文世界,可供我们进一步挖掘和确定东南亚华文文学在世界华文文学史上的地位。

是为序。

古远清[1]
2020 年 4 月 6 日于中国武汉

---

[1] 古远清,广东梅州人,武汉大学毕业,著名评论家,现为浙江越秀外国语学院特聘教授,出版有《世界华文文学研究年鉴》等六十多部著作。

目　录

新加坡卷

骆 明

骆明,1935年生,新加坡人,祖籍中国福建厦门,退休前为新加坡著名公教中学校长。他在新加坡文艺协会担任了30余年的会长,2012年创立了新华文学馆,它是华文文学重要的资料库。此外,为了更好地推动与联络东南亚各国的华文文学的团体、作家,他发起组成亚细安华文文艺营;为了推动区域与海外华文文学的联系,他与中国加深互访与交流,并经常出席国际华文文学研讨会。他以写作为终生的事业,从中学时代即开始写作,到今天还在文坛驰骋不息,至今出版的著作达29部。曾荣获新加坡政府颁发的"公共服务星章"(BBM,2014)、第十四届亚细安文艺营颁发的"亚细安华文文学奖"(2014)、新加坡南洋大学颁发给校友的最高荣誉"最佳卓越校友奖"(2012)、新加坡孔子学院颁发的"南洋华文文学奖"(2011)。

因为有西湖

也许是因为许多人都不约而同地说到西湖,说到西湖就在杭州,也许是因为在读作品的时候,作者们也大都给杭州西湖很大、很好、很美的赞誉。因此我就一直记得杭州,记得杭州,脑海中也就不期然地会浮现出西湖。

西湖太美了,西湖太有名了。西湖的山山水水,西湖的人物历史,西湖的自然景物,西湖影响下的人文景观、人文素质,使它在不知不觉中,在长久的山川灵秀、风景文物的熏陶中,形成了特有的气氛、特有的气质。

古人之所以说"江南忆,最忆是杭州",那是因为杭州有西湖。西湖是怎样的?"若把西湖比西子,淡妆浓抹总相宜。"那是西湖的特性,特殊的灵气。

有人这么说，许多到中国旅游的人如果要选择一处有好山好水、有特殊景观的地点，大概总不外会想到"桂林"，想到"杭州"，而且许多人只知道桂林、杭州，却不知道也没有特别想知道桂林在广西、杭州在浙江。也许应该说这两个地方名气太大了，掩盖了它们上头的那个省份。

那就是说，人们懂得桂林、杭州，对于广西、浙江却不大注意。

说起桂林，桂林确实有山川之胜，钟灵毓秀，有奇山秀水，有那结构奇特的岩洞，有那种清澈宁静的江水，有两岸的奇山异峰。人在其中，就仿佛进入了灵山，进入了一个宁静的境界。人们会不由自主地去接近自然，去感受大自然特有的灵气。

杭州是历史名城，受人们青睐、宠爱，受人们关切爱护，因它独有的因素条件。

南宋偏安，就在杭州成立了政权，皇帝在这儿居住了下来，看上了这儿，也留恋这儿，可谓"此间乐，不思蜀"。"此间乐"，"乐"在哪里？乐在这儿的环境，乐在这儿的山山水水，乐在这儿的生活条件。"不思蜀"，于是就不再有什么斗志，什么收复河山的心思了。

"暖风熏得游人醉，直把杭州作汴州。"

许多人具有同样的观点：杭州是灵性的城市，是有灵气的城市，它闲散、淡泊、逸静、清纯、秀美、没有太多的烟火气，因此没有硝烟，没有战斗，难有愤慨，没有一股杂乱的习气。

这是环境所赋予，是社会条件所致，因此而形成杭州特有的气质，特有的习气。

说到杭州，不能不特别提到西湖。

杭州如果没有西湖，就像一个人只有一具躯壳，而缺少一颗灵秀的心、秀美的心；就像一个美人没有清纯、明亮照人的面孔。

一想到杭州，第一个浮现在脑海的，一定是西湖，因为西湖是杭州的灵魂，是杭州美的展现，是杭州之所以成为杭州的一切代表。

西湖有十景。什么雷峰夕照、柳浪闻莺、花港观鱼、断桥残雪……西湖也有更具历史文化的景观，有西泠印社、西湖画苑，有岳飞坟墓，也有秋瑾的塑像，还有白居易、苏东坡的白堤、苏堤。湖的那边还有黄宾虹、吴昌硕等人的事迹，水中的浪里白条、三潭印月、小瀛洲等都具有历史性，有很深厚的文学艺术的底蕴。

那山峦重叠中的塔，更在静谧厚重的山峦中突出了，引人关注，使人不得不向往。

塔在一切静止中显得突出，使人不得不抬头瞧。

从过去到现在，凡是到过杭州，看了西湖，游了西湖的人，没有不被西湖吸引住、不为西湖发出感叹的。因此，有许多的文人墨客，也有许多的普通人，为西湖撰写了许多赞语，写下了感叹，写下了他们心中的想法、感受。西湖受到的赞语太多太多了，有人说"江山还要有人捧"，西湖是有太多人去捧了。但是其实，西湖是不用人们刻意去赞去捧的，因为它本身就是一种美。

记得30多年前中国一开放，我们的团体就被邀请到中国旅游、参观访问，当时中旅社给我们推荐的大多是沿海城市，我记得我们特别要求要去杭州与桂林。

记得在杭州的那几天，我们迫不及待地去寻找我们过去在书本中见过的痕迹，我们刻意穿梭在他们的市集中去体会、去感受，我们随心所欲地漫步在湖畔，我们观看了街景也观看了来往行人的形态，我们也看了好些具有历史价值的人、物。

我们的感觉是杭州人是从容不迫的，是悠闲的，是宁静的，是有文化素养的。

为了深入地了解杭州，我们有意坐公交车，从这一头到那一头，再匆匆从那一头坐回来。

就是在那个年代，乘车的人也极有礼貌，极有教养，因此，也没有那种推挤的现象。

有人说，杭州人就是吵架也是极文雅的，即便是吵架也不是那种泼妇吵街的泼辣相，他们吵架的那种声音也是极为优雅，极为好听。

那一次，我们坚持走完一圈之后，还要乘船游西湖一周。

那一次，我们许多人不管会不会照相，都带了相机，也带了好多胶卷，准备将名山胜景装入镜头。

那一次，我记得，而且记得很清楚，单是一个西湖，我就用了12个胶卷，每个胶卷可拍36张。

用了多少胶卷，便有多少的美景。

在杭州，印象最深的是，在我们将要登机的时候，有人拿了一件背心，说是我们这一团的人留下的，好久都没有人认领。不久，有位酒店的伙计过来说明了那是从几号房捡来的。

这是我们在杭州的情景，也是我记得杭州的一个主因。

对杭州，连带西湖，虽不是魂牵梦萦，但对杭州、对西湖是有很好的印象的，也极为牵挂。

此后的二三十年间，我前后又不下10次到杭州，有的事前有计划、安排，为的就是再一次目睹杭州，也接近西湖，也很想知道西湖有什么样的变化，也想再一亲西湖的芳泽，再感受一下西湖。

据说杭州人心中最记挂的，心中储存的都是一个湖，那就是西湖。他们都会觉得、都会感受到，因为有西湖，杭州才会是杭州。

"未能抛得杭州去，一半勾留是此湖。"

杭州外出的人大都会把杭州和西湖藏在心中，带在身上，他们在外出时，总会想念杭州，当然，也会有西湖。

杭州因为特有的人文景观，以及特殊的地理环境，除了是一个安逸、宁静、舒适、纯净的城市，还是人们休闲、度假，想过一个安静舒适的日子的最好去处。那幽静的城市，那种闲闲优雅的举动，那人文历史糅合而成的城市。当然，还有那艳丽的山光水色，那自然美景布满眼球的西湖。

我走过许多的名山胜水，但是我的心底总有一个湖，那就是西湖。

🌴 作品赏析

"若把西湖比西子，淡妆浓抹总相宜。"《因为有西湖》一文，作者就是在真心真意地表达自己对西湖的喜爱，通过诗句、通过历史、通过景色、通过自己的亲身体会，前前后后不下10次来到杭州，就为了接近西湖，感受西湖。正如作者所言，西湖是杭州的灵魂，如果没有了西湖，杭州也就不是杭州了。

作者的文章，就像是一幅慢慢展开的画卷，也像一个前辈在娓娓道来的美丽故事，看似简单朴实，却让人回味无穷。看过许多、走过许多以后，才发现杭州是美丽的，那种美丽不可言传，而是一种意境，会在你想起的时候从内心里慢慢地透出来，穿越时空，穿越灵魂。每次去杭州，我必会到西湖上去划船，这时的我，感觉离她很近却又很远。现在的杭州楼房一天比一天高，城市一天比一天大，还有越来越多的景点以及越来越贵的门票。但唯一不变的是西湖边卖的丝绸手绢和丝质小伞，还能让我看到风情万种的白娘子款款地迎着许仙走来,走进一段美丽到断肠的神话。我相信每位喜欢杭州,喜欢西湖的人都会有这样的感受。

　　正如作者所写的,西湖的美是可以触动灵魂的,每个来过的人,西湖都会成为他们灵魂深处最美的回忆。作者的最后一句,更加直白地表达了自己对西湖的感情,呼应标题:那就是西湖,因为有西湖。

（张瑞坤）

何乃强

何乃强,笔名幼吾,1937年生,祖籍中国广东顺德,生于新加坡。1966年新加坡大学医学院毕业,1971年获医学硕士学位,长期从事医疗工作,1994年美国国务院委任其为公民大使(医学)访华。著有散文集《儿童病房》、《杏缘》(合集)等。2014年以《父亲平蕃的一生》获新加坡文学奖,以《医生读史笔记》入围新加坡文学奖,后者有中文简体字版、繁体字版,还有韩文版。

华文文盲

最近读了一篇文章,说到有一位从小在印尼成长的华裔女孩,能够讲一口流利而且有深度的华语,出口成章,成语谚语都运用自如,但是她却不会书写,也不认得中文方块字。

我以前认识不少来自中国的"妈姐"。她们都能使用文绉绉的语句言谈,甚至会引用《论语》《增广贤文》等古典书籍中的一些经典佳句。可是她们需要别人为她们解读家书,为她们写信回乡,可以说是个文盲。

在日常生活中,我常常碰到不少只会讲华语或方言的华人,见过不少能讲流利华语或方言的非华裔人,口音地道。在行医时,我遇到过锡克族、马来族以及欧美病人,他们都会讲华语。有了共同语言,医患的距离拉近,少了隔膜,沟通更为亲切方便。但他们对于书写和阅读华文一概不会。

他们能够如此,是因为从小和讲华语或方言的祖母、保姆,或是邻居相处,长时间接触后,学会了用对方语言沟通交流。我有华裔同事还会讲淡米尔语,就是小时候和印度小朋友一起玩耍时学会的。

新加坡有不少华人认为我们必须掌握英文,要说流利的英语,至于自己的母语,只需要会讲,无须学会书写。这些会讲华语的"华文文盲"。他们沾沾自喜,自觉优越,以双语精英人才自居。他们有着华文难学的心理障碍,认为会讲华语就够了。

但只会讲某种语言,不去学语文是不够的。教育家叶圣陶认为语文和口语不能完全相同。他说:"口头为'语',书面为'文',文本于语,不可偏指,故合言之。所以'听''说''读''写'等应该并重。"只会讲,不会阅读和书写的人,和文盲无异。老舍笔下的骆驼祥子虽然讲得一口京片子,但因他没有上过学,不认得字,也是个不会书写的文盲。

近年来中国的崛起,西方许多国家已经掀起学习华文的热潮。我们的家长应该鼓励孩子认真学好华文,扎好根基,为自己增值,保有优势。试问有哪一个雇主会聘用一个连字条、来往书信以及合约也看不懂的"华文文盲"?

🌴 作品赏析

《华文文盲》这篇文章属于文化散文。作者何乃强以轻松的笔调向人们展示了东南亚地区一种特殊的文化现象——"华文文盲"。在东南亚存在着一些讲华语十分流利的人,他们说话"文绉绉",甚至能够引经据典,如一些"妈姐",她们可以引用《论语》《增广贤文》的一些佳句却不能写出一封家书。还有大量的华裔和非华裔人,他们从小生活在华语环境当中耳濡目染地掌握了一口流利的华语但却同样不能阅读和书写华文。并且在新加坡的华人群体中有不少,认为必须要流利地掌握英语,但对于自己的母语,他们认为只需要流利地讲出,无须学会书写。大部分有这个想法的人是因为华文难学的心理。

作者用一位在印尼成长的年轻华裔女孩的事例展开文章,开篇直接点题道出作者想要表达的一种文化现象。接下来作者开始展开自己在生活中的观察,并一一举出事例。并且我们不难发现作者接下来所举的三个例子分别代表了三个不同的群体,老一辈的华人以一些来自中国的妈姐为代表,在华人群体中生活的华人或者非华人,以及新时代下成长的青年知识分子——以新加坡华人为例,作者通过递进说明了这种"华文文盲"现象不是某种发生在个别群体中的现象而是一种广泛存在于东南亚华人群体中的现象。作者对这三类人成为"华文文盲"的原因也分别做出了解释,老一辈华人如"妈姐"他们文化水平较低造成了文盲现象,生活在华人群体中的非华人则是因为便于交流而掌握华语,却没有书写和阅读能力,而年轻的知识分子只追求英语的熟练掌握,但因为华文难学等理由放弃了对华文的学习。最后作者对"华文文盲"这一现象的弊端做出了总结:只有"语"没有"文"的语言是不完整的,这样的现象不利于文化的传承。不会书写便与文盲无异,便不算真正地掌握华语。作为一个华人,为使我们的文化得以传承,掌握华语的听说读写能力是必不可少的。

作者语言详尽生动,文章结构简练,错落有致。论证详尽,由浅入深,娓娓道来,清晰地向我们展示了"华文文盲"现象的全貌,最终文章也回归到对现状的分析,呼唤广大华人学习母语。

(王思佳)

陈华淑

陈华淑,1938年出生于新加坡,新加坡南洋大学文学士。大学毕业后从事教育工作长达半个世纪。陈华淑的散文,用字优美,遣词认真,心思缜密,观察细微,可读性高,颇受读者欢迎。1976年成为新加坡作家协会永久会员,担任协会理事多年。已出版的著作有《飘飘夜雪报冬寒》、《追云月》、《冰灯辉映的晚上》、《阳光依然》(中篇小说)、《陈华淑文集》、《奶奶系列》(儿童文学)等。

石榴和她的女儿

石榴是个非常传统的妇女。她回忆当年从唐山南来,下了船,无亲无故,孤单单的一个女人,茫茫然地跟着众人绕着小村镇走呀走,也不知道要去哪儿,但觉队伍越走人越少,走到脚酸了,天色昏暗下来,肚子也咕噜噜地叫了。那个领头大佬看见村口路边蹲着一个男人,就上前去跟他打招呼,叽叽歪歪地谈起话来。男人不时往石榴这边瞟过来,又点头又摇头的,弄得石榴忐忑不安。男人走来打量石榴,问她的名字、岁数、出身等。最后他问:"你愿意跟我回家吗?"石榴望了望领头大佬,大佬点点头,她也就点点头,拎了简单的包袱,低着头腼腆地随着这个姓黄的客家人回家去了。从此她便落户于柔佛东甲。婚后,她为他生下了五个儿女,给儿女取的小名也蛮有趣:大头、阿矮、嗳嗳、阿蛋和猪仔。这是因为古早的村落,人烟稀少,四处荒山僻野,讹传常有妖魔鬼怪摸黑出来摄捉小孩,它们会潜伏在屋前屋后乱喊小孩的名字,谁应了,谁就会被捉去吃掉,所以父母都不敢随便唤出孩子的正名。但是像"猪仔"这样的名字,即便是它喊了,它捉的也只是一头公猪。她说丈夫很保守,又重男轻女,她连续生了四个女娃,差一点就被"休",因为有了这个猪仔，一个能传宗接代、延续香火的种子，才让她能安下心来。

石榴在我娘家帮佣时，也不过50来岁，可大家都叫她阿姥，大概是因为她后脑上贴着一个代表"老"的假发髻吧。1964年年底，我和孟文结婚的时候，阿姥就过来跟我们住在租赁的组屋。我们白天都上班去，生活很简单。平日无事，阿姥就溜到楼下找人闲聊，串门儿。虽然她目不识丁，却还会与邻座的阿婶阿嫂们玩玩四色牌。那时候，我们的薪水没那么高，每个月仅能给她60元工资，但她已经感到心满意足了。

翌年，新马分家，我们变成了两个不同国籍的人。我们持的是红色的公民身份证，她拿的是蓝色的永久居民身份证。

1966年，我们的女儿吟嫩出世了。在我坐月子期间，阿姥尽心尽力、无微不至地照顾我们母女俩。不许我蹲马桶，硬是要我坐痰盂；不能打开窗门吹到风；不可冲凉洗头发；还把我先生"赶"到书房和他那在新大念书的二弟睡！她呢？就将沙发当床铺，当"厅长"了。在7月酷热的天气里，我就像是一只关在蒸笼中的小鸟，快被"焖"熟了！宝宝一满月，我就迫不及待地飞出牢笼回返学校上班了。当年可没有带薪产假供申请，就算无薪假，也不容易被教育部批准。难得有一个忠心耿耿、可信可靠的老人家帮忙，我们也能安心工作。我相信阿姥一定会视小吟嫩为自己的孙女，掏心掏肺地呵护着她。为了小吟嫩，她连早餐后必抽的一根香烟也不烧了。原本她的早餐就是一杯咖啡乌配一根香烟。我们常取笑她，在她那副瘦削竹竿样的身上，用机器榨也榨不出油来！奇怪的是，从来就不曾看她有过什么病痛，有一次看见她在擤鼻涕，问她是不是不舒服，她摇摇头说：没事没事。那天她很早就上床睡觉了。第二天，她又生龙活虎地如常做家务，当真没事了。

新加坡独立后，原驻在新加坡的英澳军队陆续撤离回国去，新加坡有了不少空置的房子。正好我们想要自置一间房子，就在实龙岗花园购买了一间洋房。房子大了，家里也迎来了一名新成员——儿子凯雁。虽然已经多请了一位阿嫂来洗衣烫衣，但考虑到阿姥的重负，有意再请一位保姆来照顾婴孩。机缘巧合地，阿姥那在新加坡当美发师的女儿嗳嗳有意转换工作，我们就说你不如就来帮妈妈做吧。嗳嗳似乎和婴孩特别有缘，很爽快地一口就应诺下来。那年，她27岁。一切都是那么顺意，我感恩上天的眷顾，觉得十分幸福。尤其是那年代新加坡正在发展工业，很多工厂正大量招募女工，当同事们在为家庭女佣难找而头痛时，我却无须为此烦恼。可惜阿姥隔年竟"秘密出走",说是回东甲帮即将临盆的二女儿,我们均不疑有他,谁知日复一日,过了一个多月后,嗡嗳才告诉我们她妈妈不来了。于是,家务就落在了她的肩膀上。

嗡嗳的本名叫舍妹,后来改名为艳仪。她的朋友叫她的名字艳仪,我习惯叫她的小名嗡嗳。由于她在家中排行第三,我的孩子们都唤她三姨,孩子的孩子称呼她三老姨。

嗡嗳的爱心不下于她妈妈。她模样也长得清清秀秀,身材苗苗条条,还读过几年华校,学会了电发和缝纫的手艺,头脑比她妈妈灵光多了。人家说:姑娘十七十八一枝花,十九二十正当时,二十过后烂茶渣。嗡嗳的条件不错,为什么还迟迟不婚呢?听她妈妈说,女儿以前交了一个男友,可惜那人遇车祸离世了。相命师说她在 39 岁时会有一"大劫",这可能形成了她不想嫁人的心理。直到今天,她在我们家已经快要半个世纪,对于大小家务事从不计较。我们搬了几次家,她都跟着我们走,而且每次都会从一些旧包包里捡到我已经遗忘了的钱币和首饰等物。有她在,家务样样无须挂心。每个星期天我从巴刹回来,她总是帮我收拾好了菜篮里的鱼肉菜等杂物才出门会友去,在外吃了晚饭就回家。若是发现孩子身上有跌倒或撞到的伤痕,她会心疼得呱呱叫。我们夫妻出国期间,既不必担心孩子有闪失,也不怕她会给我们惹麻烦。不知从何时开始,她不但是我们的管家,更像是孩子们的干妈了。

多年以来,我们之间也并非没有摩擦。由于她的洁癖,我们常常被逼听着她的埋怨:"满地都是你的头发,捡都捡不完!"(哎呀,头发要掉,我有什么办法呀!)孩子手里一杯水不小心溢出来,弄湿了地毯,她就一边用块布拭干,一边碎碎念着:"做咄打烂咄(粤语:做什么破坏什么),真是的!"弄得每个人都神经紧绷。我说她:"你呀,有一天躺在棺材里,不知道会不会爬起来检视一下底垫整齐吗?"她在训导孩子的时候,常常引举友朋中的某某是怎样怎样的好,光大门楣,或是如何如何的惨,败坏家业等。其实谁是三姨口中的某某,我们大都不认识。如果我们反驳有理,她就说:我不跟你们辩,虽然我们书读得不多,但我们也懂得做人的道理,做人嘛,不要计较太多。就这样结束了一场"唇枪舌剑"。其实,大家都明白她的苦口婆心。

有道是:有缘千里来相会,无缘见面不认识。我大意,她细心;我性急浮躁,她慢条斯理。维系我们和平共处的大概就是随和容忍吧。遗憾的是,当年她申请成为新加坡公民未被批准，不能享受到任何公民应得的权益。因为薪资不达当局规划的底线，她也不能成为公积金的会员。为此，我们替她买了一份直到她"退役"为止的医药保险。在受保期间，她偶尔有伤风感冒，却从未住院过，如今年老力衰，病魔来袭，却因过了保期而得不到住院索赔金。刚踏入 77 岁的三姨，一向胃口不佳，吃得少，又喜欢熬夜，睡不足，前年因为咳嗽咳得厉害，不得已才去诊疗所看病。照了 X 光，诊断她肺部有两颗小肉瘤，须留院观察几天，但不是肺痨病。这时候，她的体重仅有 32 公斤。她很怕服药，老说吞不下，要求让她快快回家。她放不下那些拉拉杂杂的家务，尤其挂心那两个她一手带大，视为己出的子孙会饥饿没饭吃，衣脏没人洗！拗不过她的执着，她出院了，但医生要家人密切注意她的体重，如果她再瘦下去，那就是癌症无疑。明知身子不好，她却拒绝医治，也不让她家人知道她的病情，她还选择了在她身后直接将遗体捐赠医院作为研究。她说："打针吃药，也只能延缓一些时日，结果还不是一样要死！何苦？我并不怕死，我的朋友的妈妈……"不听了，不听了，听了只会叫人揪心！

也许，嗳嗳能凭着存活的意志力像她妈妈一样活到 90 岁，就如她没想到自己能活到今天。在现今的社会里，要找到如嗳嗳一般有情有义、鞠躬尽瘁的好帮手，几稀！

🌴 作品赏析

《石榴和她的女儿》这篇散文主要向我们介绍了作者家里的两位帮佣——石榴和她的女儿的故事，以及她们和作者一家人之间建立的深厚情感。石榴，作为一个被人贩子拐卖到异国他乡的中国传统妇女，她淳朴、善良，任劳任怨，在作者家里做帮佣时也是尽心尽力，把作者的一家人当作自己的亲人来对待；而石榴的女儿也和她的妈妈一样，为人善良朴实，虽从未结婚生子，却一直把作者的儿女视如己出，并和作者一家人生活得其乐融融。

这篇散文的语言非常简洁明丽、古朴质实，其中不仅夹杂了一些方言语句，如"做吔打烂吔（粤语：做什么破坏什么）"等，还有一些时髦、夸张的文字，如"休""焖""熟""赶""秘密出走""大劫""唇枪舌剑""退役"等词语，既通俗易懂又不失幽默感。这篇散文还采用了日常化的对话形式，如"满地都是你的头发,捡都捡不完!"(哎呀,头发要掉,我有什么办法呀!)、"你呀,有一天躺在棺材里,不知道会不会爬起来检视一下底垫整齐吗?"

这些对话还原了作者一家人和石榴母女之间的真实生活场景,体现出了作者一家人和石榴母女之间毫无间隙,亲如一家人的深厚情感。首先,这篇散文在写作上的主要特点是采用了白描的手法,全文集中描写的对象是石榴和她的女儿:对于石榴的描写主要集中于石榴的早年经历、穿着打扮以及行为举止;对于石榴的女儿嗡嗳的描写则主要集中于她的言语,并不借助什么修饰、陪衬之类,只把当时的情景再现于眼前。这种白描的文字,读起来清淡质朴,却情真味浓,蕴藏着一段深情。其次,作品还运用了侧面烘托的手法。如写石榴为了作者女儿的健康"连早餐后必抽的一根香烟也不烧了",又写嗡嗳生病住院时,急着出院,因为"挂心那两个她一手带大,视为己出的子孙"。这些侧面烘托手法的运用,更加衬托出石榴母女和作者一家亲如家人的深厚感情。

陈华淑的这篇散文善于从平淡中见神奇,从日常化的描写中体现作者一家人和石榴母女之间亲如一家人的深厚情感,读来亲切、感人。

(刘世琴)

冯焕好

冯焕好,笔名何漠,1943生,祖籍中国广东,生于新加坡。新加坡大学文学学士。毕业后长期服务于新加坡教育界。著有散文集《何漠散文》、《不凋萎的回忆》、《校园有爱》、《春晖遍四方》、《杏缘》(合集)和《润物细无声:育人之旅》。

天涯梦远(节选)

一

走出电梯,眼泪终于抑制不住,像崩裂的河堤,滚滚而至,怆然而流。

一直以为自己很坚强果断,以为自己能以清醒的头脑去决定事情,以为这一次将带着一泓死水般的心绪离去,不再有任何离愁别恨。

可是,刚才在打开家门,提起行李箱,回头要向紧随在身后的母亲告别时,倏地看到她红肿的双眼,罩在雾样的深愁里;看到她满布皱纹、肌肉松弛的脸,无限凄意。一阵心酸,像波浪,在我心湖里翻腾。

母亲沙哑的嗓子近乎哽咽地说:"要常写信回来,要多煮点汤水喝,年纪不小了,找到合意的人就结婚吧,不必在乎他是不是华人……"

我的嘴角牵动了一下,却说不出半句话来,内心在抽搐着,比小时候被母亲斥责鞭打时更痛楚。眼泪欲夺眶而出,但倔强的我,都忍了回去,夺门而出。

踏上那条方砖砌成的行人道,我再也忍不住了。抬头回望那一幢组屋,那里是母亲、大哥大嫂和小侄儿的家,是许多住户的安乐窝,也是令人民感到幸福、令政府感到自豪的地方。而我,却偏要舍弃这个乐土,离开这个出生和成长的地方。

在厚厚的眼镜片底下,我模糊地看到组屋第十层楼上第一扇窗前,站着白发苍苍的母亲,正伸出那只干瘪瘦削的手,在摇着……摇着……

我是何其残忍！离开一个风烛残年、正需要儿女承欢膝下的老人。我是多么不孝！离开为子女而守寡20余年,含辛茹苦一生的母亲。

我不知道这个抉择是不是理智的,这会不会是一时愤懑、意气用事的决定？真的不知道！我的心慌乱得很！

如今,我知道的,就是赶快搭一辆的士,奔向樟宜机场,踏上遥遥千里路。

二

航空公司的柜台前排了一条长龙,我径直走到长龙的尾端。行列中有几个年轻旅客,他们背着照相机,提着大包小包,一看就知道他们是要负笈海外的留学生。

这是属于送别的季节,留学的热潮在岛国炽烈着。去看看外面的世界,呼吸一口自由的空气,对年轻人来说,的确是一件幸福且快乐的事。

只有几个像父母模样的中年人,脸上露出些许焦虑和不安,似有满怀的惆怅。看到这些父母,我的思绪就像风里的蛛网,不能宁静下来。不禁想到我至亲至爱的母亲,她是否仍兀立在黄昏里,倚着窗棂,望断天涯路远呢？

一想到她,我的内心便感到万分歉疚。虽然,我知道大哥大嫂会侍奉她至终老。她在家里可以含饴弄孙,安享晚年。可是,我自己未曾尽过人子之责,随侍在侧。回国不到一年,又急急提起行囊,走向别人的国,去别人的家作客。这,到底为了什么,为了什么？

三

我不是故意要模仿三毛那种潇洒飘逸的情怀,要浪迹天涯,我从来不喜欢吉卜赛似的流浪生活。

在第一次流浪的岁月里,那缕缕浮云游子的乡愁,曾日夜在我心里缠绕,令我几番折腾。每当午夜梦回,枕头满是苦涩的思乡泪,至今仍无法忘怀。那时候,为了攫取那个受人重视和欢迎的洋学位,我不但忍受了无边的孤寂凄清,还投注了几年的积蓄,以及一段似水年华。

四

去年,我回来了。

怀着一个像云彩般缤纷的梦,如同阳光般灿烂耀眼的理想;带着用辛勤得来的种子,希望能散播在泥土里,开花结果。

一开始就听说母校有教职空缺,我便去拜访当年的系主任。

前系主任无限感慨地说道:"空缺有三四个,但老实说,你被聘用的机会是微乎其微的,因为这里已不是你的所谓母校,有关当局很重视应征者的语言出身,不会录取我们的校友,你明白我的意思吧?"

五

后来,我回到从前念书的中学去,希望能觅得一份教职。去了一趟,才发现历史走得太快,去得太远了!

巍峨的校舍屹立依然,雨树与木麻黄比以前长得更茂盛更苍翠,不同的是许多变迁的人和事。

先是赫然看到校名缩短了,少了两个具有代表性的文字"华文"。再看到办公室里许多陌生的脸孔,好几个教过我的理科老师都不在了。感到纳罕之际,突然瞥见一位华文老师在低着头批改作业,我急忙趋前打招呼。

从老师的口中,我知道了近年来的遽变。教育制度统一,教学媒介语改为英文,华文源流不复存在。用华语教学的教师需要接受再训练,改用英语教学。不少老师转到别校,连校长也弃教从商去了,新的还未分配来。

我去拜见副校长,说明来意。副校长是在两年前派来的,我强调自己是校友。

他很干脆坦直地说:"不行啊,现在教学媒介改变了。我们正设法把华文源流教师打发出去,他们用不纯正的英语教学,又整天用华语和学生交谈,学生的英文会考成绩总是没法提高。如果你是英文源流的话,或许可以被考虑。"

"我在英国念的硕士,那些课程全是用英文教的,而且我要教的是商科会计,不是英国文学……"我为自己申辩道。

"虽然如此,英文到底是你的第二语言,不是你的第一语言……"

我知道再说下去也是没用的,与这种人理论只是徒劳。

六

憋了一肚子的怒气和闷气,总得找一个人发泄一下。

回家去告诉母亲吗?她根本不知道什么是第一第二语言呢。

还是摇个电话给好友淑君,邀她到红屋喝茶吧!

淑君果真够朋友，一召即到。

没等她坐好，我就迫不及待地把方才遇到的事情，激动地从头说起。说得我气喘吁吁，气得我连血管似要炸裂了，而她，她却端坐着，神态自若，无动于衷，简直是近乎麻木，我想。

"唉，你何必这么生气呢？情绪太过激动容易伤害身体的。"她慢条斯理地说。

"哎呀！我怎么啦！你不认为那个副校长太过轻视我们华校生，太岂有此理吗？"我按捺不住满腔的怒火，咆哮道。

"你出国经年，怎么知道这些年的变化是那么大那么快呢？刚才你所说的事，此地此时已经见怪不怪了。"她顿了顿又说，"两年前我辞掉工作，也是因为受不了那个嚣张跋扈的校长的态度，但这也难怪，八十年代是他们的时代啊！"

我默然……

"学生的英文成绩下降，校长责怪我们华文教师给太多作业，以致学生没时间读英文。学生在校内爱讲华语，他嫌我们和学生接触太多，还说，这样会影响学生的升学和就业，因为不谙英语是很难在社会立足的。"

两年前她写信告诉我她辞了工，我还以为她为了孩子走进厨房，没想到背后有这么多令人气愤的原因。

她深深地叹了一口气，我无言，她无语。

这个时代不是属于我们的，要是我们仍那么执着，就是太感情用事了！

半晌，淑君向我建议："如果你要快点找到工作，或许你就把第一个学位的出处删掉，直接写第二个学位，听说有人这么做，很见效的。"

"为了工作，要我鄙视母校，忘恩负义，违背自己的良心，贬低自己的人格，我办不到！"

"其实，前年你该答应那个洋人讲师的求婚，改名为汤申太太，申请工作时会令人刮目相看的。"

这是过去了的事，我没有后悔拒绝乔治·汤申的那份感情。

陶渊明不为五斗米折腰，我何须为了一份工作而改变自己，去迁就这个环境呢？

七

记不起是谁说过的：一个人离开自己的国家，都是由于背后有一根针刺他。

我决定再度漂泊,浪迹天涯,是一个星期前的事,也不知道有没有针刺,只是觉得回来后听到和看到了太多令人失望、令人懊恼的事情。

人活着总该有一个追求和希望,支持着他在崎岖的旅途上前进。一旦希望幻灭,而所追求的是一片随风而去的云,那他还有什么可凭借的呢?人生最大的幻灭与痛苦,莫过于文化上的失根与精神上的失落了。

于是,我决定背上传统文化的包袱,走了。对于这片土地,不该有什么依恋了。唯一牵绊着我的,就是生我养我的母亲,那个倚间盼望、一脸悲怆的老人。

播音器响起了催促旅客前往候机室的声音。在那几个出国深造、充满理想抱负的年轻人后面,我悒悒地走着,一任胸中波涛倏起倏伏。对以往的漂泊,未来的跋涉,我仍感到极度迷茫。踏出国门,走向天涯。前路漫漫,天涯梦远,怎叫我不惆怅?

作品赏析

文章讲述了"我"为了谋生而不得不远离故土和母亲时的无奈与伤痛。本文共由七个短章构成。第一二三短章可划分为第一部分,主要讲述了"我"离别时的伤心和不舍;第四五六短章可划分为第二部分,主要讲述了"我"学成归国后谋职困难、一再碰壁的情况,抒发了"我"在遽变的国内教育制度改革面前的无奈,也揭示了"我"此次不得不再度离开故土和亲人的原因;第七短章为最后一部分,集中诉说了我临行前的失望和懊恼,以及"我"对母亲的依恋不舍和对未来路途的迷茫与惆怅。

"前路漫漫,天涯梦远",每一个临行前离别的人都或多或少有着一种难言的情愫。本文通过离别时的所感所见所思所想将这份情愫款款道出,给人以绵长悠远的韵味,使每一个有此经历的人都能或深或浅地感同身受。中间部分穿插讲述了"我"学成归国希望能驻留故土而不得的经历,这部分经历的叙述也为此次的别离渲染了更加悲凉与激愤的情感基调。所以,整体上,本文的情节与结构的安排还是比较合理恰当的。

文章将记叙、描写、抒情与议论等多种表达方式相结合,使得作品既具有一定的故事性,又具有一定的抒情性,也在丰富了作品内容的同时,增强了情感表现力。除此之外，语言上的优美、简洁、生动，以及多种修辞手法的积极运用，也使得作品更具有可读性。

　　总体而言，本文语言舒美，结构合理，内容丰富，情感真切而细腻动人，读罢能给人带来无尽的回味与悠远的余声，令人潸然、感伤。

（李仁叁）

胡春来

胡春来,1955年10月生于新加坡,祖籍中国广东省揭阳市。个人著作有散文集《回故乡喝杯茶》《喜鹊登窝》,散文诗集《紫薇望月》《牡丹紫嫣红》等。新加坡文艺协会理事,新加坡多个文艺团体永久会员。名列香港地区散文诗学会出版的《中外华文散文诗作家大辞典》。中国《中外文化传媒》签约作家与签约诗人。

葡萄干·静坐

放空,静坐。

约半炷香的时辰后,用拇指与食指缓缓取一颗葡萄干,先别急着吃,用悠然之心冥想、冥想,冥想一朵桀骜的紫薇在风中摇舞,仿佛正在轻声细语地与我闲聊关于它的哲理。

再来,持续约半炷香的时辰后,隐隐感觉到嗡嗡杂念渐渐褪去,清清淡淡的,感觉身轻如燕了!有人诉说越坐杂念越多,而且挥之不去。但我此刻,仿佛静静坐出灵气来,四周像无人之境般都寂静下来,我的脑壳里只有热血沸腾,是生命的血脉,又隐隐地穿过我的身体,激发一阵阵酸酸麻麻的感觉,以一种琴弦铺展的方式,透过明镜的水粿进心旷神怡的波涛里……然后,腹腔内有些脉搏式的跳跃,仿若古寺禅钟鸣响的幸福感油然而生!继续再静坐,此刻一声从内心的呼唤,使昔日的痛楚阴影逐渐消匿,随之而来的是朵朵紫薇花绽开了,青鸟飞过来了,澄澈心灵惊鸿缈远!

噬一颗葡萄干,暂时含在嘴里,微微嚼一嚼,不要吞下哦!细细品味,在黄毓玲老师带引下,像涉过暗夜,牵入黎明。我把葡萄干按黄老师的轻声啜念,放在耳畔静静聆听着……顷刻,我听到红尘中祛除杂念而形成的天籁回音,嘘……不要说话,它悄悄地潜入脑细胞中,悄悄地潜入我玲珑的心灵中。

从前我也曾学过静坐,与今天学习的静坐,其层次与境界皆大有不同,不知是禅坐抑或佛道?

红尘的门环敲响着无名烦恼的梆声,沧桑岁月沉淀着太多的孤寂,人生若有缘修习一场心灵静坐,揪出心底无法祛除蕴藏已久的霉晕,而宇宙的正能量正为我打开披荆斩棘打磨过的肉体苦痛,这些在潜心静坐后,都能从容系住犹如浴火重生舞蹈般温温煦煦的曦光啊!

别说话,忘我地坐着、坐着,静坐让我陶醉,也让我清醒。再一次聆听,葡萄干想跟我说些什么话?我很是好奇呀!是人间万物的悄悄话,抑或宇宙天地间的奥秘?

我发现葡萄干也会有腼腆、含蓄的时刻。那是因为她拥有涌动的暗香和一颗带给人们幸福、甜蜜的本质。

葡萄干看似没什么,却在红尘里,同是春秋梦。或许有人不同意如此看待葡萄干的价值,然而今天大家一起排排坐,几十个人济济一堂诚心静坐,听听黄老师讲解,就已经是红尘里的缘分。

葡萄干这样甜蜜的东西,是人人都喜欢的嘴里甜、心里蜜的零食。因为,每次想嚼葡萄干的时候,就会涌出像在初恋时害怕被人发现但又想告诉所有认识的人自己正在恋爱这样的一种感觉,想藏也藏不住!

寻常时,咀嚼葡萄干是一口把它吞下,然后才会后悔没有细细品味她真正的味道。今天就是不寻常,大家听从黄老师的指导,拿取一颗平凡的葡萄干放在嘴边,然后闭着眼,无言地等待即将到来的期盼……

原来,即将到来的期盼,有如热血中泛起轻轻柔柔的小乐曲,让我瞬间意识到人生就像葡萄干一样,需要励事炼心,才能炼成甘饴如蜜的生命。人生不就是要有豁达,懂得闲看花开、静待花落的自怡自乐的心态,懂得享受孤独与寂寞的境界吗?

静坐,以一颗平凡葡萄干的姿态行走于红尘中,享受无声中不平凡的滋味,不失气概!

葡萄干默默在耳畔辐射一段"时光静好,与君语"的温存后,便会告诉你,她对你解释了健康密码,然后,你可以根据健康密码去寻找自己的幸福泽地。

终于,可以把葡萄干吃进嘴里了,一场期待已久的幸福,在一瞬间降落在心田上,让大家的快乐从春天到秋天!

原来,这场幸福,不就是我童年时曾经拥有过的吗?只因为分离了一段很长的时间,变得生疏了。而今,葡萄干矜持的甜蜜,勾起了昔日一村阳光,洒在青溪里,慢慢流,淌出涟漪……

🌴 作品赏析

《葡萄干·静坐》是一篇文化散文,作者讲述了在静坐思考时对平时很普通的葡萄干产生了浓厚的兴趣,捏在手里把玩的同时感慨万千,当最后吃进肚的那一刹那,葡萄干的滋味在嘴里迸发时所勾起的关于儿时的回忆。

《葡萄干·静坐》是一篇看似是叙述文的抒情文,全文多运用心理描写,描写自己在静坐、放空时候的冥想和感受以及吃葡萄干时产生的身体上的、心理上的感受。本文题材新颖,选材特别,且运用以小见大的方式合理地将事物联系在了一起,使得整篇文章并不突兀且富有趣味性。葡萄干在文章里充当着线索作用,是一条明线,贯穿全文;而静坐则是一条暗线,贯穿作者的思想,从一开始的杂念繁多到逐渐气沉丹田的平和,从珍惜现在的境界到怀念过往,都是由静坐带来的。全文大量运用比喻的修辞手法,描绘了当"我"静坐时,身体里杂念淡去后,血液在经络里缓缓穿梭流过时令人心旷神怡的舒适感;描绘了静坐时吃葡萄干所带来的特别不一般的细腻感。以小见大,从小小的葡萄干的角度,体现出静坐的舒展,安宁祥和。借物抒情,一开始葡萄干与静坐联系在一起,使作者淡去杂念,沉淀自我。后来作者将葡萄干咀嚼时,品味着其中淡淡的甜味,又将其与儿时的生活联系在一起,联想到"时光静好,与君语"的温存,联想到童年时期曾经拥有过的幸福,进而勾起对昔日幸福悠闲生活的怀念之情。

《葡萄干·静坐》是一篇不太明显的表达思乡,感慨时光流逝之快的散文,胡春来的散文集以及散文诗集多以"思乡"为主题,深深的思乡之情贯彻蕴含在文字之中。胡春来的文笔质朴简单却不单调,富有诗意意境。胡春来的写作风格很鲜明,擅长以小见大,合理运用明线暗线,层次清晰,层理分明。

(王思佳)

艾 禺

艾禺，原名刘桂兰，中国广东大埔客家人，生于1956年1月1日，现为新加坡作家协会副会长、世界华文微型小说研究会秘书、世界海外华文女作家会员、世界华文作家交流会中文秘书。曾为电视人，从事电视剧创作，如今为驻校作家兼自由撰稿人。个人创作体裁包括小说、微型小说和儿童文学，最新著作为微型小说《心中的火车》和青少年小说《沉睡天使》。曾多次在文艺创作赛中得奖。

Pur Mayam 与纱丽

"她一定会来这里吃 Putu Mayam 的。" Rajah 不止一次这样对我说。

他是我在这个小贩中心认识的一位印度客工。

在这个可以用年岁刻印的小贩中心，贩卖的都以印度食品、服饰为主，这里那里处处充满着浓浓的印度文化，是本地印籍人士的购物天堂，更是外地印度客工游子聚会的最佳场所。每个星期六和星期天，每个角落都被挤得水泄不通，熙攘的人群里，很少会有孤独的身影，但却有孤独的心。

我是因为常来吃 Putu Mayam 才认识他的。

一个明媚的星期天早晨，我在人群里穿梭，为买了东西却找不到位子坐下来吃而显得彷徨懊恼。突然，一个黑瘦的印度小伙子微笑着朝我招手，原来坐在他对面的食客要走了，他示意我过去。

"Thank you，thank you so much." 我感激地坐下，发现对方盘里的食物竟和我的一样。

"你……也喜欢吃 Putu Mayam？" 他似乎也感到意外，用蹩脚的英语问我。

一个华人会喜欢吃印度食物确实有点怪。

"我从小就很喜欢吃它了。"我强调着自己的语气。

卖相普通又没有吸引力的食品能让我对它念念不忘,或许是因为童年的记忆吧!

在20世纪的六七十年代,物资匮乏。在清晨的长街,每天等待的就是印度大叔遥远的脚踏车铃声,等着他到来把车后藤篮里的白布一掀,带着竹筒香的米粉圈便如一个个迫不及待的弹跳运动健将从大叔手里活了过来。米粉圈再洒上点椰丝和黄糖,便是顿简单又丰富的早餐。

没有人翻译过它的名字,似乎也翻译不来,总是别扭。同样寄居在这里的欧美人士曾经给它取了个很好听的名字叫 String Hoppers——线条的跳跃者。

Putu Mayam 外表看起来只是简单的米粉圈,但制作却有一定的工序,要先挑好米,然后把米磨好,加入椰浆水和玉米粉一起调配,然后再用特制的器具把米浆挤出线条状,绕成一个个的小米圈,蒸熟,蒸的时候要放在竹笋上,让米粉圈吸收竹的香味。小贩在卖出之前还可再蒸一次,保持它的柔软度。

自从认识 Rajah 后,我们常在老地方碰面,虽然没有每次都坐在一起,但却有好朋友见面时那般的熟络感觉。

我发现他很多时候都在心不在焉地东张西望,好像想在人群里寻找一张熟悉的脸孔,因寻不着而显得忧郁。

"她一定会来这里吃 Putu Mayam 的"

第一次听到他说时我确实感到很好奇。

"我们是因为吃它才认识的……在印度。"

原来 Rajah 在印度已经有了个恋爱对象,但因为家贫,家长反对两人在一起,女的来了新加坡做帮佣,两人本来准备储够了钱便结婚,没想到等到 Rajah 也来到这里工作时,却与女朋友失去了联系。同处在一个地方却始终见不着。

"所以我要来这里等她,她一定会来的。"

不知为什么我觉得这样的等待有些渺茫。国家虽只是弹丸,但要从几百万人口里寻找一个人就像大海捞针。

"这摊的 Putu Mayam 那么出名,我们客工都知道。她那么喜欢吃,一定也会来。"

对于痴情的人总不能泼冷水。

"找到她我们就回家乡结婚，我连纱丽都买了。"说到兴奋处他竟打开自己的背袋把一块包得很好的纸包掏了出来。

"这是我买给拉吉米的纱丽。她说过只要我送她纱丽，她就会嫁给我。"

一块长达 15 码以上的丝绸布料在纸包中被亮了出来，鲜艳的紫色衬着两侧的传统刺绣绲边，像开屏的孔雀亮丽耀眼。

旁边人的目光都被吸引了过来。

"我一定要把纱丽送给她。"

我在他眼里读到一种殷切等待的自信，相信自己的坚持一定会有所收获，相信坚贞的爱情一定能感动神明，让他和心爱的人在异地重逢。

于是他每个星期都来，来这里边吃着 Putu Mayam 边等待希望，细白的米粉圈和着椰丝、黄糖，甜甜的，吃在口里尽是甜蜜的味道，或许这就是他在期盼爱人出现时的甜蜜感觉吧！

出国小住数月后回来，重临小贩中心，昔日熟悉的身影竟不见了，是终于找到对方双双回家乡成亲了吗？心里是那么盼望着，希望他能美梦成真。但另一种不好的念头却也闪过脑际，会不会是等到心灰意冷而放弃了呢？那这一段姻缘……

紫色的纱丽等待孔雀般开屏，翼望 Putu Mayam 的竹香没有变味，让甜不只是留在口里，也让有情人的爱得以像花儿般美丽绽放……

🌴 作品赏析

《Putu Mayam 与纱丽》这篇文化散文，通过 Putu Mayam 和纱丽这样两件具有民族特色的东西讲出了一个印度小伙子的爱情故事。作者首先通过 Putu Mayam 这个极具印度特色的食品介绍了自己和印度小伙子 Rajah 的相识、熟悉的经过，同时引出 Rajah 和他的爱人拉吉米相恋却被迫分离的故事。Rajah 在异国他乡，秉持着自己对拉吉米的爱情与承诺，在 Putu Mayam 很有名的摊位上怀揣希望等着不知何时会到来的爱人和他们未知的将来。散文的最后，以作者出国数月回归，却没有见到 Rajah 的身影为结尾，为文章留下了无限的想象空间。

艾愚的《Putu Mayam 与纱丽》这篇散文巧妙地把 Putu Mayam 作为桥梁，建立起"我"、Rajah 和拉吉米之间的联系，题目中的 Putu Mayam 与纱丽都是 Rajah 的爱情见证，代表了 Rajah 对女友拉吉米的爱意，诠释了 Rajah 一日复一日的等待的意义。在散文中，Putu Mayam 相对于纱丽占的比重更大，贯穿散文始终，散文以"她一定会来这里吃 Putu Mayam 的"这句话作为开头，与题目相互映衬的同时，为下文留下了悬念。而话语中"一定"所表达出的肯定语气与散文中部对这句话的重复，塑造出 Rajah 坚定不移寻找、等待失散女友的形象以及和女友拉吉米坚贞不渝的爱情。Putu Mayam 作为一个意象，是"我"喜爱的食物和念念不忘的童年记忆，同时是 Rajah 和拉吉米共有的回忆，代表了他们的"过去"；而"纱丽"虽然在散文最后的部分才出现，但"纱丽"这个意象是 Rajah 这个青年的希望，象征"未来"，而美好的"过去"和"未来"也反衬着 Rajah 现在的艰难，进而更加突出 Rajah 坚持、守诺、痴情的形象。Putu Mayam 香甜的味道和鲜艳亮丽的纱丽与当下等待的苦涩相对比，突显出了 Rajah 对于坚持的自信。而散文最后，以作者出国数月归来后 Rajah 消失的身影为结尾，为整篇文章留下无尽的思考空间。

　　艾禺的散文以生活内容入文，有着鲜明的文化意识和深厚的人文情怀，可以让人感受到生活的温暖、平静，同时又保有对生活的理性思考。

（于　悦）

希尼尔

希尼尔,原名谢惠平,祖籍中国广东揭阳,1957 年出生于新加坡,世界华文微型小说研究会副会长,新加坡作家协会荣誉会长。曾获得新加坡文学奖、国家文化奖、东南亚文学奖、世界华文微型小说 40 年贡献奖等。著有诗集《绑架岁月》、微型小说集《生命里难以承受的重》、闪小说集《恋恋浮城》等,编有《新加坡当代华文文学作品选·小说卷》。

漂 移 的 烈 士

重阅 2002 年的旧报纸,读《五革命烈士·进驻晚晴园——孙中山南洋纪念馆添置新铜像》有感。

外来烈士

20 世纪的第 11 年初的一个宁静夜晚,一场前仆后继的革命事业正轰轰烈烈地进行。流血是一种必要过程,失败是一回回经验的累积,死亡是任务的红色成绩单,仓促刻在碑石上。广州起义的烈士们,为下一次可能的胜利铺路,然后满足地静卧于黄花岗。

90 多年后(2002)的南洋,晚晴园为外来的五位烈士提供了让人瞻仰的机缘。怎么可能啊?什么时代了,抛头颅、洒热血的情节,像天方夜谭里的故事。在"守兵与逃将"的年代,在"外来人才"泛滥的时空,你我当不当烈士?有朝一日,当爱国需要从口头的承诺,过渡到实际行动的付出,对"守"与"逃"的本质疑惑,将会逐渐清晰。

本土烈士

印象中较深刻的马来半岛烈士是林谋盛少将,其墓园立在麦里芝蓄水池旁,在新加坡河畔的伊丽莎白道还有个纪念塔,当年在第二次世界大战中被日军迫害而壮烈牺牲的林谋盛,死后的"待遇"算是不薄,虽然没有人为他立任何铜像供人瞻仰、追思。在这个网络虚拟、纸醉金迷的精英年代,铸造铜像已是落伍的做法,我们总是往前看,拆除任何同情感有关的标志(继续操作,一拆再拆,历经数次,记忆消失),然后,宣布朝环球大都会的目标进军,或是宣示,我们已有某种程度的"发达"。

"我们的历史始于1959年?"一位装扮时髦的大专生向老师探听。烈士献身捐躯的年代,算不算是建国史的一部分? 在这之前的某些历史,值不值得我们去回顾、珍惜、保留,无论它是不是我们所期待的模式或结局?

烈士塔对面的鱼尾狮早已移到新加坡河口外一个更显著的地点,以吸引更多的游客,烈士仍静静地躺在河畔,守望着潮汐的变替、世态的无常。由于河景重心的转移(以前这里是"Court前"的观海潮胜地),烈士会略感觉清幽,且清冷。

塔　缘

20世纪80年代,每回路过(老一辈人的)"五丛树脚"处的林谋盛烈士殉难纪念塔,一代忠烈,守着曾经繁忙的港口——一方是匆匆的舯舡,一侧是攘攘的车辆,有了这样的观察:

> 青铜白石
>
> 有幸地砌成一塔磅礴的英魂
>
> 小小雄狮,守着四方
>
> 守着四十载血腥的记忆
>
> 而那密密麻麻的碑文,陌生地
>
> 拒绝在矮矮的围篱外
>
> 走在伊丽莎白道上
>
> 海风很咸,战场不远
>
> 过客的焦点
>
> 总是那座朝南的鱼尾狮
>
> 宏伟壮观,十分有型

——摘自《塔缘》(1982)

在稀稀拉拉的游客与过客中,也有无所事事的小家庭成员,在这免收费的绿色公园溜达、散心,他们也许不晓得一座铜锈的石塔为何会格格不入地孤立着:

> 所谓的成仁取义,至忠至孝
> 都只是新编的学科
> 看看那小孩
> 爬上石阶,骑在锈黑的狮背上
> 就像一旁的为父者
> 手持玩具枪,似模似样
> 向四面扫射,神气十足
> 想当年,那烈士
> 也渴望有把机关枪
> 朝沦落的岁月
> 追击

在 20 世纪 90 年代(1992)由国家博物院及多个官方机构为纪念新加坡沦陷 50 周年而举办的"昭南时期新加坡史料展",让第二次世界大战后的新生代重温这卷血泪交织的沦陷史,颇具意义。烈士的事迹也是供后人追怀的一部分,我记录了当年观瞻后的某种心情:

> 依然有屠杀旧事,流传
> 在沉沦与跃起之间
> 在冷漠与反省之间
> 挨过岁月,走过岁月
> 有满溢的记忆正匆促地升华
> 温故,是一种可能的习惯
> 回顾,是一种必要的姿势
> 就如那片灰墙上,挂着似曾相识
> 一介烈士的心情
> 以生命最恒常的方位,承担

一个时代的苦难。似乎,那种眼神

已宽恕了染红历史的人,却依然不甘

唯恐历史,在推开那扇窄门后

随即被遗忘

——摘自《历史的牵挂是一种距离的升华》(1992)

🌴 作品赏析

本文的写作灵感来源于 2002 年重读的一则题为《五革命烈士·进驻晚晴园——孙中山南洋纪念馆添置新铜像》的旧报道,本文主要由外来烈士、本土烈士、塔缘三部分组成,每个部分都紧扣文章的主题——"漂移的"烈士,与题目相互照应。通篇以烈士为主线,主要描写了随着当今社会的发展,历史的变迁,那些视死如归,为未知命运的祖国捐躯的革命烈士已经逐渐被人们淡忘,这一现象引发作者深思。

文章多处采用了反问的手法。反问本来就可以加强语气,而在本土烈士部分的第二段整段都采用了反问的方式,本段由三个反问句组成,语气更加强烈,抒发了作者对现代社会人们不了解历史的强烈反感,意在告诉我们今天的美好生活都是无数仁人志士流血牺牲换来的,虽然它并不是我们所期待的结局,但是也是历史的重要组成部分。文章还多次提到了林谋盛少将——抗战中受日军迫害而壮烈牺牲,然而这样一个英雄人物死后却只能静静地伫立在新加坡河畔。守着曾经繁忙的港口,却吸引不了来来往往游客的目光。在这里作者除了想表达对革命烈士的惋惜,我认为更多的是对当今人们淡忘历史的强烈愤慨以及对未来浮岛命运的隐隐担忧。本文作者通过表达在社会高速发展的今天,人们对抛头颅洒热血的革命烈士缺少尊重,甚至已经遗忘,由此引发了作者对新加坡未来的深深担忧。

文章行文清晰,每部分内容都是情感上的递进。《漂移的烈士》这篇文章延续了希尼尔文学创作的风格,犀利的语言、略带讽刺的语调使一种与之相合的文化意义被有力地折射出来。文章的各个部分都紧扣主题,文字朴实,虽然没有华丽的辞藻堆积,却达到了情感上的共鸣。

(李翠翠)

齐亚蓉

齐亚蓉,新加坡作家。1966 年 3 月生于中国陕西省洛南县,1989 年毕业于陕西师范大学历史系,1997 年移居新加坡。2015 年 5 月起专事写作,2015—2018 获首届"莲花杯"世界华文诗歌大赛优秀奖、首届"盟大杯"爱鸟周全国征文大赛三等奖、"凤凰山杯"世界华文诗歌大赛优秀奖、第五届"禾泽都林杯"诗歌类优秀奖、泰国国际诗歌大赛优秀奖、《源》杂志"2017 年度优秀文学作品奖入围佳作"、"第八届冰心文学奖"首奖等奖项。著有散文集《他乡故乡》《爱上一座城》。

爷爷的老杏树(节选)

长大后走出大山离开故土的我,无论何时何地,一提起故乡,最先浮现脑海的除了老杏树还是老杏树。

这样想着的时候,思绪不期然回溯到了对故土的最早记忆,亦即有关老杏树的最早记忆。

那时刚刚春暖,棉衣还没来得及脱下的我们姐弟在小石块铺就的院子里你追我跑,满满一树粉粉白白的杏花冷不丁灿然头顶,我们如过年般开心地在树下蹦跳着、欢呼着,当如雨的花瓣儿随风飘落的时候,满树的青杏儿就纷纷探出小脑袋对着我们眨眼睛,而嫩绿的杏叶儿也几乎在同一时间冒出,不几天,整个树冠就遮天蔽日般染绿了大半个庭院,我们也就整天伸长脑袋眨巴着眼睛和杏儿们对望。

当青杏儿拇指般大小,我们就趁大人们不注意时手忙脚乱地爬到树下一角那大青石垒砌的猪圈围栏上摘个青杏儿塞进嘴里,要不是受不了那个酸,估计成熟之前凡能够得着的杏儿早就进了我们的肚子。

爷爷的老杏树在我家院子东南角,是爷爷七八岁时从河边地里挖来栽种的,它是如何长大包括何时开始开花结果的已不得而知,只知道从我记事起它就一直那么高、那么大,如巨伞般伫立在我家院子里了。但其实我家院子四周的果树多的是:有梨树、柿子树、石榴树各两棵,苹果树、樱桃树、桃树各一棵,还有另外两棵较小的杏树。它们都是我那写得一手好字且出口成章的爷爷亲手栽种的,它们的性情也都像极了爷爷:自顾自好好地生、好好地长,好好地开花、好好地结果,与人为善,与世无争,安静而从容地过着自己的日子。

古有"文如其人",而今容我杜撰个"树如其主"吧。虽然这些果树在我心里都占有一席之地,但其分量之和亦不足以跟老杏树分庭抗礼。究其因,盖与老杏树主干的粗壮、分权的繁多、枝叶的茂密以及树冠的壮阔有着直接的关系:那主干最少得两人合抱,所以爷爷上树摘杏时必须得借助梯子,而整个树冠之高之大远远望去跟一棵大核桃树几无二致,它不但是我们齐家几代人的骄傲,也是我们整个村子所有人注目的焦点。另一个原因恐怕就是满树盛开的杏花之雅致可人以及果实成熟后之美艳可口了。那花自然是人人得而观之,山里人再怎么自私也断不会有人无聊到偷花折枝,而那果子其实半数都被其他村民偷摘了去。四周的树枝垂得极低,一般成人踮着脚尖伸手可及,加之其枝干韧性极强,任你怎么拽怎么拉都不会折断,路过的大人们无不趁机强拽硬拉摘几个杏子塞进嘴里,而半大的孩子们则会使出浑身的力气把石块或砖头往树上丢,那杏子也就应声落下。所以杏子将熟未熟的时候,村里人差不多都先我们而品尝过了,爷爷摘下来的其实都是他们吃剩的,对此爷爷总是睁一只眼闭一只眼。相信我的祖辈、父辈及同辈甚至晚辈乡亲们的成长记忆里都少不了我爷爷的老杏树。

至于树龄,院里的石榴树、柿子树以及老梨树都与老杏树差不多年纪,而爷爷的老杏树也从未倚老卖老,其花之娇羞迷人、果之繁多诱人任村里任何一棵正当年轻力壮的杏树都无法与之相比。事实上,直到现在我才豁然顿悟:那承载了我们齐家至少三代人记忆的老杏树,早就跟家乡灵秀自然的山水以及我那儒雅淡泊的爷爷合为了一体,无法分得出谁是谁了,而爷爷的老杏树带给我的除了无尽美好的回忆更有那浓得化不开的乡情啊!

老杏树下不知何年何月垒了一堆大石块,喜爱学习的我每个暑假的大部分下午在河边洗衣、玩水归来,都会靠着粗壮的树干坐在树下的石块上读书写字,后来小弟也跟在我身边趴在那些石块上做起功课来。巨型蘑菇般的老杏树下凉爽无比,伴着头顶沙沙作响的树叶遨游于书海,让人完全忘记了生活的艰辛和日子的清贫。那时还不懂得感叹"前人栽树后人乘凉",只觉得自己的童年和少年因了老杏树得以跟"幸福"二字紧紧相连。

没错,幸福!虽然衣不蔽体食不果腹,但我的故乡,我的村庄,我爷爷的老杏树,让我从小就有了实实在在的幸福感。

近了,近了,拐过这个山崖,我魂牵梦萦的故乡就真的近在眼前了,虽然老杏树已跟随爷爷外出云游多年,但我相信他们从未走远。

这个山环水绕的小村子,那个春来花开灿烂、秋至瓜果飘香的农家小院,谁舍得?谁舍得?

他们一定天天站在高高的山岭看了再看,或者伴着静静的河水从村边流过,一遍又一遍。就像我们小时候每天下午放学后站在老杏树下盯着对面的大马路,等爸爸一出现立刻齐声高喊;就像我们长大后每次离家时一步三回头;就像我们成家立业后人在异乡心系故土。

近了,近了,我日思夜想的村庄就在河对面,熟悉的杨柳依依,熟悉的河道弯弯,熟悉的云飘飘天蓝蓝。群山环抱里,我的爱质朴而厚重;绿水荡漾中,我的情轻柔而纯净。

🌴 作品赏析

这段散文节选自齐亚蓉的散文《爷爷的老杏树》,文章围绕"老杏树"叙述了"我"在返乡的过程中发生的事情以及心态的变化,间或穿插"我"的童年回忆,节选的片段正是在"我"的回忆中存在的"老杏树",以及"我"关于"老杏树"的故乡记忆。"我"的童年伴随着"老杏树",小时候村里人偷偷摘青色的杏子吃,而爷爷也"睁一只眼闭一只眼",不去计较。而"我"在老杏树下也获得了"幸福"。

节选片段凸显了"老杏树"在"我"童年中的意义。对于"我"来说,童年的一切都围绕着"老杏树"展开,而"老杏树"就像是爷爷的化身,而"我"与"爷爷"的回忆与亲情,最后也全都化为"老杏树"这样一个意象。对于童年"老杏树"的回忆,作者用了生动活泼的语句描写。首先用了拟人手法,将"青杏儿"拟人化,"眨眼睛"这样活泼似孩童的语句,体现了作者对于童年记忆中的"青杏儿"和"老杏树"的喜爱。而之后的"老杏树",形象越来越像爷爷,不争不抢、儒雅淡泊,在"我"的记忆里,"老杏树"的形象已经与爷爷的形象合二为一,"老杏树"代表的不仅仅是故乡这样一个地方,还是忘不掉、剪不断的乡情。而"老杏树"在夏天给"我"带来的凉爽让我感到"幸福",而这种幸福感也在催促着我,重复多次的"近了"表达出"我"对返回故乡的殷切期盼,抒发了"我"对故乡的深深的爱。

《爷爷的老杏树》一文,语言生动活泼,故事结构层层递进,"老杏树"这样一个形象一直存在于"我"的记忆里,抒发了"我"对故乡、对爷爷深沉的爱与思念。而这种思念的实体在寄托毁灭的同时,化为一个意象、一种精神存在于"我"的心底。

(于　悦)

孙 宽

孙宽,原名孙宽余(现已改名),1968年4月19日出生,新
加坡国籍,目前全职写作,定居新加坡。大学本科就读于中国
北京师范大学,获中国南京大学文学硕士学位。1994年后,曾
在中国香港、新西兰、美国、新加坡等地学习和工作,做过播音
员、主持人、商人、教师等。在新加坡中华总商会语言学院和
新加坡美国学校中学任教对外汉语数年。2014年开始写作,
2016创办自媒体微刊《宽余时光》。目前已发文300余篇,其
中一些作品网上阅读量超过百万,作品另见《联合早报》《新华
文学》《新加坡文艺》《新加坡文艺报》《新加坡诗刊》《书写文
学》《新赤道风》《世界日报》《东盟园地》《文汇报》《扬子江评
论》《雨花》《美文》等报刊。

人生总需要有些期待

一大早起来,朋友们就互道七夕情人节快乐,恰巧又赶上新加坡国庆
节,各种庆祝的繁忙好开心啊! 不过并没有影响我的日常安排。

今天我想再去海边的那个"二战"时期的炮台公园,看看上次遇到的大
公鸡一家还在不在。几个月前看着它从孤家寡人到求偶成功,后来发展到
妻妾成群,不知道为什么隔一段时间,我就会想再去看看它们,毕竟野生环
境艰辛,且不是每次都能遇到的,那是一种未知的喜悦,好像也成了我去那
里的一种期待。

然后打算回来的路上去政府的廉价超市买一些国庆节的特价啤酒。超
市的收银员我都非常熟悉,十几年来她们也看着我从形单影只到成家立业,
有什么特价消息都不会忘记告诉我。这两年她们也时不时关心一下,比如

我们何时计划要个孩子什么的。我每个星期总要去几次超市,其实我们通常并不急需什么,甚至也不怎么喝酒。

我想无论如何,人生总要有些期待,它们可大可小,但绝对不能可有可无。记得村上春树的随笔集《兰格汉斯岛的午后》为大众引入了一个新的词语,叫小确幸,意思是生活中那些微小而又确切的幸福。人们由于一些非常确切并可触及和可实现的期待,而感到内心充盈幸福。刚才一个男生发短讯告诉我他开始有了一些期待,因为他发现最近突然喜欢上了一个女生。一对小恋人经过多年的同甘共苦,终于安顿下来,近日准备成婚,还申请了新加坡政府组屋,正期待着。一位寒门女孩努力向学,终于拿到了国家奖学金,暑假过后就要去国外留学了,她说:"因为有期待,所以一点也不觉得辛苦。"

我的几个闺蜜都刚参加完各种聚会回来,一两位电脑专家正在忙着大制作,大家于是有了些期待。朋友从美国发来照片,今年种的花开了,菜蔬初有收获,树也结果了,正期待丰收呢!另外一位说,今年春天燕子没有回来,可能去年燕子的娃从窝里掉下来后,它们觉得她家门外的窝不安全了,真让人失落,不过期待明年它们会回来。一个女朋友的老公才做完心脏搭桥手术,幸亏发现及时,不然堵塞了百分之九十的心脏动脉血管,随时都可能造成心肌梗死,劫后重生对未来又有了更多期待……

但不知何时,我却拒绝自己拥有期待,现在才明白,拒绝期待就是拒绝了生活。

我有若干年不庆祝年节,尤其怕过情人节。形单影只、冷锅凉灶的,越到情人节越凄凉落寞。身边不是没有追求者,但我总觉得不确定是否能一直走下去的异性,最好不要腻得太近。我非常怕自己在烛光月下,一时情感脆弱、头脑不清误导了别人,当然主要还是更怕误导自己。因此,数不清有多少个情人节,我都是跟母亲或她的朋友度过的。

这样的生活不仅失去了很多乐趣,而且实际上失去了真正的意义。生活需要一种激情,而正是期待赋予了我们这种激情,我竟然一直把它们拒之门外,我把自己拒绝于生活的门外。

我再次找回"期待",是从我重新进修读书开始的。虽然一边工作一边读书是很忙碌和辛苦的,但我必须强调,最忙碌辛苦的时候,也正是我精力最旺盛或荷尔蒙指数最高的时候,我的体力脑力甚至精神,都处于一个最亢奋高昂的状态。我在生活最紧张的时候,重新开始恋爱了,为了写好论文,我每天只睡三四个小时也不觉得太累,身心始终处于最愉快的状态:一方面我因为期待而紧张兴奋,另一方面我因为有所期待而轻松愉快。

当然我找回期待的最大的收获是,我重新找回了爱的勇气,换了份新工作,交了一篇自己和导师都颇为满意的毕业论文。

人生总要有些期待,期待赋予我们生活的激情,生活中的一切苟且都具有了诗和远方的动人魅力与馨香;期待让奋斗的道路不再孤独寂寞;期待是生命的希望和力量;期待使我们在追求梦想的路上即便遇到泥泞和坎坷也无怨无悔并义无反顾。

期待令每一个平凡平庸,甚至无趣无聊的日子,都充满无数触手可及、可见的小确幸:七夕的早上,那个爱人打开礼物时的微笑;七夕傍晚,家人特意烹饪的一餐美食;刚买回来的国庆节特价啤酒,清凉地喝上一口;"意外"看到大公鸡一家添丁进口,惊喜它们有了四只毛茸茸的小鸡宝宝……

生命中一切微不足道的,但有意义的事情都是无价之宝,而所有这些意义都是我们因期待而赋予的,是我们赋予了生命某种意义。

🌴 作品赏析

《人生总需要有些期待》这篇散文通过记叙作者在情人节的日常安排,引出文章关于"人生总需要有些期待"的感想。文章以"人生总需要有些期待"为题,围绕这一主题列举了多个具体案例,并在第四段画龙点睛,指出"人生总要有些期待,它们可大可小,但绝对不能可有可无",再次揭示了文章主旨,主题深远,意蕴丰富,耐人寻味。

这篇散文构思上最大的特点是以小见大,由此及彼,层层深入。文章的各个部分之间衔接紧凑,过渡自然,紧紧围绕着"期待"这一中心词来进行论述。首先,文章由作者期待能在炮台公园再次偶遇大公鸡一家这件小事引发了作者关于"期待"的感想。其次,文章又列举了作者身边多个关于有所"期待"的真实故事,得出"因为有期待,一点也不觉得辛苦"的结论。

此外,作者还通过自己拒绝期待的真实事例,反面证实了"拒绝期待就是拒绝了生活"。最后,文章描写了作者再次找回"期待"后,重新找回了爱的勇气。本文在语言运用上,极富哲理,特别是"人生总要有些期待,期待赋予我们生活的激情,生活中的一切苟且都具有了诗和远方的动人魅力与馨香;期待让奋斗的道路不再孤独寂寞;期待是生命的希望和力量"这几句,不仅告诉我们"期待"在我们日常生活中的重要性,使我们读后明白了期待赋予了生命某种意义的道理,更启发了我们对生活中的期待进行更深入的思考,使人受益匪浅。

　　总的来说,孙宽的这篇散文结构紧凑,构思巧妙,语言极具哲理韵味。文章巧用事例,把我们在日常生活中关于期待的事例引入文章的讨论主题,很好地表现了主题,令人读后不免颔首称许。

(刘世琴)

蔡家梁

蔡家梁,笔名学枫,1969 年生,祖籍中国广东汕头澄海西门。新加坡南大会计系荣誉学位毕业,2014 芝加哥大学高等商业管理最高荣誉硕士,现任财务总监。新加坡作家协会副会长。1991 年获新加坡金狮奖散文组第一名。2011 年获金笔奖诗歌第二名。2013 年获得黔台杯微型小说优秀奖,2014 年获得"德孝廉"小小说优秀奖,2018 年获世界微型小说双年奖。著有散文集《摘心罗汉》(1997),联合主编新加坡的第一本闪小说选集《星空依然闪烁》。

过 年 方 式

倏然又是新春佳节迫在眉睫。

小时候最爱过年了。新年期间学校放假,有新衣服新鞋子穿,有好吃的食品,大厅里的茶几上摆着若干樽绿宝柑水(即橙汁汽水)和年糕饼,大街小巷闹哄哄的,沸沸扬扬,新年歌曲荡漾耳际,异常热闹。记得那时候母亲帮人家做衣服,忙得不可开交,但是总会在除夕前给我们兄弟姐妹们剪裁一套新的睡衣,让我们除夕晚上穿上,过大年夜!那是我们家的过年方式和习俗。

后来,随着我们长大,生活环境日益改善,什么新衣新鞋随时都可增添,也不再有穿新睡衣的习惯,过年的那种孩时的欢愉和期盼也日益淡薄了。然而,传统固然是传统,新年来临我们还是会有那几分喜气洋洋的兴奋,所以几十年来我保持着买新衣的习惯,免不了会到罗敏申百货公司去买衣服,同时给父亲买上一两件新衣过年。广东人说买衫,即有买生的意义,开始做工以后我总不忘给父亲买衫。可惜,今年父亲不在了,挑选衣服时我难免会挑选出一份惆怅。

现在，自己身为人父，看到三岁的儿子宇君活泼调皮的样子，在我们忙着准备过年的当儿欣欣然地抢着帮忙，一会儿帮忙贴春联，一会儿帮忙打扫，免不了也想为孩子的童年新春营造一份欢乐气氛。

可能自己也年长了，会时不时回味小时候的光景。忽然间，我有了穿新睡衣的冲动，连忙和母亲到现在已经稀少的布料店去剪了好几码布料，烦请母亲大人重出江湖，为我和孩子各缝制一套睡衣！这一个农历年夜，我可以重温孩提时候的过年方式，可以穿上一套新的睡衣，也同时可以和孩子两人穿上一套同样款式花纹的新睡衣！

是妈妈，是婆婆，用心缝制的新睡衣。

🌴 作品赏析

《过年方式》是一篇文化散文，作者在新春佳节临近之际回忆了幼时过年的气氛和习俗，继而尝试重温孩提时的过年方式，交织着往事记忆的快乐与家人之间的浓浓亲情，以及绵延传统文化的希冀。

春节历来是华人最重视的传统节日，它不仅是辞旧迎新的好日子，更是一家人团聚的重要时刻，因而春节的仪式感比其他节日更加浓烈。从前的新年总是年味十足，那时的物质条件不十分丰富，但正是如此，只一点新鲜花样便足以令人心满意足，从作者笔下也可联想到他儿时的年味大致也是如此。作者写"新年期间学校放假""有新衣服新鞋子穿""有好吃的食品""大街小巷闹哄哄的，沸沸扬扬""新年歌曲荡漾耳际"，一幅热闹的过年场景跃然浮现于读者的面前，人们大约也按捺不住心底的一丝雀跃了，因为这样的新年和从前大多数人经历的新年十分相像，即使彼此互不相识，也在读到此处时分享了同样的年味。

随着生活条件的改善，往日新年的一些习俗也发生了变化，作者记忆中母亲每年春节都会裁剪新睡衣让他们穿着守岁，到如今去百货商店买一身新衣迎接新年，年味虽不如幼时那么足了，但依旧得以延续，令人喜气洋洋。作者的年味不仅与新鞋新衣服有关，更多的是对家人的牵挂，从前母亲做的睡衣充盈了他对新年的记忆，如今无法为父亲购置新衣成了心中的记挂，继而在这一个农历新年夜请母亲再次缝制睡衣回味从前的新年，意在希望自已的孩子能感受到浓浓的年味，也是希望这样的年味能够在下一辈中继续传承下去。

作者的文字简单且温暖，他在文中多次提及母亲在新年时做的睡衣，已然将"睡衣"这一要素作为年味最重要的记忆，这其中寄托着对新年的重视、对母亲的敬意以及对父亲的思念。同样地，作者的年味从回忆开始，直到现在再次着手重温年味，期待这一节日习俗乃至传统文化能长久地传承下去。

（孔舒仪）

邹　璐

邹璐,1970 年生,满族,祖籍中国辽宁,现定居新加坡。主要从事文学创作和文史研究。创作题材包括现代诗、散文、随笔、纪实文学等,此外也有口述历史、人物专访等。2006 年开始写作,后陆续在新加坡等海内外报纸杂志发表文章,参与编撰及主编杂志多本。为新加坡首个华文文化网站随笔南洋网联合创办人,新加坡教育部受邀"驻校作家"。2012 年代表新加坡应邀赴法国巴黎参加"国际诗歌节",已出版著作及作品包括诗集、文集、访谈录、纪录片等。

坚持做一场最传统的土生华人婚礼(节选)

凌晨五点,窗外漆黑一片,楼下街灯透着晕黄灯光,空气清新带着丝丝凉意。李家所有房间的灯光早已点亮,全家人早早起床,洗漱完毕,穿戴整齐。这将是忙碌的一天,也将是一个终生难忘的日子,因为,李家的长公子培明今天要结婚了。

男主人尼尔森·李(Nelson Li)身穿充满喜庆吉祥色彩的橘红色锦缎唐装外套,深色长裤,在收拾得整整齐齐的客厅坐下,他看上去持重严肃,带着威严,他知道这将是意义非凡的一天。从全家人开始为孩子的婚礼忙碌之际,他心里就有一个坚定信念,要做一场最传统的土生华人婚礼。为此,他不仅早早就开始筹备,也不断就婚礼的种种细节向长辈们请教,更从邻国马六甲请来一位土生华人婚礼礼仪师。

当年,他结婚时,因为妻子是海南人,所以婚礼虽然按照土生华人的仪式,却简化了许多。那时候年轻,不以为意,哪知道,随着母亲的离世,随着自己年岁增长,尼尔森发现自己越来越像母亲当年,带着恪守传统的古板和执着。

土生华人这个民系有着鲜明的民俗文化特色,他们的衣、食、住、行各方面,早已形成深厚的传统和独特的文化内涵。婚礼作为人生大事,更是重中之重,十分隆重,充满仪式感。与华人传统婚俗一样,需要经过提亲、下聘、订婚、纳彩、择日、婚礼等步骤。

按照原本的规矩,婚礼将持续长达12天,其中最重要的是第一天迎娶、第三天敬茶和第十二天筵席。当然现在是无法把婚礼持续这么长时间了,就把原本12天的仪式浓缩在一天内完成,其实也仅仅是完成了约三分之一。

一切准备就绪,尼尔森夫妇首先在礼仪师的指导下,在亲朋好友的注目礼中,进行礼拜仪式。

拜神结束,就是为儿子上头,又称梳头,新郎新娘会在各自的家中由家人主持进行。这原本应在婚礼前夕的深夜十二点进行,现在适应时代调整到婚礼当天,新郎新娘起床之后。上头仪式的重点是他们会受到一位子孙满堂的老年女性亲友的祝福,以及在年幼男童的参与下,进行上头仪式。

穿着白色内衣裤的新郎从卧室被带入客厅,客厅中央的地板上有被布幅覆盖的米斗,米斗中心贴了一方红纸,米斗的寓意为"世界",新郎坐在米斗里,意思就是坐在世界中心,新郎需面向屋内,女方坐在米斗里则要面向屋外,表明她即将出嫁,离开自己的娘家。

上头仪式用到的器物都各有讲究,寓意深刻,一般包括通书、药材店里的迷你秤、尺、剪刀、镜子、梳子和12尺的红丝线,象征着成年人应具备的各种品德和应尽义务,例如通书寓意要成为知书达理的人,秤的意思是夫妇双方要公平相待,尺的寓意是做事要有分寸,梳子和镜子表示要注重自己的仪容形象,剪刀表明分寸合理,所有物件经由男童的手,一件一件上过新郎的头,表明要一一牢记在头脑中,谨记在心里,不可忘记。

经过上头仪式,新郎、新娘就要换上古典隆重的结婚礼服了。新郎的礼服至今保持中国清末民初的装束风格,头戴圆形瓜皮帽,身穿宽松长袍马褂式礼服,一般上内里有三套衣服,从里到外分别是白色内衣裤、镂空竹衣、短衫,但由于南洋天气炎热,里面的衫裤有些也根据个人的适应情况有所省略,不过白色内衣裤在婚礼之后需要压箱底保存,百年之后再穿上,寓意夫妻来世有缘再做一家人。

新娘的服饰则更为隆重、艳丽,一袭丝绸的长袍裙褂,绣满繁复烂漫的花纹,以金线描绘的凤凰、蝴蝶、鸳鸯、花朵等吉祥图案,此外附带一对宽大五彩袖套,下半身内穿丝质百褶裙。此外,还有五彩缤纷,状如花瓣,色如云霞的霞帔,新娘的颈项上也佩戴多款华丽的中式、欧式设计风格的黄金珠宝项链吊坠,以及同样缀满钻石珠宝的凤冠头饰。此外还有做工考究的手镯、胸襟、耳环等,把新娘装扮得珠光宝气、雍容华贵。

待新郎穿戴整齐,准备出门迎接新娘前,还有一个重要仪式就是父亲要为儿子亲自斟上三杯酒,也有用龙眼茶代替的,这是父亲第一次为儿子倒酒,请儿子喝酒,也意味着孩子长大成人,自立门户了。

经过长达两个小时的忙碌,尼尔森现在可以坐下来稍稍休息一下了。

这时,迎亲队伍已经来到新娘的家门口,新郎准备进门,迎娶他的新娘。新娘是一位来自泰国的美女,她的父母姐妹亲自从泰国飞来新加坡,参加这场隆重婚礼,自然也就事先被告知,将以传统土生华人婚礼仪式进行,他们也相当配合。不像华人伴娘们总会想出种种千奇百怪的办法"捉弄"和"刁难"新郎,泰国伴娘姐妹们实在太好说话了,嬉笑着就把满面春风的新郎请了进来。

按照土生华人婚礼习俗,新娘早就端坐在床边,新娘的父母为女儿蒙上一块黑色面纱,面纱的中心,也就是戴在头上顶部的是一块圆形红布。为什么是黑色面纱呢?原来按照土生华人的说法,新娘出嫁将要离开亲生父母,难免不舍,心情沉重,略带伤感,黑纱就代表了新娘依依不舍的孝顺之心。不仅如此,新娘在离开娘家之前,脸部表情要始终保持严肃,矜持,不苟言笑,以表明这是一位有教养的好女子。离开新娘家之前,新郎新娘需要用过准备好的甜品、茶水,才乘车前往新郎家。

天空很蓝,风轻云淡,这一天天气真是晴好,让人心情愉悦,还有微微凉风穿过敞开的门窗,穿过整洁的厅堂。虽然家中一切准备就绪,虽然一切都在按照预先的计划有条不紊地进行着,尼尔森还是按捺不住,有些激动地在自家客厅里走来走去,把所有物件、供品又检查了好多遍,忽然听到楼下传来土生华人特有的唢呐乐声,他知道儿子将要带着新媳妇进门了,家里就要添人进口了,仪式的庄重感总是让人既紧张又激动不已。

迎亲队伍按照传统被简化成十个人一组的仪仗队,他们都是身穿峇迪上衣的年轻男子,两两一组,分别提着家族灯笼、婚礼宫灯,以及多层礼盒和绑了竹枝的横幅,新郎新娘紧随其后,两把华丽绸缎红伞罩在新人头上,一路有音乐相伴,来到新郎家中,其声势有点儿像马来人的婚礼仪式。

当一对新人进入李家,先要拜神、拜祖先,过两天新人还需要到庙里拜拜。尼尔森和他的夫人端出为新人准备好的红色和白色两色汤圆,据说红色代表喜庆,白色象征纯洁,分别由母亲喂儿子,父亲喂儿媳,吃汤圆也不可以咬破,要直接吞下。据说这种红白两色的汤圆被盛放在一种名为Kamcheng 的汤锅内,Kamcheng 来自福建话的发音,意思是"感情",寓意新婚夫妇吃了"感情"汤锅里的汤圆,恩爱甜蜜。

土生华人婚宴通常会在土生华人餐厅酒店举行,婚宴将一对新人带到众多亲朋好友面前,接受大家的祝福,也把婚礼过程推向高潮。餐厅同样在婚礼礼仪师的指导之下做过一番布置,充满喜庆色彩,族中长辈、尊贵客人将会被分别请到台上,坐在贵宾席位上,接受新人的鞠躬行礼和敬茶,长辈们也以喝茶和递上红包向一对新人表示祝贺和祝福。酒足饭饱之后,亲朋好友们也载歌载舞助兴,十分热闹。一位华人朋友在亲历土生华人婚礼之后由衷感慨,这样隆重的礼仪过程恍如隔世,却在当下一刻深受感动!

🌴 作品赏析

本文是一篇记述和介绍最传统的土生华人婚礼的文化散文。文章将记叙和说明两种表达方式予以结合运用——在记叙尼尔森·李(Nelson Li)为自己的孩子筹办最传统的土生华人婚礼之事的同时,也相应对最传统的土生华人婚礼做了较为细致详尽的说明。所以本文可说是一篇兼具故事性与知识性的文化类散文。

文章以尼尔森·李(Nelson Li)的孩子进行的婚礼为行文线索,使得文章条理清晰,对土生华人婚礼诸项环节与相关物件的穿插介绍,也使得文章内容丰富,散而不乱。在土生华人婚俗以及服饰等的相关介绍上,作者写得全面细致,展现出了土生华人婚礼的庄重盛大与美好寓意,突出了婚礼的喜庆与人们对未来生活的美好向往。

文章语言精简练达,详略得当,行文舒缓自如,将一场富有文化韵味的婚礼写得如在读者眼前,所以本文也可称得上是一篇流丽而富有纪实性的文化类散文。

土生华人文化已经越来越没落,传统土生华人婚礼在过去的半个世纪在本地已经很少见，或许正因为如此，作者用饱含着眷恋与珍爱之情的笔墨，记下了这篇久违的土生华人婚礼，表达出作者对土生华人文化的珍视，流露出作者对该文化日益没落的担忧，所以本文整体上具有一种对日渐没落的特色文化的记录意义与警示作用。

（李仁叁）

陈晞哲

陈晞哲,祖籍中国福建安溪,1971年生于新加坡。写诗和散文,不温柔的天蝎座女生,曾获新加坡金笔奖(诗歌组)和方修文学奖。新加坡南洋理工大学哲学博士候选人,研究港台文学。

三个人称的秋天

凝神:宣统以后的那些年

她从小对阅读童话没什么兴趣,总觉得王子和灰姑娘的美满很难套用到现实里,谁会蹬着玻璃鞋满街跑?白雪公主吃不吃那颗毒苹果,其实和恶皇后没多大关系,在成长里体会到得失爱恨,心湖就会泛出一面魔镜,照见自己的惭秽和凋零,在岁月的翻云覆雨手下,无所遁形。

跷跷板启蒙了关于天平的象征意义,在荡秋千时,可以晃出某些形而上的思潮。七八岁的小女孩当然已经懂得推敲,然而再怎么早慧,她也只能隐约知道,自己沉溺于追寻一种不能直接透过感知而得到的答案。那个时候,还没听过柏拉图主义,更不知道尼采是一个哲学家还是一条会跳舞的裙子,亚里士多德是不是一种糖果的牌子。

那时的大人们已经很烦躁,连臀部为何戏称为八月十五都解释不了,所以每当中秋节时,对着应节的柚子和月饼,她都有满腹疑窦,感觉不到圆月的温柔。当然,知道朱元璋藏纸条起义是其后的事,她不喜欢这个寡情薄义的流氓皇帝,还有明神宗年间那些乱糟糟的失控太监。

然而,她是喜欢神话的。碧海青天,月宫里有傻傻伐桂的吴刚,因为嫦娥而知道后羿,还有九个太阳的悲剧。已经搬离正华村的外婆,偶尔会在假期相聚时,和她重温盘古开天的故事,老人家厚实的掌心就像夸父穷追不舍的日头,暖透心扉而不知天地有荣枯的遗憾。

多年以后的晚秋,当外婆在翡陇山化成一坛灰白的粉末和碎片,她才意识到不能靠诗想一般的纯真来豢养生命,无声的泪水汩汩,映照出无常的冷冽和苍茫。

记得1988年樟宜机场落成启用,表哥每次载大家去那里玩捉迷藏,外婆总是静静地站在瞭望长廊的落地窗前,望着停机坪上一只只展翅待飞的铁鸟,许久不发一语。

及长,外婆才告诉她:自己出生在宣统逊位后的第二年,老家在中国广东潮阳,幼时家境清寒,眼盲的母亲带着年纪小小的她行乞,唯一的兄长漂洋过海到泰国讨生活。待兄长回乡找她时,她却已被人卖到南洋,从此飘零石叻坡,不曾返回故里。

外婆念念不忘的唐山,也是华夏神话凝聚的坐标,却不一定能和今天的中国两相对照。身份属性也许是外婆那一辈永远的疑惑,母国从帝制走向共和,内战把人放逐天涯星散,在巨流洪涛里载浮载沉。

白云苍狗,成年后每次远行两岸,坐在候机室里望向窗外,就会看到儿时外婆颔首沉吟的样子。在医院去世前的一夜,外婆流着泪告诉她,哥哥要来带她回家。那是她第一次知道刚毅的外婆也会落泪,一打开记忆库读懂外婆凝望云端的神情,她的眼眶瞬间湿润。

潘多拉的原罪,就是没在关上盒子以前,让希望也飞出来。她从不管爱哭的孩子是不是都有糖吃,因为被人看见流马尿是件丢脸的事,一百颗糖都挽不回面子。童年早随着外婆一起拴了骨灰塔里,直到有一天她在《山海经》里重逢提着头颅的刑天,才知道那个用肚脐眼说话的猛士,一直没死。

那些朝代更替、遗族离散的故事,和神话一样如丘陵绵延,欲言又止的断句留白,就由缪斯的火炬传嬗赓续。

藏魂:埋进书架的那些人

宝岛新锐女作家在出版了第一本小说后,突然自缢离世,据说是因为走不出早年被老师诱奸的阴影。处女作立时变成遗作,自传体的撰写暴露了自己无法摆脱的梦魇,也把所有不忍卒听的密语砌成迷宫的墓志铭。

三毛将自己套进丝袜的绳结,结束缤纷岁月的那一年,你还未满二十岁。牵着骏马潇洒走在沙漠的裙裾,霎时变成暗夜里的一抹幻影,带着人们的耳语和荷西早逝之谜,飘散在台北幽暗的天空。

同年的九月,你收拾行囊,离开旧机场路这个两房式租赁单位。父母的滥赌,让你的大学之梦过早夭折,看着同侪青云直上,你悄悄办了辍学手续,走出校门。

野渡无人舟自横,从此,也和所有同学斩断联系。几番辗转,十年河东十年河西,你还是回到象牙塔逐梦,一阶阶攀上学术的顶峰,毕业礼上拨穗的那一刻,记忆飞快倒带,你又被拽回那个幽暗的厕所,在母亲的咒骂中绝望地喝下洗衣剂。

和三毛一样,你们都是追梦人,在自己构筑的楼阁拆解不快乐。卡缪在《薛西佛斯的神话》中振聋发聩:"真正严肃的哲学议题只有一个,那就是自杀。判断生命值不值得活,就等于答复哲学最基本的问题。"一棒敲醒了忧郁文青,世界并不荒谬,是我们妄想将不能掌控的奢盼无限延伸,对真理的坚持不肯有分毫让渡。

这趟回访物是人非,达哥打弯的老人们陆续搬走,被丢弃的残破家具堆积在组屋底层的电梯口,空屋一旦闲置,便形同鬼蜮。人气一散,魅影幢幢,猫儿闲坐的五脚基还隐约看见小时候跳完飞机,一串方格子残留的粉笔。

当初早该知道,厌世的人离开后,总有多事者诸般蠡测,各种穿凿甚嚣尘上。炼狱是一个没有窗户的斗室,不合格的父母就是孩子一生的刽子手,能拆掉心墙逃离魔咒的没有几人。伍尔芙终究没能走出自己的房间,口袋里装满石头,投入意识流湍急的欧塞河。你在女性主义阵矩中徘徊,挑灯夜读的当儿,海马体始终映现她夜里给挚友写信时,对着一瓶三氯乙醛的挣扎。

没人想到袁哲生最后也是被抑郁症收服,幽默的人似乎都把悲伤留给自己,罗宾威廉死后人们才看到他温煦如暖阳的笑脸后面,原来藏着一块阴冷的残月。

躲不开童年阴影的窥伺,当哲学和文艺也无法救赎时,为了不使自己陷入癫狂,他们选择放弃肉身,让自己的魂灵安生。留下神器一般的文字,超度还在轮回中翻涌的众生,这不就是你这些年赖以求存的力量吗?

正式成为博士生的今天,不偏不倚,刚好立秋。经过夏日炎酷的炙烤,天凉以后,你将走出成长的废墟,继续牢执如招魂幡的笔,前行者加密尘封的哲思,在夜以继日的疾书召唤下,将一一苏醒。

蓄魄:无法将息的那些事

一过闰六月,就快迎来迟到的七月,也是世人虔信鬼门洞开的季节。

这是个华人诸多忌讳的月份,也恰恰反射出这个民族矛盾的心态。孔圣人教诲我们要敬鬼神而远之,但人心欲求太多,所以拜鬼的习俗千年不变,甚至随祖先们越洋南来,流传至今。

目连救母的故事传达了业报不爽的信息,也让年少的我对地狱产生了无比的好奇。倘若宇宙是个球体,被包裹在最内核的世界竟有十八层那么深广,刀山火海中服刑的怨灵在世间都有眷属在想尽办法为离世的先人拔苦。诵经回向是佛教徒的选项,孝子贤孙们最大的想象力,莫过于相信那些纸扎的豪宅、飞机、奴仆,乃至各种先进的奢侈品,一经熊熊烈火的焚燃,就能让祖先在泉下安享富贵。

天堂和地狱的分际,在于教化警惕人们在生时弃恶扬善,然而先哲的智慧终究败在人心的狡黠。东汉蔡伦改进纸张时,贪财的兄嫂仿效失败的劣作,在谎言的包装下成了可以贿赂鬼卒的冥纸,自此代代相传。下到黄泉仍想买通官员,地藏王想要成佛恐怕遥遥无期,欲念横流的无边地狱也许还需扩建。

蒲松龄笔下的狐鬼总是比人善良,我们也都已习惯,现代聊斋的主角不是魑魅,人皮底下是何原形,总要付出一些代价之后,才能看清。

上帝冀望世人博爱,佛菩萨倡导慈悲,天使和魔鬼的交战却没有赛制规则,哲学家和野心家都被但丁安置在一个牢笼,诗人的神曲在暴烈和温柔的杂糅中谱写,用吊诡的文字浣洗人性狼藉的修罗场。

🌴 作品赏析

《三个人称的秋天》这篇文章属于很新颖的文化散文,令人眼前一亮,选材新颖,内容引人入胜。第一个部分辅以童话神话故事,以外婆的视角,叙述了外婆深切的思乡之情。第二个部分借一些抑郁厌世的作家的故事,展示了追梦人的道路艰辛、灵魂癫狂。第三个部分则从孝道开始引申,分析了有的时候人甚至比鬼更狡诈阴险。

《三个人称的秋天》,秋天奠定了整篇散文的基调,是凄凉阴郁的,充斥着悲凉的氛围。文章分为三段,以三个小标题"凝神:宣统以后的那些年"

"藏魂：埋进书架的那些人""蓄魄：无法将息的那些事"作为分隔，这也就解释了标题里为什么是三个人称，而这三个人称是思乡人、追梦人和鬼。全文多运用举例的手法，如：第一部分的童话神话故事，"吴刚伐桂""后羿射日""灰姑娘""白雪公主"等；第二部分的宝岛新锐女作家房思琪、三毛等；第三部分的蒲松龄的《聊斋志异》、干宝所著的《搜神记》等。种种例子列在一起，使得全文更加生动有趣，更具真实性、意义性，使文章表达的意思更明确，读者更明白，增强说服力。文章多运用叙事性的句子，娓娓道来，引人陷入思考。辞藻华丽，同时也富含深意。整篇文章也运用了不少比喻的修辞手法，使得全文语言形象、生动，把抽象的事理具体化、形象化。多利用时间、空间的跳转，使得文章更具有层次性。以小见大，增加了文章的深度，也更使得文章丰富多义。

　　总的来说，《三个人称的秋天》是一篇具有深意，引人深思的散文。陈晞哲喜欢举例子，将各个例子列在一起，以充分表达自己的观点。陈晞哲极其擅长将不同的点列在一起进行对比，进而分析阐述自己的观念。陈晞哲的文笔辞藻华丽，却又并不是华而不实的。整篇文章的风格虽然是略显悲凉，但又富含着一种催人积极向上的理念。

（王思佳）

马来西亚卷

戴小华

戴小华，马来西亚著名华文作家，祖籍中国河北沧州，1949年生于中国台湾，1973年出嫁到马来西亚。她不仅是一位多产作家，作品多次在马来西亚和国际上获奖，还是马来西亚华人文化协会总会长、马来西亚华文作家协会副会长和第三届世界海外华文女作家协会会长。马来西亚最高元首册封有功人士，戴小华被授予"为国服务荣誉勋衔"。1995年，第四届世界妇女大会在北京举行期间，有关单位出版了《华夏女名人》一书，选入世界各地各个领域有一定社会影响的140位华夏女名人，戴小华是马来西亚唯一入选的华裔女性。

走进热带丛林的沉思

马来西亚国家公园被视为世上少有的未经人类破坏的热带森林，它有一亿三千万年之久，全部受保护的地区有434300公顷（约是新加坡面积的7倍），范围之大，横跨吉兰丹、丁加奴、彭亨三州。丛林内至今仍住有Orang Asli，他们像遁迹世外的隐者。

这些世世代代都与山川河流紧密结合的原住民，他们不能像现代的都市人一样，搬家，不过是搬动家具和衣服罢了，有的甚至带着几件行李，就可以从本土迁到国外。对他们来说，迁居的意思就等于是斩断他们和母亲血缘的联系了！

早上8点，我们从吉隆坡市区搭车出发，约莫走了三个半小时，到达淡比宁。休息了一会儿，用过午餐，又坐上摩托长舟，沿着淡比宁河逆流而上。

由于干枯叶落进河内，河水呈现茶色，橙黄的阳光透过浓密的树叶筛落下来，照在流动的河面上，像金蛇乱窜，渲染了整个河面。两岸绿树，有的倒悬,有的横生,姿态万千,衬着山色倒影,在盛夏中着实让人通体生凉,暑意全消。

摩托长舟在河上以全速"飞驰"了三个小时后,终于到了大汉河口,也就是国家公园的入口处。

踏进预订好的别墅小屋(Chalets),一进门,见到里面冷气、热水、纱窗、浴巾、肥皂、防晒油、雨伞等一应俱全,着实令我吃了一惊。

晚餐时,满桌丰富多变的菜肴及各种美味甜点,又给我一个惊喜。原先以为自己进入的将是一个"蛮荒"地带,没想到,近几年的建设,已将国家公园由一位原本天生丽质的少女变成了一个千娇百媚的美女了。

次日早上九点半,向导吉米带我们爬 Teresek 山。

吉米肤色黝黑,个子矮小结实,在学校时是位运动健将。他说:"你们最好在身上涂抹一些防蚊膏,再用驱蚊油喷在鞋子及衣服上,以防止水蛭钻入。"

在原始丛林间行走,随处可看到许多交互垂挂的枝条,有的轻攀树身,蜿蜒而上,到了树岭,忽又倒挂下来;有的紧缠树身,不知过了多少年,树木已被缠死、枯倒,只剩枝条中空架在原生的位置,犹如广大的精灵,张牙舞爪地俯视你。那种诡谲怪异的感觉,令人窒息难忘。

走过一道以粗树桐搭成的独木桥后,山路开始陡斜,必须攀着枝干向上登,更陡峭处,几乎是垂直而上的,令人举步维艰,难以为继,故沿途中搭了许多攀附的绳索。

来之前,我的右脚已扭伤,但我仍咬着牙,誓必攀登到山顶。我几乎是头也不回地,一个劲儿地往上爬,结果,我竟是全队中最先到达山顶的。

到了山顶,我已气喘如牛,挥汗如雨,一双脚更沉得像铅块一样,抬一抬都觉得很费劲。我问吉米"山峰"有多高。

"334 米高。"

"只有这么高?"

"国家公园的最高峰在大汉山,海拔 2186 米,它是马来半岛的第一高峰,仅次于东马沙巴的神山(中国寡妇山),但由于它的山路异常险阻,所以是全国最难攀登的一座山。看!它就在对面。"

我顺着吉米手指的方向望去,看到大汉山在对面巍然耸立,我原先的得意之色完全消失了。

这会儿，队伍中最后一位终于赶到。我们都取笑他，他反而兴奋地告诉我们："这一路上，我发现了许多珍奇的植物和美景。还有一只罕见的巨鸟，几乎与你(望向我)擦身而过，可惜你走得太快，没注意到，我想叫你，又怕把巨鸟吓跑，不过，我全将它们摄入镜头了。"

听完他这番话，我思索良久。同样是登山，他是缓步而登，虽然爬得很慢，却颇得登山之乐，还不时有意外的收获；我则是认定目标，头也不回，固然可快速到达山顶，但也可能很快累垮，还极易错失许多美好的景物。

晚上我们泛舟河上赏月。船行至上游，将马达关掉，让船顺着河水缓缓地往下游流动。这时仰卧舟上，我静赏天河倒悬，身旁水声阵阵。远处萤光闪闪，在这片柔和的黑暗中，予人一种既美丽又祥和的感觉。

就这样飘荡了一个多小时，突见河右岸的半山腰上，灯光明亮，我觉得很好奇。吉米说："那是所小学，内有140个学生和20位老师，有50位学生住校。"

"我们去夜访他们吧。"我提议。

"这个时间?"吉米讶异地问。

我点点头。船靠向岸，我们下了船，走了段山路，进入了这所学校。游目四望，论规模，它真是十分有限，论设备，也仅能提供起码的教育所需。简陋的教室内，10多位学生正在埋首写字，我一看表，都10点多了!

这群十岁左右的孩子们，一看见有陌生人到访，马上七嘴八舌地骚动起来。我笑着和他们打招呼，他们可爱的脸庞也马上绽放出笑靥。我情不自禁地拿出了相机，几个孩子一见到相机，马上蜂拥而上，像见着了他们生命里的新鲜事儿。我笑着说："别急，别挤，你们坐好，我才能为你们拍照。"

他们又一窝蜂地回到座位，马上摆好了姿势。拍了几张，孩子们又朝我围拢起来，我将相机交给吉米，吉米一举起相机，孩子们又机灵地扮起鬼脸，打起手势，有的还跳到桌上。我实在喜爱乡村儿童这种活泼、爽朗的性格，同时也为他们庆幸，在幼年成长的阶段，能听到潺潺的水声，闻到青青的草香，也能抚摸得到鲜活的自然与生命。

大自然原本就是孕育儿童最佳的摇篮，在这里，一切书本上的知识、图片，都变得如此生动而鲜活了。

一位胆子较大的孩子，问我会不会把照片寄给他们，我又不禁笑着说："谁要照片，就把名字和学校的地址写给我。"

只见这群可爱的孩子们赶紧拿起笔,将自己的名字及学校的地址写在纸上,纷纷交到我手上。

这时,有三位驻校的老师走进教室,我问他们:"为什么这么晚了,孩子们还在读书?"

其中一位说:"这是加强班,为了他们将来能顺利升学。"

我的天!当已经有太多城市的孩子们,必须在补习、考试、练琴、练舞、学画等忙碌的时间表中打转时,我实在不希望见到乡村儿童的欢乐、活泼和朝气,也在升学导向的教育体制下,在功利主义的社会风气中,一点一滴地失去。

这使我想起了儿时的一首歌:

> 我家住在绿水中,
> 游来游去乐融融,
> 但愿渔翁不来忧,
> 自由自在乐无穷。

曾有人感叹过:"不知道什么时候,我们才不会做渔翁,让儿童像鱼儿般自由自在地快乐,尽情享有他们的童年?"

后　记

我来自一块被誉为"美丽的宝岛"的土地上。但工商业的高度发展,当地人民疯狂地追求"富裕"和"进步",已将这个宝岛陷于无所不在的"成长并发症"中。环境的污染,工业的灾害,文化的失调,生态的危机使得这块土地不再美丽,甚至有人悲痛地称她是"生了梅毒的母亲"。

很少有人能够真正了解,十年二十年后,发现自己曾经生长过的土地已变成一块令人遗憾伤心的污染之地时,会是怎样的一种心情。

当我见到马来西亚国家公园内,仍孕育着一万种不同的植物,清澈见底的河水里仍存活着无数的鱼虾时,是多么得惊喜;可是,当看到仍有人把垃圾往这么一个生趣盎然的自然宝库中丢弃时,又是多么得愤怒!

没有人能够否认山川与我们的密切关系,但是,为什么我们一定要把河水弄脏后,再千方百计地用化学药水去消毒呢?

为什么我们一定要把环境污染后,再大费周章地去寻找解决之道呢?

难道人类不明白,关心山川,关心生态,其实就是关心自己吗?

如果人类只追求自身的文明,而完全漠视自然环境,那也正是文明的自杀。

既然有一天我们每个人都必然要为山川,为自己流泪,那么,为什么不从现在就让我们与山川一同呼吸,一起生活呢?!

作品赏析

作者本篇文章是以参观马来西亚国家公园——世上少有的未经人类破坏的热带森林为背景而写的,在那里有世世代代生活的原住民。早上作者整装出发,沿着淡比宁河逆流而上。阳光透过浓密的树叶筛落下来,照在流动的河面上,渲染了整个河面。两岸绿树,衬着山色倒影,在盛夏中着实让人通体生凉,暑意全消。到了预定的别墅小屋,作者被眼前的景象惊到了,本以为是一片荒芜的原始状态,然而现实却令人大吃一惊,现代化设施一应俱全,应有尽有。第二天向导带作者和朋友们爬了山,作者看到那些原始的树木有的已经枯倒,失去了原始的那份生命力,感到痛惜。晚上作者和朋友们赏月,忽然发现山腰上有一所小学,作者和朋友们去小学夜访了孩子们,给他们拍了一些照片,然而孩子们为了顺利升学不得不读书至深夜,作者感叹道实在不希望见到乡村儿童的欢乐、活泼和朝气,也在升学导向的教育体制下,在功利主义的社会风气中,一点一滴地失去。接下来的后记便是作者对于现状抒发的感受以及呼吁大家保护环境,这也是本文的主旨。

文章中大量运用了比拟的修辞手法,如:"原先以为自己进入的将是一个'蛮荒'地带,没想到,近几年的建设,已将国家公园由一位原本天生丽质的少女变成了一个千娇百媚的美女了。"启发读者想象,使文章更生动。本文通过写马来西亚国家公园本应是原始森林而现在却被开发成旅游度假的地方,揭露了随着工商业的高度发展,当地人民疯狂地追求"富裕"和"进步",已将这个宝岛陷于无所不在的"成长并发症"中。环境的污染,工业的灾害,文化的失调,生态的危机使得这块土地不再美丽,而我们赖以生存的家园正面临着危机。作者写这篇文章也是为了呼吁人们正视环境问题。在后记中作者运用了多个反问句,加强语气,更能引起人们的思考。

文章语言优美,结构清晰,作者通过自己游玩马来西亚国家公园的亲身经历进而引发思考，最后又呼吁人们要保护我们赖以生存的环境，而不能只追求自身的文明，而完全漠视自然环境。

（李翠翠）

叶　蕾

叶蕾,原名叶淑兰,祖籍中国广东省普宁市,1951年出生于槟城,在威省打西汝咯成长,在当地励志小学受教育,1974年婚后定居于槟城州大山脚,马来西亚华文作家协会永久会员。曾任光华日报副刊编辑,吉隆坡生活出版社特约作者。作品多以散文和小说为主,著有小品文集《女人心》,散文集《像风的记忆》《一叶小舟》及小说集《美的错觉》。

我摔碎了家婆的玉镯子

走经庙街的小铺,看到高挂着的琳琅满目的纸扎品,想起一年一度的清明节又要到了,今年,在阴间的您,还需要什么呢? 今年纸扎品种类可多了,有摩托车和汽车,还有新款电脑和手机。适合女性的有多种首饰,项链啊,戒指啊,金手镯子啊,耳环啊,应有尽有,还有名牌手提袋,不知怎么就是没有玉镯子。总之,您在阴间若想要物质享受,只要托个梦,我会在扫墓时带到山上,在您的墓前焚化给您。

妈妈有四个媳妇,为了公平,您自己决定,轮流在每个儿子家都住上两个星期。条件是,每个儿子都得给您配上他家的一串钥匙。每次轮到我们这一家,一大清早,邻里就会看到您提着个纸袋,里面装着您的衣物和一些用品,高高兴兴地站在门前,孩子们看见了,都兴奋地欢呼:"奶奶来了,奶奶来了。"来不及等我开门,您自己已经从腰包里掏出一大串钥匙,凭自己的辨认能力,找出我家的钥匙把门开了。那时候看到的您,脸上流露的是一种快乐的、权威的满足。

家翁走得早,您历尽沧桑把8个孩子扶持成人,因为您的教导有方,您的孩子都挺孝顺的,作为媳妇的我们,虽然偶尔闹点意见,但很快就烟消云散。

每年逢正月初七,这一天,是人日,也是您的农历生日,如果这一天您是轮在大伯家,我们妯娌一大清早就集合在大伯家,忙碌地为您中午庆祝生日的那一餐准备着。妯娌之间有说有笑,您拨弄着七色菜,要我们稍后清闲了去买个钱包,说这一天是人日,买个纪念品,留个好意头,我们都照做了。

在您走后这15年来,每逢年初七,有时忘了是您的冥诞,有时忘了是人日,妯娌各自忙自家儿孙的,没有在这日子里相聚的热闹,更别提买什么纪念品了,树倒猢狲散或者人走茶凉,大概指的就是这种情况吧。

您生前最喜欢热闹,每次到镇上的石山戏院看电影,后面一定带着五六个孙子。回来后那几个孙子就七嘴八舌地细诉奶奶带他们看电影被守门人挡住的情节。当然啦,一张六毛钱的入门票,六七个人进戏院怎么划算啊。结果您只好再付两张儿童票才过关。那些孙子多么担心进不了戏院,看不了戏呢。往后您再邀他们去看戏,他们就先问:"奶奶,您买我的票,我才去,不然碰到同学,羞死了。"

您总在那时笑骂一声:"不去算了。"但接近电影放映时间,您又兴冲冲地展示事先购好的几张票子,邀约那群猴孙子,共同到戏院去了。我们都笑您喜欢前呼后拥的阵容。您的确是挺喜欢热闹的,所以大伯提议给您订购义山一个可睡四人的墓地,说墓前建几个梯级,将来您仙游后,每逢清明节,这八个儿女开枝散叶、儿女成群,您的子孙,全去扫墓,四五十个人集合在一起说有多热闹就有多热闹。您听了满怀高兴,赞成这项建议,并且想象以后每个孩子都带着孙子到坟山上扫墓的情景。当祭拜仪式完成,把冥纸、冥衣鞋都焚化给您后,大家围在您的墓前,有的坐在梯级上,内孙把米粉吃了,外孙把西瓜切了,儿子把烧猪分了,媳妇和女儿想吃什么拿什么,大家谈谈笑笑,就像每年正月初七您生日那天一样,这也是我们家族聚首欢乐的一种方式。听得您满怀高兴,一张布满人生沧桑的脸上荡漾着憧憬的神色,您甚至还担心将来子孙到齐了不够位子坐呢。够,够,够,大伯是拍着胸膛向您保证的,于是,在若干年后,您拥有了这么大的一片墓地。

从中国南来的妈妈由于经历过饥荒,生活十分节俭,因为住在巴刹街,常常看到菜市里菜贩把包菜外层剥下丢弃,您觉得很可惜,好几次都捡拾回来分给我们几个媳妇热炒。假如妯娌中有人表示不要吃拾掇来的包菜,妈妈会脸色一沉,说:"人在有时要思无时,这些菜叶都是新鲜没有坏的。"

每年的清明节,夫家几兄弟十分合作,都约好选在同一天上山集合扫墓,开始几年,共赴山上的子孙的确很多,对一位仙逝的老人家来说,这样的子孙阵容可以说是壮观的。由于您的墓地偏僻,很多站在外边的人不晓得热腾的义山后边还有这么一片阴凉的墓地。十五年了,您的旁边还没有左邻右舍。回想生前喜爱热闹的您,黄泉下的寂寞可想而知。渐渐地,长大的孙子留学国外,毕业后成家立业,他们的事业不是在国外就是在外坡,有的为了孩子的学业,有的为了路途遥远,来上山扫墓的孙子越来越少,这是情有可原的。只是您的儿子们,也逐渐因年纪大及健康原因日渐虚弱,有些开始缺席每年清明节的扫墓,往后的人数阵容,寥落是可想而知的。

当妈妈不幸摔倒导致瘫床那三年,妯娌依然轮流照顾她老人家。因为每个月要到医院去换尿袋,我们改成了每家照顾一个月,就是到医院检查时顺便载送到下一家。妈妈虽然瘫在床上,但她思路清晰,常和我们提及当年她如何从中国,肩上挑着扁担,前篮挑着大儿,后篮挑着次子,女儿跟在后头,和一群南渡的,相熟的,不认识的,一起翻山越岭,日夜走经山路,从泰国走到马来亚大山脚找丈夫的事。

也许是父亲早逝,由妈妈一路掌权,所以妈妈临老权威依然,一声怒吼,即使是瘫痪在床上,儿子和媳妇也丝毫不敢违抗她的意愿。

奶妈虽然已经84岁,但身体微胖,体重有分量。由于外子在外做生意,三个孩子都上学,每一次轮到我载您到医院去换尿袋,都是一个人半抱半拖地把您抱上车子,只要到了医院,就有医护人员推着轮椅来帮忙。每次在抱着妈妈前,事先都跟您说好,当我抱着您上车时千万不要晃动。老人家帮忙提着尿袋,笑嘻嘻叫我别担忧,您说会配合我的行动。不知为什么那一次,我抱着您已经接近门口,突然一时感觉力不从心,两个人失去平衡慢慢地摔了下去,我吓坏了,听到您"喔"的一小声,我赶紧追问,妈妈有没有事。只见您面带笑容,尽管您也因这一摔而受惊,但却不忘安慰我不要怕,您说没摔疼,只是手腕上的老玉镯摔断成了五截。妈妈虽然有点惋惜,随身戴着40多年的玉镯子摔破了,但您相信"玉截断,人平安"之说。您说:"破了就破了,反正那玉戴久了,磨着颜色也不翠绿了,失色了,以后再重新买过吧。"

由于翠绿的玉镯子难找,稍微看上眼的,价钱太高昂,妈妈嫌贵,我经济能力有限,也只有期待将来买个漂亮的玉镯还给妈妈。

一年过后,妈妈走了,我也没有再买过一个新的玉镯给您。倒是那个摔破了的玉镯,一直摆在客厅的橱里,每次摸着橱里的摆设,看到那断了几截的玉镯,就会想起妈妈在生前,和我相处的那段融洽的日子,以及您威严中带着的笑容。

🌴 作品赏析

　　文章洋洋洒洒两千余字,形散而神不散,始终以回忆家婆为主要线索。回忆了她生前喜爱热闹的事情:轮流住儿子家、带孙子看电影、每年庆生等,突出其友善、慈爱、威严而亲切,表达了作者的思念之情。

　　文章看似语言平实,实际上在平静的语言文字中蕴含着深切的追思与怀恋。家婆的每一句话,每一个神情都是怀念结出的果实。

　　本文通过几个简单的事例,追忆了家婆的宽厚、仁爱、节俭,自然流畅,情感真挚,令人动容。

(张清媛)

李忆莙

李忆莙,马来西亚华文作家,出生于1952年,以小说散文见称。现为马来西亚华文作家协会副会长。曾获首届"马来西亚优秀青年作家奖"、第十二届"马华文学奖"、新加坡"方修文学奖"散文首奖、中国"全球丰子恺散文奖"金奖、"四川散文奖"等。长篇小说《遗梦之北》被中国香港《亚洲周刊》评选为"2012年全球十大中文小说"。中国四川驻省作家。与顾彬等合著《外国人眼中的四川》(当代卷),已出版长、中、短篇小说《遗梦之北》《春秋流转》《镜花三段》,散文《年华有声》《菱花照影》《地老天荒》等十余种。

书香梦影

那个微雨初歇的午后,大妹带我来到英国最大的综合性大学——基尔大学,她就是在这所大学拿到她的博士学位,目前也任教于此。

基尔大学地处英国的中央位置,在斯塔福德郡的石头城附近。石头城很宁静,有着一种灵秀的山水韵味,是个乡土味颇浓厚的地方。因此大妹常戏称她是乡下人,过的也是乡下人的日子。其实看得出来,她挺享受这种宁静而闲散的日子。

大学坐落在250公顷的绿地上。附近有河流,有牧场。大妹说,夏天可以看到放牧的牛马羊。她最爱看牛马羊吃草了,有空的时候,可以久久地站在那儿看。那种感觉,就是闲散得很。

是的,闲散。整个石头城就是洋溢着闲散的气息。在去基尔大学的路上,我也特别能感受到那种写意的闲散。车窗外,远山迷蒙,隐约间似乎泛着水光。极目望去,地势高高低低;远处是一大片的绿,近处却是褐色的,有点荒凉。那是空树,是没有叶子的树林。英国春季通常来得迟,时间似乎过得很慢,让人感觉岁月有时是错综的。

去基尔大学,主要是去参观 Keeke Hall,据说这幢已经有 500 年历史的大宅,里面布置得富丽堂皇,充满贵气。最初是沙皇公主的行宫,后来易主英国皇室,再后为 Sneyd 家族所拥有。大宅几经易手,不仅说明世事变幻无常,人生在无形的岁月中,更是一晃眼的工夫。当然,如今大宅的产权已归大学所有。因此大学各学院的活动都在此举行,也可以外租。近些年来的趋势是越来越多人选择在此举行婚礼,因此场地抢手,租用还得排期呢——毕竟这样的婚礼,这样的场面,是无数女孩子心中所向往的。

可对我而言,最感兴趣的还是这幢古老大宅的过去,是那些曾经拥有过的而后又消逝了的承载。这当然不是指器物或古董,这是两种截然不同的概念。曾经存在,而后消逝,指的是记忆;被珍藏,但没有记忆,指的是珍贵的古物。广泛来说,是古董市场中人的眼光大较量。但我最喜欢的还是徘徊在斑驳门墙里外寻找旧时梦……一堵斑驳的门墙已够让我神往不已,更何况是那么古老那么富丽堂皇的一座大宅呢,那真是一种无法形容的飞扬感觉,令我联想无限。

大宅确实很大,这种大,大到可用"建筑群"或"城堡"来形容。它总共三层,红色,呈长四方形。正面门厅的墙上,有着典雅的花纹装饰,衬托出一种既精致又堂皇的视觉效果。进门是走廊,铺着厚厚的地毯。推开左边的一扇门,是一个宽敞的大厅,大理石柱子,上面雕刻着精美的图案。高高的天花板,垂着一盏典雅而古老的吊灯,光晕柔和,散发出一种岁月静止的意味。地上同样铺着厚厚的地毯,几把有扶手的红褐色皮制椅子,配上一张小几,那应该是会客用的吧。另外还有丝绒沙发,后面的墙上挂着油画,橱柜里摆放着一些古董或装饰品。壁炉旁摆了一列书架,我略微浏览了一下,大半是宗教题材的图书。壁炉已经没有了火,给人一种人去楼空的感觉。红色丝绒与白色蕾丝的两层窗帘半拢,可以看到外面墙上爬满仍未及抽绿的常春藤。

大宅虽有三层,而实际上,我们一直只在楼下转。一直在客厅与客厅之间穿梭、浏览,想象着在那些过去了的日子里,这里是怎样的一番情景,王公贵族的夜夜笙歌,又是何等奢华的一种富贵气。

然而,时光流逝了,人也不在了。

我踱到一处右边有门的走廊,顺手推开其中的一扇门,里面是书房,四面墙壁都是书,书架一直延伸到天花板上。毫无疑问,这里是一个精神丰盛的地方,而最美丽的风景应该是那把靠在书架旁边的橡木梯子吧——书香往事啊,是多么令人为之神驰!我不觉走了进去,久久地站立在书架前,随即一种凭吊的心情油然而起,不由随手抽出一本书,那是一本硬皮封面的书,捧在手里觉得很有分量——我被这厚重深深打动了,这是一本怎样的书呢?翻开来,首先映入眼帘的是一个签名——H. Sneyd,另加一个日期,都是用铅笔写的。时间是 1870 年的 7 月。这日期让我怔忡了好一会。心想,一百多年来,看过这本书的人,一定也不在少数吧。他们会不会也跟我一样:翻开它,在扉页上看到这个日期,先愣了一下,才慢慢地吹掉上面的灰尘,再看看,觉得还是不彻底,于是又仔细拂拭一番,然后小心翼翼地将它放回书架上?我不知道这书的主人是 Sneyd 家族的第几代人了,但肯定是个爱书人,长期以他的财力,到处物色珍贵的版本。我甚至幻想,在 1870 年的某个夜晚,当楼下客厅坐满客人的时候,他推开书房的门,轻轻地走出来,在一张有扶手的丝绒椅子上坐下,缓缓地呷上一口威士忌,然后带点宣布的口吻对满座的客人说:"又有一批新书运到了。"

物色新书,搜罗珍贵版本的书籍,应该是这位爱书的绅士最为热衷的事了。想必全英国,甚至是欧洲的出版商都认识他,跟他很熟络吧。

我轻轻走出书房,再回到宽敞的客厅。客厅几乎都有着巨大的落地窗,一年四季将外面的景色带进来。

我站在窗前,夕阳缓缓西下,屋里屋外悄无声息,一片冷意。

🌴 作品赏析

《书香梦影》属于一篇极其富有诗意的文化散文。这篇散文讲述了作者由大妹带着去参观在斯塔福德郡的石头城附近的英国最大的综合性大学——基尔大学的所看所想,以及对时光飞逝,物是人非,文化长存的感慨。

《书香梦影》文中描写了大量的景色,石头城宁静的景色,闲散的山水韵味,牧场悠闲散漫吃草的牛羊,极其富有错综时光感的复古的基尔大学的大厅、大宅子、走廊、书房,作者寓情于景,使得整篇文章都有一种舒缓悠闲的感觉,充分展现了散文"神散而形不散"的一大特征。运用空间视角,以大见小，从英国到石头城，再从牧场到基尔大学，使得文章结构更加完整，文章层次更具丰富性。运用语言描写，直抒胸臆，表达了对石头城的喜爱之情。运用想象、心理描写等，表现了作者对于基尔大学宏伟壮丽的大厅的赞叹。古今对比，表现古老大宅的珍贵。多运用比喻描绘古老大宅的样貌，突出古老大宅典雅、精致、古老的特点。运用些许反问，感叹大宅的奢华、贵气。举书本上日期和 Sneyd 家族的主人是个爱书人的例子感叹时光的流逝、宅子的古老、书香往事的保留、珍贵文化的保存。结尾戛然而止，引得读者去想象、推测文章深意。

《书香梦影》的文笔看似温情，但却在结尾的时候埋下了冷清的意境，引人遐想深思。李忆莙写下这篇散文，有极大的可能是感慨时光的流逝，只有文字记录下了这份流逝。除此之外，便是感慨劝诫人们要珍惜书本、文化了。李忆莙的文笔朴实简单，没有华丽的辞藻，没有多么高大上的修辞，有的只是淡淡蕴含在其中的诗意、诗境，以一种很平实的口吻叙述着自己的所看所感所想，却富含内蕴，引发读者共鸣。

（王思佳）

李宗舜

李宗舜,另有笔名黄昏星,祖籍中国广东揭阳。1954 年生于马来西亚;1974 赴中国台湾,曾就读政大中文系;1976 年与温瑞安、方娥真、周清啸、廖雁平等创立神州诗社,任副社长;现任马来西亚天狼星诗社常务副社长。著有诗集《两岸灯火》《诗人的天空》《风的颜色》《风依然狂烈》《笨珍海岸》《逆风的年华》《风夜赶路》《四月风雨》《伤心厨房》《香蕉戏码》,双语诗集《擦身而过》,散文集《岁月是忧欢的脸》《乌托邦幻灭王国》《十月凉风》。

旧钟,时间的发条

品相完美的木身,岁月雕琢的痕迹,古物伴随人事跌宕走过的沧桑,目睹迁徙,目睹日夜循环,阴阳互换——都镶嵌在时间的长短针上。

时间如流水,时间在计算功过,时间在那发条饱和的节奏感,在滴和答中,一分一秒地流失。

旧钟挂上墙壁,旧钟遇到疼惜它的主人。他偶然在露天大停车场不起眼的摊位,发现它横躺在空地上。珍惜这初遇,捧在手上,回家洗油,让机械操作顺利,定时保养木身和机件,一个星期上一次发条,生怕时日迁移,无法回到当初。

何为当初?跳蚤市场那不起眼的旧物堆中,向小贩议价,忍痛高价购得,回家的路上,小心翼翼地设法让丢弃的废物重生,因为时间,因为珍惜,哪怕是瞬间。

百年的美国艾森尼亚八卦旧钟伴随花花世界的彩笔,走到路口,走入1882 年就有专利的历史。

那些巧思的刀功,雕花的木纹,配饰富有层次感的镜片,留下时光的影子在闪耀,留下一幅斑驳的墙面和悬挂的旧钟,在那里挥别青春年华,在分针和时针交会的刹那,写下一本时间编码的诗书,歌咏过去,此刻停留在疼惜者的怀抱,一首生命的诗于焉诞生,没有将来。

卡缪说过:"荒谬只是起点,而非终点。"那时间的机器呢?它已经走过了一个世纪。

从20世纪一路崎岖历险来到这个世纪,有韵律的心弦,弹奏流水漫步的舞曲,为翻开的日历首页叩响昨晚遗留的嗓音,一张结伴同行黑白照片上,往昔一幕幕苍白的记忆,在落日的长影中变短。如果时间肯为这一切背书,用一张变黄的稿子书写往事,不知能补偿多少遗憾。它留下齿轮攀升的痕迹上,一分一秒地兀自走着,不曾在意,哪些是过客,哪些是知音!当钟声响起,落荒逃逸的光纤,跳跃着的不堪回首,就此打住……大大小小的事件,揽住那两支移动的针头,就是不肯松手。

🌴 作品赏析

《旧钟,时间的发条》这篇散文主要向我们介绍了一个具有百年历史的八卦旧钟,并通过对于旧钟的历史描写,从而展开了一场关于时间、岁月、往事的思考。这篇散文以"旧钟,时间的发条"为题,采用了象征的手法,以旧钟象征时间,从而揭示了文章的主旨,即以旧钟为描写载体,抒发了对于时间流逝的感慨。

旧钟,不仅记录了时间的流逝、日夜的循环以及人事的沧桑,同时,它的身上也留下了岁月雕琢的痕迹。这个旧钟原本横躺在跳蚤市场那不起眼的旧物堆中,很幸运遇见了疼惜它的主人,把它带回了家,让它重获新生。但是,旧钟再也回不到当初……这篇散文最突出的写作特点是采用了虚实结合的写作手法,通过旧钟在这个世纪品相完美的木身、岁月雕琢的痕迹,联想到它在19世纪有专利的历史,那些"巧思的刀功,雕花的木纹,配饰富有层次感的镜片,留下时光的影子在闪耀",旧钟的身上有过太多青春年华,历经一整个世纪的是是非非,在它经历的人事中,有过客,也有知音,但当这些过往都如烟飘散之时,旧钟仍然坦然地挂在那儿。本文的语言极富哲理韵味,特别是"时间如流水,时间在计算功过,时间在那发条饱和的节奏感,在滴和答中,一分一秒地流失""在分针和时针交会的刹那,写下一本时间编码的诗书,歌咏过去,此刻停留在疼惜者的怀抱,一首生命的诗于焉诞生,没有将来""它留下齿轮攀升的痕迹上,一分一秒地兀自走着,不曾在意,哪些是过客,哪些是知音"等几句,告诉我们时间如白驹过隙,过去和未来交替,各种人和事都将匆匆而过的道理,并能启发我们对时间和过往进行更深层的思考,令人受益匪浅。

　　李宗舜的这篇散文,通过对于一个古老旧钟的描述,借助于形象的描绘和充沛感情,从而抒发了对于时间流逝的感慨以及往事如烟的喟叹,文章整体文学色彩很浓,语言极具哲理韵味,引人深思。

(刘世琴)

郭诗宁

郭诗宁,原名郭月英,1966 年生,马来西亚槟城大山脚人。1983 年加入文风学社后开始写作。1984 年毕业于大山脚日新中学。1986 年出任文风社社长,并于 1988 年与社员出版合集《上灯的时候》。现为教育工作者,执教于大山脚侨光小学,作品《人离乡贱》收录于微型小说集《千元之舞》中。2017 年,小说《人离乡贱》获选入《大山脚作家文学选集》。

家 书

爸爸:

周岁那年,我就知道您是最疼我的了。

那个早晨太温柔了。爸爸,您带着一家人去植物园,我们就列队在姹紫嫣红的花园里拍了一张照,没想到这张相片竟成了我童年唯一的记忆。我被爸爸用一只结茧的大手抱着,一边吮食着大拇指,一边睁着大眼睛,稚意盎然。我灿烂一笑,让相机拍下了最最幸福的父女图。那时候,我被养得白白胖胖,爸爸的一只大手竟可以轻易地支撑他肥硕的女儿。紧紧一拥,所有的关切疼爱都在那时候承载过来了;轻轻一扶,就扶成二十年后的我,可以承欢膝下了!

鸟兽都会有反哺之心,有哪个儿女不想侍奉父母呢?前两年,我念完高中升上先修班,先修班一年级念了三个月后我毅然停学而去任小学临教。第一天我带着惶恐的心情到执教的学校去时,适逢每周师生的集会。我站在老师的行列,望着数百个学生肃立在台下,一张张红润的小脸,昂然谙练地唱着校歌。我多么抱屈,爸爸!那时候,我突然嗟悔起来,碍难起来!

我真想回学校去,像所有同年的孩子,穿蓝裙校服背绿书包,每天蹦跳一路街景上学去。那时候，所有蛰伏在心里的泪全急遽涌了上来！我又秉性爱哭，若不是懋懋强憋着，相信早已潸然泪下。我又想起清晨临出门前爸爸诸多的嘱咐，甚至干涉起女儿的衣着发饰，唯恐您懵懂的女儿没有为人师表的昂昂气势！一路上，爸爸的叮咛袅袅，想着您俨然的眼神，我不再跋前疐后了。爸爸，您的眉宇虽然森严，我却已看透您眉宇间匿藏着的心事、愿望！

懂事以来，我没有一分钟敢忘记，爸爸您的期许。

爸爸的期许总是那么多，但善良、美丽。像许多次天刚亮、雾气霏微的黎明，您拉着我七岁的小手到屋后山脚的那条火车轨道晨跑。铁轨间相距二尺有余的横架板，我是怎么跨也跨不及的。

您就喜欢假意呱嗒起险，一副蛮不赏识的样子。我一赌气——猛跃，就真的跨过去了。这时候，早晨的风景呈现最清晰的轮廓，原来阳光也模拟着跨过雾气，袅袅婷婷地向我们走来……

在众多儿女中，您对我的期望最大最重，这是我深深领会到的。当然，小妹的表现更令您欣慰。然而您予小妹的尽是呵护与疼惜的父爱，不像我，从小就秉承您信任的眼神琢磨成刚强独立的女孩！女儿既然得您信任，当然就要表现得叫所有人满意，让您放心才是！成长的这些年来，我虽没有赫然的成绩叫您引以为荣，却也从来没有叫您失望或让人嗤骂的。这不亢不卑的表现不正是您一直推崇的吗？如今我身为师训学员，渐渐收敛起以往尖锐的霸气。爸爸，您会赏识的，是吗？

许多年来，您不是都在期待儿女当中能有立志从事教育工作，当老师的吗？您常抱憾自己求学不多，就期望我们除了知书识礼，最好还可以兼顾天下子女的教育。如今，我真庆幸自己可以在不违背己身志向的同时完成您美丽的心愿。世间竟有如此善良的安排，真是太好了，爸爸！

爸爸，若我说您有点太过心切了，您会生气吗？我离家念书，每次返家，您总不会忘记要妈妈煮几道我爱吃的菜肴，刻意盛餐一番，无非是想让您女儿我身体康壮、健步走向生活，待明年以最优美的姿态领取毕业证书！我说错了吗，爸爸？

对于女儿的健康，您如此爱护，然而对自己的身体，爸爸，您又何曾关注？全家大小，就好像只有您一个人不晓得自己身体有病似的。工作一样操劳、夜一样熬、烟一样抽，爸爸，您一生倔强好胜，却铸造儿女的心痛如绞！

我们虽不富裕,却也不至于捉襟见肘,爸爸,您怎么从不肯多花一元五角的医药费于自己呢?有时候病情恶化,您一样固执逞强,安之若素,唯有在妈妈和我们的苦苦规劝下,您才肯往公家医院走一趟。爸爸,您不是期望儿女出人头地的吗?又怎么可以让自己的身体虚弱下去呢?爸爸,我最敬爱的父亲大人,女儿一生胸无大志,如今只待早日毕业做个好老师(算是圆了您的心愿吧!)并且可以承欢您膝下。

爸爸,女儿自小就没要求过什么,如今这个祈求也不算苛刻,您是无论如何都要成全女儿,帮女儿圆了这小小的心愿。

爸爸,我们就这么说定了!其余的我会再向您禀报。

敬祝

安康快乐

🌴 作品赏析

本文以家书的形式,以"我"的视角将自己的近况一一道来。首先回忆了自己的成长过程,表明了自己对父亲的理解与反哺之心。然后表明了自己的态度,定会学有所成。最后,表达了自己对父亲健康的担忧,希望父亲能照顾好自己。

作者在家书中深情款款地回忆着自己的童年往事,诉说着自己对父亲的期许与隐忧,字里行间流淌着父女之间的默契、羁绊、传承。书信拉近了作者与父亲的距离,而第一人称叙述拉近了作者与读者的距离,更增亲切。

文章段落清晰,语言流畅,感情真挚。

(张清媛)

纪湘怡

纪湘怡,原名游雁斌,1966年出生于马来西亚柔佛州的昔加末。祖籍中国福建永定,客家人。1989年毕业于马来西亚槟城诗礼槟榔师训学院,现今居住于槟城大山脚,在大山脚武吉丁雅平民华文小学执教。纪湘怡在中学时期开始创作,以写散文为主,作品常发表于当时的各报刊。1988年与一群爱好文学的文友合集出版了《上灯的时候》。

老房子里的童年(节选)

老妈常对我们说:"你们的老爸最让我满意的就是买到这所房子!"

我们住的房子已经快年过半百了,大家都说它是老房子!

我们的老房,屋顶早已被风雨腐蚀褪去了明丽的色彩,只留下岁月的斑斓刻画在白墙上。从远处看,老房子后面高高的椰林,好似一个翠绿的大屏障,格外抢眼,在阳光的照映下,老房子和椰林呈现出一幅美丽的图景,简朴而亲切,宁静而柔美。

由于这儿的老邻居好多都跟随他们的儿子搬迁到新的住宅区,住在更华丽的洋房。老爸也曾经想过要搬迁到新区,但是老妈不要。其实,我们都了解老妈的眷恋,因为我们家的一花一草,装修设计的一砖一瓦,都是老爸老妈花了45年的心血,慢慢地一点一滴建立起来的,念旧又痴情的老妈又怎么会舍得搬家呢!

再说,这个住宅区靠近菜市场,又是小商业区,各行各业都可以在这儿找到,吃的,穿的,用的,必需的,消遣的,娱乐的,奢侈的,甚至高档的商店都具备,麻雀虽小,五脏俱全! 居民们不怕没地方去,只怕口袋里没钱花!

我的家不是什么豪华洋房,只是一间旧式的双层半独立小栋。老爸当年用政府贷款买下了这所房子。1972 年 10 月，我们一家人搬到这儿，四周是一片荒凉的椰林，椰树成片，椰姿百态。当时，住在大山脚鱼池的祖母，对老爸在这种荒野的地方买了房子非常不满，不停地唠叨老爸！但是，对老妈和我们四姐弟而言，这个家就是我们的乐园，一个安乐窝！

我们家房子客厅比较宽大，三面墙上都有窗户，墙面的最上端还设有几个通风口，所以，房子非常凉爽。还记得小时候的我们并没有开风扇的习惯，而我们姐弟四人，最爱躺在客厅那滑滑亮亮的洋灰地上，凉凉冷冷的，舒服极了！

20 年前，因为要给儿子娶媳妇，老爸老妈决定把洋灰地给敲了，改铺上地砖。老妈非常不舍得这一屋子的洋灰地，因为老妈每天辛勤地抹地，已把地面抹得又光又亮，犹如镜子般明亮。

我们家房子楼上的地板和墙壁都是木板的，当时的木材料都是非常坚硬的檀木。每天晚上，当天气转凉时，木板就会发出响声，感觉好像有人在楼上！开始时不懂原因，后来长大了才懂原来这是由于木板热胀冷缩所发出的声音。

我们的家从前不会有楼下凉爽、楼上闷热的情况。小时候的晚上，我们没有开风扇，只开窗就睡觉了！半夜还会被冷醒，得爬起来盖被呢！遗憾的是，这种情况已成为过去。唯一不变的是每回大热天从外边回来，一走进家里就倍感凉爽，非常舒服。就是因为这个原因，老爸老妈坚持不肯把楼板和房间墙面换成洋灰的，只是增设了隔音墙。

我们家房子前面有一小块空地，老爸老妈曾经在这儿种过柚子树，小时候的我们，不只爱吃柚子，还时常把柚子皮当帽戴！几年后，老爸说因为柚子树老了，结出来的柚子又干又涩，味道不好，就改种阳桃树。小时候的我们也非常爱吃阳桃，母亲从来不把阳桃切成星形，反而是顺着阳桃的形状切成长行。但是，阳桃树惹蚂蚁！老爸忍无可忍，就把树给砍了！

我们的房子旁边也有一小片的空地，老爸老妈也在空地上种过人参果和木瓜树。人参果最好吃了，但是，树木也一样是爬满蚂蚁。所以，小时候的我们，常和蚂蚁一起玩，我们总爱看蚂蚁搬食物，看蚂蚁群工作。偶尔，我们这四个小瓜也会捉弄蚂蚁，故意弄掉了好几块面包屑，然后，观察它们如何招兵买马，叫来了一大群黑压压的蚂蚁排成一队，跟着它们走，观察它们如何轻而易举地就把食物搬进窝里。

而这一片小空地也是我们和老妈在农历新年前一起制作糕饼的欢乐天地。小时候，只靠老爸一个人教书赚钱，当时的公务员薪金并不高，扣除了贷款和生活费，也没有多余的钱给我们买奢侈品。所以，老妈为了满足我们四姐弟的口味，会在农历新年前，自己制作各种各样的糕饼。这时候的我们最开心啦，有得玩又有得吃！

　　我家篱笆外也有一小块空地，老爸也曾经在这儿种了一棵柠檬树。当时结了满树的柠檬，黄黄的果实，非常诱人！但是，柠檬酸酸的，没人懂得欣赏，当时更没有人懂得柠檬的好处，送人都没人要！所以，老爸又把它给砍了！

　　我家后面有块小小的荒地，就与我家后门隔了一条后巷。空地旁边斜下去五六尺，有一条流水潺潺的小溪。小溪旁就是一大片的椰林。传说这个椰林曾经是乱葬岗！虽然听起来有点恐怖，但是，这一片大自然却是我们姐弟成长的最美地点，也是写满我们一家人45年来的喜悦、惊险和哀伤的故事。

　　老爸老妈开辟了这片荒地后，不只在这块空地上种植榴梿、红毛丹、波罗蜜、凤梨和槟榔等本地水果，还曾经在这儿饲养了鸡、鸭、鹅和火鸡等家禽。

　　我们四姐弟总爱在下午时间到红毛丹树下玩泥沙，与小鸡小鸭一块儿长大。小时候的我们并不怕臭臭的鸡鸭粪便，常常帮老妈拾取鸡鸭蛋。红毛丹成熟时，老爸便爬到树上给我们采摘红毛丹。我们就在树下伸出双手，等着接老爸从树上丢下的红毛丹。有时还被躲在红毛丹果实里的蚂蚁咬得满身红肿，但是我们还是玩得很开心。

　　老爸也种了一棵榴梿树，虽然它并不是特别的品种，可是肉质是一等级！它甜美浓郁的香味让人心荡神驰，回味无穷！很多人吃过了，都会在第二年问老爸还有榴梿吗！

　　榴梿飘香的季节，我们在宁静的夜晚，常会因听到嘭的巨大抨击声响而惊醒，是榴梿熟透掉落下来了。半梦半醒之间，闻到一阵阵浓郁的榴梿香味，香味在空气中扩散开来，久久不散！

　　由于这儿有水源，小溪里有小鱼，再加上我们的果实和家禽，便引来了一群不速之客！温顺的有松鼠、猴子和果子狸，总来偷吃我们的水果；可怕的有四脚蛇、蟒蛇、眼镜蛇！总来偷吃我家的家禽！

开始时老妈奇怪为何近日来母鸡、母鸭生的蛋,都不见了!后来有一天,她在厨房做饭时,看见了一条黄黑的眼镜蛇正在吞吃鸡蛋!吓得她赶忙把后门给锁上,再也无法专心地做饭了!

一天,老妈对老爸说:"我们的鸡鸭,三天两头就不见一只,不知道是不是被人给偷走了!"

于是,老爸就去买了两只大鹅,放到后院里。老爸说凡是有生客来,鹅必然厉声叫嚣,甚至篱笆外有人走路,它也要引吭大叫!所以,希望借大鹅敏锐的眼睛,在夜里可以赶走"小偷"。

一天晚上七点多,老爸吃饱了,正在阳台上看书休息,突然听见大鹅嘎嘎嘎嘎地大叫了起来,赶忙找来手电筒往鸡寮里照,就照见一条蟒蛇正在鸡寮的屋顶上蠕动。老爸马上叫我们上阳台来看一看蟒蛇!这时,老爸就想办法捉它,当老爸找来了一根长竹筒时,已经打草惊蛇,让它给走掉了!这时大家才知道了所谓的"小偷"原来是一条大蟒蛇!于是,老爸便准备了一根长竹竿,还在竹竿的前端用铁线弄个圈套"小偷",等待哪一天有机会把蟒蛇的头给套住。

一天凌晨四点多,我们被一阵家禽们的吵闹声给吵醒,屋内的狗狗也乱吠一场,我们一家人挤在楼上的阳台,通过微弱的手电筒灯光,只见鸡寮里一片混乱,鸡犬不宁,鸡鸭乱跑乱飞,大鹅朝着红毛丹树上大喊大叫!老爸见状,赶忙把手电筒往树上一照,啊,是一条大蟒蛇卷在红毛丹树上,正在大快朵颐地吃着睡在红毛丹树上的鸡!

我们四姐弟和老妈被这个状况吓得躲在阳台的角落,惊慌地坐在地上!老爸见到这种情况,愤怒极了!半夜三更,走到后巷,手上拿着一早就准备好的竹竿,然后吩咐老妈从阳台上用手电筒照亮鸡寮,并吩咐我们不可以发出任何声音!

勇敢的老爸伸出长长的竹竿,瞄准了吃得饱足的大蟒蛇的头,悄悄地用圈套把大蟒蛇的头给套上了!老爸虽然成功地套住了蟒蛇的头,但是这条蟒蛇的力气可大啦!它用力地拉扯着,老爸用了九牛二虎之力和它互相拉扯了一个多小时!我们四姐弟,看着老爸的一举一动,激动得又叫又喊、比手画脚!

早上六点,老爸和大蟒蛇都拉扯得没有气力了,蟒蛇就这样被累垮在红毛丹树上。我们也搬来一张凳子让老爸坐下来休息。老妈也找来了老爸的老朋友,听说是吃蛇肉、喝蛇血的人！他和老爸合力把这条蟒蛇给捉了,放进大麻袋里,并带走了！临走前,他们俩还和蟒蛇合照呢！

🌴 作品赏析

《老房子里的童年》这篇文章属于文化散文。本文描述了作者家里已经快年过半百的老房子的来历、样貌以及曾经在老房子里面发生的有趣的往事。与此同时,深切地表达了对童年的怀念之情以及对时光流逝的惋惜感叹。

《老房子里的童年》诉说着老房子里的童年趣事。文章可分为三个部分:第一个部分是对老房子的简单介绍,由整体到部分,先是老屋子的整体由来,到宽大的客厅,到木地板、木墙壁,到房子前的一小片空地,再到房子旁的一小片空地,每一段描写都穿插着小事件,使得文章更具说服性,更具趣味性。第二个部分则接着描述了发生在房子旁边的小空地上的事情,通过举例子,运用语言上的描写,展示了作者一家对生活的热爱,也展示了作者成长过程中的欢乐足迹。大蟒蛇的发现、抓捕更可谓是文章的高潮,引人入胜。

《老房子里的童年》,文章的结构框架有着很高的整体性。纪湘怡用简单平常的语言叙说着自己在老房子里的童年,娓娓道来。用温情的语言和感情基调怀念过去,温暖着自己,也温暖着读者。纪湘怡喜欢用很简单的修饰语充实自己的语言,使得整篇文章生动有趣,使读者阅读起来更加简易。语言虽朴实,感情却极其丰厚。

（王思佳）

刘爱佩

刘爱佩，生于 1967 年 4 月 23 日，客家人，教师，有二十多年的教学经验，目前在马来西亚首都——吉隆坡一所华文小学担任咨询辅导老师。此外，也是该校乒乓校队的负责老师之一，假期时带领球员出征全国赛。空闲时喜欢阅读、写文章和旅行。

柬埔寨之旅另一章

我和友伴决定来一趟自由行。经过筛选，挑了曾是世界八大奇观之一的柬埔寨吴哥窟。因为古迹的魅力，我充满期待。抵达吴哥城时，一股震撼之气迎面而来，这城是当地人的神圣地，遍布遗址，无论浮雕还是壁画长廊，虽历经岁月的摧残，墙壁斑驳脱落，但每堵墙的艺术结构都充满神秘的色彩，雕工精致，让人忍不住想触摸每一幅巅峰之作。

我们在崩密列兴奋地攀岩穿石，有一群孩童尾随我们，伸出双手乞讨，口中念念有词。起初我摸不着头脑，听不懂他们喃喃些什么，我多次仔细聆听和猜测，才晓得他们的意思，原来他们口中念着的是"糖果，糖果，给我糖果"，望着这群失学孩童，我们的施舍会不会无形中鼓励他们继续乞讨？

当我们乘船游览洞里萨湖，等待欣赏迷人的晚霞时，无意间我瞥见船夫一家三口随便泡个面，什么佐料也没添加，只混合着汤水分成三人份，简单得只为果腹，他们还满足地展露"高棉的微笑"。此刻，我不得不羞悔自己生活在城市里却常抱怨与不知足。这一幕让我的心湖泛起涟漪，波纹越圈越大，久久不散。

由于我们手上的美金只够这几天的行程，虽然很想付点小费，但还是压着冲动,几许无奈油然而生。

小船顺着湖面行驶,两岸残破的高脚屋冒出袅袅青烟,妇女在烧柴煮饭,土坡上有几个孩童在嬉戏欢笑,太阳向山边游去,斜阳染成一片金黄,我赞叹大自然的美景,就让清凉夕阳风飘送,抹去我心中一抹愁。

我们为了亲身体验当地生活,全程以"嘟嘟车"代步。气候干旱时尘土飞扬,扬得我们灰头灰脸也无所谓。每天车夫准时接送,他虽个子矮小,但载着我们5人,踩得还挺轻快的。

记得有一天,大清早天空就细雨朦胧,车夫只好加快速度,用力踩着车子,但滂沱大雨说来就来,他赶紧放下"嘟嘟车"两边隔水的帐篷,我们困在里头感到非常闷热,呼吸都有点困难。

相对地,车夫竟然连雨衣也没有,他低着头努力向前踩,豆大雨点打在他的头顶、脸部和身上,听着风雨狂呼,他汗水雨水与共,我们却汗水与汗水交叠,但心里实在过意不去,怎么还有资格喊热喊闷啊!第二天,我们把身上的一件雨衣送给了他。

隔天清晨,要出发时,车夫说"嘟嘟车"爆胎了,得向朋友借,吩咐我们别跑开。这便磨炼了我们的耐心,我们一等就是从天黑等到天空开始蒙亮,当车夫到达时,我们脸上已汗滴。

最后一站是去感受首都金边风情。由于车程7小时,我们决定乘搭当地人所谓的豪华巴士,没想到这豪华巴士却让我惊魂落魄。上巴士时,先得脱下鞋子,每双鞋子都是乱七八糟堆叠在巴士阶梯上。

巴士分成上下两层,我惊讶底层竟然没有窗口,不仅不透风,而且两层V形格床都钉死了,也没有把手可自由控制。

天哪,巴士两侧不但潮湿,还发霉发臭,卫生对他们来说好像不是什么大事。很不幸地,有张床的钉子松脱了,节骨眼上,整个硬板铁架刚好塌在一个外国女游客的大腿上,痛得她尖声四起,我吓坏了,回头问哪里受伤了,赶紧递了一罐药膏给她搽。

可悲的是,当她向检票员投诉时,对方完全不理会,更甚的是另一个检票员,随手把塌下来的床推回去,敲打两下就走开,完全罔顾下一个乘客的安全。女游客自叹倒霉,只好换一个床位,远处,我依稀听到她痛苦的呻吟。

我忍不住伸手检查头顶上格床的那两枚螺丝钉,凝神屏气,心想会不会也随时塌下来,我这瘦巴巴的身子,顶得住一张硬板铁架床吗?

这一夜,我无法睡得安宁,巴士颠簸了 7 小时,我的腰背快震脱了。哪知,半夜一个转身,天呐!竟然有一只大腿搁在床沿之间,袜子多少天没洗了!熏得我晕头转向,这是第一次我必须戴上口罩睡觉,否则岂能睡得着?

此时此刻,我们像难民,挤在一辆不透风的巴士上,四周漆黑如墨,前往一个未知处。

5 天 4 夜的自由行晃眼而过,说惬意吗?一点都不,享受异国情调?也谈不上,但站在海关前,我却为着这一趟充满了真实情感与无限回忆的旅程感恩,在人群中,我们以"高棉的微笑"相视,即使没有轩昂的眉宇和热情的厚唇。我们会在梦境中轻倚石寺围墙与巨大的树根盘结缠绕,述说着爱恨缠绵的故事。

🌴 作品赏析

这是一篇记述柬埔寨之旅的散文。作者通过对旅途中的所见所遇所感的描述,向读者有效传达了作为古迹遍布、极富艺术色彩的柬埔寨吴哥窟城,而当地的人民却仍生活在贫苦、艰难、恶劣、不堪的情状之中的现实。

文章开头向读者介绍了曾是世界八大奇观之一的柬埔寨吴哥窟,突出了它浓厚的艺术气息与文化底蕴,这为下文接连记述人民生活的困苦与不幸、恶劣与不堪形成了鲜明的对照与反差,能够给人以较大的冲击感。文中主要通过孩童乞讨、车夫汗水雨水相接、巴士遭遇这三个典型的事例或遭遇表现出柬埔寨之旅"另一章"的特点:当地人们贫穷、不幸、知足、勤苦,交通条件恶劣不堪。

另外,第三段写"我们乘船游览洞里萨湖,等待欣赏迷人的晚霞时",瞥见船夫一家三口以简单的汤水泡面果腹,这种欣赏美景时显露而来的人物辛酸更为触动人心。同样在写"嘟嘟车"车夫的艰辛时也与"我们"的状况和心态做了一定的对比,同样给人带来了更多的感染与反思。

最后写我们坐"豪华巴士"一事时,作者多处运用细节描写,真实生动而形象地展现了"豪华巴士"的恶劣不堪之状与检票员的渎职与无视乘客安危之态。

全文以记叙为主,作者通过对旅途经历的深入记述展现了另一种并不惬意的旅行,而且通过这次"充满了真实情感与无限回忆的旅程","我们"收获了情感的触动,也懂得了知足和感恩。通读全文后,读者或许也能够从中启发出新的人生体会和现实思考。

(李仁叁)

泰国卷

岭 南 人

岭南人,本名符绩忠,1932 年 10 月生于中国海南省文昌市。毕业于山西大学中文系。业余写诗写散文,发表于海内外报刊。短诗《历史老人扔下的担子》,入选《新诗三百首》。出版诗集《结》《岭南人短诗集》《我是一片云》《岭南人小诗选》。历任泰华写作人协会副会长,泰国华文作家协会、泰国文艺作家协会、泰华新诗学会副会长,泰国文学艺术会会长,世界华文诗人笔会副秘书长。现为厦门大学东南亚华文文学研究中心兼职研究员,泰国华文作家协会顾问。

博夫弹响我心深处那根弦

2018 年,9 月 9 日,早上 8 时,早餐后,翻阅世界日报《湄南河副刊》读博夫《追忆童年》(组诗)。他这组诗,小诗九首,吸引了我逡巡的眼睛。

一读再读,这组九首小诗,引起我的共鸣,弹响了我心深处那根弦,匆匆也写了五首小诗和他,但愿不荒腔走调。

请看第一首《炊烟》:

暮色苍茫,屋顶
冉冉升起,缕缕炊烟
晚风里,传来母亲呼唤回家的叫声
追赶落日,跟着黄牛的蹄声
奔回家

再看第二首《夕晖里蹄声》：

> 夕晖里,老黄牛奔跑的蹄声
> 是一条归家的小路
> 跟着它奔跑
> 准会,带你回家

读博夫这组诗,九首小诗,令我频频回望,博夫的诗,都来自他的童年岁月,来自他的生活,是他童年岁月的回眸。回望他的从前,岁月留下的烙印。这组九首小诗,弹响了我心深处那根弦,引起我共鸣,引我也回到我的童年,回望逝如流水的岁月。

1937,卢沟桥打响了全面抗日的枪声,我一家人从海口逃难回到老家,文昌市昌志村。在家乡,度过我的童年。

像博夫我也当过牧童,放过我家那头黄牛。天天,眼送太阳下山,暮色苍茫里跟着黄牛奔跑的蹄声回家。老黄牛比我更"老牛识路"带我回家。它奔跑的蹄声,是一条回家的小路。

请看第三首《暮年,河中落日》：

> 暮年,是河中一轮落日
> 悠悠流水,流走水中
> 落日的倒影
> 渡船的倒影
> 飞鸟的倒影……

我的《暮年》与博夫的《暮年》都是写"暮年",但抒情的方式不同,各有各的章法,各有各的风格。

再看第四首《父亲,是一把雨伞》：

> 父亲,是一把雨伞
> 小时候,跟他出门
> 路上遇上风雨,他高大的身躯

像一座山，为我遮风挡雨

人老天涯，出门遇上风雨

常常想起：他手中那把雨伞

再看第五首《母爱》：

啼哭时吮入口中的乳香

饥饿时碗中白饭的香甜

渴时喝下喉咙的水声

风雨天手中那把雨伞的滴水声

人老了，常常怀念父母，但子欲养而亲不在。父亲走了，卧在中国香港太平山下，华人永远的坟场，母亲也走了，葬在佛统基督教坟场，父亲七十七，母亲九十七，都得享天年，都葬在他乡的青山，我：人老天涯，只能在梦里见他们了。

前年，我病重住在朱拉医院，卧在病床上，父亲来看我，默默坐在我身边，不说一句话。阴阳阻隔，生死两茫茫，相见也无语话凄凉。这是人生的无奈，无奈的人生，奈何！

回首博夫一首诗《宝岛台湾》：

郑成功的一滴血

大陆的一串泪

远离海岸的一艘船

在归途上漂泊

这首四句小诗，曾受到萧萧教授青睐，他说："记得博夫，是因为记得他的两首诗，第一首诗《宝岛台湾》，是小诗，却有史诗的气魄，四行小诗，每行都让人震撼。"又说："最后一句如也延续前三句的造句模式，提供另一意象，形成四句四个意象，改为'望穿秋水的一对眼'，不加言说，不给结论，或有更大的诗的想象空间。"

博夫的诗写得好，萧萧教授的点评也评得好，读后，我记住了博夫的诗，也记住了萧萧的点评。我拜他们为师，我的《母亲》，章法，造句，形式，便是学博夫的《宝岛台湾》,这一形式,小诗磨坊同仁还不见谁试过,是一种创新。

博夫对小诗的创作,十年磨一剑,用力最多,下功夫最勤,从内容到形式,从分行分段到意象,都很讲究,十年默默耕耘,不张扬,不造假,不玩花样,不玩文字游戏。如在语言的语感、章法、炼字、炼句,再加一把力、一把劲,当会更上一层楼。

狗年已过半,猪年将至,期待博夫,层楼更上。博夫精于微雕,精雕细刻,我期待他多磨出更多的风采。

我曾写过一首小诗《候鸟——寄博夫》,让我抄下,希望博夫孵出更美更令人难忘的蓝色的梦。

　　候鸟——寄博夫

　　年年,南来
　　北往,北往南来
　　烟雨江南,有一老窝
　　美赛,冬天里的春天
　　又筑一个温暖的新窝
　　窝窝,孵一窝蓝色的梦

🌴 作品赏析

《博夫弹响我心深处那根弦》作者通过读博夫的诗,想到了自己的故事,触动了自己的心弦。文中作者总共引用了六首博夫的诗,《炊烟》《夕晖里蹄声》这两首诗弹响了作者心深处那根弦,引起作者的共鸣,引作者也回到了自己的童年,回望逝如流水的岁月。《父亲》和《母爱》这两首诗使作者回想起自己的父母,触动了作者对于生死离别的丝弦。最后一首《宝岛台湾》,作者点评博夫的诗具有史诗的气魄。

作者说,博夫的诗写得好,萧萧教授的点评也评得好,作者记住了博夫的诗,也记住了萧萧的点评。最后作者又附赠一首自己写给博夫的小诗,表达自己对博夫诗的感情。

这篇文化散文，作者的写作形式别出心裁，运用引用加点评联想的形式，赞美了博夫的诗，同时触动了自己对往事的怀念，弹响了内心深处的琴弦。

（张瑞坤）

马 凡

马凡,原名马清泉。1934年出生于泰国曼谷,祖籍中国广东省。泰国皇家摄影学会会士,英国皇家摄影学会会士。1987年兼任新中原日报副总经理,并创刊《影艺》副刊。短篇小说《战地情》获1996年《亚洲日报》与泰国华文作家协会联合举办的"1996泰华短篇小说金牌奖征文"亚军。现任泰国华文作家协会理事,泰华艺术协会理事,泰华通讯记者协会名誉顾问。

走过半个世纪——月城之旅札记

虽然五月下旬是一个多雨的季节,但是,我炽热的心,却想到尖竹汶月城旅游,就顾不了那风风雨雨的事儿了。

说起月城,我昔年曾经去过一次,那是在青少年小伙子的年代。那时候十六七岁的年纪吧,一大车充满着朝气的年轻小伙子,互相拥挤坐满了车子,在夜里九时从曼谷出发。一辆老龄的大车,黑夜中在大巴山的路上吃力地爬着。车子前头昏蒙的电灯,探照着前方崎岖不平的柏油路,到月城的路子似乎是那么遥远;车子总走不到尽头似的。在黑夜里身子又寒又倦,坐在车中,昏沉地颠簸着。它整整走了一个长夜,一直到天蒙蒙亮,才到达了月城。车子开到月城人口密集的地方,早晨,在蒙蒙的雾气中,街道上全是熙来攘往的人群。摆地摊的,摊子的摊贩叫卖声,与上墟购物的人们,匆匆忙忙杂乱地在晨市中凑合成一股喧闹的声浪。我带着惺忪的睡眼,惊奇地看到这远离曼谷京城三百多公里的巴山晨集,与淳朴的农村景色,陶醉地看痴了。而在一条穿越月城市区迂回曲折的月河,沿河两岸都是稠密人家聚居地、店铺。就在这条"他銮街道"皇家码头前,停泊着一艘艘的货轮,工人正在紧张地从货轮上搬运土特产上岸。河流中如棱子般的舢板、船只，载满了土特产、巴货，穿越在汽轮舷边，朝岸上的人群叫卖着。有的迟到码头的小汽轮，跟在舢板后，不耐烦呜呜地鸣起了汽笛，催着行舟。这一片月河上匆忙行舟的景色，深深地留在我年轻的脑海里……

我生活在风风雨雨的岁月里，度过数不清的日日夜夜拼搏的日子。但晃眼间，恍惚中却走过了半个世纪。

50年，好长的岁月啊！我不知道月城在50年悠长的岁月中，变成了怎么样的新颜？

今天，我与妻子儿女们，有缘重来月城，瞻仰郑皇庙，山水古迹，历史文物。只费了三个小时，车子就开到月城下榻的酒店了。昔日要熬过一个长夜。

月城，的确它成名过早，山水古迹文物与历史的牵连过多。溯自公元1765年，暹罗遭到了缅甸封建皇朝的侵略，四万多缅军兴师分南北两路侵入，攻打大城皇朝。暹皇与诸皇子、军民企图突围未遂，城中粮绝，饥馑成灾。郑信侯领率军队进京勤皇，但寡不敌众。暹皇遇难驾崩，大城皇朝于公元1767年4月覆灭。当时，郑信侯率领亲信突围，退守暹罗湾东岸尖竹汶城与缅军对抗。据军通史记载：郑皇退守尖竹汶城。一来尖竹汶还未遭受战祸，谷产丰富，牛肥马壮。二来沿海航运发达，红头船数不胜数，而且来自潮汕一带的华侨新唐年轻力壮都积极效劳参军。经过半年养精蓄锐，兵强马壮，郑信侯即统率战船五百艘，精兵五千人，于1767年10月，分水陆两路，向占领大城缅军进攻，大败缅军，将强敌逐出国土。郑信侯是光复河山的英雄，暹罗人民拥戴他为暹罗国皇。他于1767年12月登基，并迁都吞武里，为吞武里皇朝开国大帝。

是的，郑皇给泰国人民带来黎明盛世。泰国人民与华侨的心中有说不完的感激，他是尖竹汶——月城人民崇仰的帝皇。

月城的种族溯源，有傣族、越南族、华族，还有少数的高棉族参与。但华族最多，居首位，尤其是来自潮汕一带的潮州人，起始他们或由于战祸、天灾，饥寒交迫而离乡背井，孤身远走他乡。冒着生命的凶险，乘着红头船远航。洋洋大海，风帆翻卷着巨幅的狂涛，血泪斑斑的漂泊壮举，一代接一代，越山过海，不得不让人震撼于祖先破釜沉舟般的命运选择。

我们后代人从月城的古代历史海底博物馆中陈列的历史文物中，从月城的海湾风浪中,从数百年历史航运沉舟骸骨中,从打捞起来的古坛、陶器与不同朝代的瓷器展览中,我们看到历朝中国潮汕一带人民的苦难,艰辛的命运。远航的风险,又是他们海难中载浮载沉与死神挣扎的时刻,恰巧月城的海湾是他们救命的港湾,又是船只避风浪的港口,也是他们心目中追求新大陆的目的地,生命行动的停泊站。庆幸生存,登岸,看到一片苍翠的河山,丰满的谷物,优美的生命环境,心满意足,不再亡命跋涉,而落根安居下来。一代一代地繁衍,传宗接代,演变进化。于今各个不同的种族,已是水乳交融在一起,不分彼此。他们渐渐富裕起来,成为月城各阶层不同行业的家族。

月城,在现代的人们心眼中,它不但是个声名远播的城市,还是寻宝做淘金梦的浪人的好去处,月城是他们追求探索的天堂。

月城,地层蕴藏着红宝石,同时府治县城,还有众多的果园,盛产名种的榴梿、红毛丹、山竹、沙腊、拉甘,及其他的果子。

到了月城一看,变化最大的地方可算是珠宝街,昔日此地是条红涂路,街道两旁都是越南人的养猪栏,路过,猪屎臭味熏人。目前都改建为三四层楼的商业楼,这里数条街道,前街后巷,家家户户都经营着珠宝生意。每家店子放着十多个桌子摊位,让买卖珠宝的商人租用。每星期只开业三天,从星期五至星期日,从上午十时开始买卖,讨价还价,整天闹哄哄的,至入晚才散集,也是个难得一见的珠宝市场。

这个季节到月城,正是榴梿飘香的时候,同时也是红毛丹与山竹成熟的日子。我们从月城的酒店,驱车到城郊外 30 多公里远的林信海湾去。一路上碰到数不尽从果园运载出来的榴梿、红毛丹、山竹,货车熙来攘往,匆匆忙忙在赶集。

到林信海湾来是旧地重游,在悠久的记忆中,法国曾侵略越南、寮国、高棉国土之后,还觊觎暹罗富饶的土地,假借湄公河流域的论争,挥军侵占尖竹汶城,还在城里建了军营指挥部与驻军,同时还在林信海湾,建了一座红色的行宫,专为接待来自法国高官军人的行旅,现在该红屋已改为图书馆。离此红屋三百米远的大路边,还遗存一座名叫"鸡屎监狱"的建筑,该建筑用红砖块砌造,是法军为监禁罪犯而建的。监狱分两层,上层养着鸡群,下层禁锢犯人,监犯不但被监禁在狭窄的暗牢里,高居在上的鸡群,每天拉屎下来,都掉在犯人身上,罪犯还要天天忍受着鸡屎的臭味,这倒是法国佬磨难犯人的独特手法。时至今日，它仅存一座四四方方的红砖残垣。我钻进它的矮门，到里面一看，屋顶已经没有了。蹲在里面似坐井观天，天地都变窄了。

第五世皇陛下，曾经驾幸尖竹汶城，并御驾出游"他銮街道"与下墟市。这条百年老街，曾经繁华盛极一时，这条街道上的，几乎全是华人的房屋。屋前门窗户扇，都雕刻着古色古香的花纹。这一带古老的木屋建筑物，由于在悠久的岁月风风雨雨吹打的磨蚀中，年华悄悄地流逝，大都残旧倒塌，旧屋的地皮，都被改建成三层水泥楼房，百年老店仅存一家中药店与另一家泰草药店铺。昔日古老的墟集风情没有了，再也看不到那断垣低檐的阴暗的屋子了。街道静悄悄地好像与外界隔绝，而在这条月河对岸，一座百年天主教堂，还完好保存着。

月河，她还是月城人民饮用的河流与灌溉果园的水源。昔日穿梭不息的汽轮、舢板、船只，已经销声匿迹于河道上。她虽然随着时代的变迁，已负荷不起月城的繁华交通使命，但却依然是月城不可缺的供养人民的命脉的母亲河。

我走在这条古老狭长的街道上，缥缈地徜徉在一个怀古的幽梦里。

🌴 作品赏析

马凡的《走过半个世纪——月城之旅札记》是一篇文化散文，作者重游尖竹汶月城，凭吊月城古迹，介绍月城历史、民族和风土人情，览物生情，进而感怀时光蹉跎，发怀古之幽思。

每个城市的形成与发展是文化积淀与传承的过程，都有其独特轨迹和历史积淀。古城是其所在地历史文化的载体，被人民保留下来的历史遗存会留下所代表的时代的文化印痕，以及可以被读取的历史年轮。作者在《走过半个世纪——月城之旅札记》一文中，将尖竹汶月城的历史厚重感见之笔端、流于纸上，让读者如亲临般一睹风景优美的月城，眼波流转尽是历史。其一，尖竹汶月城是著名的历史古城。历史上的月城，是大城皇朝与吞武里皇朝更迭的历史见证者，有着数不完的故事。现代的月城，物产丰富，景色优美，可寻宝淘金，是人们追求探索的天堂，承载着人们对美好生活的向往。其二，月城是一个民族融合、包容并蓄的城市，月城的先辈们披荆斩棘，乘风破浪来此落地生根，此时此刻的安居必定以血泪斑斑的漂泊为底色，先辈们破釜沉舟的命运选择令人震撼，令人心生敬仰。其三，作者感慨古城岁月变迁的同时，也在感怀个人时光的辗转流逝，已在风风雨雨的岁月度过半生，古城尚能发新生，每个人在不同的人生阶段也必将有不一样的精彩。

马凡的这篇文化散文文笔细腻，立意深刻，谈月城之变迁，发怀古之幽情，既勾勒出尖竹汶月城厚重的历史文化底蕴，又表达了对世事变迁的无限感慨之情。

（孔舒仪）

梦 莉

梦莉,原名徐爱珍。泰籍华人,祖籍中国广东省。现任泰华作协副会长,泰国暨南大学校友会理事。中国社会科学院文学所世界华文文学研究中心顾问,广东暨南大学海外华文文学研究中心特约研究员。出版了《烟湖更添一段愁》《在月光下砌座小塔》《人在天涯》《片片晚霞点点帆》《心祭》《相逢犹如在梦中》《梦莉文集》。作品多次在中国获奖。获奖作品有《在月光下砌座小塔》《临风落涕悼英灵》《人道洛阳花似锦》《在水之滨》《李伯走了》《抹不掉的情思》《珍藏一个喜悦的拜见》《温暖的手激动我的心》《我家的小院长》。多次担任泰华小说、散文大奖赛的评委。

过白帝城

不知多少次想去游长江三峡,但都由于种种原因而打消计划。这次,应武进公司的邀请,终能偿游三峡之愿。

那天,我们上了"扬子江乐园号"的游览船,离开了重庆顺长江而下。公司安排我住进了总统房,紧挨着观景台,给我提供了很大的方便。每到一个景点,只要听到广播,踏出房门,便到了观景台。

他们还为我介绍了船长李治国,和船上的影虹小姐,影虹小姐全程负责导游和讲解。

在进入三峡之前,我先到了丰都县的"鬼域"。

丰都城东北角名山上,楼殿巍峨,为著名的鬼府建筑群,相传汉朝王方平、阴长生在此修道成仙。后人将王阴两姓误解为"阴间之王"。于是,丰都便成了人间的"阴曹地府"了。"鬼城"丰都天下独有,举世闻名,丰都旅游,成为长江三峡旅游风景中最动人、最抢眼的场景。

丰都鬼城内涵颇为丰富,为全国重点风景名胜,长江三峡名胜古迹名山。名山又是道家七十二福地之一,道观楼宇鳞次栉比,初建于西晋,明代重修,加上现代的加工,使这个鬼城有中国最大的鬼神动态:人文景观的鬼国神宫,森林公园的双桂山,世界之最的鬼王石刻,数量最多的汉墓群,惊险刺激的龙河漂流。

山上古木参天,寺庙林立,座座雕塑栩栩如生,有庞大的阴曹地府,诸神众鬼盘踞各庙,并以苛刑峻法统治着传说中的幽灵世界。

我向来最怕爬山,又怯登高,幸亏现在有了索道缆车,给游客提供了很大的方便,让我有幸能够游览奇绝景观。

离开丰都上得船来,船顺流而下,次日,便到了奉节的"依斗门"。依斗门,原名"大南门"。后人为了纪念寓居奉节的诗圣杜甫,取其"夔府孤城落日斜,每依南斗望京华"的诗句,便把大南门改为"依斗门"。

它高出江面数百级石阶,我们下船拾级而上,登高远眺,壮丽的夔峡风光尽收眼底。

奉节是三峡西端第一座城市,扼守瞿塘西口。为春秋战国的夔园,两千多年历史的古城。城之内外错落着许多名胜古迹。

奉节的白帝城,名气最大,凡是过三峡的游人,都想到白帝城一游。

三峡的城镇大多依山临江,街道陡斜,居民上下唯有步行。

登白帝庙,山路又高又陡,向来心脏不太好的我,爬山都感到吃不消,假如不靠轿夫,那我只好望山兴叹。

这次,我深深体会到乘轿登山的滋味。

眼看轿夫们,由山麓抬着我们,很费力缓慢地一步一步地沿着那弯弯曲曲、崎岖不平、又斜又陡的土石夹杂的阶梯拾级而上,还要回避那些上下往返、摩肩接踵、密密麻麻的游客。他们累得气喘不已,满身大汗。

我叹服他们的耐力,心中又觉不忍,一时感触良多,为自己能游白帝而高兴,为他们的劳累而不安。

既为他们操心,也为自己担心,这又高又陡的山路,爬都感到困难,何况还要抬轿,万一失手或踏错,后果将不堪设想。这种忧虑搞得我精神很紧张,我决心以后再也不领教。

白帝城,在奉节县城东五公里,在瞿塘峡口北侧的白帝山上,位于长江三峡的入口处,它扼川东咽喉,当三峡门户,为历代兵家必争之地。杜甫的"白帝高为三峡镇",还有"西控巴渝收万壑,东连荆楚压群山"等诗句,十分贴切地道出了它的险要。

三国时,刘备兴兵伐吴,被陆逊火烧连营七百里,兵败而退守白帝城,病逝永安宫。临终前,在此将儿子刘禅和国事托付给诸葛亮,历史上把这件事叫"白帝托孤"。

我想:白帝城有这么大的名气,和罗贯中的《三国演义》是分不开的吧!

现在,白帝城有大型彩塑的"刘备托孤"群像。

公孙称帝,刘备托孤,历史沧桑,斗转星移,白帝庙几经变迁,几易其主。明代中期,白帝庙改祭蜀汉君臣,奠定了今日之格局。

现在的白帝城,系明清建筑,主要有明良殿,武侯祠和观星亭古迹。观星亭,传说诸葛亮曾在此夜观星象。

白帝城附近,还有两个八阵图的遗址。一为水八阵,一为旱八阵,据说诸葛亮曾在此部署兵力,推演兵法。

城东梅溪河入江处,曾是诸葛亮为防东吴入蜀摆布八阵图的遗址,是一片江滩,布满了大大小小的石头。传说它们能千变万化,神鬼难测,诸葛亮用它摆下战阵,几乎困死东吴大将陆逊,吓退他带领的百万大军。

如今,八阵图已废,云缭雾绕,仍有几分神秘的气氛。

白帝城,以其深厚的文化内涵和独特的自然景观,吸引了历代文化名人,留下了大量脍炙人口的诗篇。它既是历代游人必往之处,也是文人荟萃之地。

我国历史上许多名人,都到这里游历过,如李白、杜甫、白居易、刘禹锡、苏轼、陆游、范成大等,曾旅居于此,在此留下了足迹和大量的诗文。

杜甫在这里居住两年多,写诗四百多首,现在离白帝城不远的白帝山半腰的西阁,便是杜甫旧居遗址,游人常到此凭吊。

李白流放夜郎,取道四川赴贬地,行至白帝城,忽闻赦书,惊喜交加,旋即放舟东下,返回江陵。途中写了一首《早发白帝城》:"朝辞白帝彩云间,千里江陵一日还。两岸猿声啼不住,轻舟已过万重山。"千古绝唱,更使白帝城名扬天下。

三峡之旅,除了可以领略到祖国河山之雄伟壮观外,沿途更可乘船登峰,观赏长江两岸的名胜古迹。丰都、白帝城,只是许多景点中两处使我难忘的古迹。

中国每一处名胜、古迹，都有其深厚的历史渊源。丰都、白帝城，历经多少历史沧桑，它们依然临江耸立，至于那些和这些名城胜地有着密切关系的人物，早被悠悠江水所淘尽。

多少风流人物都是这些古胜古迹的过客，而我这次匆匆的三峡之旅，也何尝不是这些名胜古迹的小小过客。

🌴 作品赏析

梦莉的《过白帝城》是一篇文化散文，作者引经据典记述自己游历长江三峡的过程，不仅描写了名胜古迹的优美风景，还串联起与丰都、白帝城相联系的历史故事，行文引用大量描写两处的诗文，作者的古典文学功底可见一斑。

大自然的鬼斧神工留下了令人惊奇的美丽景色，历史涤荡下的古城有着神秘的气质，两者相结合便是《过白帝城》这篇散文了。游历性散文大多着墨于写景，将所见与所想记录下来，情景交融，意与读者产生共鸣。作者游历的三峡不仅有景，还有厚重的历史，尤其在白帝城时，将其与"白帝高为三峡镇""西控巴渝收万壑，东连荆楚压群山"的诗句，以及"白帝托孤"的事件联系起来，为白帝城平添了一份底蕴。作者以为名胜大观及其有关系的人物"早被悠悠江水所淘尽"，由今及古发出了感慨。时间淘洗下，无论是古人还是现在的游历者，无不是此处匆匆的过客，或悄无声息地离去，或泼墨挥毫留下千古文章，但不论是何情状，都是对三峡、对白帝城这一片古迹的垂青。历史经千锤百炼，时间沧海一粟，唯有可见的古城记录着风云际会。

作者以满腹文采描写了"过白帝城"时的情景，可见对古典文学积累之深，不仅描绘了白帝城磅礴的气象，且令读者对白帝城的历史人文有了初步的认识，历史的底蕴也在文章中晕开。

（孔舒仪）

余秀兰

余秀兰，泰籍华裔，祖籍中国广东汕头。1939年11月出生于泰国曼谷一个贫寒的华侨家庭。从小热爱中文学习，刻苦勤奋。1956年回国升学入读集美华侨补校。较长时间从事教育工作及弘扬中华文化的工作。担任国立华侨大学驻泰代表处领导工作12年。担任中国华侨大学泰国校友会资深副会长、中国华侨大学校友总会理事。泰国留学中国大学校友总会理事。业余积极参加校友会工作和创作散文等活动。作品发表在《世界日报》《泰华文学》等报刊。

我与华大的情缘（节选）

经过多日思考，终于做出决定后，我告诉孩子，中国华侨大学要聘请我到华大驻泰国代表处工作。儿子说："妈，您都这么大岁数了，忙碌了大半辈子，也该在家享清福了吧，何必再去辛苦奋斗呢？而且上班地点又那么远。""我决定应聘了，在我有生之年，还能再有机会，为我的母校工作，为华文教育做贡献，我感到自豪和幸福。知道吗？奉献也是一种幸福。算起来，我这是四进华大了。"我自言自语地说。"四进华大！"孩子略带夸张地耸耸肩，眼神充满好奇。"是的，四进华大，在华大的历史上恐怕还没有第二个人吧。"我心潮澎湃，往事一幕幕又浮现在眼前。

一进华大

那是1956年8月20日，农历中元节。在友人资助下，从小失学的我，抱着回国升学、将来建设祖国的理想，离开了泰国，离开了父母和弟弟，踏上回国读书的征途，乘坐海轮到达汕头市。

9月7日,我服从分配来到福建省集美,进入集美华侨学生中等补习学校(简称集美侨校)学习。集美侨校于1997年并入华大,发展成为今天的华文学院。

当时中华人民共和国刚成立,人民生活还很艰苦,集美有诨号叫"四不"——灯不明,路不平,水不清,菜不行。学校设施简陋,没有电灯,晚上自习点汽灯,灯灭了,全校一片漆黑;没有自来水,用井水,井水打多了,自然不清了;菜不行,当时食堂里用大木桶装饭、装汤,用洗脸盆装菜,每桌八个人共用一盆。当时,国内生伙食标准每月8元,侨生12元。我与同学商量,积极向学校建议,将侨生的伙食标准降下来,与国内生同标准,不要特殊照顾。我的倡议得到许多同学的赞成和学校的表扬。

当年集美交通不发达,去厦门得坐小渡船,艄公会大声喊"集美人客落船啊!"那喊声至今记忆犹新。当时厦门正在建集美海堤,我们侨生一起参加,起早贪黑劳动。这条集美到高崎的海堤,全长2.2公里,全部是用大石头填海堆砌起来的。在50多年前,机械化程度很低,是厦门人民发扬愚公移山的精神,用双手建造了这伟大的工程。1957年海堤建成,鹰厦铁路全线通车,我们和厦门人民在一起,欢呼第一列火车通过海堤,驶进厦门市,从此结束了坐渡船到厦门的历史,厦门市经济发展跨进新的里程。

集美虽艰苦,但基本生活有保证,学杂费全免。天冷了,学校发棉袄、棉被御寒。宁静的校园,是我们求学的乐园,侨生的摇篮。这里有慈祥的恩师,有亲如手足的同学,是我们温馨的家。我们在这里攀书山,渡学海;端午节,在校门前的龙舟池赛龙舟;暑假期间,我们参加省航海俱乐部组织的赛艇训练、摩托艇训练;我们基干民兵夜间要站岗、放哨、巡逻,保卫学校的安全;学校还定期组织我们进行国防教育,炮兵、通信兵、卫生兵训练,还到军营慰问解放军,替解放军补衣服,展开文娱演出等,生活多姿多彩。

可以说,在集美侨校六年,是我一生中最快乐、最难忘的时光。我勤奋学习,成绩优良,是学校和市的三好生,历任学生会干部、学生会主席,出席了市团代会、省侨代会。1962年春节,作为侨生代表,还被邀请到福建省教育厅王于耕(叶飞省长夫人)厅长家做客,听取教诲。由于怀着学好本领,建设祖国的宏伟理想,我的青春充满了欢乐,充满了激情。记得当年在福南堂召开向科学进军大会,面向全校师生,我在台上振臂高呼:"同学们,努力学习吧,攀登科学文化的高峰!"

二进华大

1962年夏天,我高中毕业,国家再给我升学的机会。

高考前夕,我与同学们一起填报志愿。庄恭武副校长问我:"报考华大了吗?""报了,报在第二志愿。"我如实回答。庄副校长建议我把华大改为第一志愿。他强调:"华大是在敬爱的周总理亲自过问和关怀下创建的,是专门为培养华侨子弟而设立的大学,新办大学困难多,需要学生干部帮助工作,你报在第二志愿,华大肯定录取不到。"祖国的需要就是我的志愿。于是,我毅然改报华大为第一志愿。

9月7日,我作为新生大队长,带领同学浩浩荡荡前往华大报到,我终于圆了大学梦,也成为华大的一员。

啊!华园,我们这批海外学子欢聚在您的身旁,我们的心如晋江里的浪花在欢腾,你是我们圆梦的殿堂。

我非常珍惜在华园的大学生活,如痴如醉地学习科学文化知识,我们在知识的海洋中搏浪、弄潮……回顾大学阶段最艰苦的岁月,是下乡"四清"近一年的日子。当时,我被分配到双阳华侨农场洪厝大队,五峰坡生产队,与贫下中农"四共同",住的是旧猪栏,吃的是地瓜渣,加几粒米,几根红薯条,煮成稀汤充饥,佐以酸菜,天天如此,一个月有两餐改善生活,即初一、十五各吃一餐咸干饭(米饭加花生米、肉丁),或是用红薯粉加花生米,加肉丁,加水捏成团,煮成汤,这就是当时的山珍海味。生活十分艰苦,还要起早摸黑,参加兴修水利的强劳动,晚上还要给社员开会,宣讲社教文件"双十条",组织贫下中农,揭发队干部的多吃多占等问题……还不到半年,一向强壮的我,因营养不足和过劳,得了水肿病。领导命令我去团部休养。可我怎能躺得下呢?我还是工作队队长呢,我悄悄地溜回生产队继续战斗。由于未能及时治疗,这水肿病,至今仍留有后遗症。

"四清"运动,深入农村,深深地震撼了我们的心灵,中国农村太落后,中国农民太苦了,一天工分值才一角多钱。广大农民是那么朴实、善良、可敬,他们忍受那么多的痛苦灾难,毫无怨言,为了让这些穷苦百姓过上好日子,我们必须学好本领,把祖国建设成富强的国家,让中华民族立于世界民族之林!

总之,华园的大学生活同样是五彩缤纷,华园的老师,授予我们科技文化知识,社会实践给我们打上深深的烙印,爱我中华,建设中华。在华园,我们不仅摄取博大精深的中华文化和现代科技知识，还树立了影响一生的信念，那就是从华园出发，不管是在中华大地上，为建设祖国，或者是回到侨居地，为当地的社会进步尽力，为发展中泰友谊，为弘扬中华文化，我们以自己的行动，来展示华大的魅力，我们以华大为荣！

三进华大

1967年我大学毕业，服从分配，先到东北大荒原，后又转战到中原大地。大部分的岁月都在当园丁，培育祖国的花朵。"文革"后，华大、集美侨校复办。在北方冰天雪地的时间长了，更想念南国的气候，一年四季绿油油的，生机勃勃，鸟语花香，更怀念美丽的集美、可爱的侨校和敬爱的师长。我给集美侨校复办筹委会主任——庄恭武副校长写信，表达我回母校工作的意愿，不久我收到庄副校长的回信，表示欢迎我回母校工作，一切调动手续由母校去办。不久，我终于回娘家了。我在侨校先后担任科任教师、教研组长、班主任，培育华侨学生，归侨青年、归侨子女，有蒙古国、越南的侨生，还有中国港澳的学生。看着他们，我就会想起当年我初入母校的情况，他们比我们幸福多了，他们没有像我们经历那么多艰苦劳动、政治活动。然而当年的艰苦岁月，也磨炼出我们这一辈人勇于吃苦、坚忍不拔的精神。我要把优良传统重新传给下一代。

三进华大，我一直战斗在第一线，无微不至地关心、培育我的学生，后来国务院侨办任命我为副校长，主管全校的教学工作和学生思想教育工作。在领导岗位上，我努力开拓新局面，第一次组成了泰国华文教师进修团来校培训，组织境外学生夏令营，如菲律宾学生、中国香港学生夏令营；并尽可能多地接受外国留学生，如日本、印尼、菲律宾、泰国等，此外还有大学先修班。行政工作千头万绪，同时，我依然战斗在教学第一线，担任理工班的化学课教学工作。

🌴 **作品赏析**

余秀兰的《我与华大的情缘》是一篇文化散文，详细记叙了作者从青年时期回国求学、工作的往事和经历，表达了对母校——华侨大学无限的眷恋和感激之情。

华侨大学1960年创办于著名侨乡福建省泉州市，是周恩来总理亲自批准设立的中国第一所以"华侨"命名的高等学府。1997 年，坐落于福建厦门集美学村的原集美华侨学生补习学校并入华侨大学，更名为华侨大学华文学院。作者于少年时期回国升学，入读集美侨校，在学校生活条件有限的情况下，勤奋好学、立志报国，在丰富多彩的校园生活中度过了"一生中最快乐、最难忘的时光"；高中毕业后，立志为祖国服务，改报华侨大学，努力学习中华文化和现代科技知识，并在艰苦的劳作中锻炼成长，树立了服务社会和国家，弘扬中华文化的信念；大学毕业后，从事教育工作，后从祖国北疆重回侨校工作，深入教学一线，力求将工作做到最好。

余秀兰的这篇文化散文笔触细腻，详尽求学、工作细节，令读者身临其境，感同身受，同时又立意深刻：其一，通过回忆求学生涯和工作往事，春雨润物，千里思源，怀念校园时光，感谢母校的教育与培养；其二，从作者的经历可以看出，应把个人的命运联系在民族的命运上，将个人的生存放在群体的生存里去考量，将自我的奋斗放在祖国伟大事业的平台上成就理想；其三，每个人都应立志做一个有益于人民的人、一个高尚的人，在自己的岗位上尽心尽责，将工作做到最好、最完美。

（孔舒仪）

林太深

林太深，1939 生于广东省潮州市，1965 年赴泰国，泰国华文作家协会理事，泰国留中总会文艺写作学会前会长，出版有《今夜，韩江入梦无》《佛塔影下》《乡愁乡梦》。

湘 子 桥 遐 思

儿时的世界，就是我眼底下的一切。那时在我的心目中湘子桥是世上最大的桥，开元寺是世上最大的寺庙，四大金刚一张口，就能吞没整个世界。可是，由于开元寺是开元年间唐玄宗为了崇佛而修建，时间与目的太明确了，故多了些现实，少了点想象，反不如湘子桥那般浪漫。我的童年，就是伴随着有关桥的神话传说成长的。它给我无限的想象天地，幻想的万千空间。

"潮州湘桥好风流，十八梭船廿四洲，廿四梭台廿四样，二只鉎牛一只溜。"这几乎是潮州婴儿的启蒙语言，从未出娘胎至襁褓之中到牙牙学语，这民谣一直淫浸着每个潮州儿童。童年是人生求知和好奇的开始，什么神仙老虎鬼，都是百听不厌的故事，而我脚下的这座桥，正凝结和产生着造桥的神仙故事：

韩愈有意在恶溪上造桥（怎么又扯上韩愈？不知道），但江流湍急，无法施工，求助于侄孙韩湘，商请八仙与广济和尚一同造桥，广济负责西岸工程，八仙负责东岸工程。

为早日建成，双方各施法力各显神通。广济和尚到桑浦山上，对石头念起咒语，石头顿成羔羊，被赶往潮州；东岸的八仙也到凤凰山上，施法点石成猪，赶往工地。李铁拐因跛脚走得慢，被晦气冲坏法术，所赶猪群霎时变成小山，是为猪山；而广济和尚呢，因一人赶羊难免顾此失彼，等寻到最后两头羊时，又被贪心财主冒为己有引领回家。在经过自己百亩良田时，两羊不肯走动,财主用鞭一抽,羊儿顿时变成两座石头,将财主及良田,一起压于山下,后人称该山为"鸟羊山"。

八仙少了一群猪,和尚又缺了两头羊,桥东桥西无法合拢,斯时,只见何仙姑把手中宝莲花抛向江中,花瓣散开,化成十八条梭船,浮于水面,广济和尚一见,即将手中禅杖抛出,化成一条大藤,绑住十八梭船,架成一条浮桥,把东西两岸连接起来。后人因此称该桥为湘子桥或广济桥。

后来,据说为了镇水,更铸成两头铁牛。其中一头,说是天雷一响,它就逃逸。其实,它是被洪水冲落江的。显然,铁牛也赶来凑浪漫的热闹。

我爱韩江,她是我的母亲;我爱湘桥,它是我儿时的玩伴。每当外婆生日,或有迎神赛会,就是我最快活的时光。每次到塘边村,就会经过这十八梭船二十四洲,先在铁牛脚边摸一会,冥想中骑上了牛背神游天地,或潜游水中搏杀鳄鱼,游兴未了,母亲一声快走,只好不情愿地离开。下了石阶,看见梭船,兴奋中枢又被催动了,这十八梭船哪,是何仙姑的宝莲花瓣变成的。曾经,我也掰着荷瓣,念念有词,叫声变!可荷花瓣还是荷花瓣,一点无动于衷。我知道,我缺乏仙气,因此就想一心学仙,无论怎样学、怎样变,总也变不出梭船来。因此,我服了,"快,快……"随之而来。可是,一想到回程路上,二十四洲上有摆卖甜品的店铺,我就等着这一刻,一到此处,我的脚就重若千斤,再也走不动了,手向袋子里掏出刚才舅父舅妈们给小外甥的利市钱,手也痒了,喉咙也痒了,大人们只好从了。前面桥的尽头,是黑洞洞的东门城楼,我寻思着:八仙和广济和尚还在吗?还住在里面吗?还在斗法吗?谁胜了呢?广济和尚手杖化成的藤索,听说给红毛鬼子骗走了,换成铁索给我们。这红毛鬼子都不是好人,长大了我一定要找回来。

儿时的记忆浪漫又温馨,可惜光阴如流水,一去不复返,六岁的孩童,如今已过古稀,去国离乡几十年,偌多的离愁别绪,怎不教人唏嘘。

不知怎的,儿时读过一首古词,此刻又涌上心头:"少年听雨歌楼上,红烛昏罗帐。壮年听雨客舟中,江阔云低断雁叫西风。而今听雨僧庐下,鬓已星星也。悲喜离合总无情,一任阶前点滴到天明。"作者以人生"听雨"三个阶段,来抒发人生不同的遭际和感悟。

少年阶段,是个公子哥儿,无忧无虑,在歌楼听歌作乐,并未尝到人间苦涩。青壮年时,需为生活奔波,行踪无定,也许在洞庭湖边,也许在泗水渡头,听到只雁嘶叫西风,能不教人断肠?而今栖于僧舍之下,回首往事,感悟人生,看破红尘。与僧谈经论道,也属快事一桩。但我看,还是太悲伤了。我只想借用该词中的人生阶段而非它的消极面,词中感怀,颇多似我,故易引起共鸣。少年时期,听雨歌楼我未之试也;我倒是自幼喜雨,一遇倾盆,即光着身子,嬉戏雨中。听大人说,我命缺水,火气太旺,故他们也不大在意我嬉水。而我在意的,都是关于造桥的传说。深思之后,觉得点石成猪羊此法甚善,解决了运输问题,是我最感满意的;惩罚了贪婪的财主,也是大快人心;稍感不足的是,李铁拐既是神仙,为何仍会掉队?要不掉队,桥不就全好了吗?这样一想,对李铁拐倒有点遗憾了。

人年纪渐长,许多事物都可用历史和科学去解释,但我的心中,还笼罩着儿时的阴影;广济和尚那禅杖变幻的藤索哪里去了呢?在伦敦的铁索桥上,在旧金山的拉纤铁索中,可有当年广济和尚的藤索?何处,有它的踪影?在这世界上,我曾苦苦寻觅,直到最后,我才知道:它就藏在我心里,永远地藏在我心的深处。

通过历史我们知道,广济桥是中国四大古桥之一,且也是当时唯一的启闭式桥梁,它充分说明了潮州先民的聪明才智。但难道仅此而已吗?

韩江、广济桥与中国历史的纵横关系又如何呢?又是什么样的历史契机,使从中国的南方蛮荒地飘来一批又一批潮州人,中国最有名的生意帮派里,继晋商、徽商、沪商(宁波帮)、广州帮之后,潮帮异军突起,锐不可当,登上了中国和国际舞台?是凤凰山韩江水的灵气招来人杰,还是人杰带动了地灵?每当看见或者想起韩江,我就仿佛听到母亲河的呢喃叮嘱:孩子,世界是属于你们的!

🌴 作品赏析

《湘子桥遐思》是一篇文化散文,作者通过对湘子桥的神仙故事和浪漫又温馨的儿时记忆的细腻描写,借物抒情,感怀人生时光如梭,光阴飞逝,抒发了去国离乡的愁苦情怀。

湘子桥,即广济桥,位于广东省潮州市古城东门外,潮州八景之一,始建于南宋乾道七年(1171),明朝嘉靖九年(1530)形成"十八梭船廿四洲"的格局,集梁桥、浮桥、拱桥于一体,是我国古桥的孤例,以其"十八梭船二十四洲"的独特风格与河北的赵州桥、福建的洛阳桥、北京的卢沟桥并称中国四大古桥。湘子桥体现了我国古代劳动人民的智慧和才干,是我国宝贵的历史遗产。湘子桥是作者儿时的"玩伴",伴随他度过了"最快活的时光"。作者生于斯长于斯,从湘子桥的造桥神话说起,重拾充满趣味的童年故事。童年时光总是"浪漫又温馨"的,故国他乡,时光流转,几十年若白驹之过隙,忽然而已,遂又难免感怀万千,这从作者对宋代词人蒋捷的《虞美人·听雨》一词的共鸣之中可窥一二。

对于作者而言,湘子桥不单单是一座桥,更多的是他对少年时光和故乡的一种情感寄托。湘子桥既是作者童年记忆的物化,同时也是连接作者与故乡的纽带。作者苦苦寻觅的是"藤索",也是记忆与思念,而这些"就藏在我心里,永远地藏在我心的深处"。

(孔舒仪)

博　夫

　　博夫，原名樊祥和，字正荣，号博夫，樊子第 81 世传人，
1946 年 12 月生，祖籍中国江苏省张家港市。世界文艺出版社
社长兼总编审，泰国华文作家协会理事，泰国留学中国大学校
友总会文艺写作学会理事，中原书画研究院高级研究员，泰华
小诗磨坊成员。出版有长篇小说《圆梦》《爱情原生态》，小说
集《爱不是占有》，诗集《路过》，散文集《父亲的老情书》，游记
《芭提雅的夜生活》，百字精粹小说集《情怯》，以及《中华六十
景诗书画印集》《世界印坛大观》。

我 从 茶 乡 而 来

　　有一株极其普通的树，它并不生长在与我们的生活气息朝夕相处的庭
院，而是挺拔在云遮雾拦的山冈，在一贫如洗的黄色泥土之上。没有动听的
名字，却与中国五千年以来，一卷卷的诗书有着密切的情缘。它那一片片薄
薄的绿色的叶子，每天都会走进我们不可或缺的杯子中，滋润着我们的生
活。这样的树只有一棵，那就是茶树。
　　当我们从山歌的旋律中采下那片碧绿的叶子，放到干渴的口中时，品出
的是一种纯天然的清香味，没有人造的香料气与污染的粉尘味。叶脉上缀
满着没有污染的露珠的气息，而这种气息更多的是与纯洁有关的句子，让人
能从个中的滋味里品出一份禅意，这就是茶叶。
　　当春天的风特邀出泥土的步子，茶农们从充满布谷鸟的叫声的眼睛里
起程，茶叶也就从行将干枯的权桠上，萌生出一点点的绿意，淡淡的就像刚
出壳的小鹅，柔和的细毛中还夹杂着潮湿的气息。
　　茶的新叶是在山歌的叫唤中伸起它懒散的腰肢，这一伸就伸出了许许

多多茶农的故事。

采茶的日子虽不是节日，却有比节日更有情调的氛围，这样的日子一定有许多专门想会一会自己亲爱的姑娘们的小伙子。小伙子的眼睛比茶叶上坠着的露水珠子还要明亮。山歌当然是从叶面上流下来的，尽管你胸有多少积墨，尽管你爱意浓浓的心上有着无穷的灵气，如果没有茶叶的载体，歌就不会有那么动听，爱就不会从一曲普通的山调子里靓出来。

随着新茗进入一首首诗歌中，饮茶人在神清气爽之后，就会有一节节的故事回味。

握起茶杯，心随茶叶渐渐泛绿，记忆中的东西也随着茶叶的舒展而变成了一页页耐读不已的新书，而许多生生不息的故事，竟然又都拴在一棵茶树上。

"想不到一介茶农竟会制出这等味道的香茗。"这是城里人在喝完了茶之后赠予茶农的一句朴实话。更想不到的是普通的茶树竟也与许许多多的诗词相连。从西晋至明清，历代文人、骚客、雅士留下了许多脍炙人口的茶诗，如杜育的《茶赋》、李白的《答族侄僧中孚赠玉泉山仙人掌茶》、卢仝的《走笔谢孟谏议寄新茶》、苏轼的《汲江煎茶》、高启的《采茶词》等。在文人的笔下，每一片茶叶上都附和着诗情画意，每一片茶叶上都能渗透出乡村的原汁原味。

故乡的那棵生活在黄泥里，吮吸着阳光雨露的茶树，默默地站着，未曾向恶风与暴雨低下过高昂的头颅。就是大冬天，茶树也不屈服，从不落叶，开春的时候，那一双双纤纤玉手就从它们的头上采摘去一芽二叶。茶，因此深入到我们的生活中，在生活重要的要素里充当着老么的角色。所以，民间留下了一句祖训：开门七件事，油盐酱醋柴米茶。

小小一片茶叶，越来越与人们的生活息息相关。这清纯幽雅的香茗，都是像父辈那样的老茶农们从皱纹里流出的汗水！当我用手抚摸一棵老茶树满身皱纹的时候，仿佛抚摸到了父辈满是沧桑的额头。抚摸到的是岁月的风霜，是生活的恩典，是人世的无奈，也是命里的坎坷。

茶叶，是大自然赋予人类的诗。

一个小小的土罐，烹出了文化，煮出了诗与歌、爱和愁。这些因素又掺和到生活的许多角落，产生出与文学有关、与医药有关、与婚姻有关、与死亡有关的习俗。因此，我时时感到一棵茶树，就生活在心灵的远乡，尽管我已从一株真正意义上的茶树下走了出来，或许再没有机会回到茶树下，读一读茶树上一年一萌芽的风情，但我能时时感觉到茶树是一棵永远也不会落叶的生命树。

端起茶杯，内心自然会产生一种对茶树的感恩，这样的心态，也就是对我们赖以生存的黄土地的感恩，对父辈们饱经风霜的感恩。

因此，在这片碧绿的茶叶上，我尚然有写不完的诗篇。

🌴 作品赏析

《我从茶乡而来》是一篇文化散文，作者与茶的缘分植根于家乡，绵延至千里之外的城市，时移事迁，茶的气息和韵味始终如一。作者在观茶、品茶中思往事、悟人生，接续茶与古典文学与现实生活的联系，从茶文化中阐释禅意。

茶文化是饮茶活动中形成的文化特征，唐代陆羽所著《茶经》便将普通饮茶升格为优雅的品茶文化，这一文化传统深植于中国人的思想与观念中一以贯之。作者在《我从茶乡而来》中理出一条清晰的脉络，"茶树之唯一——茶树清幽的生长环境——比节日更有氛围的采茶活动——心情随茶叶泛绿记忆随品茗翻新"，茶叶与人的心境在这一链条中紧紧扣在了一起。作者的只言片语中有景有情，正如"在文人的笔下，每一片茶叶上都附和着诗情画意，每一片茶叶上都能渗透出乡村的原汁原味"。他赞叹茶的品行，历尽风霜雨雪不屈服的坚韧；饱经岁月沧桑历经坎坷的现实映射；渗透文化、诗歌、爱恨的感性情怀。茶的内外兼修皆为作者认可，且为作者饮水思源、回首过去的精神寄托。其一，茶是父辈艰辛开垦的果实。文章将清香的茶茗与父辈老茶农汩汩流出的汗水相比拟，似以茶叶为载体对生活进行辩证，茶的清新美好是茶农们辛勤劳作付出所得，生活的食之有味是人们辛苦打拼回报所得，我们获得生活的恩典、品尝生活给以的甜蜜，亦不能忘却前人及自己的为之付出，细细品味方能体会其中的多种滋味。其二，茶牵扯出与文化、情爱、生死等相关的习俗。茶文化历经数千年的发展，除坚守自身文化传承外，已然超越本体文化，与世俗、现实、其他文化有着千丝万缕的关系，这在古典文学中早已有所体现，如无数与茶相关的诗词，茶文化的生命仍在延续承载着过去驶向未来，丰富、充实着文化内涵。其三，茶寄托着作者的精神原乡。茶对于作者而言,超越物化走向精神世界,是对父辈、黄土高原的感恩,是为自己原初生命起点的感恩,为远走家乡依然心有所寄的感恩,同时这也是支撑自我的精神力量。

　　博夫对茶情意绵长,远不是只言片语所能表达,正如他在文末写道:"因此,在这片碧绿的茶叶上,我尚然有写不完的诗篇。"言有尽而意无穷,博夫对茶、对生活、对故土的深意,我们只得从文中细细品读了。

(孔舒仪)

阡　陌

阡陌,原名周治苹,1962年2月15日出生于中国台湾,祖籍中国湖北省,现居泰国。现任泰华作家协会理事、中国香港世界华人文化研究会理事。作品多发表在泰国《亚洲日报》《世界日报》《泰华文学》《湄南风雅颂》,中国香港《中文文学》《世界散文诗》《东南亚新世纪季刊》,以及中国台湾《台湾葡萄园》,收录在中外华文散文诗作者大辞典内。2011年作品《心路》收入东南亚华文女作家选集《归雁》,2015年作品《一方山水几度回眸》获泰华作协散文优异奖,2018年作品《沉默青山》获泰华作协微型小说二等奖,2018年作品《幸福来敲门》获印尼第六届金鹰杯微型小说创作比赛一等奖。

窗　外

我喜欢窗外,放飞一切的窗外,透着玻璃,一切都能牵引到我思绪的那扇窗。

记忆里,外婆家有一道铁栅窗,窗栅栏的缝隙和我的脸一样宽,也大约是我的高度,窗外长满了杂草。常常在一个清晨,一个雨后,绿藤就从土墙爬满小窗,杂草间就缀满了各色的小花,在我的小世界招展着,夜色明朗的晚上,天空便在小窗口铺满了萤火般的星光,我常以为天上也长满了像花一样的星星。

这道小窗,开启了我窥探世界的第一道门,窗子的锈味,雨里的青草味,扑在脸上的风和雨丝,大自然的芬芳、情愫,都于这斑驳的小窗为我展开,那时候,我四岁吧。

中学时,学校周围一片连绵的水稻田,教室的窗对着四季的景象。从初耕的水漾，到一片绿浪，从金秋的稻穗，到极目可见的收割农家，随着季节转换着田野风光，在琅琅书声中伴我度过许多美好的时光。

我的家，楼上除了前房有向着街透光的窗，再仅有的就是楼梯转弯处的一道窗，这一米高宽的窗，看出去也只不过是对家晒衣的后窗和老奶奶。

老奶奶怕也八十来岁了，她总是打着扇裸着上身晒太阳，老奶奶对那松垮的乳房毫不遮掩，就像多数的女人一样，从少女的羞涩到袒露着乳房喂哺孩子，表露无遗的母爱天职，老奶奶年华老去了，她的奶像两只匍匐胸前的小白鸽，多么自若也舒展在云舒云卷下。

后来，外婆在后院种了葡萄树，藤蔓渐渐地爬到了窗沿，这扇窗被绿叶框着，洒满光影的窗前，又让我沉醉在铁锈味外的雨滴和青翠中，裸坐在枝叶半隐中的老奶奶，成了我脑海里的一幅高贵图像。

初居中国香港时，窗外的房子插天而上，我的小窗和对面晾晒的衣服对望着，几乎连仰头也难看到云天。

没有了窗外！就像断了筋络，我的心再也抵达不了任何地方，几次搬迁，我舍近求远地搬了又搬，在拥挤的城市里，寻找着绿盎的窗外。

后来，我有了大海景的居所，海天一色的落地窗外，所有的渡轮、游船和那段迷茫的时光，都在眼下穿行，隔着海的灯饰，和我的幸福一起闪耀着，人生几番风雨，我融入了这个瑰丽的城市，但却在伤感中，离开了刻骨铭心的海港。

旅游国外，如诗如画的窗外，捡拾可得，西雅图的山居窗外美得像画，童话似的尖屋顶，烟雨中的杉树，草地上的霜白，庭前花团锦簇，唯美到极致的晨岚，禅修般的日子，真叫人仿佛在画中，诗情尽涌。然而，霜冬，冷月下，再美，也抵不过寂寥的朝暮，这窗前漫漫的飘雨，寂静的灯火，孤独感油然而生，诗写着写着，竟写出了哀怨。

最后，莫名地渴望垃圾车里的搬运工，派送信件的邮递员，孩童放学的嬉笑声，还有，对门那一进一出的人影。风花雪月中，我竟渴望，劳动努力下的追求，幸福快乐之下的人间生息。

曼谷，又一个异乡，这个花样的人间，蓝天白云，绿野，花树，仿佛是一切都为我安置好了的心灵驿站。

窗外云空，朗月，晚霞，全在一宇间，为了独享的窗外，我的小阳台栽满了植物，绿意的窗前，随心栽种的花草，满足了我唯美的小浪漫。

而南面和东面的窗外，豪宅的瑰丽，村落的恣意，也有着别样的风情。

　　居高临下南窗，一片横生的野花草，泥路上各种植物果树都野生野长着，东搭西砌的铁皮屋，青藤漫过花草挂满，一片房舍便让花色装扮得美丽招展。

　　北边的窗外，铁丝网的高墙划分着豪宅的领域，一潭湛蓝的泳池，寂静地仰着天，老树参天下，只见隐约在小径里的洋房，和几辆名贵车停放着，庭院深深的大宅，唯一的动静便是花影中打扫的工人和偶尔衣香鬓影的夜宴。

　　有时，我像一只夜莺，俯视着这里的一切，茅庐破瓦，豪门华宅看来与我无关，但我不时想从掩隐的窗内，芳径的大宅，开启些属于我的什么，是舰筹交错的往事？还是竹篱嬉闹的青少时光？

　　远远灯火中，年轻小伙子震天嘎响的音乐，吼着，唱着，舞着，声浪越过楼墙，闯进窗内，直到伴着他们的笑闹声睡去。

　　梦里，往事，年华，邻居，友伴都回来了！天亮之后，鸟儿叫着，狗儿吠着，小集的贩卖声又起。

　　原来！梦在天涯。

　　窗外，外界的一切被我的好奇心追逐着，四岁窗外的天、地、花草，让这小女孩想象飞天，读书时，唐诗宋词都在窗前的景色中成了少女的情怀，窗外，寄托着我，牵引着我，所以，如果与我同行，请为我择一个临窗的位子，并且允许我些许地放飞和走神。

🌴 作品赏析

　　《窗外》这篇散文主要向我们展示了不同时间、不同地点，作者在窗外看到的不同风景，以及作者几次背井离乡后对于窗外不同景象的感思。童年时，外婆家的"铁栅窗"，窗外的天、地、花草，开启了作者窥探世界的第一道门，放飞了她想象的翅膀；中学时，教室的窗外，随着季节转换着的田野风光，伴着琅琅读书声定格了少女美好的脸庞；记忆中，家中楼梯口转弯处的那道窗，对家晒衣的后窗、枝叶半隐中的老奶奶，成了作者脑海里的一幅高贵图像。后来，几经辗转，从家乡到中国香港再到定居曼谷，一次次的搬迁，窗外的景色也历经了不同的变化。作者既经历过窗外房子插天而上，难见天日的拥挤，也经历过窗外如诗如画、童话似的景象，更在曼谷寻到了蓝天、白云、绿野、花树环绕的多窗景象，但是最让其怀念的仍是记忆中家乡绿意盎然的窗外。繁华的都市、花团锦簇的窗外之景，唯美得让人感觉有点不真实。每当夜深人静，窗外的音乐声、笑闹声停止时，寂静的灯火，孤独感油然而生。繁华热闹终究是他们的，陪伴作者的唯有梦中的往事、年华、邻居、友伴，以及集市上的贩卖声。作者内心渴望的不过是"劳动努力下的追求""幸福快乐之下的人间生息"。

　　这篇散文开篇点题，表达了作者对于窗外之景的情有独钟。整篇文章虽篇幅短小，但语言精练，且富有感染力。文章以"窗外"之景为主线，其中串联了作者在童年、少年、中年三个不同时间段的对于窗外景色的不同感悟，借"窗外"之景的变化，寄托了作者对于故乡、对于往事的深深思念之情。行文之中恰到好处地穿插了比喻、拟人、夸张、反问等修辞手法，"绿藤就从土墙爬满小窗""窗外天空也长满了像花一样的星星""西雅图的山居窗外美得像画"……此类表述颇为文章添色几许。作者不仅刻画了一幅幅优美的窗外之景，而且把自己的情感、思考注入其中。

　　总的来说，阡陌的这篇散文结构紧凑，语言优美，情感真挚细腻，字里行间更是流露出作者内心深处对于故乡之人、故乡之景的深深思念之情。青少年时期的种种往事如过往云烟，总会在夜深人静之时一幕幕在眼前上演。作者虽旅居他乡，但他乡终究不是故乡，作者每每临窗而望，内心总会涌现出对于家乡的千万思绪。

（刘世琴）

晶　莹

晶莹,本名张晶宝,生于 1962 年 12 月,现任泰国华文作家协会理事、泰华文学编委、泰国留中总会写作文艺学会理事、泰华小诗磨坊成员。现为泰国蓝甘杏等大学中文老师、《世界日报》湄南河副刊主编。创作包括新诗、散文、散文诗、律诗等。作品获泰国华文作家协会主办的 2013 年闪小说征文有奖比赛优秀奖,2014 年获首届世界华文微型小说双年度优秀奖,2015 年获泰华散文比赛冠军。2012 年至 2018 年与文友合作出版《小诗磨坊》系列。

怀念老羊

老羊走了。据其女杨玲说,是昨天——周一的上午十点走的。

讲心里话,我听闻消息后,那种惋惜之感远远大于悲伤之情。因为我晓知老羊在泰华文坛的地位,晓知他对泰华文学的贡献;还因为仅在一周前的周一,我目睹了这位 91 岁高龄的老人,于生与死间的痛苦挣扎。

我与老羊的交集真的不多。如果勉强算,上届泰华作协理事会中,我曾与老羊同为理事。但其时,老羊已退休修养,很少外出,而我是初入泰华作协的新兵。然而,我与“小羊”——其女杨玲的交往,就实在是太多太多了,而且现在的泰华文坛,谁人不晓老羊呢?所以,关于老羊的故事,我多半是在与文友的聚会中听来的。

杨玲曾给我讲过这样一件事。她在家与父亲谈起泰华文友时,老羊曾问及过“谁是晶莹”。闻之我只是淡淡一笑。然而,在其后时间的里,有一次我随杨玲到家里探望老羊,寒暄后刚坐到沙发上,老人便发话了:“你的散文诗写得不错。”我的屁股立时从沙发上弹了起来。我并非惊讶老人终于认出了我，或是对我作品的赞誉，而是惊愕老人赋闲在家，却仍对泰华文学了然于胸。

老羊的青少年时期多是在新加坡度过的。据说就读男中时，为追求与男中毗邻的女中的校花，当年也许该称"小羊"的老羊，经常有事无事地在女中校门前等车，并制造了一次次"偶遇"，功夫不负有心人，"小羊"终于得获校花芳心，并牵手终生。这个故事，或多或少折射着老羊的浪漫，并投射出老羊当年的风流倜傥。

浪漫之人，当然不乏飞扬的文采。这些从老羊《薪传》《花开花落》《老羊文集》《桥》等著作的字里行间，便可透射出来。小说也好，诗歌、散文也罢，无论是弘扬正气，还是鞭挞时弊，无论是天地颂歌，还是风雅小吟，老羊作品中的或人物，或事件，或意象，总是独具色彩，神形兼备。

老羊的浪漫风采，在一次泰华作协的年度联欢会上，得到了充分诠释。会议议程完毕后的助兴唱歌环节里，八十五六岁高龄的老羊自告奋勇走上台去。一曲中国小调唱到一半竟忘了词儿，于是乎从头再来，唱一半又忘了，如此四次终于唱到了头儿。台下的"食客们"报以热烈的掌声。我相信在座的每一个人，掌声未必是献给歌声，而是为着那份快乐情怀与执着精神。

老羊不仅曾身体力行地创作了大量堪称泰华精品的文学作品，更曾为泰华文学走出湄南河不遗余力地奔走，尤其为推动亚细安华文文艺营的发展与成长做出了重要贡献。自1988年至1998年，老羊连续参加了第一届至第六届亚细安华文文艺营活动，且数届受命担任泰国代表团的团长。每次大会结束后，他都撰写大量文章宣传报道会况，以期与大家分享快乐，并借以宣传泰华作协。

在作协小聚时，曾听司马攻会长说，若干年前老羊值编某期《泰华文学》，为赶印期，竟然坐车跑到司马攻会长在郊外的工厂送样稿。会长至今不忘，足见当初印象之深。老羊对《泰华文学》的挚爱，由此也可见一斑。

本月二号，也就是上周周一，我与岭南人、林太深二兄，在杨玲陪同下前往曼谷华侨医院探视老羊。那曾经儒雅浪漫的老羊，满脸蜡黄，双眼紧闭，静静地躺在病床上，两个鼻孔中分别插着进食管和氧气管。对于我们的到来，甚至女儿的呼唤，他几无知觉。我突然开悟道：死亡不是最痛苦的。"告别"老羊出来，在医院的楼下，我曾尽量委婉地试探着问杨玲："你有什么想法?"杨玲痛楚而又平静地回答:"我哥什么都准备好了。"如今,这位泰华文坛上的一代"宿将",终于得以解脱了一切。

我通篇的文字鲜少悲伤。因为我觉得,让如此高龄的老人忍受着那般痛苦,来满足我们期待其存活于世的要求,那是一种自私行为。按华人传统理念,九十一岁的老人西归,该称为白"喜事"。那我们为什么要一脸忧伤地送老羊上路呢?我曾想以被老人赞誉过的散文诗体写这篇怀念文章,可又想:是诗便难离浪漫,那便有失悼文的严肃性,于是只得作罢了。可我相信:浪漫的老羊很可能会支持我那么做的。

无论如何,人去便意味着天人两隔。在追思了老羊的浪漫情怀及其对泰华文学发展的贡献之后,我们更该庄重地向这位泰华文学的前辈致敬致哀,并请老羊在天之灵护佑泰华文学的未来。

最后,便以接到杨玲那封等同讣告的邮件后我即复的八字短语,来结束我这篇不像悼文的悼文吧。

——老羊走好。小杨节哀。

🌴 作 品 赏 析

老羊是泰华文坛举足轻重的人物,他对泰华文学有杰出的贡献。然而就在昨天听闻老羊已经走了,作者以此篇文章回忆老羊,纪念老羊。作者与老羊并不熟识,但是与老羊的女儿杨玲的交往很多,杨玲曾给作者说起过,她在家与父亲谈起泰华文友时,老羊曾问及过"谁是晶莹",也曾在作者去老羊家里的时候赞赏过作者的散文写得不错。作者紧接着开始介绍老羊,作者说老羊是一个非常浪漫的人,老羊的浪漫不乏体现在他的文学作品中。然后作者又介绍了老羊对泰华文学发展的突出贡献以及老羊在泰华文学界的地位。然后写作者与朋友去医院探望老羊时,老羊痛苦地躺在病床时作者突然开悟道:死亡不是最痛苦的。最后作者抒发了对老羊的敬佩及哀悼之情。

作者通篇文字鲜少悲伤,开篇就写到听闻老羊去世的消息惋惜之感远远大于悲伤之情,因为作者认为让如此高龄的老人忍受着那般痛苦,来满足我们期待其存活于世的要求,那是一种自私行为。所以作者以被老人赞誉过的散文诗体写这篇怀念文章,追思了老羊的浪漫情怀及其对泰华文学发展的贡献,最后作者提出要庄重地向这位泰华文学的前辈致敬致哀,并请老羊在天之灵护佑泰华文学的未来。作者在介绍老羊对泰华文学所做出的贡献时讲了一个小故事:"若干年前老羊值编某期《泰华文学》,为赶印期,竟然坐车跑到司马攻会长在郊外的工厂送样稿。"从这里可以看出老羊对泰华文学的热爱,也表达了作者对老羊的敬佩之情。这样一位令人尊重的泰华文坛的"宿将"离我们而去实在是令人惋惜。

作者用质朴的语言表达出对泰华文坛上令人尊敬的前辈的离开的惋惜与感叹,本文一直延续作者的散文诗的风格,篇幅短小,情感浓重,节奏鲜明。用散文的形式写出,不受固定格式束缚,不分行,不押韵,有散文表现力的灵活性、多样性。语言隽永、内容浓缩,用简洁的语言表达出作者强烈的思想感情。

(李翠翠)

墨　子

墨子，原名陈墨，中国国籍。1967年7月出生于中国吉林省长春市，从小喜爱音乐，幼师毕业后曾在幼儿园工作，其间参加兵种部、总参等幼师专业技能技巧比赛并获奖，之后考入东北师范大学音乐系。1996年来到泰国曼谷，在曼谷中华总商会金华堂大剧院独唱演出，同期也签约新加坡短期演出。2017年成为泰国曼谷留中总会文艺写作学会理事，并在2017年七月赏花中发表一篇散文《齐必光：心灵的归宿》。

古筝情愫

小时候，我酷爱手风琴，曾经在上千人的剧场表演手风琴独奏；后来又学了钢琴，那一串串音符顺着指尖跳动在黑白分明的琴键上，记录了那个年代的梦想。不知从何时开始，我喜欢上了古筝，就像白居易的《夜筝》描述的那样：紫袖红弦明月中，自弹自感暗低容。

我一直想，如果有一天我能穿上仙女般的紫色纱裙，裙摆随风飘逸再倾泻于地，细软的长发齐腰飘散着，再信手拨弹一曲幽婉恬淡、如醉如仙的古筝曲，真可谓"弦凝指咽声停处，别有深情一万重"。

五年前的一则新闻让我遇见了古筝。我看到曼谷中国文化中心开办古筝学习班，便迫不及待从国内买来古筝，马上报名学习，很荣幸是由泰国朱拉蓬公主的古筝老师李杨授课，多年的心愿终于如愿以偿。

我满心欢喜地每周准时上课，回家按时练琴，每一天的进步都给我很大的动力和成就感，甚至以为很快就能成为一名优秀的演奏者。然而，看似简单优雅的抚琴，真学起来是枯燥无味的，尤其那些练习曲和指法，几乎弹几分钟就不想再弹。几个月下来，我有点儿灰心，手指磨得起了水泡。疼得无法按弦时,甚至有点儿想放弃,可是一想到之前的梦想,又觉得不甘心。因为那个飘逸充满仙气的梦,已然住进了我心底。

就这样一边忍痛继续练琴,一边纠结是否放弃,再一边收获着每一天的点滴进步,直到手指磨出了茧子,我也渐渐有了信心。经过几个月的刻苦学习,我进步很大,可弹出来的曲子还是不够动人,没有韵味。于是,我静下心查看了很多资料,借鉴别人的学习心得,不懂的地方及时向老师请教,甚至录下自己弹的曲子反复听,找出缺点及时改正。

接下来的学习,我不再急于求成,而是仔细琢磨每一个新的演奏技巧并反复练习,即便是一小段练习曲或几个乐句,也认真对待。慢慢的我发现,学习古筝和学习其他乐器一样,需要耐心,需要慢练。

所谓慢练,是指低于该作品正常速度的练习,这是一个基本的、科学的练琴方法。慢练时才能有足够时间去聆听感受,从而发现错误并纠正,同时,也可以在慢练过程中,寻找音乐的表现方式,直到熟练再渐渐加速,然后淋漓尽致地表达作品的丰富内涵。只有这样,才能让听众感受到优美的曲调,而不仅仅只是单一的音符。

学习古筝,除了慢练还有一个至关重要的环节,那就是音准。不难发现,即便是国际演奏大师,在演奏前也要先调试乐器的音准,否则会严重影响演出状态和效果。对于初学者,更需要养成每次弹琴前先调弦的习惯,这对于听力也有很大帮助。

古筝属于中国传统乐器,以五声音定弦,没有"4""7"这两根琴弦,只能靠左手在"3"和"6"琴弦上按,同时用听力来判断寻找"4"和"7"。那么,对学琴者来说就需要具备很好的听力才行,而这个听力又必须在唱准的基础上完成。换句话说,是要在唱准的基础上再去弹奏,如此一来便可对比弹奏与唱的音是否一致了。我在练习"4""7"这两个音的时候,首先把音阶唱准,唱出声音,记住音高,然后再去弹奏。一边按弦、拨弦,一边唱出声音,用听力仔细辨析,直到达成一致,然后反复练习,这成为我每天练琴前一个必不可少的环节。

每一首乐曲都有相应的基本指法和演奏技巧在里面,每次接触新的乐曲,我的方法是从头至尾认真地读一遍乐谱,把不认识的和不会的地方做个标记,集中请教老师并做笔记,然后一个乐句一个乐句去练习。如果某一个乐句里出现难点,我就把难的部分单独练习,直到熟练后再去完成这一乐句。每完成一个乐句都要从头串联起来,这个时候除了注意演奏技巧外,还要融入音乐表现,力争把每一句都弹奏得美、表达得准。

很多人喜欢弹超出自己水平很多的曲子,这样做其实是有害无益的。

记得刚学古筝不久,我就开始弹《渔舟唱晚》这首名曲。那时我的基本功还不扎实,音准、手形以及对作品的理解和表现等很多方面都不足,但因为急于求成,凭借自己的音乐底子,几天时间就把这首曲子弹下来了。这时,我发现曲子的第三部分无论花费多少时间、怎么练习,速度和音乐表现都不对,甚至曲子快速高潮的部分完全不能正常弹奏,手指也不听使唤。

后来,老师在我弹这首曲子时告诉我:"曲子超出自己水平很多,就很难保证自己在技术处理上的准确性,甚至会有大量的错音,以后即使有水平弹奏这首曲子,也很难改回来。学古筝切不可操之过急,欲速则不达,你需要把基本功学扎实,基本功扎实了再弹曲子,自然就事半功倍了……"

接下来的日子,我按照老师的要求,逐一练习教程上的每一首练习曲,力争把每一个环节、每一个技巧、每一个指法都弹到最好。终于有一天,老师允许我弹这首向往已久的《渔舟唱晚》,我兴奋不已,再次拿出琴谱,一个乐句一个乐句去练习领会老师对作品的讲解。

"这首乐曲意在描绘夕阳西下,碧波万顷的湖面上渔民们满载丰收的喜悦、荡桨归舟的欢乐情景,表达了作者对祖国大好河山的赞美与热爱之情……"老师还讲授作曲的创作背景,便于我们加深对作品的理解,真切体会原创作者的情感。为让我们更好地处理音乐作品,老师还拿铅笔在谱上标出原谱未标注的指法、强弱等记号,我们在弹奏时自然而然将古筝的韵味展现得淋漓尽致,让旋律与渔民丰收的景象浑然一体。

古筝,这个中华文化的独有符号,它给人不可言喻的梦幻和令人敬畏的神秘,那遇见古筝于我又是怎样的幸运呢?

2015年,我和古筝班的另外四名学员,代表曼谷中国文化中心参加中国文化部主办的"奖学之旅"。那是一次不可多得的文化盛宴,访华的11天里,我们先后访问了北京和河北吴桥,同时来自16个国家的60名优秀学员还分赴辽宁、黑龙江、湖北、云南、四川、广东、青海等15个省市进行文化交流,游览祖国的名山大川和名胜古迹,品尝不同地域的风味美食,更深入亲近中华文化,让不同肤色、不同地域、不同国家的学员,以不同角度认识了我们强大的中国。

在学员才艺表演时,我们以精彩的古筝表演,展示了对中华文化的热爱,给在场的所有观众留下了别样的记忆。红弦传情,我们的表演不仅成为曼谷中国文化中心的一张亮丽名片,更赢得了主办方和所有国家学员的高度赞赏。我们也以古筝为纽带,满怀对中国文化的热爱,结识了各个国家文化中心的优秀学员。

古筝无言,却承载了我所有情愫,它用特有的方式陪伴着我。随手拨弹一曲,那细细的琴弦奏出优美的音符,清脆悦耳。奏一曲古韵,别有一番蒹葭动人的美感,低头吟唱时又宛若一涓流动的溪水,把我带进如诗般的心境。

🌴 作品赏析

《古筝情愫》这篇散文主要讲述了作者的古筝梦以及为了实现这个梦想所做出的种种努力。古筝是一件伴随中国悠久文化的古老民族乐器,同时也成为一种象征女性柔美、温婉恬静的艺术。大多数中国人都有一种古筝的情结,那优美动听的旋律,很容易就把我们带到了古代,使我们在思绪上淡泊宁静,即便是听完,也觉余音袅袅,回味绵长。作者更是如此,她渴望着能像古人一般穿上"仙女般的紫色纱裙,裙摆随风飘逸再倾泻于地,细软的长发齐腰飘散着,再信手拨弹一曲幽婉恬淡、如醉如仙的古筝曲"。然而梦想的实现并非一朝一夕能够完成的,作者在学习古筝的过程中,最初的激情慢慢消退,取而代之的是日复一日枯燥无味的练习曲和指法。然而作者并没有放弃,她凭借自己心底扎根已久的古筝梦想以及坚韧的强大意志力坚持了下来。反反复复的练习,换来的不仅仅是每天的点滴进步,还有手指上那厚厚的茧子。但是,作者也在反复练习和仔细琢磨中悟出了古筝学习的精髓——慢练和音准。通过老师的指导和讲解,作者更是明白了"欲速则不达"的道理,以及"真切体会原创作者的情感"的要领。古筝,这个中华文化的独有符号,它那不可言喻的梦幻和令人敬畏的神秘,深深吸引着作者,然而作者也因为遇见古筝收获了别样的体验。以古筝为纽带,使得不同肤色、不同地域、不同国家的人们,以不同角度认识了我们强大的中国,同时也传递出了作者对中国文化的热爱之情。

这篇散文以"古筝情愫"为题,借古筝这伴随中国悠久文化的古老民族乐器,从中传递出的不仅仅是作者对于民族乐器的喜爱,更是对于中国文化的热爱。作者把自己的这种强烈的赤子之心,毫无保留地寄托在对古筝的学习过程之中。日复一日的练习,持之以恒的坚持以及手指上磨出的厚厚茧子,无一不是作者那强烈的赤子之心使然。作者借对古筝的刻苦学习,表明了自己对于中华文化的热爱,以及为将中华文化传播海外的使命感。文章的语言古朴,首段借白居易《夜筝》的古诗,更是增添了文章的语言美;而文中对于《渔舟唱晚》这一名曲的解读,更是增加了文章的意境美。文章最后一段,作者将自己对古筝的情愫融入对音乐的美感体验和诗一般的心境领悟中,可谓点睛之笔。

总而观之,墨子的这篇散文,以古朴的语言、优美的意境以及真挚的情感,不仅带我们领略了古筝的魅力,更让我们体会到了作者对于古筝的魂牵梦萦的情愫,以及那对中华文化的深深热爱之情。读完此文,耳畔仿佛响起了古筝的阵阵旋律,仿佛有一个身袭古典紫纱衣的女子,挽长发成髻,斜插一支碧玉簪,有着倾城的容颜,向我缓缓走来……

(刘世琴)

梦 凌

梦凌,本名徐育玲,1971年4月15日出生,祖籍中国广东省丰顺县,现为《世界诗人》季刊艺术顾问、泰国华文作家协会会员、海外华文女作家会员、泰国《中华日报》副刊主编。创作有散文、散文诗、儿童文学、现代诗、摄影、短篇小说、微型小说及闪小说等12本。曾获中国台湾"文学原乡"奖,获泰皇赏赐的优秀教师徽章,获国际诗歌翻译研究中心的"2006年度国际最佳诗人奖",获世界客家恳亲大会"著作等身"荣誉奖,荣获首届中泰国际微电影展最佳制片人,微电影作品《象画情缘》获第五届亚洲微电影金海棠最佳国际单元微电影奖。

母 亲 的 春 天

前几天姐姐从中国香港来曼谷庆祝母亲节。孩子们还在暑假期间,我们决定陪妈妈去芭提雅看大海。

来到芭提雅海滩,火辣辣的热带阳光令人睁不开双眼,我们忙着找防晒霜。

我叮嘱母亲擦点防晒霜,姐姐从中国香港买到了母亲理想的防晒霜,SK-Ⅱ的牌子。说牌子母亲是不知道的,她只看价钱,太贵的是不能买的,她总是说自己老了,抹什么都没用,皮肤没得救了,其实她只是心疼钱。我相信每个女人都有对于美丽的渴望,这一点,无关乎她是二十岁还是六十岁。

手拿防晒霜,可妈妈她却不会用。妈妈老是说她年轻时可是什么化妆品都不用的。怎么擦,使用的步骤也是我给她示范过的。其实,为了妈妈的怕麻烦,我已经把基础面部护理简化了:挤少许防晒霜在手心里,抹一点儿在脸颊、眼睛下面、额头上,然后再用双手均匀地涂抹。

母亲有时候会抱怨，说老了怎么还麻烦起来呢。母亲今年六十有八，无情的岁月让皱纹布满了母亲整张脸。小时候我的家庭清贫，父亲外出谋生，家庭生活的重担全部压在了母亲的肩上，而那时候的母亲，身材和皮肤都是尚好的，即使憔悴也无法掩饰她的美。在人生极尽艰辛的岁月里，她哪里有过空闲的时间和精力，去想到她自己，她心里装满了父亲和我们，还有需要奉养的老人。

那时候，看着别人的父母老去，我总以为，我的母亲是耐老的，我甚至天真地以为，母亲会一直年轻。这并非我不懂得岁月无情，只是我心中的祈愿暂时阻挡了岁月在我心中的脚步。

大学毕业后我在一所学校任职，我还记得母亲每次张罗着我出门上班，每天都会悉心地看看我穿什么，头发梳好了没有。也许天下的母亲都希望女儿是漂亮的吧，母亲之于女儿，美丽的愿望又何尝不是一样？

我从岁月的沉思中回到现实，我轻轻地在母亲的脸上润了些水乳，然后将防晒霜一点点抹在她脸颊、眼睛下面、额头上。岁月还是揉皱了母亲的脸，我的心里很疼。两颊的防晒霜顺利地被轻抹均匀并吸收，额头就有些困难了，母亲不笑的时候，额上的皱纹并不是很明显，只是，我分明感到那里的皮肤有些焦薄，如同树叶，被夏日的骄阳吸走了水分。我的手，停在那里，我的目光再也挪移不动。

眉心以下和两个眼窝，是或深或浅的纹路。干涩，如同核桃的外壳。这双眼睛曾经美丽过，曾经多少次深情地凝视过我，她的眉头，又有多少次为生计、为儿女而操劳聚拢呢。岁月，无情地摘下了母亲曾经年轻的花朵，让她的眼睛，长成两枚干果，一点也不生动，真的，它很干很疼。

我逐一撑开那些皱纹，为了使防晒霜变得均匀。然而我松开手，它们又迅速聚拢。它们那样忠诚地团结在一起，以无比强悍的力量，宣告一个女人在岁月里流失殆尽的时光。流光一霎催人老啊！

姐姐在一旁眨眨眼看着我轻抹的动作，她转过了身子，我知道她正在难过。是啊！我们有多久没有细细看过自己的母亲？我们有多久没有触过她被时间打败的面容？我在问自己。远离了儿时的依偎以后，我们开始远离母亲，结婚生子，彰显自我的独立。去年母亲不舒服进了医院，我和姐姐整日地陪着母亲絮话，听她讲几年前和几十年前的事情，我会时不时地抬眼看她，然而，那只是为交流的虚看。

也会听母亲说，老了老了，不中用了；也会看见，母亲的头发一天天地白了。偶尔地我会想，已经将近70的母亲，还能陪我多少年？也许在某天的某一时间，我只能静静地看着她，只能看着。如现在这般，触摸着她的面颊，我心凄然。

我终究没有一双妙手，我找不回母亲的春天，我也不再幼稚地固执地轻信，原来，我的母亲，终将老去。

抹好防晒霜的母亲，露出了一口假牙，苍白的脸上忽然起了一层红晕，母亲，终究还是女人，爱美是女人的天性。是啊，年老的母亲，真的像年少的姑娘开始懂得为自己的青春打扮梳妆，她何尝不想找回她曾经的春天……

🌴 作品赏析

《母亲的春天》一文讲述了作者为母亲涂抹防晒霜的过程，通过涂抹防晒霜，逐渐发现母亲的苍老，引出多年来母亲为家庭做出的贡献，表达出作者对母亲深沉的爱。本文先是由"我"、姐姐和母亲去芭提雅看海时叮嘱要涂抹防晒霜引出，由母亲不会用、母亲嫌"麻烦"，"我"为母亲护肤、涂防晒霜这样一个过程，串起作者对人生的思索，对自己忙于工作无暇陪伴母亲的反思，以及对母亲多年为家庭付出无暇顾及自己的心酸与感激。

作者在这篇散文中，采用插叙的方式，在主要描述为母亲涂抹防晒霜的过程中插入了对过去年轻时的母亲的回忆，一是回忆自己的小时候，那时的母亲身材和皮肤都很好，与现如今、脸上爬满了皱纹的母亲形成对比，再加之作者对幼时家庭情况的描述，突出了母亲在几十年岁月中自己一个人扛起整个家庭的顽强与坚韧的形象；再是作者回忆起自己毕业后母亲每每细心帮"我"检查着装打扮，突出母亲的爱美心理，与母亲为了家庭忽视自己的行为相对比，体现出母亲的伟大。作者描写给母亲涂抹防晒霜时，则使用了比喻、拟人等手法，形象地将为母亲涂抹防晒霜时的感受描述了出来。母亲的额头如"被夏日的骄阳吸走了水分"的"树叶"，而眼窝则干涩得"如同核桃的外壳"，将岁月对母亲的侵蚀刻画得淋漓尽致，而皱纹的"忠诚"与"团结"则体现了岁月给母亲留下的、刻画的挥之不去的印记。"我们有多久"的反复，是作者的扪心自问，也是对看到这篇散文的读者的诘问，表达出作者对母亲的爱，同时也呼吁儿女多认真地看一看自己的母亲。最后一段中，巧妙地点明了题目,母亲脸上的"红晕"再一次印证了母亲不是不爱美,不是不向往春天,只是责任让她放弃了自己的春天。

梦凌的散文常常于无声处轻轻缓缓地深入人心,用轻柔的话语、从最平凡的小事中挖掘出人生的哲理,如这篇《母亲的春天》便从涂防晒霜这件小事中,讲出了母亲对"春天"或者说"年轻"与"美"的向往,间接歌颂了母亲为家庭付出的无私与伟大,也借由这件事呼吁天下的儿女们,多关注自己的父母,在父母仅剩的时间中给予更多的陪伴。

（于　悦）

澹　澹

澹澹,原名周丹凤,曾用笔名蛋蛋,1972 年 11 月生于中国广东省汕头市,1997 年移居泰国,同年开始习作,现为泰国华文作家协会理事、世界华人文化研究会理事、泰华小诗磨坊成员。曾获泰国华文作家协会主办的"2013 年闪小说征文有奖比赛"季军,2014 年"泰华散文有奖比赛"季军,2018 年"泰华微型小说双年奖"二等奖。2012 年至今,每年与小诗磨坊成员合作出版《小诗磨坊》系列。

曼 谷 的 雨 季

旅居泰国十几年,对于这个热带国家,从刚来的不习惯到最后的喜欢,时间并没有经历太久。现在若问我喜欢泰国的什么,一时间还真答不上,住得久了,感觉喜欢的东西就越来越多了,但首先值得一提的是——我喜欢泰国的雨季。

泰国属于热带季风气候,一年分三个季节:热季、雨季和寒季。热季大概是 2 月至 5 月,雨季是 6 月至 10 月,寒季则是 11 月至次年 2 月中旬左右。由于我一直居住在曼谷——泰国中部,所以感觉这三个季节的交替都不是很明显,好像常年都是温温热热的。

首先我不得不提曼谷的热季。热季最高温度是在每年的 4 月份,有时候会有 40—42℃的高温。但可能是在曼谷住得久了,对于 40℃的高温似乎也就习惯了,就像习惯了泰国人的善良和曼谷拥堵的车况一样。很多在中国的朋友常会问我,听说曼谷那么热,你受得了吗? 我常回答说:"习惯就好!"其实曼谷的热是热带季风地区的湿和热,偶尔有风的时候还是会觉得舒服,不像在我家乡夏天时那种让人喘不过气的闷热。

说到泰国的寒季,确切地说应该是我所在的曼谷的寒季,我就想笑。我从小在中国南方长大,虽没有见过北国的白雪飘飘,但南方冬季那种真正的"寒"现在想来还是能冻到骨子里的。在我印象中,冬季刺骨的寒风吹来,要是再下点小雨,这样的天气那才叫寒。而曼谷,在我住过的 16 年里,印象中只有一年它的温度低于 20℃,好像是 16—18℃吧,而且这位"寒姑娘"也只是来了两天,但是那两天却冻到了热情的泰国人,曼谷街头看到不少人披上毛线围巾,偶尔还看到有人穿棉袄。哈哈,怪不得有泰国朋友冬天时去中国北方玩,回来后直呼太冷,受不了。而早已习惯寒冬的我,曼谷寒季 16—18℃的气温却是难得的舒服。

　　每每说到雨季,我总会想到中国南方的绵绵春雨。就是在冬季渐去而初春刚来的那个时候,记得天空总爱飘着细雨,像极了棉絮,而且是整天整天地下,就像个老太婆一样絮絮叨叨讲个没完,那时候气温还是很低的。记得中学时代我和弟弟骑单车去上学,虽然穿了雨衣,但手脚难免也会淋到雨水,那种刺骨的寒意至今也还记得,这是我最初不喜欢春雨的原因。后来长大了些,遇到雨天,特别是绵绵不绝的细雨,总觉得多了一股不能言喻的伤感,像失去亲人的哀伤,像情人的离别,像委屈的哭诉……总之让人开心不起来。

　　曼谷的雨季就不一样,它更像泰国人的热情、爽朗、率性,有时候它又像是调皮的小孩,跟你在捉迷藏似的,有时候觉得它也像我的急性子,匆匆地来匆匆地去。在曼谷的雨季里,你根本看不到绵绵不绝的细雨,它也不会整天喋喋不休地下个没完。一般雨来得很快,去得也快,几分钟或者半个小时,又或者当你撑开雨伞,走过另外一条街,雨已经停了,阳光又依旧灿烂满街。

　　我特别喜欢这个感觉,有时甚至期待一天之中来这么一两次,给燥热的天气一些凉爽,给弥漫车烟的城市一个洗刷,又或者给外出的人们一个调皮的玩笑。总之,要是我在外面遇上这样的雨,我是开心的。我情愿停下脚步,找一个屋檐躲起来,悄悄欣赏曼谷雨的调皮。是的,我喜欢称它为"欢快的曼谷雨"。

　　喜欢曼谷雨季的另一个原因是,它的时间性。刚来泰国时,总听妈妈说,今天几点大概会下雨,我总感觉好玄,以为妈妈学起天文学,会看天象。果不其然,那天大概那个时间,本来还艳阳高照的天突然变脸,然后就唰唰唰地下起雨来。后来才知道，它好像很有时间规律，今天这个时间来上班，明天也是差不多这个时间来报到。嗯，这个感觉真好！我喜欢它的"准时"。

另外一个可爱的景观是，有时隔着一条街的距离，雨在街这边噼里啪啦地下，街那边的人却在慢条斯理地过马路，因为那边没雨。甚至在路上，你可以开着车让乌云追，有时候你也可以追着乌云跑。后来慢慢地，我也学会了看天空的脸色。这里的天空灰蒙蒙，估计10分钟后雨就要来了，再看看家的方向，那里蓝天白云，那么我晒在阳台的衣服也可以不必担心了。

不过随着全球气候变暖的问题出现，这几年曼谷的气候也受到了影响，比如气温升高，雨季也与以前我刚来的时候有所不同。去年和今年的雨季就出现过细雨绵绵不断的现象。有朋友开玩笑说，是不是这几年各国都在中国热，泰国的雨季也跟着赶潮流，爱上中国的细雨霏霏了。

但是无论如何，我始终钟爱泰国率性、调皮但又守时的雨季。

🌴 作品赏析

《曼谷的雨季》是一篇文化散文，作者从泰国的气候谈起，进而介绍了曼谷雨季的特点和景致，表达了对曼谷雨季的喜爱和赞美。

泰国气候属于热带季风气候，全年分为热、雨、旱三季，年均气温24—30℃，常年温度不下18℃，平均年降水量约1000mm。11月至2月受较凉的东北季风影响比较干燥，3月到5月气温最高，可达40—42℃，6月至10月受西南季候风影响，是雨季。作者在文中首先介绍了曼谷湿热的热季和不甚寒冷的寒季。作者旅居泰国十几年，早已"习惯"了曼谷热季的高温，对曼谷寒季的感受更是"难得的舒服"，最钟爱的莫过于率性、调皮但又守时的雨季。

曼谷的雨季与作者记忆中绵绵不绝、充满伤感的细雨不同，它热情果敢，来去匆匆，一会儿大雨酣畅淋漓，一会儿阳光灿烂满街；一时不期而遇，一时如约来临，偶尔又东边日出西边雨，欢快调皮，景致独特。作者赋予了曼谷的雨季诸多拟人化的特性，通过细腻、欢快的笔触向读者展现了一个个鲜明生动的曼谷雨天场景。

作者笔下的季节和气候不是独立存在的，而是与泰国的风土及曼谷街头的生活紧密联系的，描写的既是曼谷的雨季，也是曼谷的人和情。值得注意的是,作者在描述泰国的不同季节时,无一例外都与中国的季节和生活做了对比,这也正是作者旅居他国多年后内心故国家乡生活记忆的流露。

(孔舒仪)

许爱朕

　　许爱朕,祖籍中国广东汕头,生于 1981 年 8 月 15 日。2004 年毕业于泰国艺术大学文学院,后深造于泰国朱拉隆功大学文学院,2008 年硕士研究生毕业,2009 年获得中国孔子学院奖学金并赴中国吉林大学文学院中国现当代文学专业攻读博士学位,2012 年完成博士学业并返回泰国。现任乌汶大学人文学院中文系汉语教师。

给曾祖父写的信

敬爱的曾祖父:

　　不知您现在在哪里,也许留在泰国落地生根,也许返回祖国落叶归根。虽然身为您的曾孙女,与您有血缘关系,但有关您的事情我却知道得太少了。随着时间的流逝,一切都变得渺茫。连您的遗照我都没有见过。据家谱记载,您姓许,汕头人,在泰国三世皇时代从汕头漂洋过海到柬埔寨谋生,再移民到泰国,跟当地人通婚,儿孙满堂,组成了一个大家庭。据说,您曾经捐赠地皮兴建本头公庙,以传承潮汕宗教文化并为当地侨胞提供共同的精神依靠。鉴于您对泰国怀有忠诚与热爱之心,为当地发展做出了巨大贡献,受到王室的认可,被封为地方官。我知道的就是这些,生活习惯和文化取向也日益被本地化,我对中国传统文化依然陌生,几乎忘记了自己身上还有中国血统。

　　不过,自从我开始学中文以来,就被这些充满无穷魅力的方块字深深吸引了,更为隐藏其后的文化底蕴所着迷,好像我身上的中国血统也随之浓郁起来。我在国内读书时,就渴望赴华深造,更盼望能到您的祖籍寻根访祖。我的梦想终于能实现了,2009 年我拿到了中国奖学金,我的留学生活就由此在吉林大学正式展开。曾祖父,您可知道吉林长春离您的家乡挺远的,比泰国还要远。我得坐大概 7 个小时的飞机才能到,那您当年出海过番,是不是坐红头船呢?要遇到多少风浪才能安全到岸?您即将远离祖国时,心里肯定充满着留恋情绪,泪流满面背井离乡,思乡之情是何等的浓烈?您当时的感觉我能理解。

在华留学 3 年,可谓是我一生中最幸福的一段时光。您初到泰国时,是否会感觉到异国他乡的陌生?生活在异族文化圈中的您精神上是否会梦往神游,对祖国念念不忘,怀有白云青舍之感?而我呢,虽然会有一点语言障碍,气候和饮食的适应问题,精神上却没有任何孤独感,因为在我内心深处,我悄悄地把中国当作自己的第二祖国。

"读万卷书,行万里路",我觉得旅行是能够开阔眼界、丰富人生阅历的一种手段。因此,我在华就读期间,经常背着背包游览中国。感受历史悠久的北京、南京、西安、洛阳等古都文化,到达山东曲阜膜拜三孔胜地,踏入浙江绍兴拜访"中国现代文学之父"鲁迅先生的故居,欣赏美丽迷人的江南水乡,追踪沈从文先生观赏如诗如画的凤凰古城,寻觅西藏如梦般的高原色彩,感受内蒙古大草原气息,体验云南、贵州、广西等少数民族风情,领略福建客家土楼建筑之美,这些都是我课外所得到的人生经验。时间如水,迅速流逝,在导师和同学的支持下,我终于能按时毕业,即将离开中国时,我觉得心里空落落的,我在华三年这一段美妙时光,是否总有一天也会变成渺然的记忆?

血缘难断,我虽然返回了泰国,但若是各种条件充足,我就会到中国旅游,其实也在寻找些什么。曾祖父啊,我一直都在盼望到您出生的乡村,追溯您的根源,不过,一切都渺茫,我将到何处寻?去年三月份,我和一个朋友乘机赴华,目的地是广东汕头市和潮州市。初踏汕头时,我心底仍在呼唤"曾祖父,我回来了!"我对"汕头"这个地名好像有一种深深的感情,因为据我所知,您是从"汕头"出海过番的。在三天时间里,我们游过很多地方,例如:到潮州拜访韩愈祠,观赏湘子桥,然后返回汕头膜拜大峰祖师,拜访正王幕,访问陈慈黉故居,参观樟林古港,等等。踏入樟林古港新兴街时,我忍不住想象百余年前,您可能曾经在此地下船出海,随着风浪起伏,漂泊到异国他乡,命中注定让我们有血缘关系,让我做您的曾孙女。我想到这里,就禁不住流下了眼泪,向那块土地叩头,因为有可能您的脚印也曾经踏上这里。曾祖父啊,我这个曾孙女想从心底向您表示孝敬,想用我所学过的汉语向您报个平安。

敬爱的曾祖父,无论您现在在哪里,无论是留在泰国落地生根,还是返回祖国落叶归根,希望您在天之灵会感受到我对您的孝心。能做您的曾孙女,我感到很骄傲。有关您的事情,一切都模糊,我只能向您安放在灵堂的那些遗骨,把我这份孝敬之情随风飘扬。

曾孙女许爱朕

敬上

🌴 作品赏析

《给曾祖父写的信》这篇散文主要通过书信体的形式,直接与已故的曾祖父对话,向我们介绍了作者的曾祖父从中国移民泰国的经历以及作者为寻根访祖而踏上了在中国的留学之旅,借此抒发了作者对于曾祖父的追思和孝敬之情,以及她和中国之间有着千丝万缕的关系和"血缘难断"的故国情怀。

这篇散文在行文构思上最大的特点是用了由虚到实、抑扬结合的写作手法。首先写了传言中曾祖父的种种移民经历,交代了自己和中国之间的血缘关系;其次由作者的身体中自然流淌着中国血统,写到了中国汉字以及隐藏其后的中华文化底蕴对于作者的深深吸引力;最后写了作者在中国访学期间,不仅游览了中国的大小城市,体验了不同地域的文化内涵,而且还在毕业后返回中国旅游,去了祖父的故乡,感受了祖辈在中国的生活环境,体会到了中国作为自己第二故乡的种种奇妙。本文语言凝练且富有感染力,作者以感同身受的生活体验去猜测祖辈的移民经历和思乡之情,特别是文章中反复出现的问句、排比句的使用,更是强化了行文的表达效果,深化了文章的主题思想情感,如"那您当年出海过番,是不是坐红头船呢?要遇到多少风浪才能安全到岸?您即将远离祖国时,心里肯定充满着留恋情绪,泪流满面背井离乡,思乡之情是何等的浓烈?"等,此类表述文章中比比皆是,句式整齐富有感染力,所表达的感情,深沉隽永,感人至深,读者无不为那份真挚而浓烈的感情而动容。

总的来说,许爱朕的这篇书信体散文以真情实感为核心、以中国留学寻根经历为内容、以抒情和议论为表现形式,向我们展示了一个曾孙女对于其祖辈的追思,对于第二故乡的寻根,是一篇感人至深的美文。

(刘世琴)

易青媛

易青媛,1987年出生于泰国也拉府泰马边境的美丽小城勿洞。泰国国立宋卡王子大学汉语专业本科,中国云南大学语言学硕士,中国天津师范大学世界文学专业博士,现任泰国国立纳瑞宣大学人文学院东语系汉语专业讲师。其散文《中国婚礼随想》曾经获得泰国"公主杯"散文大赛二等奖。

中国婚礼随想

许多年以后,当记忆力随着年龄增大开始慢慢退化,许多精彩的人生过往会被一件一件地忘却。但我相信,阴历2017年五月初十那一天,我会永远永远铭记,因为那是我结婚的日子。

日期之所以用阴历,是因为我的婆婆是一个非常传统的人,结婚前她请家族的长辈选个好日子,白发鹤颜的老长辈慈爱地说:"闺女呀,五月初十不错,五谷丰登,十全十美!"这句话充满祝福,也很有中国味道,我非常喜欢,就清楚地记在了心里。

其实我和丈夫领证好几年了,因为我读博士一直没时间办婚礼,现在这一天终于到来了。挂着大红花的婚车队伍在邯郸市宽阔的马路上行驶,看着窗外路两边慢慢向后退却的法国梧桐,阳光穿过茂密的随风摇摆的树荫,在路上打满了如波浪般晃动的斑斑点点,恍惚如梦,这让我的思绪澎湃开来,许多被封存的往事一下子涌上心头。

一些伤心遗憾的记忆最先浮出脑海。这次在中国举办婚礼,我的父母、弟弟妹妹都没能来参加,幸好有几位泰国好朋友到场,否则就只有我一个孤零零的外国新娘了。我想起泰国的家庭,那些久远的或者刚过去的事情,一路上想了很多。

我的高祖一家当年从广西移民到马来西亚,后又迁到泰马边境的一个小城市,在那里他们进入原始森林,刀耕火种,历尽艰辛,建立了庞大的橡胶园,成为当地富足家庭。在泰国谁都知道华人努力勤劳,泰国经济的繁荣发展离不开华人的贡献。但也有一些华人在富裕后开始挥霍浪费,最终落得家业破败的结局,"富不过三代"的说法就像一个魔咒,很不幸,我家就被这魔咒诅咒了。

从爷爷那一辈开始,橡胶园逐年缩小,被卖掉或者当掉,换成钱来享受生活。到了父亲这一辈,兄弟们一分家,每家就只得到十莱橡胶园了。我父亲更甚,社会上的坏习惯他沾染不少,只有母亲,一个坚强的泰国东北女人,努力地支撑着这个家。她半夜要去橡胶园割胶,早上还要把几十公斤重的胶桶运到工厂,她骑摩托车上高山下陡坡,看得我们心惊胆战。将近中午回到家已经累得半死,她还要开木瓜沙拉店,支持着 3 个要吃要穿要上学的孩子。她丈夫从来没有好好帮助过她,理所当然地睡觉喝茶打麻将,甚至还偷偷养了个"情人",享受着"美好"的生活。

2015 年年底,我博士就要毕业了,正在紧张地写论文,原本想赶快把论文写完,就回家帮妈妈开店,减轻她的负担,但没想到一天晚上 10 点弟弟打电话把噩耗告知了我:妈妈突发心脏病去世了!我感觉天空一下子塌了下来,不想等到天亮坐飞机,当晚就和丈夫开车回勿洞市。从彭世洛到勿洞差不多 1500 多公里,一路上我几乎都把油门踩到了底,我想哭但是却哭不出来,我想念我受苦受难的妈妈!弟弟在电话里说,妈妈在医院抢救时,最后的遗言就是"好累啊"!悠长的马路没有路灯,周遭漆黑,我双手紧抓方向盘,牙齿紧咬着,眼睛盯着被车灯照亮的马路,丈夫几次说要替我开我都拒绝了,我不能把注意力放到其他地方,否则我会崩溃。一路飞奔,我们瞪着干涩红肿的眼睛,第二天下午终于到了。汽车开进城市,我见到街边熟悉的商店:我看到鞋店,上小学时每逢开学,妈妈都带我去买新鞋,买最便宜的那种,和老板讲半天价,最后也没法便宜 3 泰铢;我看到卖泰国传统服装的商店,想起妈妈很喜欢那些花花绿绿的衣服,却总是看两眼摸一摸就走……最后,当我见到从冷藏柜中抽出来的僵硬的母亲时,泪水从眼中奔涌而出,就像流出的是一块块带刺的石头,带着痛带着悔带着恨带着无数无法表达的感情。葬礼过后,我们姐弟三人和毫无悔意的父亲断绝来往。我曾计划带母亲来参加我的婚礼,还教过她好几句汉语,以便和丈夫的家人能打个招呼,那时候她很高兴地跟着我学,汉语软绵绵地从她嘴里发出来真可爱呀!我还计划婚礼后带她去故宫,去吃北京烤鸭……但这一切全部化作泡影,成为一生无法挽救的悔恨,我一生中最重要的人,我的母亲,永远不能出现在我的婚礼上了。

但我相信,妈妈在天上还在爱着我,保护着我。婚礼前几天一直下雨,天气预报说阴雨天气会持续一周呢,当时婆婆后悔选了这一天,毕竟很多仪式在户外,下雨的话就很麻烦。头天晚上,我向妈妈祈祷,希望她能帮助我。到了第二天,除了清晨下了一会儿雨,全天都是晴天! 婚礼过后马上又下了好几天雨,这真是个奇迹呀!

现在说点高兴的事情吧,我的婆婆知道了我的事情,抱着我说不要伤心,以后她就是我的妈妈,有什么都可以告诉她:没有钱了告诉她,她给;有什么不顺心了告诉她,她带我去旅游;被丈夫欺负了告诉她,她会替我打他屁股的! 说得很幽默,我感动得笑了起来。

我非常敬佩我的婆婆,她白手起家,经过多年努力,已经在当地有了一家规模不小的工厂,钢铁怪兽般的机器,日夜不停响声震天地生产,可以说她是当地“巾帼不让须眉”的代表,我要以她为榜样,不当柔弱的“林黛玉”,要当敢闯敢拼的“女汉子”。

婚车在中国历史古城邯郸绕了一圈,经过一个十字路口时,还让我扔了一块肉出去。据说古代一位新娘在半路被一只饥饿的老虎吃了,为了避免遇到饿虎,就形成了这个风俗。车来到了丈夫家所在的小区,下了轿车,在一片热闹的锣鼓声中,开始举办仪式,拜天地拜父母夫妻对拜,围观的亲戚朋友其乐融融,欢声笑语和手机拍照的声音不断,我的眼睛都不知道该往哪里看了。但我的丈夫最有意思,他有点紧张,本来眼睛就小,一紧张就傻笑,眼睛都笑没了! 更搞笑的是,按当地风俗,新郎去接新娘时,要被满脸涂黑,大家告诉我以前是用锅底灰,现在改用黑色面膜,更卫生也好摘掉。所以当他给了挡在门前的出各种难题的伴娘红包以后,门被打开了,我一见到他就吓了一跳,以为是“包青天”来娶我了呀!

拜天地结束后,还有一些有意思的仪式,其中一个让我印象最深刻。丈夫的小姨告诉我,等会儿有人让你吃饺子,问你“生不生”,你一定要回答“生”! 我才知道,这是让新娘早点生孩子啊! 除了这个问题,没想到还问我“生几个”。我一下子不知道怎么回答了,我的丈夫就说:“生双胞胎吧!”亲戚朋友们就都笑了起来,家里洋溢着一片幸福气氛。但其实很多人不知道,我当时已经怀孕两个月了,所以我的宝宝我已经带来了,以后等他长大了,我就可以告诉他,你来参加过爸爸妈妈的婚礼呢!

中午,亲朋好友又被请去一家江南水乡风格的饭店,在那里又举办了一次隆重的中西结合的婚礼仪式。以前我管公公婆婆叫"叔叔阿姨",叫了好几年,这次有一个仪式,就是让我"改口"叫"爸爸妈妈",他们用非常温柔和期待的眼神看着我,我一下子紧张得很,我想起我那支离破碎的家庭,想起我那浪子父亲,想起我去世的母亲,双眼含着泪水,用练习无数遍的邯郸方言了一声"爸爸妈妈"!婆婆一边帮我擦眼泪,一边把一个很大的红包塞到我的手里,说是"改口费",亲戚们都喝彩起来!我的泰国朋友们还被请上台发表感想和表演泰国舞蹈,一场婚礼下来,我有点晕头转脑,但心中却无比幸福,原来拥有温暖的家庭是这样的感觉!

婚礼结束了,我又回到泰国生活,我时常想起那位白发苍苍的老长辈的话"五谷丰登,十全十美"。我知道,世界上很少有"十全十美"的事情,妈妈不能来参加我的婚礼就是一个最大的缺憾,但诗人苏轼说过"人有悲欢离合,月有阴晴圆缺,此事古难全"。我会永远铭记和感恩,铭记妈妈陪我走过的所有艰辛时光,我也感恩我的中国妈妈,她如此费心地为我操办这场中国婚礼,让我这个家庭支离破碎的人重新感受到家庭的温暖。尽管婚礼过去还不到一年,但在睡梦中或闲暇时,当时的情景就会自动跳入我的脑海,即使有时就是出现那么一瞬间,也会让我的嘴角,浮现出一丝只有自己才会感觉到的微笑。

🌴 作品赏析

《中国婚礼随想》这篇散文主要以作者在中国举办的一场婚礼为线索,引出了作者在泰国支离破碎的家庭背景以及对任劳任怨了一辈子的母亲不幸离世的伤感回忆,抒发了作者对于母亲的思念和感恩以及对于在中国重获家庭温暖的幸福之情,描写细腻,情感真挚动人。

婚礼,是一个人一辈子最难忘的记忆,蕴含着家人和亲朋好友的美好祝福,见证着一个新的家庭的组建。作者的中国婚礼,在五月初十那一天,更是蕴含着"五谷丰登,十全十美"的美好祝福。然而,由于特殊的家庭环境,作者婚礼的现场却并没有自己的家人参加,这可以说是作者终生的遗憾。母亲的突然离世,让作者产生一种"树欲静而风不止,子欲养而亲不待"的伤感之情。作者的母亲劳苦了一辈子,节省了一辈子,牺牲了一辈子,临死前她最后的遗言都是"好累啊",这样的话像是埋藏在作者心中的一根刺,深深刺痛了作者的心。尤其是作者见到"从冷藏柜中抽出来的僵硬的母亲"时,泪水像是"一块块带刺的石头",悲痛、悔恨以及"无数无法表达的感情"奔涌而出。婚礼的美好和母亲辞世,一喜一悲形成了强烈的色彩对比,突出了作者对于母亲的无限伤痛之情以及对于美满家庭的渴望。文章的后半部分,作者笔锋一转,用幽默轻松的笔调描写了婚礼现场的各种有意思的风俗仪式以及中国婆婆给作者带来的母爱,让她重新感受到了久违的家庭的温暖,突出了作者对于家庭和亲情的渴望和追求。文章整体,悲喜交加,真实印证了世界上很少有"十全十美"之事的道理,从中也窥见了作者的无奈和遗憾之情。

易青媛的这篇散文,不仅语言描写细致入微,而且结构紧凑、布局巧妙,把自己的中国婚礼、家庭背景、母亲的逝世以及在中国重获家庭温暖等巧妙地结合在一起。文章还善于利用对比、烘托和渲染的表现手法,将由中国婚礼引发的一系感想表现得真挚感人,其中不乏多处环境、细节描写等侧面描写,如作者得知母亲离世的消息,开车回家的路上,"悠长的马路没有路灯,周遭漆黑""双手紧抓方向盘,牙齿紧咬着,眼睛盯着被车灯照亮的马路",这些语句从侧面烘托出了作者内心的悲痛、震惊和难以接受的心情,使人读来,尤为感动,更加深了读者对于"人有悲欢离合,月有阴晴圆缺,此事古难全"的思索。总的来说,这篇散文无论是从语言、结构,还是从表现手法、情感主旨上来说都是一篇值得一读的散文。

(刘世琴)

陈树荣

陈树荣,出生于 1988 年 9 月 27 日,本科毕业于北京大学中文系,硕士毕业于北京大学对外汉语教育学院,热爱汉语与中国文化,并以在泰国传播汉语与中国文化为己任,回泰后从事教育工作,任汉语教师。

十余载留中情深　五代人寻梦泰国

我与中国的血缘,也许要追溯到曾祖父的祖父那个年代,或许比那还要早。家谱上已无从溯源,究竟从什么时候起,中泰两国的血缘就一代一代地在祖辈的身体里流淌、传承。

我的父亲是中国人,母亲虽在泰国出生长大,但也有着中国血缘。1980年春,母亲因工作需要到广东汕头出差,正是那次工作上的机会,父亲与母亲相识了。一见钟情的干柴烈火,使得他们很快坠入爱河,仿佛是失散多年的爱人,在初次见面的那一瞬,就认出了对方。一发不可收拾,他们爱得迅速而投入,炽热而深沉。然而,随着母亲工作处理的完成,她不得不随队返回泰国。20 世纪 80 年代,没有越洋电话没有语音视频,父亲与母亲只能通过码头的水手传递书信述说相思。一封信去程一个月,返程一个月,一来一去,一年三百六十五天也不过几封信件。但守着这些书信,守着当初那句"非你不娶"的承诺,他们愣是坚持了四年,直到父亲收起行囊踏上了泰国的土地,与母亲终成眷属。

1988 年秋,我在泰国出生。从呱呱坠地那天起,耳中便时常听到父母口中讲着我不太能听懂的语言,写着我不太看得懂的文字,家中墙上高高挂着一幅形似公鸡的大地图。父亲说,那是中文,是汉字,是中国。

六岁,我从外府转学到曼谷的一所学校。由于父母白手起家,为支撑一家人的生计日夜打拼,我从小便过上了寄宿制生活,每周在学校住五天,周末两天回家。父母工作十分忙碌,几乎不过问我的学习情况,也不太关心我的成绩。我便也得过且过,对学习一直不上心,无论哪个科目,都学得心不在焉,成绩自不用说,总是拖班里的后腿。唯独汉语课,我格外喜欢,"b p m f"的汉语拼音,横撇竖捺的汉字笔画,抑扬顿挫的优美声调,源远流长的中国文化,我都兴趣盎然,不必费太多力气就能比其他同学学得更好。每个人都带着上天赋予的密码来到世上,因而皆有所长,有所短。或许汉语方面的天赋便是命运暗中给予我的才能,小学毕业时,我的成绩单上唯有汉语一门是全班第一,其余科目通通是最后一名。汉语,成了我生命中最不可或缺的东西。

念完初一,父母告诉我有机会去中国留学,我二话不说便决定,我要去中国读书!没有半点犹豫,甚至没打听一句学习的地方、学校的情况,我义无反顾地乘上了前往中国的航班。然而,到达以后我才发现,这并不是什么大城市里的名牌学校,而是当时广东人均收入最低的县城里一所毫不起眼的中学,云浮中学。但我决心已下,破釜沉舟也不能回头。虽然小学阶段在泰国学过一些汉语,但与土生土长的中国学生比起来,我学的什么也不算。面对与班里同学的巨大差距,我一改从前对待学习的漫不经心,复读了一年初一,不分昼夜地埋头苦读。别人花一倍的努力,我就花两倍、三倍,吃饭学,走路学,就连上厕所也不忘学习。功夫不负有心人,入学时我在中文方面近乎"文盲"的水平,经过一段时间的奋力追赶,不仅各科学习赶上了进度,综合成绩还排到了年级前一百名。在整个年级近八百名中国学生里,我是其中唯一的留学生,这过程的艰难不言而喻。多少个闻鸡起舞的清晨,多少个挑灯夜读的晚上,但骨子里对汉语的挚爱,使得再辛苦的日子也不那么难熬,反倒变成了生活的充实与享受。白驹过隙,转眼就到了中考的节骨眼,我的学习成绩可以直升云浮中学的高中部,但班主任却建议我放弃直升的机会,不但如此,还要放弃继续留在云浮的机会,走向更广阔的世界。

更广阔的世界?我该何去何从?

思来想去,2004年夏,我正式成为一名"北漂",只身来到中国的首都北京继续求学。这次,我如愿进入了一所名校,首都师范大学附属中学。凭借初中三年的用功学习,一份漂亮的成绩单帮我换来了免试入学的机会,还被老师重点安排在了高一的"实验班"。就这样,我一路过五关斩六将,成绩节节上升,在千军万马过独木桥的高考检验下,顺利被中国顶尖学府北京大学录取了。

从泰国小学的差等生,到北京大学的优等生,这跨越重洋的漂亮翻身仗,是中文在背后一直默默支撑着我。因为中文,我愿意静下心来,细细钻研每一个科目、每一道习题;因为中文,无论遇到多大的挑战,我都能通过阅读中文书籍找到继续前行的力量;因为中文,我的留学之路才能步步为营,稳扎稳打,用六年的时间实现完美蜕变。

进入大学,我毫不迟疑地选择了中国语言文学系继续深造,新环境,新生活,全新的挑战也扑面而来。北京大学作为中国最神圣的高等学府,集结了全中国最优秀的学生,每个人都是经过层层选拔最后脱颖而出的佼佼者。在这个处处藏龙卧虎的地方,我不敢懈怠,谨记着"自强不息、厚德载物"的座右铭,认真规划着专业学习,同时积极参与各类学校活动,力求更深入地融进中国校园生活的方方面面。犹记得与中国学生参加中文辩论比赛的唇枪舌剑,跟随老师细读四书五经文言文的艰涩与顿悟,写作论文泡在图书馆里翻阅各类文献的一个又一个日夜,参加留学生歌手比赛收获的鲜花与掌声。欢喜过,忧愁过,成功过,失败过。扎实的中文系学习,使得我不再是那个只了解些皮毛的门外汉,而是穿越了中华上下五千年的时空,从《诗经》到唐传奇,从《红楼梦》到鲁迅巴金,把汉语章句文法、经典文学作品、中国政治历史了解得深入、详尽了许多。

一晃7年过去,我已是北京大学的硕士毕业生。漫漫中国求学路,让我更了解中文之美,了解这门语言所负载的中国人的价值观与思维方式,了解中国的方方面面和它在全球所处的重要位置,也更明白了自己身上肩负的重任。作为泰国与中国之间的使者,我必须让更多的泰国人学习中文,学习中华文化,进而了解鲜活真实的中国。

15年的留学生涯让我时刻思念着泰国,想念着生我养我的土地,毕业的号角吹响,我回到了阔别已久的家乡。身处久未相逢的故土,我亲身感受着泰国人对中文的热情,被他们对中国的向往所感染,"一带一路"的逐步推进使得中泰两国以前所未有的方式紧密联系在一起。创业大潮中,我建立了自己的汉语培训机构,在传播汉语与中国文化的道路上贡献着自己的微薄力量。看着那些与我当年一般大的孩子,认真地坐在教室里,用稚嫩的童声跟我朗读"a o e",一笔一画地专注临摹着我写在黑板上的汉字,从洋腔洋调到字正腔圆地与我用汉语交流,我深感自己的选择无比值得。因为自己有过从老师看不上眼的差等生,蜕变成令父母扬眉吐气的优等生的经历,对那些学习中文颇有天赋的孩子,我懂得如何让他们百尺竿头更进一步,对于学习成绩不佳的孩子,我更能切身体会他们的自卑,并引导他们掌握中文学习的方法,重拾对汉语的信心。不知不觉从教五年,教授过的学生早已过百人,看着他们的点滴进步,我仿佛看着无数个小小中泰使者正在茁壮成长,心中万分欣慰,中泰使者后继有人,那是不久的未来!

今年,我过了30岁的生日,吹灭蜡烛的那一刻,我回想起过去30年的人生,一半在泰国,一半在中国,正如我身上流淌的血液,一半来自泰国,一半来自中国。也许这注定是我一辈子的使命,在泰国将中文的种子播撒得更广,将中国文化的魅力传得更深更远,将泰国人民与中国人民之间的友好纽带系得更紧更牢,为泰中友谊贡献自己的终生力量!

此生,无悔矣!

作品赏析

《十余载留中情深　五代人寻梦泰国》这篇散文内容具体、主旨深远,主要通过描述作者在中国15年的留学生涯、留学回归后担起传播中华文化的重任,以及祖辈五代人与泰国由来已久的渊源,揭示了中泰两国关系愈加紧密、友好这一主题思想,表明了作者为传播汉语和中华文化、建立中泰两国之间友好关系上的强烈使命感。

这篇散文在构思上的最大特点是按照时间顺序,层层深入。首先通过对于父母唯美的跨国爱情的描写,为我们交代了作者的出生背景;其次介绍了作者出生后与汉语结下的不解之缘,以及十五年的中国留学生涯,最后写到作者留学回国后,在泰国传播中文和中华文化,为中泰友谊贡献自己的终生力量的使命感。总的来说,这篇散文是按照时间的顺序,表达的思想感情也是由最开始对于中文、中华文化的喜爱逐渐上升到为传播中华文化奉献毕生力量的大爱,主题思想更加深刻。本文的语言生动、优美而又亲切自然,成语的运用上更显游刃有余,充满文雅的书卷气;句式灵活多变,特别是排比句和反问句的多处使用,使得整篇散文生动活泼,摇曳多姿,尽显华彩,富有很强的节奏感和表现力,令人百读不厌、回味无穷。例如文中写道:"因为中文,我愿意静下心来,细细钻研每一个科目、每一道习题;因为中文,无论遇到多大的挑战,我都能通过阅读中文书籍找到继续前行的力量;因为中文,我的留学之路才能步步为营,稳扎稳打,用六年的时间实现完美蜕变。"这些排比句式的运用,形式上具有很强的说服力,充分展示了中文对于作者的激励作用。

陈树荣的这篇散文内容、主旨深远而富有内涵,构思巧妙,层层深入,语言生动优美而亲切自然,遣词造句上更显娴熟、游刃有余。总的来说,这是一篇令人百读不厌、回味无穷的散文。

（刘世琴）

谢曼蓉

谢曼蓉,来自泰国,出生于 1993 年 8 月 15 日。本科毕业于泰国孔敬大学人文学院中文系。研究生毕业于中国西北大学文学院汉语国际教育专业。目前在马哈沙拉堪皇家大学教育学院汉语教育专业任汉语老师。

中国的佛

到了中国,才发现佛教在中国的繁荣毫不逊色于泰国。无论走到何处,总能觅到一两座寺庙,且都有数百年甚至数千年的历史渊源。无论世事如何变迁,寺庙依然香火传承。甚至在深山之中,也会有寺庙掩映在丛林绿影之间,一座座金碧辉煌的佛堂,一尊尊熠熠生辉的佛像,让人惊叹之余,不禁眼前一亮! 也是啊,在中国人心目中,名山和古刹向来是分不开的。只有远离尘世的喧嚣,才能用心去体悟这个万千世界的无上真理。

这多少让我这个游子感到亲切,因为我的祖国就是一个地道的佛教之国,拜佛是人们生活的一部分。每逢思乡心切,抑或遇到无法排解的忧愁时,我便会去寻一座寺庙,郑重地合十礼拜。每每这时,心中就倍感安宁,一切烦恼都烟消云散。寺庙给人的感觉就是这么庄严肃穆,在这里,似乎一切尘世的烦琐都被庄严的佛法消灭于无形。

中国的佛教派系繁多,大致分了十大宗派,每一宗派都由一名得道高僧根据自己对佛法的领悟而创立,它们虽然教义不甚相同,但是殊途同归,都很好地阐释了释迦牟尼佛所传播下来的微言大义。

在古城西安,我时常拜访大兴善寺,它位于西安最繁华的地段之一——小寨。想不到在这个灯红酒绿的地方,却保留着这么一片净土。大兴善寺建于晋朝,距今已有 1700 多年,是佛教密宗的祖庭。

任时光穿梭,这座寺庙一直在默默地迎来送往。歌舞升平之时,不知多少帝王将相、文人骚客前来接受灵魂的洗礼;兵荒马乱之际,又有多少落寞英雄、饥寒百姓前来寻找暂时的托庇。任沧海桑田,这里始终坚守着一片净土,就像一位历经沧桑的老者,包容地张开双臂接纳一切,来者不拒,去者不留。

该变的东西始终会变,何必强求?而不变的东西,总会在时间的长河中沉淀下来。朝代更迭,世事变迁,也许寺庙的样子已经变化了无数次,但不变的是这里的佛,它们依然慈眉善目,以一种看穿一切的眼神注视着这个世界。

在大兴善寺的金刚堂,陈列着很多佛像挂件,这些都是佛教信徒出资印制的,供游客们欣赏或请回家里供奉,佛教称为结缘。我一个一个地观摩,被一叠小巧玲珑的卡片所吸引,上面画着地藏王菩萨,旁边还附有四行字——

地狱不空,
誓不成佛,
众生度尽,
方证菩提。

我心头微微一震,忽然想起另一句中国人耳熟能详的话——"我不入地狱,谁入地狱?"——想必也是出自此君之口吧!这是一句多么执着的誓言啊!再想想很多得道高僧,他们倾其一生,似乎都是靠着这种近乎疯狂的执着而完成了惊人的伟业,最终得道成佛。达摩老祖在石洞里面壁九年修性坐禅,靠的是对磨炼自身心性的执着;玄奘法师千辛万苦历尽磨难去西天取经,靠的是翻译佛经普度众生的执着;海通禅师和他的弟子们几十年如一日地在悬崖险壁上凿出了乐山大佛,靠的是镇压水势造福万民的执着。

突然地,我有些迷茫了。在我的印象中,中国的佛教不是教人放下执着,万事随缘吗?但无论是菩萨还是得道高僧,他们却是如此的执着,这岂不是有点自相矛盾吗?

但是转念又一想,我非要认为他们这样做是一种执着,那我这种想法本身不也是一种执着吗?佛说:"诸行无常,诸法无我。"这世间的一切存在不过是我们被局限于自己的认知所造成的假象罢了。为何要拘泥于区区的概念呢？只有不拘于形式，超脱于诸法之外，才能够看清世间种种的真相。或许这个世界，根本就没有执着，也没有不执着，只不过是我们的心智被外界所蒙蔽罢了。

老子说："天下皆知美之为美，斯恶已。皆知善之为善，斯不善已。"我们心中有了对美和善的定义，才会相应地区分出丑和恶。其实善恶美丑，只存乎人心，对于造物主来说，它们都是毫无分别的。《金刚经》云："应无所住而生其心。"我想大概也是劝我们不要执着于自己对外界事物的成见吧！

想到这里，我不禁哑然失笑，哪有什么中国和泰国之说，在佛看来根本不存在这种区别，中国文化、西方文化也不过是我们心中的幻象罢了。这世间种种的是非善恶，也通通是我们的执念在作祟。如果抛弃了这种执念，我们或许能够更接近世界的真相。

我突然想起以前读过的一个佛教故事：有一位西藏的高僧和自己的弟子在一片戈壁滩上对话，突然天空下起了冰雹。四周一片空旷，既无房舍，亦无大树。眼看师徒两人就要被冰雹砸到了，这时，师父从容地走进了脚边的一个蜗牛壳里。徒弟看看蜗牛壳，它也没有变大，再看看师父，师父也没有变小，但是他确实站在蜗牛壳里面。

读这个故事的时候，我既惊讶又纳闷。这真的超出了我的想象，一个人怎么能够走进那么狭小的空间呢？现在我才明白，所谓的大和小，只是我们自己内心的执念而已，我们一直受困于自己对大小长短的执着，才无法跳出这些表象，看到万物的真相。而这位高僧已经抛弃了内心对这些表象的执着，在他心里，事物没有大和小的分别，所以他能够不受限制地走进蜗牛壳里面。

之前看过有关慧能大师的一个故事。当时他的师父要弟子们写一首诗，来表达自己对佛法的见解。慧能的师兄神秀写的一首诗被大家纷纷赞赏：

> 身是菩提树，
> 心如明镜台，
> 时时勤拂拭，
> 勿使惹尘埃。

而慧能作的诗却更令人拍案叫绝,如拨云见日一般令人茅塞顿开:

> 菩提本无树,
>
> 明镜亦非台,
>
> 本来无一物,
>
> 何处惹尘埃?

神秀尚且拘泥于我们所见所感的树和台,而慧能大师却早已抛却了这些表象,真正道出了色即是空的道理。

当然,对于我们这些普通人来说,拘泥于自己的成见未必不是一件好事。因为有了大小长短的概念,我们才会发现这个世界的美丽;因为有了痛苦和幸福的定义,我们才会感受到生活中的喜怒哀乐;因为有了眼耳鼻舌身意的感受,我们才能体会到色声香味触法的美妙。有了这些,这个世界才可以称得上是花花世界。我无法想象透过这些表象之后看到的真相是什么样子,但我觉得肯定像是看穿了魔术表演背后的技巧那样了然无趣。我喜欢这个世界上菩提是有树的,明镜也是有台的,只有时时勤擦拭,才能够真切地体会到生活的乐趣。

我很喜欢佛教的一首诗:

> 一切有为法,
>
> 如梦幻泡影,
>
> 如露亦如电,
>
> 应作如是观。

也许很多睿智的人会这样理解:这个世界上的一切都像梦幻泡影一样,是假象。假象不可能长久,它会立刻消失得无影无踪。所以我们应该这样看待世间的任何事物,不必当真。

但是,如果一切皆空,那么我们的人生又有什么意义呢?这样想未免太消极了。

我宁愿这样理解这首诗:人生就像梦幻泡影一样美丽,又如朝露和闪电那般短暂而易逝。如果我们怀着这种敬畏之心去看待人生,我们就会好好珍惜生命中的每分每秒,享受生活中的每一天、每件事。因为,不管是快乐也好,痛苦也罢,都如梦幻泡影一般,转瞬即逝,那么我们还有什么理由不去珍惜呢?

🌴 作品赏析

《中国的佛》作为一篇文化散文,通过"我"到中国,看到中国的佛教发展与中国的佛寺建筑,与泰国这样一个佛教之国的对比,将佛教在中国的发展与变化,以及中国佛教的特色表现出来,向我们展示了"我"心中所理解的佛法奥义,"执着"与"放下执着","美"与"丑","善"与"恶",一切都取决于人心,取决于人心的判断。但"我"又对这种"一切皆空"有其他的理解,人生如梦幻泡影一样美丽,却又转瞬即逝,这样短暂的美丽提醒我们珍惜当下的时光。

作者以"到了中国,才发现……"开头,为整篇文章奠定基础,从"我"到中国看到、听到、了解到的佛教开始,讲述中国的佛,阐明"我"对于"佛"的理解。整篇文章,由浅及深,刚到中国,"我"对中国的佛是感到亲切的,因为"我"的祖国是佛教之国,佛寺是"我"思念祖国、排解忧愁的净土;之后,"我"读到了"我不入地狱,谁入地狱?"。从"放下"与"执着"两种相反的心理,提出了"这是否自相矛盾"的问题,来探讨中国的高僧所追求的境界是什么。作者又引用了很多中国先贤和高僧的名言,如"老子"的话语,"慧能"的故事及诗句,丰富了文章中的文化内涵,解释了"我"理解中的"中国的佛"以及这些语句中的禅意。

谢曼蓉借"中国的佛"和中国古代的高僧说出的偈语,在讲述分享中国的佛教文化的同时,也告诉我们关于人生的哲理,如不要拘泥于自己的成见,又如世界上的一切美好却又短暂,我们可能没有能力留住身边流逝的一切,但我们可以珍惜与这些美好相遇的时光,将这些美好记住,好好珍藏。

(于　悦)

陈泽虹

陈泽虹，出生于 1993 年，现就读于泰国曼谷朱拉隆功大学，主修国际关系专业。曾入围"汉语桥·宝石王杯"的前十名，曾获得 2017 年孔子学院奖学金中国家庭体验四周研修项目到广西民族大学学习进修，获 2019 年"公主杯·新世纪留中学子散文征文比赛"的冠军。曾多次被选为大学或泰国代表去参加各种国际活动和项目。

读懂父爱

我自幼生长在一个普通的泰国华人的家庭，从小父亲就对我很严厉。特别是在学习方面，虽然家中并不富有，但他不惜花钱给我请来中文老师。他希望我能够书写并讲一番流利的普通话，总是强调饮水思源不忘本，要求我必须把中文学好。可是小小的我不懂得这些大道理，在我的记忆里，父亲就是一种权威的象征，我对他总是敬而远之。

记得有一次，也是最撕心裂肺的一次。那天我放学回到家里，脚一踏进门就能感觉到家里恐怖的气氛。父亲坐在沙发上，眼睛直视着我。我心里莫名其妙地颤抖着，却装作若无其事，想要溜进房间。"慢着，你给我等一下。"父亲说，"家里的中文老师走了。"我回头说："她走了关我什么事？教得那么烂，肯定是不想丢脸所以就走了。走就走，学中文有什么用，这里是泰国，又不是中国。你不要老是强迫我……"我还没说完，父亲就从沙发上弹了起来："给我住口！让你好好学，你就得好好学。你不学就是不孝。"我一脸不服："什么破烂道理，我就是不想学，不要老是用'孝'字来压我。"父亲被我激怒了，吼着说："不听从父母，就是不孝。作为我的女儿，跟你爸爸顶嘴，就是不孝。我们华人就是要讲究孝道，尊敬父母，你到现在还不知道错？"我不服输,大声说:"整天'孝孝孝',我又没做错什么,老是'华人华人',那你来泰国干什么?"话音刚落,啪一声响,父亲的一巴掌实实在在地落到了我脸上,爸爸怒视着我。我察觉到自己错了,不是做错了,而是错在跟他这种人辩驳。我失声大哭,他一脸无奈地走进房间。妈妈从厨房走过来,心疼地说:"你爸爸说什么都要听着,他是为你好,知道吗?"只记得那次母亲给我讲了很多道理,说什么你爸爸不容易啊,打是爱,骂是疼,为你请中文老师也是为了你的将来,你要好好学习,学中文会让你不忘根。可我一点也听不进去,小小的我心里就在想,不就是一门语言,有什么了不起的。中文跟根不根有什么关系,我压根不懂啊。

从小到大,父亲在我眼里总是那么冷漠、沉默寡言、令人难以接近,关怀和溺爱更是少之又少,以至于甚至我对他产生偏见。父亲的每一句"爸爸是为你好",我都觉得那是在剥脱我的自由;他的每一句"拿时间去好好练习中文,不要干一些有用没用的东西",我都觉得那是在抹杀我的想象力和否定我的能力;他的每一句"你看别家的小孩……",我都觉得那是在压制我的个性,我是我,干吗老是跟别人拿来做比较。平常都不爱跟我沟通,一有什么事情就对我破口大骂,根本就是语言暴力,我甚至怀疑自己是不是他亲生的,他是不是爱我的。话虽这么说,可父亲还是给我请来了新的中文老师,我还是得硬着头皮学下去。老师鼓励我自身学习,带我去参加各种中国文化活动。也许是没有课程的枯燥无味和考试的压力,学着学着,汉语就这样一点一滴地、渐渐地融入我的生命里。我开始慢慢地懂得欣赏语言之美,听听中文歌曲,感受歌词之美妙,看看中国历史大片,吸取历史知识。参加一些汉语比赛,提高自己的汉语水平并认识新的好朋友。自主阅读中国历史、散文和小说,我越来越喜欢中国文化。它先是令人厌倦、被迫学习的,到变成了我的一种爱好,渐渐地变成一种情感,最后演变成生命中不可或缺的一部分。

也许是因为年纪的增长,我似乎懂得了父亲的一番苦心。感谢父亲从小让我学习中文,凭着汉语考试取得的高分,让我能够顺利考进泰国最好的大学——朱拉隆功大学。这一切的功劳归于我父亲,是他在我身上撒下一颗热爱中文的种子,感谢他对我的不放弃,感谢他的执着。上了大学,我更加全面地去学习中文。中文让我更好地了解家中背景,也更让我理解父亲的个性与对祖国的眷恋,同时也让我懂得了身为子女应有的孝敬和感恩之心。我们这个世纪长大的孩子很难想象20世纪的中国,它还是很落后、贫穷潦倒的。许多中国人为了养家糊口,不惜背井离乡,漂洋过海到泰国谋求生活出路。到了泰国,他们更是凭着自己顽强不息的意志,努力打拼。异地生活中他们还遭遇排挤和打压,是那么不容易。他们时刻惦记着家中父母双亲,希望有一天能够衣锦还乡。我父亲就是这样走过来的,虽然他只字未提。如果我不学中文,我可能永远都不懂得父亲一生的坎坷。他教会了我中文不只是一门语言,更是一种落叶归根不忘本的精神。这也许就是他让我学习中文的原因,除了让我接受更好的教育,有一个好的未来,更是为了让我传承对祖国的眷恋,不管时间如何老去,感恩与怀念之情永存。

尽管后知后觉,但这一年的父亲节,我还是鼓起了勇气,向父亲诉说了藏在心底多年想说的那句话:"爸,今天是父亲节。"我先提出,一家人正在吃晚饭。"也就是个平常的日子。"父亲头也不抬,继续吃着饭。我走到他跟前,双膝着地,从兜里掏出一个花环,眼睛高高地望着他,他放下手中的饭碗,有点惊讶地看着我。我猛然意识到他老了,他的眼神里已经没有我小时候的犀利和坚定了,多添了几分淡定和漠然。我说:"爸,我爱你!以前我不懂事,让您操心了。爸,您辛苦了!"父亲接过花环,摸着我的头,说:"我们的小泽长大了。"虽然这只是一句简单得不能再简单的话,却顿时让我的眼泪掉了下来。这样的情景不知在我脑海里重复过多少次了,今天终于把它释放出来,此时此刻我的心豁然开朗,所有的心结都解开了。我告诉父亲:"大学毕业之后,我计划着申请奖学金去中国留学进修,不会再辜负您的期望!"他有点哽咽,轻轻地点着头,嘴角却露出了久违的笑容。父亲欣慰的笑容对女儿来说,是这个世界上最美好的东西。父亲深情地看着我,似乎一切尽在无言中。或许他已经知道他播种的这颗种子已在我的骨子里扎根发芽,有一天必然开花结果。

我的父亲并不完美,他不善于言辞,对我更是很严厉,曾经不懂事的我还憎恨过他,而长大了才懂得其实那些都是爱的烙印。他对我有着恨铁不成钢之情,却反衬出他对我的爱;强迫我学习中文,却体现了他对故土家园深深的眷恋之情。他的爱不仅仅体现为对儿女的爱,更是对祖国的爱。这就是所谓的"树高千尺不忘根"吧。他的爱是那么平凡,悄无声息,可是又是那么伟大,震撼人心。回顾儿时的单纯与无知,父亲为我撑起一片天,让我健康快乐地成长,日复一日,从未察觉。春夏秋冬四季更替,昼夜循环,周而复始，父亲却在我长大中一天天老去。孺慕舐犊之情，总是深邃与沉重，望子成龙，盼女成凤之心人人皆有。鸦有反哺之义，羊有跪乳之恩，作为儿女怎能对父母无感恩之心呢？

血浓于水，疏不间亲，它很浓却很纯。如一杯茶，起而香气四溢，入口后微微苦味，接而又甘甜满溢，要细细品味。当你读懂父爱，也许就能感知生命的真谛……

🌴 作品赏析

本文是一个有关亲情的故事。"我"因不满父亲逼迫自己学中文而表现叛逆，认为父亲冷漠、沉默寡言，甚至对其产生偏见。长大后，才渐渐明白了父亲的良苦用心，理解了父亲的故乡之根。

文章前半部分叙述自己与父亲的矛盾，将父女矛盾之结越系越紧，而后半部分则将这个矛盾慢慢化解，对抗情绪在年岁增长中逐渐消退，取而代之的是新的理解与羁绊。先抑后扬，结构清晰。

作者的语言流畅，善用语言描写与心理描写，字里行间流露着浓浓的亲情。

（张清媛）

印度尼西亚卷

卜汝亮

卜汝亮,1943年生于印尼万隆市,祖籍中国广东梅县。万隆华侨中学高中毕业,毕业后在该校任初中教师。现任印华文学社主席,印华文学社周刊《绿岛》主编。2004年出版印尼文版翻译作品《千岛暮色》,2006年出版印尼文版翻译作品《竹帘——中国新诗集》,2010年出版诗文集《我没见过中国的月亮》,2010年出版印尼文版翻译作品《雪、咏梅——毛泽东诗词集》,2012年出版散文集《千岛中华儿女》。

异国亲情

好几年了,心想什么时候去中国,探望香港和广东的卜家大家庭成员。我很少出国,这次受邀代表印华文学社参加在中国香港举行的世界华文作家协会代表大会,参观河南省焦作市保和堂健康产业基地,就决定顺道探亲。让我喜出望外的是,中国香港的梅兰姐和侄女玉莲得知我的计划后,也准备跟她们的夫婿一起来深圳,跟我会合,还精心做了行程安排。梅兰姐的女儿小红更是为我们预订了在广州的旅店。

深圳这时的天气跟印度尼西亚一样,不冷不热,十分清爽,我的心也一样舒爽,满怀喜悦,因为我即将与广东和香港的亲人们团聚,了却我多年的心愿。从机场出发,我先去看了小龙在市区的高楼住房,后直奔莲花山公园。路和两边的设施及花草树木,市街及两边的高楼大厦,和机场一样,都是新建的,清新、亮丽。到了莲花山公园,我大哥汝全的儿子育民和我堂哥汝华已经在那里等候多时。育民是我此前未曾谋面,今年才在微信的来往中开始联系的亲人,如今终于相见,真的好兴奋,我们一见如故。

莲花山公园,好大好大,据说有1.94平方千米,是中国较为常见的城市公园。我们一道步行上山，当作晨练吧。星期六，人们三五成群，上上下下，好不热闹。走到顶上，我看到了上下广场上、走道上快乐的人群，看到了邓小平雕像，也观赏了云雾中的福田中心区朦朦胧胧的高楼群。在这里，与前几天在中国香港九龙公园一样，我看到了老百姓生活得很快乐。公园是他们的乐园。

后来，我们坐车去国贸旋转餐厅，在那里，育民和他的爱人、特意从中国香港来的梅兰姐和少康姐夫、侄女玉莲和她的夫婿惠明已经围坐在餐桌边。这是我期待的亲人们的第一次团圆饭，格外亲切，大家谈笑甚欢。我告诉他们，这是这个星期里从香港到郑州，再到深圳这里，我尝到的最好吃的菜肴。我的话，让点菜人育民乐呵呵的。一面观看新兴城市深圳的市容，一面在用餐和谈笑中，我说出了我的心愿，即找一个恰当的时间，去父辈祖辈的家乡松口村，寻根探亲。大家都异口同声表示赞成，育民还说他会全程陪同。育民和他的哥哥新民十分热爱家乡，他们在那里还保留着祖屋及园地，经常回乡小住。在香港的梅兰姐和侄女玉莲只去过一次乡下，那是十几二十年以前的事，而我根本就没去过。大家约定明年组团回乡。

吃完充满亲情的午饭后，我们乘育民特别借给我们的一辆车，由他特派的司机送我们到广州。一路畅通，免了上车下车。转站换车的麻烦和不便。凌晨三点从郑州动身，下午到达广州的酒店，我才有休息和洗澡的时间。七点钟我们又有一个卜家大团圆的晚餐。哇，这里更热闹了，梅招大姐偕同两个儿子、儿媳妇及孙子们，大侄子新民和他的爱人，还有均嫂金梅和她的两个女儿都到了。有的见过面，有的没见过面。和远隔一方的亲人们相聚，我感到十分幸福，格外兴奋。

应该是十年以前的事吧，我代表万隆前华侨中学校友们创办的劲松基金会所属的国际外语学院，专程到北京与中国国家汉办洽谈，请求协助和支持学院的汉语教学和发展计划。回国前我顺道来广州探亲。我第一次来梅招大姐的家，也第一次见到汝全大哥的大儿子新民。新民是我们卜家大家庭里出类拔萃的男儿。那时，他是还在职的广东省统计局局长。他安排人和车带我四处游览，下午还亲自招待我吃饭，晚上陪我坐游船游览珠江。他是身负重任的政府工作人员，可我是他的长辈呢，我心里乐滋滋的。这次和他重逢，时间较充裕，相处更随意，话也更多。我们二十几个人，闹哄哄的，一面用餐，一面相互认识、相互了解各自家庭的状况，大家沉浸在欢声笑语之中。在这里我重提我想去乡下老家的愿望。和育民一样，新民等家人都叫好，我们相约明年一道还乡！我们度过了难忘的大家庭欢聚的时光。

翌日，我们相约参观刚成立不久的广州十三行博物馆。我侄女智群是广州市荔湾区侨联副主席，她觉得我是印度尼西亚华人文学工作者，姐夫少康也是中国香港散文诗协会的积极分子，一定对文化景观颇有兴趣。她极力推荐我们来博物馆参观。我真感谢她这有心人，为我这次来广州探亲，增添了更丰富的文化内容。

广州十三行博物馆在清代十三行商馆区遗址上，即现在的广州文化公园内。博物馆一楼展厅有"清代 广州十三行历史展"，包含"开海设关""十三行风貌""十三行行商""十三行贸易""中西汇流""走向近代"六个部分，展示从 1757 年至 1842 年，清代十三行受朝廷特许与欧美国家进行贸易的历史。二楼展出的是广州著名文物鉴藏家、企业家王恒先生与夫人冯杰女士无偿捐赠的文物，有广州彩瓷、通草画、广绣、象牙器、外销扇、五常家具、银器、玻璃画等，涵盖了清代广州的主要外销工艺品。

十三行辉煌的历史，让我们看到在十八世纪，中国就已经打开门户，跟欧美各国进行互通有无的平等的贸易。那时，中国就已经有了对外贸易的一整套制度，管制外国商人，维护国家的自主权。外国商船和商人都限定在特定的港口和区域内活动而不能随意进出中国的内地。中国出售的不是工业原料之类的东西，而是茶叶、丝绸、瓷器以及精美的工艺品。一方面，通过通商，中国的茶叶文化、丝绸文化、瓷器文化、工艺品文化在西方掀起了一股"中国风"；另一方面，中国商人和老百姓也开阔了眼界，获得了外国的商品、技术和文化。

参观广州十三行博物馆，静听解说员精彩的介绍，我的心灵受到了震撼，感受到了中国文化的精神和力量。我想，这就是当今中国经济和实力突飞猛进的历史基础。

下午，新民带领我们参观位于广州市越秀区先烈中路的黄花岗七十二烈士陵园。我以前来过广州中山纪念堂，也参观过黄埔军校。今天新民带我们到这里来，正合我意，填补了我几次游走广州的缺憾。黄花岗七十二烈士陵园是为了纪念孙中山领导的同盟会在 1911 年 4 月的黄花岗起义中英勇牺牲的七十二位烈士而修建的。七十二烈士尸骨由潘达微收葬，三二九起义失败后，他冒死发动广仁善堂收集烈士遗骸。过后又查到七十二烈士之外,尚有十四名烈士死于黄花岗起义,共八十六人,姓名全部刻于《广州辛亥三月二十九日革命记》石碑的背面。陵园规模宏大,牌坊式大门气魄雄伟,上有孙中山先生之题词"浩气长存"。经墓道到烈士墓,墓后有纪功坊。园内还有黄花井、黄花亭、默池、四方池、八角亭、黄花园等景点。在这里我感受到庄严肃穆的气氛。我心中默念,没有先烈们的英勇和牺牲,哪有今天的中华人民共和国和傲然矗立于世界之林的中华民族。我向烈士们致敬。

黄花岗七十二烈士陵园也是公园,和中国好多城市的公园一样,是供市民休闲活动的地方。午后天色灰蒙蒙,地上湿漉漉,我们看到人们三五成群地在园里散步,我们还看到一小组人坐在凳子上,前面挂着歌谱,一个人在那里带领大家一首一首地唱歌。每个人都喜笑颜开,自由自在,很起劲地引吭高歌。多么快乐的市民哪!

中午智群邀请我们和金梅嫂一家人在荔湾湖畔的竹溪荔湖酒家吃大餐。晚上,新民精心安排,邀我们来到犀牛路的客家人家餐厅,带领他媳妇以及儿女们及孙子们与我们一起吃晚餐,我品尝了好些未曾看过吃过的地道的客家风味菜色。又是一个难得的热闹的大团聚啊。餐桌上,谈笑间,我们相互认识、了解,在心中滋长尘封已久的亲情。我们都是近亲哪,可是我们相隔得那么遥远,遥远得互不相识。这几年,我们卜家十多个兄弟姐妹中有好多个相继过世,只剩下广州的梅招姐,香港的梅兰姐和印度尼西亚万隆的我。想到这里,悲从中来,亲情也愈加深切了。姐弟们和我们兄弟姐妹们的第二代、第三代的亲人们这次在中国的团聚,实在是皆大欢喜啊!

清晨,我、梅兰姐、少康姐夫、玉莲和惠明提箱离开酒店,梅招大姐和智英送我们到车站。我们姐弟年纪都很大,分别之际,心里有些悲凉。晚上在香港,与梅兰姐、玉莲偕同孩子们在荃湾如心广场三楼彩晶轩餐馆聚餐,这是一个非常难得的聚餐,也算是为我践行。因为第二天一早我就回国了,结束充满喜悦又令我感慨万千的异国探亲之旅。

🌴 作品赏析

《异国亲情》这篇文章记叙了"我"参加世界华文作家协会第十届会员代表大会后,在广东和香港地区见到自己多年未见的亲人的经历。作者按照时间顺序叙述了自己到广东的游览过程和自己心里的想法,通过深圳和广州的现代建筑、城市发展，描绘出自己眼中看到的现代中国，又通过参观十三行博物馆、黄花岗七十二烈士陵园将自己看到的中国文化描写出来，而亲人对待自己无微不至的关怀，潜藏在文章的每一处，写出"我"对亲人、对中国的爱。

　　"异国"与"亲情"是这篇文章的主题，也是对现如今在外生存的华人所面临的与亲属最真实现状的反映。而这些在外的华人，与在中国生活的亲人，没有见过面，或者很少见面，亲情如何维系、亲人是否会像之前一样成了一个疑问。而"我"到中国的行程，诠释了亲情是距离隔不断的，纵使相隔甚远，未曾见面，亲人之间的感情也会被一瞬间拉近。"我"一直期望回乡，而"我"的亲人知道"我"这个想法后，不仅不远千里到深圳与"我"相聚，还精心设计了旅行路线，为"我"的归乡之行精心安排。而现代化的中国、文化历史里的中国也在这次的旅行中通过"我"的语言和双眼展现出来，这次的旅行也使"我"感慨万千，"我看到"引导的排比句，语气逐渐加强，与"兴奋""安慰"的心情相照应。

（于　悦）

松　华

松华,原名黄兆铭,1946 年出生于印尼东加里曼丹省巴厘巴板,1965 年高中毕业于泗水服务中学。于 20 世纪 90 年代开始投稿于当地华文报刊。2002 年获印度尼西亚华文写作者协会"金鹰杯"旅游征文比赛入围奖,2011 年凭借《曾经的童年》一文获首届"大礼堂杯"怀旧故事大奖赛入围奖。历任印华作协各类征文比赛筹委会成员。

雅加达·雨

雨,悄悄来到了。是乐还是苦,无疑是见仁见智。不正是如此吗?! 驾车的风雨无阻,可是那些摩托"骑士",雨衣也没带,那就惨了!

他们只好就地刹车,一窝蜂地躲到高架桥下避雨,一脸愁容,一脸的无奈。

满载货物的摩托"骑士",更是屋漏偏遭连夜雨,顾得货物,却顾不了身体。

这时,路过的车辆,轿车、卡车或巴士,因这群"骑士"堵在桥下占据半个路面导致严重堵车,纷纷拼命地按响喇叭,一肚子的怒气,一张张拉得长长的马脸,中间还夹杂着牢骚和谩骂。

"你们这群不识好歹的家伙,你们知道老子要赶时间吗!"驾驶着乳白色宝马车的"他"厉声咒骂。

雨,持续地飘落,车子缓慢爬行,"他"透过那玻璃窗,突然隐隐约约看到桥下摩托群中,他自己二十年前骑着老爷摩托运载开亚弄店的货品时那瘦小的身影……

"他"心里一阵颤抖。

作品赏析

　　《雅加达·雨》一文短小精悍，作者用简短的话语描述出雨中道路上的各色车辆、各种形象，为我们讲述了一个关于奋斗与拼搏、过去与现在的故事。突然到来的雨，使摩托"骑士"群聚在高架桥下头避雨，却阻碍了开车人，使得他们不耐烦，招来了谩骂，而在众多谩骂的人中，一个驾驶宝马车的人尤为突出，他咒骂着，却透过窗户，看到了二十年前骑着摩托车的自己。

　　这篇散文虽然短，却饱含了深刻的情感。文章开头悄悄来到的雨，对人来说"是乐还是苦，无疑是见仁见智"，一句话总结了文章的中心内容。进而引出为何"见仁见智"，突出"驾车的"和没带雨衣的摩托"骑士"的对比，为下文中"驾车的"和避雨的摩托"骑士"间的冲突做铺垫。同时，又刻画出了雨中，没有雨衣的摩托"骑士"窘迫、愁苦、无奈的形象，突出摩托"骑士"在生活中的拼搏、辛苦与无奈。而这样一群挣扎在生活沼泽里的人，却因群聚在桥下避雨的行为，给道路交通带来了麻烦，造成的堵车情况与"驾车的"形成了矛盾。这里作者使用了夸张、比喻的手法，将一个个不耐烦堵车的"驾车人"，化为"一肚子的怒气"与"一张张拉得长长的马脸"，既形象又讽刺，在这些谩骂声中，一个宝马车中的人在怒骂之后，却通过玻璃窗看到二十年前骑着摩托车的自己。而最后故事在"他"心里一阵颤抖中结束，没有解释，却留有让读者想象的空间，又让读者理解了"他"的心理。

　　《雅加达·雨》这篇散文通过短短的一个故事，彰显出社会现实的一角，将真实的社会摆在读者眼前，在叹息、同情摩托"骑士"的同时，也在劝诫着社会中"驾车"的人，多去考虑一般人的生活，多为他人考虑，为他人的生活多留出一些空间，平和待人、与人为善。

（于　悦）

晓　星

晓星，原名石志民，祖籍中国福建同安。1952 年 1 月 23 日出生于印尼苏北省民礼市。20 世纪 70 年代开始投稿，稿件多发表在中国、泰国、澳大利亚、新加坡、美国和印度尼西亚等地的报刊。在国内外多次征文比赛中获奖。出版著作《星光灿烂》、《翠园春晓》、《花儿可会再醒来》、《晓星极短篇》、《多巴湖恋歌》（华印双语译作）、《最后三秒》、《竹竿里的秘密》、《琴声叮咚》等。

三代浮沉录

20 世纪 50 年代是侨居印尼的华侨身份重新定位的年代。

根据爸爸的口述，在印尼政府定下的选择国籍期限的最后一天里，爸爸还在犹豫不决，在保留中国国籍或加入印尼国籍两者之间难以取舍。

爸爸说，他坐在教师办公室里前思后想，最后考虑到日后在侨居地印尼谋生的方便，终于决定退出中国国籍，加入印尼国籍。

但，谁想到吕老师的一句话改变了爸爸的最终决定，也对我日后的人生产生了深远的影响。

吕老师知道了爸爸的抉择后说："根据政府条例，加入印尼国籍后，你孩子必须从华侨学校转到印尼国民学校，他们将得不到中华民族传统文化的熏陶，他们就会忘祖忘宗。你要对我们的下一代负责，肩负我们的历史责任。"

吕老师把问题的重要性提升到了"对下一代负责"和"历史责任"的高度，爸爸立即摒弃了"方便在侨居地谋生"的狭隘的私人利益，来个急转弯，以对下一代负责的心态"悬崖勒马"，铁了心保留中国国籍。

当年和爸爸抱着同一心思的华侨不在少数,这可以从华侨兴办的学校里学生人数众多中得到印证。

随着印尼政府征收外侨税以及在外侨就业、商业等领域设置的种种障碍的推行,爸爸不得不加倍努力挣钱来应付沉重的外侨税,同时,爸爸也得拨出时间参加印尼文补习班,因为在外侨学校教书的教师必须考取印尼教育部颁发的印尼文合格文凭才可以执教。

不过,尽管华侨处境日益艰难,但我知道,爸爸对当年的抉择是无怨无悔的。

他听我背诵唐诗宋词时不停点头;在我用毛笔写大楷小楷时,他站在一旁替我磨墨;晚上他给我讲战国七雄、《三国演义》、《岳飞传》……这就是爸爸对当年抉择的肯定。

1959 年 11 月 18 日,印尼政府突然颁布第十号总统令,明令从 1960 年 1 月 1 日起禁止华侨在印度尼西亚县级以下地区经商。于是,在全印尼掀起了一波汹涌澎湃的回国浪潮,我爸爸也无可避免地被卷进了旋涡中。

爸爸贱价变卖了好些家具,动用了大半生的积蓄,请工匠定做回国时装行李用的大箱子,还为每个家庭成员缝制棉袄、棉被。而且听说国内司机紧缺,爸爸还特地学习驾驶,以便回国后可以当司机为祖国、为群众服务。

但我们一家等不到上接侨船的那一天。回国浪潮平息后,大箱子都放在工匠那儿不取了,棉袄、棉被送人都没人要,爸爸的积蓄被这次浪潮冲刷得一干二净。

一切都得从头开始,爸爸无怨无悔。

过了几年的平静生活,又一场更大的风暴席卷全印尼。1966 年,全印尼的华校被接管,爸爸失业了,我也失学了。

好些失学的华侨子弟选择转到印尼国民学校就读,但爸爸不允许我转校,他自己实现不了回国的理想,就把这理想寄托在我身上,他要把我送回中国升学。

失学后,我和同学们自发组织了学习小组,由高年级学生辅导低年级学生,也有教师抽空指导学生,制订学习计划,追赶失去的时间。

一批同学回国了,消息传来,他们都参加了祖国建设,升学成了泡影。

失望之余,学习小组解散了,同学们各奔前程。

爸爸不向逆境低头,偷偷摸摸地给当地华人子弟补习华语,既尽了传承中华文化的责任,也解决了温饱的问题。

那期间,避侦探的耳目,避华人内奸的告密,爸爸就像打游击一样,频频更换补习的地点,我也整天提心吊胆,担心爸爸会突然失踪。

后来环境逐渐改善,对华人的束缚逐步放宽,政府颁发条例,简化加入印尼国籍的手续。

不再像20世纪50年代那样犹豫不决,爸爸和其他华侨一样,毫不犹豫地加入了印尼国籍。印尼华人从大部分宁愿保留中国国籍,到几乎全体自愿加入印尼国籍,其内心经历了多长多艰苦的思想挣扎,不是局外人所能深切体会的。

我结了婚,生了孩子,爸爸主动挑起了教育孙子的重任。孙子接受印尼文教育,爸爸不反对。但他要孙子传承中华文化,别忘了自己的根。

爸爸掉着眼泪同意了在出生证上给孙子取一个印尼文名字,但他坚持在家中必须用华文名字称呼孙子,必须坚持以华语作为家庭用语。

可惜爸爸无法完成把根牢靠地植入孙子心田的愿望,就撒手人寰了。临终时,他把我叫到跟前,切切叮嘱,千万别让孙子丢了根。

我十年来接受的华校教育发挥了它的功能,使我有能力完成爸爸的遗愿。

我暗想,要是在20世纪50年代没有吕老师的那一番话,我不会是现在的我,也肯定无法完成爸爸的遗愿。

那时候,在某些印尼国民学校里学生讲华语会被罚款,在公共场合讲华语有可能被殴打。在这样的大环境下,没有那十年的华校教育,我是没有能力完成爸爸的遗愿的。

1998年翻天覆地的一场变革,终于使华文教育重见天日,但华语教育断层了三十多年,青黄不接,情况不容乐观。

大环境变了,新生代的家长本身都不懂华语,印尼多年的同化教育,使他们对华文教育冷漠如冰。他们再也不像老一辈那样关心下一代是否懂华语,更别说去推动下一代学华语了。六十五岁以下的华人大部分都不会说华语了,在数量达数百万甚至一千万的印尼华人中,年轻一代的华裔懂华语的比例简直是微不足道。

幸亏还有一批老一辈的社会贤达、老教师、老作家、老诗人、老报人热心地开办三语学校,办华文报,举办华语演讲比赛,开展各种促进华语教育的活动,以他们的余晖力挽狂澜,以阻止或者减缓华语在印尼濒临消亡的步伐。

很庆幸,我孩子高中毕业了,他自己选择到中国读大学,圆了我当年未竟的心愿。

爸爸回中国回不成,我回中国升学也回不成,想不到这心愿在我的下一代实现了。

孩子在中国有了自己的事业,结了婚,对象是中国人,他决定在中国定居,但保留印尼国籍。

祖先离乡背井,远渡重洋来到南洋奋斗创业,如今绕了三代人的一个大圈子之后,我的下一代又返回了家乡,爸爸也该瞑目了。

孩子在远方,心有戚戚焉。但如今交通发达,只要有经济能力,互访不是大问题。

当然,在绕了三代人的一个大圈子后,重归故土的印尼华人肯定是极少数。

留在印尼的华人在处理与祖籍国之间的关系上也更为成熟了,但这成熟是否应该以华语在印尼的消亡作为代价?

作品赏析

《三代浮沉录》这篇散文主要讲述了爸爸、"我"、"我"的孩子三代印尼华人在侨居国为坚守传承中华文化所做的种种努力。爸爸秉持着"对下一代负责",承担"历史责任"的观念,无怨无悔地选择了保留中国国籍。他虽然自己回不了中国,但仍然寄希望于自己的孩子,希望"我"能够回中国接受教育;而"我"的华语学习经历也是一波三折,几度中断,并没有完成爸爸的愿望;直到"我"的孩子出生以后,印尼政府对于华文教育的束缚放宽,"我"的孩子终于可以在高中毕业后回到中国读大学,学成后和中国人结婚并定居中国,完成了两代人的夙愿。一家三代人兜兜转转了一个大圈子之后,总算让第三代人完成了重归故土的心愿。

这篇散文不仅为我们展现了海外华人为坚守中华文化之根所做出的种种艰苦努力,也揭示了印尼华人"从大部分宁愿保留中国国籍,到几乎全体自愿加入印尼国籍"的这一转变中,内心经历的长久、艰苦的思想挣扎。这种强烈的挣扎不是局外人所能深切体会的,只有真正经历过的人才知道这份坚守的不易。而文中两次使用了"无怨无悔"一词,更是坚定地表达了老一辈华侨坚守华语的无悔又坚定的决心。文章结尾处以疑问句收束全文,"留在印尼的华人在处理与祖籍国之间的关系上也更为成熟了,但这成熟是否应该以华语在印尼的消亡作为代价?"这样的处理其实是为了增强文章的表达效果,呼吁广大华人不能忘祖忘宗,暗含了作者所要传递的态度,即印尼华人在处理与祖籍国之间的关系上更为成熟了,但这绝不能以华语在当地的消亡作为代价!

晓星的这篇散文,言辞质朴却真挚动人,所描述的海外经历不仅是他们的切身感受,更是代表了千千万万海外华人的共同心声。作者身居海外,但是却始终抱着一颗坚守华语的热忱之心,使人读来不由心生敬意。

(刘世琴)

丘菊荣

丘菊荣,笔名小莹,1953 年 1 月生。籍贯为印度尼西亚雅加达,祖籍中国广东。1966 年印尼华校被接管,但因对方块字有浓厚的兴趣,靠自修和父母的教导进行华语学习,2000 年加入印华作协。

中文盲

开斋节假期李英随家人到中国游玩,顺便回家乡,缅怀家乡的情景,看看家乡的祖屋。祖屋还有父亲的哥哥(大伯)住着,李英一行也在祖屋过了两夜,并旅游了家乡的景点。回程李英还买了多份中国特产当作手信,送亲友、挚友、同学等。

回到雅加达后,她好高兴,特地把普洱茶饼送给挚友丽丽,请她品尝中国著名的普洱茶,丽丽也好高兴地接受了。李英还拿出旅游的照片给丽丽看,讲解在家乡旅游的点点滴滴,丽丽是一个没受过华文教育的妇女,回到家她把普洱茶饼收藏好,第二天早上才用来泡茶。

早晨,当她要泡茶时不由望了望盒子上的日期,2014 年 4 月,她吓了一跳,这样久的货物怎么能喝,二话没说连忙把它丢到垃圾箱里。中午当她要接孩子回家时碰到李英,丽丽问李英:怎么买过期的东西送给她。李英瞠目结舌、哑口无言地看着她。回到家李英拿出剩下的特产,一看之下也吓了一跳。哇!这一次全买了过期的产品。她去找父亲问明白,父亲看到日期是生产日期后,怜爱之情流露无遗,心中非常难过,难以忍受这种苦涩的滋味:因家境的关系,没让孩子再去受华文教育,读华文。要是 20 世纪 60 年代华文没断层,他们也不会变成华文盲。他长叹一声说道:女儿呀!这是"生产日期",然后有写"保存期",如果茶叶符合储存条件,适宜长期保存。有的饼干、花生、糖果等生产日期是写在封口，而保存期会写在包装袋子的后面，比如写上保存期 12 个月或 18 个月。父亲慢条斯理地解释。女儿睁着大眼又问道：为什么只有中国出产的食品有写生产期呢？问得老爸不知要怎么回答女儿。

1966 年印尼全国华校被接管后，大多数 60 岁以下的华裔不认识华文，有的是靠向补习老师学习华语来修补华文知识的。有文学细胞的华裔文学爱好者，没有放弃学习华语，他们如劲草一般顽强地学习，还坚持让儿女讲汉语方言或普通话，比较富有的家长会把孩子送到新加坡、马来西亚、中国等地读书，接受华文教育。

现在虽然华文已得到承继，华文教学像雨后春笋般发展起来，但是经历整整两代人失去讲华语、读华语的能力后，我们下一代有不少的青少年，对学习华文淡漠、没兴趣。成年人因工作的需要才到补习班学华文，可惜缺课了几次再来学习就赶不上了，学习也半途而废。儿童从小学习华语，但跟英语比起来，小孩还是更喜欢英语，他们说：中文是神仙的字——难学。也许是父母不会华语，也许是周围环境的影响，导致了对儿童习得综合文化素质的培养的缺失。

然而也不是全部的儿童、青少年不喜欢学华语，因为有的家长为了培养孩子的兴趣，特地买华语儿童歌曲、华文刊物推动孩子学华文。老师通过新颖有趣的华语教学内容，激发学生的学习兴趣，吸引学生们进一步学习，用逻辑性、系统性很强的内容及灵活的教学方式吸引学生。新鲜事物很容易激发学生的好奇心，老师们也认真地投入教学，这样学生们更容易接受、更容易明白学习华文的目的，也会更喜欢学华语，他们也不会再说：这是神仙的文字。

🌴 作品赏析

《中文盲》这篇散文属于文化散文。作者通过李英送茶的故事——李英在送给朋友一份普洱茶饼后被朋友发现是过期产品，便急忙去询问父亲缘由，从而引出了华文教育断层在印尼导致了许多"华文盲"的出现。在 1966 年印尼全国华校被接管以后，大多数 60 岁以下的华裔不认识中文，其中存在的华文热爱者则靠着自己顽强的学习精神而坚持不懈地学习中文。随后，作者提到随着时间的推移华文在印尼已经得到承继,但由于缺失了整整两代人听说读写华语的能力,很多孩子相较于中文而言还是更喜欢学习英语,因为华语对他们来说就像"神仙的字"般难学。但也有部分儿童通过新颖事物激发了学习华文的好奇与兴趣。作者也给出了建议,希望老师们更加认真地投入教学,让学生们更清楚地明白学习华文的目的,让学生们不再退缩,不再觉得华文是"神仙的文字"。

从这篇散文不难看出作者的心意,作者对于华文断层导致的华文盲现象感到非常惋惜,作者用最简约质朴的语言描写了这一文化现象,并且提出了自己对于这一现象的建议,作者真诚地希望未来这一令人惋惜的现象可以得到改善,通过激发孩子们的学习动机,提高老师们的教学能力,让更多的孩子能够重拾华文,不再做中文盲。

(王思佳)

袁 霓

袁霓,原名叶丽珍,1954 年出生于印尼雅加达。小学五年级时华校被封闭。1972 年开始写小说、散文、诗等,投稿于当地的《印度尼西亚日报》,1978 年搁笔,1987 年又恢复写作至今。擅写小说,文笔风趣,是 20 世纪 70 年代的勤劳写作人之一。1996 年 4 月和茜茜丽亚、谢梦涵合作,出版印华首部女性诗集《三人行》,1997 年出版短篇小说集《花梦》。现为印度尼西亚华文写作者协会会长、世界华文微型小说研究会副会长、印度尼西亚梅州会馆秘书长、印度尼西亚雅加达华文教育协调机构执行委员会副主席、印度尼西亚厦门大学校友会副理事长。

文 化 的 消 逝

每一个民族,都有自己独特的文化,文化包含了文字、语言、建筑、饮食、工具、技能、知识、习俗、艺术等,一个民族的服饰,也包含了民族的文化。日本有日本的和服,韩国有韩服,越南有越南服,中国最具代表性的则是旗袍了。旗袍表现了女性的典雅、婉约,突出了形体之美,女性的头、颈、肩、臂、胸、腰、臀、腿以及手足的曲线,在旗袍的呈现下,巧妙地构成了一幅美好的画。

印尼其实也有一个可以媲美旗袍的民族服装,就是格峇雅。格峇雅与旗袍一样可以呈现女性的曲线美。五六十岁的人,还会记得,当时时常能看到很多印尼妇女或娘惹穿着格峇雅,配以峇泽裙,出席各种喜庆场合,那种曲线玲珑、婀娜多姿,让人一看就对这种具有民族特色的服装而惊艳。然而,随着中东伊斯兰文化的入侵,格峇雅渐渐消失于公众的视线,十几种特有的发髻梳发，也因为必须把头发包起来而逐渐少见。

早在很多年前，现已往生的挚友李道公就曾经在与我们的交谈中提到民族文化消逝的悲哀。他特别遗憾格峇雅的消逝，他说他经常和他的几位高官朋友提起这件事，提醒他们注意，一个民族的服饰代表着民族的文化，民族文化消逝，也就表示没有民族的特色了。

上个星期，我去日惹担任日惹"哥哥姐姐"选秀竞赛的评审，与我一起担任评审的，有一位是已经享誉国际的舞蹈艺人 Didik Nini Thowok。他也是一位时装设计师，是地道的日惹人。我们一起聊天的时候，不知怎么话题会聊到格峇雅，原来他也深深为格峇雅的日渐式微而焦虑。他说，那是我们民族的，应该发扬光大，不要等到有一天像峇泽被别的国家注册为文化遗产时，我们才来大喊说，那是我们的。

所以，他说，他每次都会鼓励人们多穿格峇雅，希望这种民族服装可以传承下去，我们接受外来文化的时候，并不需要一股脑儿全部接受过来，民族的，我们要保存。

这是我第一次听到有印尼朋友，越过宗教的条规，看到了民族文化的本质特色。服饰只是文化的一小部分，但它传承着历史，凸显民族文化。然而，在宗教文化高于民族文化的时候，民族特色是否应因群体需要而湮灭，或可以挣脱束缚而保留和传扬，就要靠有识之士来解答了。

🌴 作品赏析

每一个民族，都有自己独特的文化，一个民族的服饰，也包含了民族的文化。日本有和服，韩国有韩服，越南有越南服，中国最具代表性的则是旗袍了。印尼其实也有一个可以媲美旗袍的民族服装，就是格峇雅。然而，随着中东伊斯兰文化的入侵，格峇雅渐渐消失于公众的视线中，十几种特有的发髻梳发，也因为必须把头发包起来，而逐渐少见。对于文化消逝的现象，作者表示非常担忧。服饰只是文化的一小部分，但它传承着历史，凸显民族文化。最后作者发出自己的疑虑，在宗教文化高于民族文化的时候，民族特色是否应因群体需要而湮灭，或可以挣脱束缚而保留和传扬，这就要靠有识之士来解答了。

作者针对文化消逝的这种现象表达了自己的看法，在面对文化消逝的现象时作者提出了自己的观点，还以印尼的传统服饰为例，说明了传统文化是值得传承和发扬的。在论证的过程中，作者又列举了挚友李道公和享誉国际的舞蹈艺人 Didik Nini Thowok 两个人的观点，从而使作者的观点更具有说服力，更能使读者信服。本篇文章也表达了作者对于文化消逝这一现象的担忧，对于民族文化发展的深深忧思。民族文化传承着历史，在社会发展的过程中有自己的特色，其中优秀的文化更应该得到传承和发展。文化是一个民族的根基，在发展的过程中可能会有不适合发展的一部分，但是其优秀的部分是值得传承和发展的。文章中作者对于文化消逝的现象表示了深深的担忧，对此作者提出了自己的观点，也呼吁大家重视民族文化。

作者关注社会现实，文章的选题具有现实意义，是目前社会发展的过程中切实存在的且并不能很好解决的问题。对于这个社会现实问题，作者提出自己的观点，在一定程度上引起了人们的关注。作者并没有在开篇就提出自己的观点，而是用印尼传统服饰来引出，以小见大，由具体的问题延伸到民族文化，给人一种层层深入的感觉，引发读者对民族文化的思考。

（李翠翠）

晓 彤

晓彤,本名张匀。生于1954年10月5日。祖籍中国广东潮安,第二代华裔。目前是声乐教师、自由撰稿人。现居住地为印度尼西亚首都雅加达。

努力飞翔吧,孩子!

从未想过在我耳顺之年,会再次揣着五味杂陈的心情送幺儿到德国去念硕士。签证8月底出来,两个月焦急的等待,儿子很担心早先预订的机票会作废,还好天顺人意,9月初准时启程。动身日期是星期三,要乘坐早班机,时间很尴尬,母子俩一整晚都没入眠,在房间里聊天。儿子显得有些伤感,一个二十五岁一向不善表达情感的大男孩,居然一再叮嘱交代家中事:每个月要付的电话费、水费、电火费等,已全部交代二姐处理,注意门户,睡觉前定要检查前后门有没有上锁,身体不舒服就要去看医生,住到二姐、三姐家去,不许孤家寡人……儿子边说边把脸孔埋进枕头里,我"嗯嗯"地回应着,眼眶盈满了泪,不想让儿子发觉自己的软弱,悄悄跑进洗手间。在我眼中,儿子永远是个长不大的孩子,浮躁、幼稚、不懂事,言行举止无论怎样看都觉不顺眼。可是这一刻心里头竟那么沉重不舍,每一句话都让我心酸,那个经常深更半夜才回家让我牵肠挂肚的儿子,那个连毛巾茶杯都不会自己拾掇、成天瘫在电脑前废寝忘食敲敲打打的儿子,怎么突然间变了,知道为人子女应有的关爱、担当和责任了?

儿子大学毕业后,任职于本地一家颇具规模的电脑公司,两年下来,得不到公司的器重或提升,经常闹情绪。而我的解读是学问不够,为人处世缺乏思考圆融。因此鼓励他到外国深造,认真学一技之长,男子志在四方,有什么可惧怕忧虑? 到异地没有母亲和用人的照顾,再也不能"饭来张口,衣来伸手",事事必亲力亲为,不惬意舒适的生活环境会磨炼出人的品德、志气和韧性。

在动物世界里,自然界赋予鹰的求生本领也很特别:当老鹰哺育小鹰一段时期后,会把它们领到高岩上一只一只推下去,惊慌失措的小鹰出自本能地挣扎扇动翅膀,这种生死攸关的训练真正让小鹰学会展翅飞翔的超绝能力。

我们凌晨四点多从家里出发,黑漆漆的天空中稀稀疏疏挂着几颗闪亮的星星,几个邻居和与我们交情好的印尼朋友等在篱笆门外跟儿子拥抱话别。二女儿驾驶汽车载我们去机场。一路上,气氛有些凝重,除了收音机播放着王菲英文版的 *Fairy Tale*(传奇),大家都沉默不语。In that misty morning when I saw your smiling Face... when will I see you again? when will the sky stop to rain... ?

机场是二十四小时从不停息的,这个总在不停上映着人类送往迎来悲欢离合的地方,我真的很不喜欢。儿子进去办理登机手续,托运行李,再跑出来用手机自拍几张合照,然后拥住我信心满满地说:"妈,别担心,我一定会用功读书,三年的时间很快过去,等我回来。"说完转身大踏步走了。二十五年来与我相依为命,个头高大、朴素且带点固执的儿子,渐渐在我泪眼模糊中慢慢远去……

🌴 作品赏析

《努力飞翔吧,孩子!》讲述了一对母子即将离别时的场景。自己二十五岁的儿子马上要去德国读硕士,儿子在走之前居然一再叮嘱交代家中事:每个月要付的电话费、水费、电火费等,已全部交代二姐处理,注意门户,睡觉前定要检查前后门有没上锁,身体不舒服就要去看医生,等等。这些琐碎的小事,母亲不知从来只会在电脑前敲敲打打的儿子从什么时候开始关心的,这些变化更加渲染了离别的伤感情绪。作者还插入了老鹰和小鹰的故事,小鹰长到一定时候,无论再怎么舍不得,老鹰也要把它们一个个从高处推下去,无论动物还是人类,都是一样的道理。最后母子在机场告别,母亲目送相依为命二十五年的儿子渐渐远去,泪眼模糊。

作者的语言很简单平和,但一字一句中都渗透着浓浓的不舍之情。特别是儿子在临行时交代母亲的场景，最为触动人心，仿佛已经听到了母亲心中那种激动与不舍，看到了母亲忍不住湿了的眼眶。穿插的老鹰与小鹰的故事，呼应了题目，也点明了主旨，"男儿志在四方"，无论母亲多么不舍，也要放儿子远行，不能让儿子一直活在自己的羽翼下。

　　对离别有过亲身体会的人都可以感受到这种跃然纸上的伤感之情，我们不禁联想到每次在车站或是机场回首时，父母那不舍的目光。作者的感情很细腻，不刻意渲染这种悲伤，像是一个平和的讲述者，娓娓道来，不禁让人湿了眼眶。这让我想到一句话：成长，就是要学会一次又一次的离别。

（张瑞坤）

张弘毅

张弘毅,印度尼西亚人,生于1957年11月20日。棉兰华裔,自幼喜欢华文。华文解禁后参加过多次海峡两岸举办的华文教师培训班活动,也参加过中华函授学校的各种教师科课程。2005年到厦门华侨大学华文学院、2015年赴福州福建师范大学参加华文教学培训课程,2018年参加长沙湖南师范大学举办的华文教师研习会。也参加过中国台湾侨务委员会举办的各种华文教师研习会和闽南语教学活动,客家委员会举办的客语教学基础班和进阶班研习课程。从1999年始迄今一直从事华文补习教师工作。

情牵南洋——娘惹与峇峇(节选)

中华文明是千年堆砌积累的长城,随着骆驼长征跨越西域、郑和宝船航海丝路的足迹,南洋群岛诸国留下了哪些雨露丝花、文心花雨?先民借助季风气候的风力离乡背井渡过了南中国海抵达南洋群岛,这里早期都是西方国家的殖民地,随后众多华侨南来定居,漂流异乡落地生根发芽。新客们从家乡带来了传统技艺,外来及本土的民俗结合碰撞,造就了本地土生土长的华人娘惹与峇峇族群文化奇葩。

华侨是革命之母,南洋是推翻清朝统治的跳板基地,华侨血泪和梦想交织的传奇故事,艰苦辛酸地孕育着民族灿烂的音符。东南亚的华裔同胞祖先自明代开始大量移民过来,陈永栽、叶亚来、陈嘉庚、胡文虎、胡文豹、陈六使、张弼士、张榕轩、张耀轩、邱善佑、邱清德等先贤都是在南洋永垂青史的绅士,对祖籍国建设和当地华社都立有大功伟业。

新客们来南洋开发锡矿,拓展橡胶林,种植烟叶,经商者攒了钱回乡成亲生儿育女，再把家眷全都带往南洋来生活，他们大展宏图，成了华侨第一代移民。当年郑和留在满剌加的随从和本地民族通婚繁衍的下一代人就叫娘惹与峇峇族群，他们勤勉耐苦，善于理财，成了当地的名门望族，是地道的贵族。他们不懂得说华语，但注重孝道，讲究长幼有序、慎终追远，文化习俗和宗教信仰都很传统。他们崇尚西方的现代教育，也恪守中国传统的风俗礼仪。殖民统治时期许多家庭子弟都被送往英国留学，其风俗习惯中混有浓厚的华族色彩和本地马来民族习俗，受英文教育，语言综合了福建方言、马来语和英语，身教与礼教代代相传。服装、节庆、家具、菜肴、糕点、民房建筑、娱乐等和中国原来的有很大的相似但并不相同，也融入西方国家殖民时代的一些文化。娘惹贵族少女和中国封建传统中讲究大门不出、二门不迈的女性颇为相似，局限在深闺里做女红或在厨房练厨艺。有著名的娘惹菜肴和珠绣拖鞋。

巴洛克风格的民宅建筑是典型富裕娘惹住家，中国式的门窗楼屋布局，马来式的屋檐，欧洲风格的罗马式梁柱雕饰，长方形的两层楼祖屋，后院和侧院大多仿效中国古典传统殿堂建筑形式，楼梯背面是精致木板雕刻。房屋非常宽敞，有好几进，里边有一个天井可以容许阳光及雨水进入屋里，最外面的厅堂招待访客，最里面一进放祖先牌位，有大厅、中厅、内厅、天井。木格窗户镶嵌欧洲风格的玻璃窗花，有的建筑覆盖中式琉璃瓦，墙面绘制中国传统装饰图案。中西合璧呈现出多元文化特色。英式走道，奢华神秘。那些厚重的木制家具皆以红木制成，设计融合了中国、英国及荷兰风格，景致奢华典雅。有些摆设应用珍珠镶嵌了盛开的樱花、桃花、梅花及各种鸟类栖息树枝；精细的刺绣有八仙过海、葫芦、福禄寿、松鹤延年等图案，还有牡丹花、蝴蝶、燕子、凤凰、麒麟等缂丝图案；明式楠木家具雕刻精美花卉图案或镶嵌螺钿珍珠，竹木牙角雕刻器件，方桌、椭圆桌、太师椅、床榻、架子床、多宝格、衣柜、大红幔帐、绣花枕头一应俱全。案上的漆器和各种精美的工艺品摆设非常珍贵。墙上悬挂了大幅中国山水画、人物画，各种牌匾、条幅、门窗刻满联语箴言，古风盎然，言简意赅，字字珠玑。他们远离中国，根植异土，那里终年铄石流金的气候不同于祖先的生活环境，但他们依然落地生根，枝繁叶茂。屋子里的陶瓷器具则是海峡华人特地向景德镇定制进口的，具有娘惹图案造型和颜色。其中用来盛放新婚夫妇吃的红白两色汤圆和汤汁甜品(表喜庆和纯洁)的盖罐器皿表示恩爱永不分离，还有盖盒和盛放咀嚼槟榔后吐出的唾液渣滓用的痰盂等。土生土长的华人受到马来人和其他非华人族群的影响，与其并立，吸纳本土，在时空漫漫的烟尘中融合成一种风格，交织流动着独特的荧光。玲珑剔透、色彩斑斓有花口的娘惹瓷器见证了海上丝绸之路熠熠生辉的一页，也寄托了海外华人的思乡情怀，顽强地保留了中华民族的文化意韵，记录着中华的基因和密码。这道南洋独特的彩虹孕育出中华文明与本土马来和欧洲文化的合体，是文化的活化石，是历史上不可多得的文明奇迹。经过几百年的历史洗礼，融合了多元文化完美独特的魅力。但这些在历史上辉煌一时的文化，在 21 世纪退到舞台边缘，往昔的光辉步入时空隧道，诉说着百余年来华人移民的兴衰沉浮。

在印尼爪哇、加里曼丹、苏门答腊岛和其他地区，华侨攒了钱财也一样回乡娶妻生子，把家眷带到南洋来生活。而当年卖猪仔的华工自己本身多是订下了园圃苦力契约，期满解约获得自由身份后没有条件回乡娶亲，就与本地少女通婚繁衍后代。母亲非华族，生活习性大多本土化，华族传统民俗丢失了很多，而父亲都是解约后的华工，本身是文盲，来南洋后几乎都与中国的亲戚断绝书信来往，这点与新马两地的娘惹情况有很大的差异。这类混血族群也是娘惹与峇峇，印尼华裔用闽南语称他们为"半同传"。这意味着中华文化习俗丢失了一半只流传下来一半，另一半受本土习俗同化。他们身份比华族后裔低贱卑微，得不到华裔的认同，只好找回自己的族群或与原住民交际婚配。受华族藐视和排斥孤立自成一族的"华印混血儿后裔群体"，大多数随母亲的亲戚信仰伊斯兰宗教，自己的华族姓名、籍贯、语言、习俗就这样受同化而流失。新马两地的混血族群还保留了独特的习俗，富有传统文化色彩，蔓延着浓厚的华夏风情。

我们村落里住着四户"半同传"族群，四家都有亲属关系。姥爷是中国潮汕卖猪仔过来的华工，平日只穿一条短裤，赤裸着上身，脸孔布满如蜘蛛网的皱纹，说话带浓重的潮汕口音，手脚浮显青筋疙瘩，干瘪的身躯步行时略微驼背僵硬，面目狰狞烙印着早期码头苦力劳工的不得志，他像一棵苍劲却布满刀痕的橡胶树，当年魁梧彪悍的体魄如今饱经风霜已干巴萎缩，镂刻着凄苦沧桑的疤痕。姥姥则是爪哇本地的妇女，身穿沙龙格峇雅上衣，头发梳爪哇发髻插根牛角簪子，口嚼蒟叶包烟丝甘蜜石灰和槟榔，口吐朱红色唾液和咀嚼后的槟榔渣滓。四户家庭中都有与我年龄相仿的儿童，我们彼此很快就成了朋友，他们不懂普通话也不认识汉字，更不知道自己祖籍是在哪里,只晓得父亲的华文名字。他们父亲是本地出生的华族子弟,而母亲是混血后裔,穿着沙龙格峇雅,梳着发髻,是一副爪哇装扮,说的闽南语混合了很多印尼语词汇,习性和华族有别。村落里他们的身份比华裔低微,谈吐交流过程中有一种自卑落寞和无奈的感觉,总觉得自己和其他华族差了一个等级,他们不太主动找华裔交际,因为经常遭排斥和藐视,这是不平等的待遇。

🌴 作品赏析

　　本篇以文化的交流与碰撞为题材,介绍了从中国移民到南洋的新民是如何与本土居民融合的。作者首先介绍了移民南洋的名人,如陈永栽、叶亚来、陈嘉庚等;其次介绍了第一代移民落地生根的过程,典型富裕娘惹住家的民宅建筑及相关的文化;最后谈到了亲族婚配的关系。

　　本篇以文化交融为关键词,趣味盎然,思想深邃。通过介绍娘惹与峇峇族群的来龙去脉,怀想华侨血泪和梦想交织的传奇故事和艰苦辛酸的历史。情感真挚,使介绍性的文字有所附丽,娓娓诉说中蕴含着款款深情。

　　总之,本文写法多样而统一,语言亲切,叙述与抒情融为一体,能带领读者与作者一起走进这个特别的族群、这种特别的文化、这段特别的历史中,与他一起认识、思考、感悟人生。

(张清媛)

郑 平

郑平,印尼华人,祖籍中国福建福清,1958年1月24日出生于北京,定居印尼42年。在印尼第三届"金鹰杯"华文散文创作比赛中获入围奖,第二届中外诗歌散文邀请赛中获一等奖,第三届"莲花杯"世界诗歌大赛中获优秀奖。曾任教于印尼万隆国际外语学院,现任印尼万隆作协分会期刊《覆舟山下》主编。

少女峰的清晨

印尼是千岛之国,万隆却是座山城。城的四周群山环绕,连绵叠嶂。有些知名的山峰更是著名的旅游度假之地。来万隆游玩的人,很少会不去覆舟山的。

万隆因山而知名,万隆的登山运动也因此发展迅速。离万隆连旺镇两三公里处,有座少女峰,是登山运动爱好者必到之处。

听朋友说起爬少女峰的乐趣,我和先生也跃跃欲试。一天清晨,天刚蒙蒙亮,我们约了几个朋友一起开车向少女峰进发。

从巴诺拉玛露天停车场望去,峰峦起伏的少女峰,犹如一个穿着绿色盛装、仰天倒卧着的少女。峰顶是她的头颅,向西伸展的山峦是她的腰身,西至最西处微微凸起的山冈是她的双脚。由山峰最高处延绵至西山脚下的苍松,是盛装少女的长长秀发,在山风的吹拂下,如波浪般起伏。

少女峰上有一个第一次世界大战时期,由荷兰建成并遗留下的城堡,城堡非常坚固庞大,不过现在这个城堡已经被乱草和泥石掩盖,连当地也很少有人知道它的存在了。

少女峰除了留有历史遗迹外,还有一个浪漫的神话传说。这个传说和覆舟山有关,也就是桑古里昂和达杨宋碧的神话传说,这也是印尼最古老、最有名也最传奇的一个神话传说,是一则典型的古希腊俄狄浦斯式故事。它不仅在印尼家喻户晓,还是国际民俗学界关注的经典民间故事之一。据说少女峰就是当时作为母亲的达杨宋碧为了躲避儿子桑古里昂而出逃的庇护所。

攀爬少女峰并非易事。沿途荆棘丛生,曲折迂回,坡高隘险,谷深壁峭。我们在林木茂密的山道上鱼贯而行,时而低下头弯着腰从大树的枝杈下穿过,时而需用手拨开带刺的荆棘找寻落脚之处,每踏出一步都必须付出努力。攀爬虽然艰难,但道旁开满的各色小花却让我们欣喜,大红色的吊钟花,粉红色的野山菊,漫山遍野可见的不知名的深黄色和白色小花,让我们目不暇接。幽幽的花香草香扑鼻而来,草丛中的蟋蟀声,枝头上的鸟鸣声也让我们精神为之振奋。

少女峰顶,有座石碑,在碑前小憩,拂面而来的阵阵山风清凉舒爽。放眼四望,白云似乎就在身边飘浮,远处连绵不断的青山绿岭,在晨曦的照耀下,弥漫着如烟波般浩瀚的雾海。更远处是闻名世界的覆舟山和巍峨苍郁的布朗朗山。向山下望去,一座座别致的别墅和绿树融为一体,相得益彰,其间一条银链般的河流闪着银光缓缓流动。

走下少女峰,进入郁郁葱葱的松树林,漫山遍野的苍松甚是壮观。山风过处松涛阵阵,如雷鸣如虎啸。不时还会见到小松鼠在松枝上跳跃。早晨的阳光从林间缝隙处洒下,如金针般散落,美不胜收。让人心旷神怡的松香,使我们忘记了疲累,踏着满地的松针松果,我们相约一定再来。

🌴 作品赏析

《少女峰的清晨》这篇散文主要记叙了作者和先生约上朋友早起攀登少女峰的情景,描述了攀登过程中所欣赏到的美丽迷人的景色,表达了作者对于少女峰的喜爱之情,以及在这次行程中的愉快心情。

这篇散文结构紧凑,作者从多个角度刻画了"少女峰"的美丽倩影。首先,远观少女峰,"从巴诺拉玛露天停车场望去,峰峦起伏的少女峰,犹如一个穿着绿色盛装、仰天倒卧着的少女",少女的头颅、少女的腰身、少女的双脚、少女长长的秀发隐约可见,曼妙迷人,吸引着作者一行人往上攀登。其次,作者探寻了少女峰的历史遗迹,以及浪漫的神话传说,给集历史因素与神话色彩于一身的少女峰多添了几分厚重感和神秘色彩。再次,作者写了攀登少女峰的艰辛,"沿途荆棘丛生,曲折迂回,坡高隘险,谷深壁峭",但是道旁的景色迷人,让作者一行人"精神为之振奋"。接着,作者写了最终抵达山峰后所见的美景:山风拂面、白云环绕、青山绿岭连绵、晨曦照耀、雾海如烟,宛若人间仙境,美不胜收。最后,作者写了走下少女峰,在松树林中穿行的情景,"早晨的阳光从林间缝隙处洒下,如金针般散落,美不胜收",令人忘记了疲劳。

郑平的这篇散文语言生动优美,充满文雅的书卷气,特别是多用夸张、比喻、拟人的修辞手法。如登上少女峰顶,"白云似乎就在身边飘浮",夸张的修辞手法,突出了少女峰之高,更显示出少女峰周边环境之美,宛若仙境;再如"早晨的阳光从林间缝隙处洒下,如金针般散落,美不胜收",比喻的修辞手法,把"早晨的阳光从林间缝隙处洒下"的情景比作"金针般散落",其风景美不胜收,令人心驰神往;此外还有"山风过处松涛阵阵,如雷鸣如虎啸",拟人的修辞手法,把"山风"吹动"苍松"的声音比作"雷鸣""虎啸",更显其磅礴气势,这样的描写生动形象地给我们展示出少女峰像一幅美丽迷人的自然风景画,读后令人久久沉浸于这种美的享受之中。

(刘世琴)

杨源秋

杨源秋，1963 年 5 月 15 日出生于印尼廖内群岛省昆噜岛，祖籍中国广东省揭阳市揭西县，第二代华裔，是建筑承包商。自学中文，2015 年加入巴淡印华文学爱好者俱乐部。

我的老家——汫水港

我的老家是在印尼廖内群岛省昆噜岛东北部的一个小村，名为“汫水港”(意为淡水港)，面积大约五十平方千米，据说是 20 世纪初从中国过番到这里来的先辈们同心协力开荒垦地所建成的，他们把一片片热带森林转化为橡胶树和甘蜜(黑儿茶)园，以及住家周围的一些热带果树。

在我小时候，房屋大多数都是棕榈叶屋顶的木板屋，铁皮屋顶极为少见，照明设备只有煤油灯和煤油汽化灯(俗称汽灯)，交通工具则是脚踏车和电单车，全村也只有那一两辆预召计程车、几辆罗厘，再者就是唯一一辆客货两用的木板车厢旧巴士。这辆巴士可不是像现在这样有着固定时间固定路线的巴士，而是提供预约服务的，如果乘客多或者货物多，可以专程到你家门口接送。至于学校，全村只有一所小学，之前本来是一所私立华文学校，后来才改为印尼文小学。这所学校以教育程度来说是小学，以校舍规模来说是小校，只有两间教室和一个礼堂，所以各年级学生上课只得分早班和午班，因为学生也不多，高年级班的也只不过十来名。教师也只有两名，一名负责一、四、六年级，另一名负责二、三、五年级，而且还是包办所有科目的全方位教师，其中一名甚至兼任校长一职，实在是人尽其才、物尽其用矣。

乡村生活虽然物质上比较俭朴，工作比较粗重，但人在心灵上绝对是惬意的，尤其是童年时光，更是其乐融融。每逢年底即将过年的时候都是大干旱季节，北风吹袭，落叶纷飞，空气干燥，也没有张灯结彩和舞龙舞狮活动，但依然能够感受到一股浓浓的新年气息。干旱天气导致橡胶产量减少，一般腊月廿四送神过后就开始休业放假了，剩下来的农耕活儿就只有早晚两次给菜园里的瓜果蔬菜浇水。到了除夕当天，家家户户宰鸡宰鸭准备团圆饭和祭拜神明，有一个有趣的现象就是大家会比一比左邻右舍哪一家的爆竹声先响起(乡间的左邻右舍是隔着园区的，彼此看不到对方的家，只有响亮的声音才能被彼此听到)，爆竹声先响起的那一家就说明了家人手脚快捷抢先准备好三牲祭品已在祭拜神明了，这绝对是一种良性竞争，不会伤及坊间乡谊。接下来就是尽情享受悠闲的年假，一直到元宵节过后才收拾心情重新开始为新的一年冲刺，不像现在城市生活中只有区区两天的年假。

光阴似箭，转眼间四十个年头就这样过去了，再来看看这个坚守岗位的百年老村，甘蜜园、橡胶园已经逐步"退役"，名牌榴梿园和凤梨园取而代之，房屋已是钢骨水泥红砖墙壁，电源由国家电力局供应，手机信号网全面覆盖，私家车到处可见，主干路线也已经铺上沥青，学校从以前的一所增至目前的三所，虽然谈不上快步腾飞，但也算稳步发展，如果外出发展的乡亲们乐意到村里来寻找商机或扩展业务，那将是一种对家乡极有意义的回馈和贡献。

🌴 作品赏析

《我的老家》一文，通过对"我"老家的环境、文化、气候等方面的描写，写出了"我"的老家安静却温馨和谐的环境，将一个小村落描写得妙趣横生，表达了"我"对老家和故乡的怀念与向往。"我"小时候的生活条件远不如现在，住木板屋，点煤油灯，出门依靠脚踏车，就连上课的小学也仅有两名教师，生活俭朴、物资匮乏，但"我"却感到惬意，即使年底干旱，空气干燥，却阻挡不了"我们"过年的味道，大家暗自"比"着谁家先准备好三牲祭品，而这种"比"却暗自存有"我"当时作为孩子的心思，颇具童趣。现如今，小村子已经不同于当年的贫乏，正在稳步发展，而"我"也在期盼着乡亲回到村子里来，为家乡的发展做出自己的贡献。

整篇文章语言朴实却又活泼灵动，通过对"我"平时生活的描写与记录，写出了故乡的宁静与舒适，以及"我"对故乡的喜爱与怀念。"我"首先介绍了"我"记忆中的故乡，在"我"小时候，家乡的"热带森林"变成了"橡胶园"和

"甘蜜园",与下文中故乡的"榴梿和凤梨园"形成对比,突出了现如今家乡的改变,反映家乡的"稳步发展"。同时,在对"我"小时候的故乡的描写上,更多集中在平时生活中"衣食住行"、学校教育等方面,直观地写出了那时家乡物资的匮乏,而这种可以说是贫穷的生活,与"我"心灵上的惬意形成强烈的对比,凸显出"我"对家乡的喜爱是出于对家乡的情感,而不是贪图闲适的生活。"我"在回忆小时候在家度过新年时,提及城市生活,凸显出"我"对童年在老家度过新年的怀念。而这些都表现出老家的美好及"我"对老家的爱。并进一步发出希望"乡亲"回乡帮助家乡发展的愿望。

杨源秋的文章着眼于生活的细微之处,通过对比,体现出家乡的美丽,进而提出希望在外发展的乡亲可以回到家乡,帮助那个充满爱与回忆的地方进一步发展。这也是对许多外出生活或打工的人的呼吁,在家乡将你养育大之后,能够尽自己的一分力量,也为家乡的发展做出自己的一份贡献。

（于　悦）

菲律宾卷

陈若莉

陈若莉,笔名九华。原籍中国四川,1938年生,成长于中国台湾,现居菲律宾。菲律宾中正学院文史系毕业,曾任教于华校。出版《九华文集》,曾任亚洲华文作家协会会长。现任亚洲华文作家文艺基金会副董事长、亚洲华文作家协会菲分会常务理事、菲华文艺协会秘书长、菲律宾华青文艺社创办人。

君自故乡来——观青花瓷有感

这不是一场大规模的文物展,展出品也不是陈列于气派十足的展览室,而是在阿耶拉博物馆右室内,从青花瓷上流溢出来的中华文化的光彩,不但耀人眼目,而且发人深思。

丝瓷之路

中国特有的丝绸、瓷器,一直是中古东西方海上与陆上贸易的重要商品。陆路运输以华丽轻柔的丝绸为主,故西汉张骞出使西域开辟的"丝绸之路",至今驰名于世。

海上贸易,则以实用精美的陶瓷为主。船舶装载,容量既大,又不易破损,因而9世纪后半期,陶瓷即大量外销至东亚的日本、朝鲜等国,以及东南亚、西亚与非洲等地,明郑和曾先后七次下西洋,所到之处,都以丝瓷换取当地的特产及建立与他们的友谊。

西方现在尚以中国之英文名,来称瓷器。由此可见陶瓷外销的鼎盛与其影响之深远,不但带来经济上的效益,且对东西文化交流,产了巨大的贡献。

青花瓷之起源

景德镇青花瓷成熟于元末,由于东西海运活跃,瓷器在国外广受欢迎,为应市场需求,其造型、纹饰、色彩显然受到中东美术之影响(尤见于元青花瓷)。

钴蓝料——青花的色剂,有自波斯进口的,也有国产的。白瓷蓝绘,明快清雅。

在明朝,青花瓷未曾中断烧制,已成明瓷主流。早期出品尚余元代遗风,后因技艺精进,画风演变,以及帝皇喜好,形成各个时期不同的风格,达到更高的艺术境界,这令青花瓷多姿多彩,大放光华。

青花瓷的命名

青花瓷的"青"字,用得极佳,如以"蓝"代之,涵盖与层次不及。

"蓝本出于青,是可染青之草,一染则蓝,再染则青。"故有"青取之于蓝,而青于蓝"(《荀子·劝学》)之说。而青色向来颇受中国古文人的青睐。如:

> 湖上青山翠作堆——苏轼
> 潮来天地青——王维

不胜枚举。而后周柴世宗,竟然御批:"雨后天青云破处,这般颜色做将来。"命令制陶的人烧出"雨过天青云破"般的颜色,而制陶人居然能巧夺天工,将大自然变幻莫测的美妙天色,凝聚于各种不同样式的瓷器上,成就古今中外令人赞叹之作。

因而青花瓷亦随着诗文意境,显得天地开阔蕴意无穷。

展出物件

展出品皆出土及打捞自菲律宾。数量以15世纪中叶与16世纪较丰。

作品有元、明的,也有越南的。越南出品无论在用色、花式还是质量上,实难与元、明相比。

元之青花瓷,数量虽不多,但淳厚中兼豪放,富有强烈的生命力。

明占过半数,青花瓷至明已臻登峰造极,宣德时量多质美,堪称黄金时代。成化时淡雅柔和,技艺精湛。嘉靖、万历时青浓艳丽闪紫,款型特殊。真乃各领风骚。

贴近生活的民窑出品

在菲律宾发现的元、明青花瓷,应属民窑作品。官窑专为皇室烧制御用瓷器,不供外销。当然此类出品区分亦得经专家鉴定。

民窑产品虽不如官窑严谨细腻,但因不受拘束,益显生动质朴,真正表达出人民灵魂深处的情感。

展出品中每件各有特色,各有不凡的遭遇,它们虽然经历了海葬、土埋,但有幸得以重见天日;虽然看够了世间沧桑,人间冷暖,依然义无反顾甘愿为历史做见证,静伫玻璃柜内,展现出元的气势、明的气韵,以其无比魅力令世人倾倒;亦无视于现今已贵为苏富比竞价的对象、收藏家心目中的上宾,仍犹如久居他乡的老华侨,总是惦记着——故乡老屋前那株寒梅是否开了花。

后 记

室内参观者,有菲律宾人、印尼人,甚至有的为了青花瓷展,特别组团来此。那种专注仰慕的神情,实在值得为中华文化自豪。期盼以后常有如此良机,让在外的中华民族后裔,亦能多来亲近中华艺术之精妙,面对历史活动的真实面貌。最难得的当是与古文物相交时,那种心灵契合的悸动,引发了失去祖宗那么多的智慧结晶的万千感慨。

我们有多少国宝,被巧取豪夺地收藏在别的国家?在大英博物馆,在巴黎法国国家图书馆?

为了领略唐的绚烂,却要去日本;看明汉的威仪,恐怕得去韩国。而唐太宗的"昭陵六骏",其中的"飒露紫""拳毛䯄"两件千古绝宝,亦被偷盗到美国费城大学内展示。更遑论敦煌藏经洞内,大部分的绢画和经卷被盗卖了。还有那莫高窟愚昧的王道士,居然将一室宝贵的变文史料,论斤卖给异族。那真是一个"败家子"的时代,不但卖掉了自尊,输掉了土地,更失落了国格。

所幸惨不忍睹的近代史,已成过去,现今两岸均重视国家瑰宝,珍惜文化遗产。中国台北"故宫博物院"所藏仅为古物精粹之一角,已是美不胜收。北京故宫亦在重新整理,且不惜重金购回文物。而海外的有心人也在做相同的努力,让蒙尘的中华艺术重现风貌。

像全力支持此次展览的菲东方陶瓷学会前任会长庄良有女士,素来对维护中华文化不遗余力,为了更上一层楼,亲至英国伦敦大学研读考古及陶瓷学。举办此类展出,极富专业艺术性,不但耗时费力,尤其珍品保护不易,除非基于特殊的民族感情,否则恐怕是没有人愿意来承担的。

中国历来不乏民间收藏家,他们对文化的贡献,以及将其艰难相传下来所费的苦心,实在令人钦佩。像明代范钦的"天一阁"等,如非其后代与各藏书家积极献书,也无法为《四库全书》的修撰提供如此完全的藏书,而上海博物馆若缺少了民间文物的捐赠,即便能卓立一方,也不会如此光彩夺目了。

文化的形成,非一人一时之功,是各个时代累积而成,现在即是将来的过去。如今我们正处于重振家声的重要时刻,不但要保护文物,恢复民族优秀传统,亦需积极争取流落异邦的文化遗产归回。

但愿此次青花瓷展,仅是个开端,冀望日后会有更多的生力军,将我们灿烂悠久的历史文化,承继与发扬,似长江黄河般波澜壮阔,向前奔流不息。

🌴 作品赏析

作者围绕一场大规模的文物展铺展全文,特别是其中的青花瓷,以其为线索贯穿全文。作者描写了青花瓷的来龙去脉,从丝瓷之路、青花瓷的起源、青花瓷的命名、展出品、民窑等几个方面展开,讲求一定的知识性,不仅有中西贸易、青花瓷的烧制、名人关于青花瓷的解读,还包含了烧制技艺、中菲民窑作品对比等。这些知识经过作者的编织,显示出综合特征。

散文最突出的特点就是知识性,从文物展到青花瓷,再到历史的回忆、当下的文物保存思索。文章有着较为清晰的框架与脉络,将各种历史见闻与思想情感合理地融合在一起。后记部分回顾沉痛的历史,更展望了未来,升华了主题,力求将灿烂悠久的历史文化继承与发扬。

总之,本篇散文不仅有较为深广的联想、翔实的介绍,也有较为严整的控制,通过青花瓷一物赋予自身的情感与思绪,呈现出洋洋洒洒而不乏精致的特点。

(张清媛)

黄 梅

黄梅,本名黄珍玲,原籍中国福建晋江,1938 年出生于菲律宾。在马尼拉完成中学教育后,以侨生身份回中国升学,就读于中国台湾师范大学国文系。毕业后返菲,服务于菲华教育界近 30 年,曾任菲律宾中正学院中学部中文主任及大学部讲师,并兼任菲律宾《联合日报》文艺副刊主编。业余爱好写作,作品以散文为主,小说为副。现任菲华文艺协会及菲律宾留台校友会常务理事,热心推动菲华文运,曾获中国文艺协会第四十届"海外文艺工作奖"及世界华文作家协会"海外华文文学贡献奖"。出版《黄梅散文选集》《书心旅情》。

圣诞夜的甜品

生长在菲律宾这个天主教国家,小时候最喜欢过的节日,莫过于充满梦幻般色彩和歌声的圣诞节了。

圣诞期间,街头巷尾不断响起那洋溢着祥和与欢乐的圣诞歌曲;家家户户的窗口上挂着用彩纸扎的星形大灯笼;屋子里矗立着一棵刚从碧瑶运来的新鲜大松树,翠绿的针叶上挂着各种小饰物和五彩灯串,树底下则摆放着早已知道内容,却又被花纸包扎好的圣诞礼物。而更值得期待的,是圣诞夜里母亲所准备的消夜,那是用本地的巧克力块所熬煮出来的热腾腾的巧克力奶;另外将整只熏干的熟火腿泡软后再切片、煎热,涂上凤梨和蜜糖制成的酱汁,夹进刚烤好的面包中,那真是无与伦比的美味啊!童年时对圣诞节的热切盼望,便也在那悦耳的歌声、灿烂的灯光、缤纷的彩饰,以及平日难得一尝的食物中被满足了。

现在,一年一度的圣诞节又来临了。这是生命中第几个圣诞节了呢?

恐怕得用两只手掌翻个几遍才数得出来吧！今年户外的圣诞歌似乎播放得不怎么起劲，大街小巷各家的窗口，也很少挂着那种传统的彩纸星形大灯笼，各种新颖巧妙的电子产品已取代了它。毕竟一切物质形式都会随着时间的流逝而改变，但愿那最可贵的圣诞精神，不会随着时代的更迭而消失。

每逢过年过节，我们一大家子人都会聚在一起。因为八十多岁的老母亲和三弟同住，近年来，他家成了我们团聚的地方；而由母亲所衍生出的大家庭，就会以她老人家为中心，构成一个四代同堂的欢乐场面。

三弟喜欢热闹，也是最会制造欢乐气氛的人，由他来筹划、主持这种过年过节的家庭团聚，能让老少同欢，共享天伦之乐。圣诞节到来之前，他早已把家里布置得充满节日气氛：临街的客厅大窗上，挂着一个彩贝缀成的星形大彩灯；高及天花板的圣诞树，树身会自动变换出不同色调的亮光，树下当然也摆着准备送给家人的礼物；崭新的音响机组，不间断地播放着大家耳熟能详的圣诞歌曲。这时候，童年时过圣诞节的快乐情景，似乎重现了……

天还未黑，母亲就打扮得光鲜整齐，坐在沙发上等着儿孙们到来。她老人家最近因为各种小毛病缠身，总是闷闷不乐，经常唉声叹气，此刻却挺有精神地问东问西，点算着各家成员的出缺席，哪家什么人还没到，她可都是清清楚楚。诚如心理学家所说，当人心情愉悦、快乐指数升高时，人也就跟着格外有精神。

终于，在母亲不断的询问和期盼下，各家的大人、小孩都陆续来到。大人们彼此热烈地寒暄着，孩子们则一一上前跟各个长辈行礼。有的是亲热地在阿嬷、阿姨、婶婶、叔叔、舅舅、舅妈们的脸颊上轻轻一吻；有的则是牵起对方的手，恭恭敬敬地贴一贴自己的额头，而来自唐山的老阿嬷，也早已习惯这种混合着本土和西方文化的见面礼。

母亲其实是在本地出生的第二代华人。当年外祖母原是被留在唐山的"番客姅"，后来因为躲避家乡的土匪之乱而来吕宋避难，就在这里生下母亲，因而母亲也就拥有一张洋名为"安娜"的出生证明书。只不过还在牙牙学语的她，就被外祖母带回唐山去，在那儿成长，直到跟父亲成婚后，才又回到她的出生地来，并在这里生下一大群孩子，繁衍出一个有四十多口人的大家庭，也才有今日这个四代同堂的温馨场面。

当然，这中间还有个男主人，那就是已经去世多年，来不及看到第三代成长的父亲。在父系的大家族中，第一代的移民先锋曾是曾祖父，已有妻小的他，只身漂洋过海到吕宋谋生，那已经是 19 世纪末的事了。当他在这里找到一个可以安身立命的工作之后，便节衣缩食地将每个月的工资积存下来，寄回去养活妻小，自己则要等上好几年，才肯花点路费回乡一趟。后来孩子大了，就把他们一个一个接过来，成为移民的第二代，而他老人家，五十岁不到便告老还乡了。

伯祖父是第二代中的佼佼者，年轻的他，从没上过正式的学堂，但很快英语、菲语全都朗朗上口，并且还从事一份不简单的营生——帮人盖房子。那时候他所雇用的工匠，全是他买人家的"大字"①，把他们从唐山带过来的。自家人更不用说，一个个全成了"番客"，家乡新建不久的"洋楼"便成了空宅，后来就被一些远亲给占住了。

当年父亲便是作为伯祖父的儿子来菲的，所以他的英文名字叫"唐大"，当时还有名叫"唐二""唐三"的。正因为伯祖父把侄儿们都当成儿子般地接过来，所以早年我们在这儿可是一个结合好几"房"人聚居的大家庭，热闹得很呢！记得大宅里的众多唐山人当中，有时还会出现一个身着美丽传统服装的菲律宾妇人，她是伯祖父的岳母。

大弟媳也是个菲女，母亲和她在沟通上不会有问题，因为母亲的"大家乐"已经说得很不错，甚至在她所讲的闽南语中，已习惯性地夹杂着几个菲语。譬如她要说"因为"，就很自然地说成"kasi"；"总之"，她会说成"basta"；"瓶子"，她就说是"bote"。最好笑的是她要说"味道"时，爱用菲语"Lasa"，而"没味道"就自然而然地被说成"没拉没沙"，诸如此类。平时我们也都习以为常，但没想到当她返回唐山跟家乡的亲人说话时，也会不经意地夹杂着这些常用的菲语，让对方听得一头雾水，后来人们才发现她说的是"番仔话"而哄堂大笑。

"阿嬷，来去吃饭了！"是哪个孙女在招呼老祖母去用餐？这应该是正统的闽南语了吧？反正"来去"和"吃饭"大家都听得懂。这时大厦顶楼的天台那边已经摆好了丰盛的自助餐，有中式的炒米粉、西式的意大利面、本地的凉拌粉条，全随个人的喜好自由选取。其他的主菜也都是多样化的烹调，但

---

① 早期华侨对"外侨居留证"的代称，拥有者告老还乡后可以将之转卖给他人顶名使用。

可别忘了,还有一道可口的甜品——哈乐哈乐①。是的,岛国的文化多元,就展现在一杯冰凉的"哈乐哈乐"里。

🌴 作品赏析

　　作者小时候最喜欢的节日就是圣诞节,圣诞节期间欢乐的气氛和充满节日色彩的圣诞树让节日更加欢乐。最让作者期待的是用本地的巧克力块所熬煮出来的热腾腾的巧克力奶;另外将整只熏干的熟火腿泡软后再切片、煎热,涂上凤梨和蜜糖制成的酱汁,夹进刚烤好的面包中,那真是无与伦比的美味。每逢过年过节,作者一大家子人都会聚在一起。因为八十多岁的老母亲和三弟同住,近年来,他家成了团聚的地方;而由母亲所衍生出的大家庭,就会以她老人家为中心,构成一个四代同堂的欢乐场面。母亲早早就打扮得光鲜整齐,坐在沙发上等着儿孙们到来。她老人家最近因为各种小毛病缠身,总是闷闷不乐,经常唉声叹气,此刻却挺有精神地问东问西,点算着各家成员的出缺席,哪家什么人还没到,她可都是清清楚楚。母亲其实是在本地出生的第二代华人,在作者的家里,方言和菲语是交流的主要语言,圣诞节对于作者的家人来说就是团圆的节日。

　　圣诞节之所以能成为作者最喜欢的节日,其中最重要的原因大概就是圣诞节能把作者全家人聚在一起了。作者的母亲便是这个大家族的核心,每到圣诞节作者和家人们便到三弟家陪着母亲过节。紧接着作者对家人进行了详细的介绍,作者的母亲是在本地出生的第二代华人,母亲年幼时生活在中国,成年后母亲又回到了出生地与父亲结合繁衍成一个大家庭,也才有今日这个四代同堂的温馨场面。

　　作者通过描写自己最喜欢的节日——圣诞节及圣诞节的欢乐气氛,以小见大,从小处入手,通过对圣诞节甜品的描写,继而写出圣诞节对自己家的意义,把对圣诞节的感情描写得淋漓尽致、细致入微。

(李翠翠)

---

① 菲语"Halo"是"混合"之意,"Halo Halo"则是一种混合着多种干果、豆子、蜜饯,加上牛奶和碎冰屑搅和而成的甜品。

小　华

　　小华,本名陈琼华,1940年生,祖籍中国福建晋江,为菲律宾土生土长之华裔作家。她继承亡夫诗人王国栋的印刷事业的同时,接棒耕园文艺社社务迄今。现为王国栋文艺基金会会长、亚洲华文作家文艺基金会董事、耕园文艺社常务理事、菲律宾《联合日报》耕园副刊主编。著有《小华文选》《走进别人的故事里》。先后荣获中国文艺协会第三十三届"海外文艺工作奖"、中国台湾文艺作家协会"中兴文艺奖"及世界华文作家协会"海外华文文学贡献奖"。

走在受伤的土地上

　　从奥莫克灾区回来,我又要到独鲁曼赈灾。是日,我们十个人凭票到机场,在机场才知道是坐中国台湾办事处的专机,专机要前往独鲁曼接八十几位中国台湾勘灾队队员回马尼拉。因包机要前往灾地,所以是空机,承蒙办事处的关心,致电慈济询问是日有没有要前往灾地的,就这样我们十个人搭顺风机,第一次享受到包机 VIP 的温情招待。

　　一个小时后,飞机在独鲁曼机场降落,踏在受伤的土地上,看到跑道两边的空地上搭起很多堆放救济品用的帐篷。而候机楼的铁皮盖几乎被台风刮得精光,只剩残垣断壁,唯独那块"独鲁曼机场"的匾额尚完整地斜挂在横梁上随风摇晃。

　　礼智省的独鲁曼市损失最惨重,狂风暴雨连带海啸的双管齐下,把整个市区夷为平地。灾难造成千万人无家可归,近万人死亡,缺粮缺水电,天一黑,大地陷入黑暗,只有蜡烛闪着微光,废墟臭气扑鼻,感觉似走在地狱边沿。

沿途尽是残垣断壁和倒塌斜吊的电线杆，椰子林百分之九十坍塌，不然便像是被利物切割断枝断干地垂丧枯立，最令我感受到风力如刀锯的是整排椰子树一边光秃一边绿叶垂挂，形成半死不活的写照，不禁哀叹靠椰子和甘蔗为生的农民如何度日。狼藉凄怆的残景，令我感受到大自然的威力，只要它一发飙，弹指间万物即化为乌有。

巴士把我们送到礼智兴华中学，学校损坏不多，感恩校长把整个校园、教室给慈济用。一进大门就可看到一间已盖好的慈济大爱屋（简易组合屋），而学校两侧，篮球场、大礼堂都收容着难民家眷。香积组师兄师姐在屋檐下煮香积饭，炊烟袅袅，志工汗流浃背，他们二十来天在炎热的天气下，站在瓦斯炉边不歇地煮着供万人吃的香积饭。因电源中断，慈济从宿务租来几台大型发电机，供应全校的电路，从中国台湾运来的净水机，供饮食、洗涤之用。我们安单的旅馆，也放了一台发电机，供电的时间是晚上六时到早上六时，使辛苦一天的赈灾团员有水洗涤，有冰凉的空调可安眠养体力以赴明天繁重的赈济工作。

兴华中学的几间教室都存放着物资，如白米、毛毯、二手衣。有一间教室由十几位中国台湾大爱电视台的文字记者、摄影记者，新闻部、节目部的编导等坐镇，有分配出门采访、摄影，部分操作计算机，编写报告书，时时传递讯息和灾情照片，经审查后，在大爱电视台新闻节目中传播第一手讯息。感叹计算机网络之先进，人隔千里，只要手指在键盘上一按，就可知古今天下事，无形中缩短了人与人、国与国之间的距离。

我与两位师姐被分配到 Tunga Elementary School（通加小学）当翻译员和做些杂务，因为学校早有十几位中国台湾人文志业师兄在建盖大爱组合屋，菲慈济以工代赈，雇用七八位年轻灾民帮忙学习盖屋，中国台湾师兄难与本地工人沟通，偶尔得与校长或老师讲话，所以需要既懂英语又懂汉语的人来帮忙翻译。学校有一千多名学生，因教室的屋顶都被台风吹毁，书本、数据、工具也被雨水淋湿冲走，有几间损坏不多的教室，老师只好在一间教室里给两个班级一起上课，有的教室锌板盖一半被撬走，留下一半在风中摇摆，学生委曲在半遮掩下上课。琅琅读书声在风中回荡，天真无邪的小孩子，课余依旧在草埔上欢乐蹦跳追逐，怎知台风过境留下难以收拾的破坏。

十几位盖组合屋的中国台湾师兄，个个都被烈阳晒得黑黝黝，他们体壮气昂，穿着深蓝色的工作服，头戴帽子，腰缠工具袋，整天爬上爬下，蹲、坐、站、扛、抬、拴、敲、打。见他们汗流浃背不停息地操作，衷心佩服他们对工作的忠诚态度，履行赶工的使命，尽早使学生有个安定可读书的教室。

大爱组合屋(简易屋)的缘起，是在1999年9月21日(九二一)，中国台湾发生一场大地震，两千多条生命骤然消逝，千万个家园一夕崩毁，灾民流离失所，慈济就为灾民设计组合屋，让灾民除了安身之外，更能安心。如今组合屋普遍运用在国际赈灾方面，能够用至五六年。组合屋原意是使灾民有个住宿的地方，经过改造扩建成教室，让灾区的孩子能够继续上课。

通加小学在十几位师兄兢兢业业的建造下，两星期内完成了九间组合屋，校长安排了一个移交仪式，邀请市长等官员来共襄盛举，招呼学校全体师生在操场排列，还专程请人文志业师兄们上台坐。经过一场演讲，校长赠送一个相框，里面装了一张感谢状，由全体老师签名，校长说："因电流中断，无法启用计算机做一张漂亮的感谢状，只好用书写来表达我们的诚意。"学校学生在老师的编导下唱了一首"我爱慈济"表达心意，接着我们被学生重重围绕，学生拿着鲜花和自己做的纸花及感恩卡向我们致谢。离别依依的气氛弥漫在整个校园。

九间组合屋移交给校长后，学生们拥进教室，教室有六个大窗口、两扇门，屋顶有可开关的天窗，学生欢天喜地地呼喊："我们有教室了！""我们不必晒太阳，不用淋雨了。"九间教室排列在宽大的草埔上，使学生有安身、安心之处。

一个星期的相处和互动，酝酿着人与人之间的情感。像我们温文尔雅的韦秀秀师姐，天生菩萨心肠，给盖组合屋的师兄送水送点心，嘘寒问暖，缘分就在此中升华，她亦师亦母，与年轻力壮的蔡明模师兄结下如母子的因缘，蔡师兄"妈咪、妈咪"的叫声，飘忽在整个校园。

有一次"以工代赈"的日薪发放，地址是在前总统夫人伊美黛博物馆旁边的一片空地上。一万多人蹲坐在草地上，师兄一场爱洒后发薪。当我手握一沓一沓的五百元新钞分给工人时，我好感恩能有手心向下的机会，施救落难的民众，刹那，领悟到施比受更快乐。

值得赞叹的是吕丽卿师姐，她无怨无悔地承担香积，每天都在学校屋檐下煮给万人吃的香积饭。感恩师姐无所求的付出，"人以食为先"，没有温饱，哪来体力做救苦救难的工作。

义诊的时候，各形各色的病人都有，大部分是受伤和伤风感冒，有位外科医师看到一个小女孩头发上有血疤,医师问情况,知道孩子头上的伤是被一只猴子咬的,手臂也被抓伤,医师建议要替孩子处理伤口,孩子哭着不要,医师向孩子的妈解释,伤口不治疗,会产生细菌感染,以后伤口处再不会长头发了,话说到重点,孩子还是哭闹坚持不要,医师没办法只好走开巡察其他病人,但女孩一直在他脑海里起伏,他又回去苦口婆心地劝孩子的妈为孩子未来设想,医师的诚心感动病家,病家终于答应。医师给女孩打了麻醉剂,剪断一些发丝,清理头皮,在头上缝了几针。医师的仁心仁术多令人感动。古早称好医生为"悬壶济世",以这四个字来冠冕,他当之无愧,是当今仁医也。

要回马尼拉的当天,我们提早到机场等候飞机起飞,等啊等,都没听到呼叫上机的信号,一位师姐赶紧问过究竟,才知道航班取消,而搭客正排长龙换明天的机票,我们也赶紧排队,因人工操作,进度很慢,大家耐心地随着队伍慢进,换来的是隔天上午九点的机票。返回旅社,分秒不空过又马不停蹄地到兴华小学帮忙煮香积饭,不久,大爱台的记者要访问附近的邻居,要我当翻译员。

走入一条狭窄崎岖不平的僻巷,巷里房子残破,有的没了墙壁和屋顶只剩下梁柱,有居民守住东倒西歪的烂房子,只要再一摇就会倒塌。从桥头放眼看去,密密麻麻的违章屋倒塌在河流上,再也看不到河流涓涓流窜!

隔天,我们又返回机场,不幸,航班又延迟一个钟头,奈何! 就只能耗等着目视伤痕累累的机场。

走在受伤的土地上,拙笔只能写下六天来参与救灾的所见所闻,希望会有更多的人继续记录被我遗漏的灾情,祈祷雨过天晴,灾民早日重建家园,平安离苦得乐。

🌴 作 品 赏 析

本篇文章主要写的是去独鲁曼市参与赈灾的所见所闻,主要记录了作者从准备出发去灾区到在灾区六天所发生的事情。独鲁曼市由于狂风暴雨连带海啸所以受灾最为严重。灾难造成千万人无家可归,近万人死亡,缺粮缺水电。礼智兴华中学被校长借给作者及同事们作为救灾临时安置点,作者一行人每人都有自己负责的事情,各司其职,同心协力奔赴在救灾的第一线。作者主要充当翻译员，还得负责提供茶水、午餐和点心，偶尔改当护士替受伤者清理包扎伤口，收工后得发给"以工代赈"者日薪等。每个小组都有自己的任务，分工明确。

本文主要是记录作者这几天在灾区的所见所闻，在描写灾区的情况时，作者的语言描写真实，让我们仿佛置身于灾区中一样，"沿途尽是残垣断壁和倒塌斜吊的电线杆，椰子林百分之九十坍塌，不然便像是被利物切割断枝断干地垂丧枯立，最令我感受到风力如刀锯的是整排椰子树一边光秃一边绿叶垂挂，形成半死不活的写照，不禁哀叹靠椰子和甘蔗为生的农民如何度日。狼藉凄怆的残景，令我感受到大自然的威力，只要它一发飙，弹指间万物即化为乌有"。作者对于灾区的这一段描写，给我们一种经历过灾难后，走在灾区的小路上的感觉。作者对于灾后环境的描写触动人心。文章主要记录了作者及同事们在灾后重建中的点点滴滴，对于灾后重建的分工及物资的分发作者都用很长的篇幅进行了说明，在救灾的过程中作者与两位师姐被分到了通加小学当翻译员和做些杂务，十几位中国台湾的师兄汗流浃背不停息地操作，就为了尽早给学生一个安定可读书的教室。作者对于救灾的记录一方面是被这些辛勤付出的志愿者所感动；另一方面也是最重要的，是为受灾的地区和人们感到心酸，更是祈祷雨过天晴，灾民早日重建家园，平安离苦得乐。

本文通篇都是记录救灾过程中发生的点点滴滴，没有过多诉说想要表达的感情，但是透过作者的记录我们可以发现作者的感情都蕴含在这篇文章里了。通过对灾情的记录，作者表达了对受灾地区的痛心以及对灾后重建的美好祈愿，希望灾区人们早日离苦得乐！

（李翠翠）

施纯青

施纯青,笔名靖竹,出生于 1954 年 4 月 15 日。祖籍中国福建省晋江市。任教于菲律宾中正学院大学部、高中部及菲律宾菲华文学馆。2004 年度全菲模范华文教师,菲律宾《世界日报》"反思集""拾贝篇"两个专栏写稿人。

儿孙之名满千岛

菲律宾是一个受阳光钟爱的国度。许是太阳晒多了,热气十足,人民也较乐天、和善、热情。乐观的菲律宾人幸福指数在亚洲国家里排名第三。于是,你可以在街头看见那流浪的母亲在捡来的废纸堆里玩填字游戏,有时还伸出手脚叫人修指甲涂蔻丹;台风来袭,违建户居民的孩子望着倾盆大雨并不愁铁皮屋里漏雨,反而是乐哈哈地冲进雨里洗澡,住在没有自来水的棚屋,那还真的就是一次痛快的淋浴了。

菲律宾今天使用的文字是受西班牙人殖民后以拉丁字母照音拼出的,菲律宾的文化深深受着西班牙、美国殖民统治的影响,是不折不扣的哈啰-哈啰(Halo-halo)文化。有些外来新客拒学菲语,总以为菲语只限用于菲国千岛,范围不广,不如学英语来得实用、国际化。我常说他们傻,因为会说菲语将让你自动学会一些西班牙语,菲语里也有好多词汇的发音和印度语很接近,甚至于完完全全接纳了闽南语的某些词汇,所以我总说菲国文化正如本地香美可口的甜品 Halo-halo 一样多元精彩。

中国人赵、钱、孙、李百家姓,源远流长,朝鲜族人金、朴、崔、李是大姓,日本人姓土肥、松下、小池、佐藤也自有其特色,但菲律宾人的姓氏就很不一般。菲律宾人的姓氏有的发音很奇特,那是用极度本土的语音拼成的。不过,也有菲人沿用西班牙姓氏,他们可能是西班牙人的后裔,据说也有人本无姓氏,看着西班牙主子有名有姓,便跟着姓。美国人也没白白来统治,所以也能看到许多菲人拥有美式姓名。

　　游走于菲国街道,发现有很多街道名 TUAZON。当人们告诉你他就住在 TUAZON,哪条 TUAZON 呢?光是大马尼拉区里举目可见的 TUAZON 就有 D. TUAZON、P. TUAZON、G. TUAZON……那些街道名称往往是名人、英雄、政客的姓名,至于一般老百姓也一样,什么 TUAZON、DIZON、SAMSON、SISON、GOZON、LOCSON 的,让初抵千岛的人觉得既可爱又好笑。

　　当提出这个疑问时,吾家户长说快乐的菲律宾人没那么多名堂,所以根本没姓氏,他们看到早期来吕宋谋生的华人都有名有姓,很是羡慕,也要求给个姓,到底是不是想扬名立万,那就不晓得了。那些早年渡海来菲的老华侨,有着强烈的中国意识,加上中国传统有喜欢做"大"的习惯,打赌输者得叫人"爹",特别喜欢收儿子,当人家的老子。当碰上憨厚的菲律宾人想要有个姓,那太简单了!老子就给你取一个,当老子竟然觉得不过瘾,当他爷爷吧!所以老百姓一字排开,赐姓仪式开始,大孙、二孙、三孙、四孙、五孙、六孙!于是乎菲律宾就有了这些按闽南话发音的姓氏:TUAZON、DIZON、SAMSON、SISON、GOZON、LOCSON。不会吧!这姓氏的故事是吾家户长哄我瞎编的吗?我没认真考究,可是老一辈华人持这种说法的倒是不乏其人。

　　有一天,驱车外出,跨桥越过贯穿马尼拉的巴示河,红灯当道亮起,缓缓停下车来,等待交通信号灯的指示,就在那一刻间,看到侧立在红绿灯旁的路牌,上面大字书写着"GUAZON AVE."。什么?GUAZON!揉眼再看,丝毫不差,GUAZON!那可是闽南话的"外孙"!华人的儿孙从大孙到六孙尚且不够,这下子连外孙也得上街凑热闹。

🌴 作品赏析

　　文章主要讲了菲律宾取名文化。菲律宾文化吸收了西班牙、美国、中国、印度等多国的语言文化,多元而精彩。具体到取名上,就形成了菲律宾多种多样的姓氏和名字。

　　文章趣味横生,从菲律宾的当地文化入手,考察其文化源头,分析其多元文化的流变，并以姓名、路牌举例说明，贴近日常生活。

本文行文流畅，脉络清晰，辅以各类生活化的事例，妙趣横生，如菲律宾文化般丰富精彩。

（张清媛）

东　晓

许东晓,笔名东晓,1966 年 7 月 22 日出生,祖籍中国福建晋江。作品以散文、新诗为主。曾主编新潮文艺社青年副刊《这一代》,校友会刊物《沪江潮》,菲律宾华文作家协会月刊《薪传》等。曾任菲律宾新潮文艺社社长,现任中国侨联海外委员、中国华侨国际文化交流促进会副会长、菲律宾华文作家协会副会长等。其散文《笑的海洋》、新诗《南北桥》、报告文学《风雨王彬街》等作品多次在比赛中获得奖项,微型小说《救火》入选《2004 年全球华人文学作品精选》。

归

表伯跟旅游探亲团来菲,他无心游览千岛的热带风光,也无意访亲探友,看他心情沉重,原来他是专程来菲"拾墓","拾"他父亲的墓。

表伯的父亲在菲去世整整三十四年了,安葬于"华侨义山",因多年没有人去扫墓,葬在义山的什么角落,没人知道。听说华侨善举公所每年都要清除一些没人认领的坟墓,表伯更是忧心忡忡。幸好经过朋友的奔走,在义山的"名册"中找到了他父亲坟墓的位置。择日、挖墓、火化、入盒,总算了却了表伯他们兄弟俩的一片心愿。不日表伯将亲捧骨灰回归中国,让他父亲魂归故里、落叶归根。

表伯的父亲幼年来菲,少年时回乡娶妻,战前多次返乡,终不幸客死菲岛,妻儿都一直留在家乡。他们的历程像许许多多的老一辈华侨一样,他们的"吕宋梦"就是一部充满辛酸、奋斗、血泪的"番客史"!

几十年后的今天,为了让这部"番客史"有个完满的结局,"叶落归根"这一中国人根深蒂固的传统思想敦促中国人把在外的亲人带回家,哪怕带回的是骨灰。子女的孝心，只有这个完美的句号才足以自慰！

　　明天表伯就将带他父亲的骨灰回乡了，我到来来酒店和他话别，却遇到了一个用同一方式"回乡"的人。这不是一个久居菲岛的华人即将回乡，而是一个出生在菲律宾的"出世仔"，回到他的"乌篮血迹"。他和表伯同来菲，为的是探望几十年不见的亲人。

　　他，出生在菲律宾马仁俞计的刘先生，父亲是"咱人"，母亲是"番仔婆"，八岁的时候他父亲带他到唐山认祖归宗，接受中华文化的熏陶，他父亲不幸病逝故里，幼年的刘先生一把鼻涕一把泪，漂萍流浪，最后在唐山结婚、生子、工作，总算安居乐业。几十年来和菲律宾的亲人可以说是音信杳然，断绝来往，直到前几年他的妹妹才在同乡的口中找到了他。刘先生的"打家乐"语已忘得一干二净，不过他还记得小时候的菲名是"道若"。

　　阔别了菲岛四十多年，刘先生可以说是悲喜交集，万分感慨，他年迈的母亲见到他时，也许太过激动，当场昏迷不省人事，两分钟后才救活过来，他的两个亲哥哥、亲妹妹都相见不相识，连语言沟通都有困难，还好他哥哥接受过华文教育，懂得讲点闽南话，不然母子相见真的要比手画脚了。

　　在酒店遇到刘先生时，就一直觉得他的外貌有点像"番仔"，皮肤黝黑，说话坦诚、直率，十足菲律宾人的性格。他告诉我，他告别他母亲的时候，用菲律宾人的礼节在他母亲的面颊上轻轻吻了一下，他们不禁都热泪盈眶，感情不能自已。是悲是喜，他自己也说不清楚，终归是亲情吧！

　　明天表伯将带着他父亲的骨灰回乡，入土为安，也算是完成了老一辈旅外华人落叶归根的情结。刘先生也将告别他的亲生母亲、兄妹，回中国，回到他妻儿的身边。刘先生虽然出生在菲律宾，却长在中国，"家"在他父亲的家乡，而他自己的"乡"却到底在哪里呢？

　　我深深地思索着……

🌴 作品赏析

　　《归》是一篇叙事散文，以叙事为主，讲述了两家人关于回归故乡、叶落归根的故事，一个是"表伯"的父亲，远离故乡独自漂泊在菲律宾，在菲去世，身葬义山，而"表伯"正是为了将他父亲的遗骨带回故乡，以"叶落归根"；另一个则是生在菲律宾但生活在中国的刘先生，同样地回归出生地看望母亲，但已然忘记乡音,和母亲、兄弟姐妹沟通都存在困难,他的"家"已经安置在了中国父亲的出生地、父亲的家乡,但让他疑惑的是,他自己的出生地和他父亲的出生地到底哪个是他的故乡呢?

《归》这篇散文,全文围绕着"归乡"这个主题,从两种不同的人身上彰显出来的关于"归乡"的不同故事,引出现如今在外的第二代华裔关于"故乡"这个意向的矛盾与疑惑。《归》从两个故事讲出了"乡"这个意象的意义,第一个是"表伯"家的故事,叙述了第一代华侨及其家人对他们"魂归故里""叶落归根"的执着,流浪在外的游子,对自己的出生地总是有着无比的眷恋,"表伯的父亲"孤身一人在菲律宾奋斗,最终在菲律宾去世,但他的家、他的乡、他的根都在中国,因而在老一辈华侨的"番客史"中,"叶落归根"变成了这段"番客史"最完美的句号。由此也引出了第二个故事,出生在菲律宾的刘先生,刘先生少年跟随归乡的父亲回到父亲的出生地,又出于种种原因留在了父亲的故乡生活、成家,相应地,刘先生也远离了自己的出生地,在几十年后再回出生地菲律宾,却忘记了出生地的语言,和母亲、兄弟姐妹连语言沟通都非常困难。"表伯的父亲"和刘先生这样两个人形成鲜明的对比,老一辈华侨的归乡,与新一辈华裔的归乡,同样是回到自己的出生地,却又因为出生地的不同而产生不一样的故事和困扰。凸显了现如今华侨对故乡拥有的眷念和依恋,以及对亲情的渴望,提出了何处是"乡"的疑问,是父亲的出生地,还是自己的出生地,还是亲情所在的地方?

《归》这篇散文使用了非常多的方言,如"乌篮血迹""出世仔""番仔婆"等,具有很强的地域特色。围绕着"归乡"讲述了"乡"对于华侨的不同意义以及华侨对于"乡"的看重,最后用"深深的思索"结尾,言有尽而意无穷,引发人关于"何为乡"的深刻思索,意义深刻,发人深思。

(于　悦)

心　受

心受,原名洪美琴,汉族,菲藉,祖籍中国福建南安,1973
年3月出生,中文教师,菲律宾《世界日报》文艺副刊《青青草
地》专栏作家,东南亚华文诗人笔会理事,菲律宾作家协会南
部主任,菲律宾《世界日报》文艺副刊网络编辑,作品多数发表
在菲律宾《世界日报》文艺副刊、东南亚华文诗人笔会网、寻声
诗社网。

缅甸,一个浪漫的地方

去年11月,有幸再次踏上了缅甸,这个奇幻的浪漫地方。四年前去缅甸
的经历还历历在目,爬蒲甘佛寺看夕阳,走乌木桥祈祷爱情,这是我最难忘
的经历。

四年后的今天,又再次踏上了缅甸,一开始的感觉是累的,试想,我得从
菲律宾南岛坐两小时的飞机到马尼拉,再从马尼拉坐四小时的飞机到新加
坡,在新加坡过一夜,隔天早晨再从新加坡飞仰光,开会的地点是在曼德勒,
还得在机场等上七八个小时,加上时差的关系,再另加一个半小时,飞到曼
德勒已将近就寝的时间,累啊!

但是,一趟旅途下来,我觉得还是值得的。

这次去缅甸,最令我惊讶的就是云华师范学院,它拥有一千名华人学
生,以传承中国文化为目的,为缅甸各地培训华文老师。这使我这个在菲律
宾土生土长,又在菲参与华文教育的人羡慕不已。菲律宾一直处在缺乏华
文教师的状态中,以至于不得不雇用一些当地毕业出来、只有半桶水中文的
人当老师,或高价聘请中国的老师。要是菲律宾能像缅甸云华师范学院那
般培育出一群水平较高的华文老师,那该有多好啊! 步入云华师范学院,让

人有如身在中国,看到、听到学校老师与学生之间均用华文在交谈,甚至学生与学生之间也都是以华文在交谈,令人倍感亲切。每每想到在菲律宾与学生说一句华文还得用英文解释一遍,就感到菲律宾华文教育的失败。

我喜欢缅甸,喜欢曼德勒,喜欢蒲甘,这些名字一听就觉得浪漫。而缅甸,也的确是一个浪漫的国家,踏上缅甸,一切的浪漫都将会奇迹般地发生。浪漫,是那一种感觉,不是说你一定要遇到某个人,发生某些事。

曼德勒古城的那座古老的乌木桥,相传只要走过桥头便可遇上"真命天子",我已经是个已婚的人,所以没必要去寻找浪漫,因此两次,我都只是坐在桥头,看着人来人往,看着太阳西下,看着桥头上卖东西的人儿与客人们在讨价还价,偶尔我也会参与其中,与当地人聊聊家常。缅甸人很和善,不管你买还是不买,他们的态度都是同样的和蔼可亲。抱一个相机,就能在桥上坐上一天,在那里,有拍不完的东西,不管是拍人还是拍景,拍当地人还是拍外国人,都同样有情调。尤其是夕阳与扁舟,简直美得像画。

缅甸仰光大金塔,可说是金碧辉煌,这里供奉了四位佛陀的遗物,包括拘留孙佛的手杖,正等觉金寂佛的净水法器,迦叶佛的僧袍,还有佛祖释迦牟尼的八根头发……关于这八根头发,还有这么一个传说:传说释迦牟尼成佛后,为报答缅人曾赠蜜糕为食而回赠了八根头发,而这对遇见佛祖的商人兄弟收到了佛祖的八根头发,准备送到佛寺供奉。当这八根佛祖头发被人从兄弟两人的金匣子里取出供奉时,有些不可思议的事发生了:从发丝散发出来的光穿透天(堂)地(狱),使盲的能见,聋的能听,哑的能说清楚;而且天降旱雷,地动山摇,连须弥山也受到影响,宝石像雨般从天而降,地上积起的宝石深度达至膝下而止;喜马拉雅山上的树,即使不在开花的季节中也纷纷开花结果了。

我赤脚走在大金塔的旁边,有种心灵的平静,仿佛所犯的过错,都已得到了赦免。在大金塔上,我遇到了一只猫,赶忙手持相机整个人趴在地上,想给它来个特写。结果这只佛寺中的猫,被我贴上网络,引来了不少诗人为它题诗。

缅甸女士喜欢在脸上涂抹一种叫"特纳卡"的粉,这种黄粉来自黄香楝树,用这种树干研磨出来的黄香楝粉,有防晒的作用,还防蚊虫叮咬,起到消炎、清凉、止痛、止痒的作用。我们一群人,不管是男是女,为了入乡随俗一下,都纷纷涂上"特纳卡",拍照留念。这粉涂在脸上有种冰冰凉凉的感觉。

大家又纷纷买了一点回家留作纪念,也真的只能是纪念,相信很少人回去后会去用它,因地方风俗的不同,会被当成怪物来看。上一次去缅甸我买了一盒现成磨好的粉,这次却买了一根木干,因为石磨太重没买,因此这木干就成了我家的装饰品。

缅甸人生活简单朴素,感觉他们也很容易满足,可能是信佛的关系,人也和善。就连街道上的乞丐都没有流露出一点念娄的表情。穿着橘红色袈裟的出家人,随处可见,他们手持黑色钵盂,排成一排,走在大街上,很是引人注目。尤其是游客,总是拿着相机追赶着拍照。

好像提到了很多次拍照,因为一想到缅甸,总是让人忍不住想到拍照,例如蒲甘佛寺,就是一处不得不拍照的地方,而且不能只用手机或是傻瓜相机,那简直是对美的一种侮辱。我们风尘仆仆地坐着巴士,来到了蒲甘,那儿经历过战争、地震还留下来的三千多座佛塔,给人的感觉真是惊艳,它们静静地对我们诉说着历史痕迹。我们一步一步爬上了无比斜的高塔,手扶铁杆,步步惊心,我直把眼神往上看,一点都不敢向下望。一层一层地爬到了最后两层,最后那层再怎样也不敢上了,坐在塔上等待着夕阳西下,那种景色,那种感觉,从来都不曾有过。观望着眼前的一片佛塔,自觉到本身的渺小。人生路还长,还需多努力。从塔上再一步一步地往下走,建议背着下,保持上去的那种姿势,不然怕是脚会抖,头会晕。我说的是我自己。但是如果有机会再去,有机会再爬一次,我还是愿意的。

🌴 作品赏析

作者两度去了缅甸——一个奇幻的浪漫地方,这次去缅甸,最令作者惊讶的就是云华师范学院,它拥有一千名华人学生,以传承中国文化为目的,为缅甸各地培训华文老师。这使作者这个在菲律宾土生土长,又在菲参与华文教育的人羡慕不已。作者喜欢缅甸,喜欢曼德勒,喜欢蒲甘,这些名字一听就觉得浪漫。曼德勒古城的那座古老的乌木桥,相传只要走过桥头便可遇上真命天子,那里的人很和善。走到仰光大金塔,金碧辉煌,走在大金塔的旁边,有种心灵的平静,仿佛所犯的过错,都已得到了赦免。缅甸人生活简单朴素,感觉他们也很容易满足,可能是信佛的关系,人也和善。就连街道上的乞丐都没有流露出一点贪娄的表情。来到了蒲甘,那经历过战争、地震还留下来的三千多座佛塔,给人的感觉真是惊艳,它们静静地诉说着历史痕迹。

作者这篇文章描写浪漫的缅甸,描写缅甸的景色时多次使用比喻、拟人等修辞手法,如"从发丝散发出来的光穿透天(堂)地(狱),使盲的能见,聋的能听,哑的能说清楚;而且天降旱雷,地动山摇,连须弥山也受到影响,宝石像雨般从天而降,地上积起的宝石深度达至膝下而止;在喜马拉雅山上的树,即使不在开花的季节中也纷纷开花结果了"。对传说的描写生动形象,吸引读者的眼球。本文对缅甸景色的描写细腻,给人以画面感。作者在描写完景色后还表达了对缅甸优美环境的喜欢、欣赏,面对高高的佛塔,作者感叹道:"观望着眼前的一片佛塔,自觉到本身的渺小。人生路还长,还需多努力。"

本篇文章是一篇描写景色的散文,作者对缅甸的景色描写得栩栩如生,给读者一种画面感,让人有一种身临其境的感觉。面对如此优美的环境,作者还发出了感叹,在如此美妙的环境里,人仿佛变得很渺小,所以在未来很长的人生道路上我们还需要更加努力。

(李翠翠)

文莱卷

张银启

张银启（海庭、荣煦），1940年生于文莱，祖籍中国广东揭阳。20世纪70年代与友人合作，借助报刊创办《油城文艺》副刊园地，任编者；曾任职于文莱华文作家协会，借助报刊创办《汶华文艺》副刊园地，任主编，是文莱华文作家协会和东南亚华文诗人笔会创会理事。曾出版著作《海庭短诗选（中英对照)》《汶华文学 痕迹窥探》《乡土的芬芳 今生醉过》，曾出版合集《破雾的跫音》《汶华荟萃》《南方的火花》《展翅启飞》。

儿童相见不相识 劝君莫打枝头鸟

少小离家老大回，
乡音无改鬓毛衰。
儿童相见不相识，
笑问客从何处来。
　　　　——《回乡偶书》贺知章

一 要死在家乡

我家就在文莱诗里亚一个华人村，左边几十尺遥有条横马路，路另一边是友族村，华人村中有友族家庭，友族村中亦穿插有华人家庭，几十年来，家家户户融洽交往，和平共处。

家左邻，是家菜鱼家庭，大小早出晚归，生活小康。有位长者年已七十八，每天形单影只地徒步走到"巴杀"菜鱼市场，捡头捡尾，手提一个小铁皮桶又走回家,在家从没空闲下来过,这动动那敲敲,数十年如一日。身体强壮,精神饱满,但总是沉默寡言,似有许多心事,可坚持每日早起,见他冥冥中有个方向和目标,满满地充实着他的希望精神,有回竟自搬来木梯爬上屋顶补漏,被他大儿子看到责骂下来。

那个年代,文莱与中国还未建交,很多老华裔很想回一趟唐山探亲,却很难申请到准证。

老年者年轻力壮时,以为那时一走短时间可回家,谁知一去一辈子光阴。残酷现实梦碎心肠断,还好一息尚存,坚强意志下的小小心愿是生存下去的唯一动力。

思乡之情撕扯着他们的肉心,像他们早期走出中国到南洋的心情,汹涌澎湃,深藏心里,无人能明白那是何等疼痛凄凉!

等到文莱与中国建交后,左邻长者申请准证回唐山,不愿再回南洋,不久传来他在中国家乡仙逝的消息,留下老伴孤单一人在南洋。

二 要葬在家乡

诗里亚,有个咖啡店老板,创业几十年买下了店屋。平时总是少言寡欢,问一句答一句,似满怀心事,城府之深令人捉摸不透。

喝着浓郁咖啡看着店老板站在自家店门口往外凝视,往往也会引起我的无限遐思,遨游苍天去寻找别人的答案。

好久好久,不再到那间熟悉的咖啡店,悠游漂泊在城乡之间一段时间后,突然有天传来该咖啡店老板与世长辞的消息。死后他要其后辈把他带回中国,在他家乡入土为安。

三 两种死一样心情

为何两位长者心境一样,默默地、孤独地隐藏着多少辛酸苦辣血泪而不吐?绝非生活在后天好环境下的晚辈所能完全理解的。

四 亲情的寻找

另一位老者与家人离散了。何时何地如何失去联络,不知道。长年寄居诗里亚老人院,度其孤苦伶仃无人知的晚年(没人知道他是否结过婚生过孩子。住院老人背后故事少人知),静静地、孤独地对着红红的夕阳望穿秋水。有悲叹过吗?从其脸上数不清的皱纹上似又看到其背后的沧桑。突然有天,说他在中国的孩子经过渠道,千辛万苦在诗里亚老人院找到他了。热心人士协助安排父子骨肉团圆回中国去。

以上赚人热泪的真故事,不知何时能打上句号? 真的结束了又代表什么? 过去了就过去了。

谁道群生性命微?
一般骨肉一般皮。
劝君莫打枝头鸟,
子在巢中望母归。
——《鸟》(白居易)

由此联想,非多愁善感。天地万物,何不因爱而生,而活,而有生机。自称万物之灵的人,又怎落到如此堪怜之地?

五 突来的问题

有机会借助亚细安华文文艺营中国湖南长沙行,我来到了中国。第一站广州(统一集中点)。除酒店外(因非典不敢乱跑动),第一个去的地方是广州北京路,到北京路主要是看书店,真的去看了那里的所有书店,当然买了好些书。

那些书店里的书,琳琅满目,非常丰富,且价廉物美。突然我有个想法。看了那么多书店,却没发现亚细安国家作家的著作,偶有亚细安国家的旅游手册,仅此而已。我想要是其中有一个亚细安国家的华文作家著作的“专格”摆列展销,那该多好(虽然我还没有著作),也许对亚细安国家的华文作家起一种鼓励带头作用。

亚细安华文文学,日本华文文学,韩国华文文学,还有大洋洲、非洲、欧洲、北美洲、南美洲华文文学,都是一体的。它们与中国文学的关系如子与母的关系,但子已远离,分布很广寻找新生活,与其生活的地方产生了密切关系,虽全是以华文文字书写,但别具特色,其独特之处和精神面貌,是母体所无的。这点有其不同凡响的价值。随着全球化的到来,母体人也开始研究母体以外的华文文学,特别是东协(亚细安)国家的华文文学,往往因为没有足够的资料,写出的论文与事实有很大的出入。当然,这可能是母体与离体孩子日久生疏,甚至陌生所致。

离开母体的孩子在外生枝散叶,繁衍开去自成一格。孩子走出母体,分散进入的土地是属于该地少数族群,可是喝母奶长大,亲情如故剪不断。母体那里有情稍微伸手触动也是常情,孩子高兴也是希望。所以在湖南省毛泽东文学院会议室中"亚细安华文文艺营"与湖南作家举行的座谈会上,我会提出自己的那个看法,如果能够在中国地方书店中,设有一"格"专摆卖亚细安各国华文作家的文学著作,对亚细安各国的华文作家是种很大的激励和推荐。你帮助了别人,别人也帮助了你。

现实是,亚细安的华文文学著作在亚细安市场有限,加以华文日渐边缘化,"门前冷落鞍马稀"。只有傻瓜敢尝试出版华文书。前景堪忧。

这也是在广州北京路看书店时灵光一闪的想法,可能角度不全。

六 谁想到这个问题

我真没有想过,在广州北京路,一间又一间地看书店,最后那个想法突然在脑海中出现,感觉有点心酸。我不知道,亚细安华文作家是否会有此想法。我走出书店站在门口,看着人流如水的北京路,不知道为什么那一阵子,心灵是那么脆弱,你看那里书店的书比我们亚细安国家的要丰富得多。

回文莱途中在新加坡过一夜,有机会到酒店附近的书城巡书,转了圈,没丁点特别感触。

越离越远越疏!

安返文莱数日来,那个问题竟像魔鬼紧紧地缠绕在脑海,唯有把它写出来。

七 有问题有办法

全球化来势汹汹,冲歪每个人的脑袋,凡开书店的老板都是那么市侩并且短视吗?会有远见者尝试在偌大书店里,开设"专格"售卖亚细安华文作家作品吧,只九牛一毛之力,可能就会影响亚细安的华文作家。

分布在亚细安的各国华裔有三千多万人,在近一个世纪的生活长河里,有许多丰富的文化资源共享,这些金钱能够买到?

八 十加一

东盟(东协,亚细安)十加一(中国),彼此之间关系紧密,何不合作发展?一来中国出书费用,目前来说比他国便宜(从卖价可了解一二),二来中国发行网比他国广(地大,十四亿人口),三来阅读风气好,购买力强,(市场开放,教育水平高),这些都是海外市场比不上的。这对本是同根生的海外华文作家不无裨益,对整个中华文化推广发展也有一定作用和帮助。

许是说梦话。

九　叶落归根,落地生根

中国四十多年的开放发展,影响颇广颇深,海外华人沾光不少。这些海外华人,离开龙的家乡已几十年,甚至一个世纪。沧海桑田,世界已变。

藕断丝连,可丝已断,找不到那条断丝的接口。人生到此,最后心愿不能圆,是残忍痛苦的事。

文莱中国大使馆王秘书交给我一份中国亲人寻人启事函(那是1907年发生在文莱淡布隆县邦加镇的事),我拿了该函复印多份交给报馆记者和相关社团,再传真给淡布隆培育小学,亦直接向数位朋友打探,都没好消息,后便把该函别在板上。十多天的中国湖南行后回文莱,三心二意,把该信取下撕成四片(本想撕碎)丢进纸篓里,当写此文时,又从纸篓里找出来以胶纸粘回原状。为此想到淡布隆县走一回,尝试找出信中人要找的人的消息。

一天,乘四十五分钟水程快艇到淡布隆县邦加镇,拜访当地华人领袖,得到的回应都已近百年光阴,老一辈已不在,很多事情已记不清,虽指点几个方向,到头来都没有结果。

人生是本厚厚的无字天书,生离死别,任你怎样读,读不尽,读不懂,读不完。也许有人怀疑为什么把几件发生过的事情拉在一起,我想这些都是有关联的,全在一个大旋涡里,不管你怎样去想。

🌴 作品赏析

张海庭的《儿童相见不相识 劝君莫打枝头鸟》是一篇文化散文,文章讲述了三个故事,表达了客居他乡的华侨对故国故乡的思念和叶落归根的执着,以及海外华人对延续与传承中华文化的思考与渴望。

文章开篇讲述了两个华侨老人归国心切和无奈客死他乡的故事,几乎让读者泪目,少小离家老大回,子在巢中望母归,深藏心底的思乡之情,无人能明了,归乡之梦碎于残酷现实,如作者所言"是何等疼痛凄凉!"作者借由中国之行,对中国书店内未摆放亚细安华文作家著作一事产生了一系列思考:一是华文作家的写作反映新生活、新文化,因此独特出众,呼吁重视华文作家和华文文学;二是建议通过购置和售卖华文作家的著作给予华文作家以极大的认可和激励，而不能仅因为图书市场经济而阻断了海外华文发展的道路；三是应抓住全球化的机遇，加强合作，进一步发展海外华文文学市场，以华文图书市场的发展来促进中华文化的延续、传承和推广。

作者在文中分别引用了贺知章的《回乡偶书》和白居易的《鸟》，用意深刻，并结合前两个故事表达了离乡华人华侨对故国的思念之情，纵使沧海桑田，仍旧藕断丝连，心中永怀剪不断的家国情怀和同胞情怀。同时，作者通过对华文著作的发展困境的忧虑，进一步考量了海外华人作家的发展与中华文化的延续。文化的基因并不会因为身处他国异乡而转移，这是作者强调的，也是值得我们深思的。

（孔舒仪）

孙德安

孙德安,笔名哨卒、水上草,祖籍中国福建厦门,1942 年 11 月出生在文莱。现任文莱华文作家协会会长、东南亚华文诗人笔会会长、亚华华文作家协会会长、世界华文作家协会副会长、世界华文微型小说研讨会副会长、亚细安华文文艺营文莱负责人、文莱中华中学董事副秘书、文莱中国友好协会理事等。作品有《千年一顾,百年一得》《文莱河上图》《诗歌行——有你真好》,主编《名人笔下——和平之乡》。

疯 狂 在 文 莱 买 华 文 书

今日下午我不知吃错什么药,一下子乱买了很多书。

事缘今日是年初二,订阅的报纸休假两天(无报),我便到百货市场找读物(华文报),结果令人失望,书架上皆是英文报。

连宣称"天天有报"的报纸,也不见踪影。相信报社天天辛勤出版,这厢送报员却悠闲休憩,你有你的天天精神,我有我的休假理由,正所谓"山高皇帝远"。

步出百货市场,门前有一流动古董摊,占地长二三十尺,杂有一些书籍,是我喜欢浏览的地方。上次买了一本曾仕强教授的《易经与人生》,才六元人民币,合心合意,定价人民币 28.80 元。

"坐下来,慢慢选。"老板客气地说。

我坐了下来,问道:"生意好吗?"

"卖书难做。"

"是的,卖书难做,本地华人很少,看书的更少。"

"我喜欢阅读,所以以兴趣为乐。"

"喜欢看书的人,经常买不起很多书。"

"我的书很便宜。"

"很少人买吧?"我问。

"有一人,见到我的书摊,高兴得不得了,拿了两箱,回家再选。"他愉悦地述说。文莱不是没有书店,只是时代变了,书店难得有华文书籍。难怪读书人见了华文书摊会惊为天降,一箱一箱买。

"每本 5 元,不论厚薄。"老板在我耳边轻轻说。

我刚在美里买了一本龙应台的《大江大海 1949》,马币 57 元,在此能买四五本。

一听之下,我像着了迷,疯狂选取。

厚厚的《黄帝内经全集》共 798 页,定价人民币 68 元,现廉售 5 元,怎不令我心动?

著名的《百家讲坛》主讲人马未都先生的《马未都说收藏》(共 560 页)及新书《两宋风云》(2009 年 12 月出版)。

王蒙在北京电视台大讲堂讲的《老子十八讲》,2009 年 11 月出版。

内蒙古人民出版社的《三分做事七分做人》《再苦也要笑一笑》《生气不如争气》。

《心宽一寸,受益三分》《人生如棋,棋如人生》。

不管是《古玩收藏指南》《古钱币品鉴与收藏》,还是《人体自有大药》,照样选取。

自己已有的,但精装本如唐诗、宋词、元曲、四书五经,照买,新版的《西游记》《红楼梦》《史记》也不放过。

本来精装本不想购买,但一套 4 本,定价人民币 198 元,现半价出售,不买可惜。

在得意忘形之际,总共选得 88 本,付钱时才感到惊讶,要这么多钱!但觉得值得,看到几本自己心爱的书,更觉得愉快。

🌴 作品赏析

《疯狂在文莱买华文书》讲述了作者在年初二买书的经历。作者本是希望可以到百货市场找中文读物,没想到全是英文,很是失望,但没想到走出市场后,看到古董摊居然有些华文书籍,而且非常便宜,老板还热情地跟作者讲起其他人买书的经历,听得作者像是着了迷,开始疯狂选取,最后开心地买了一堆书回去。

本文作者的写作手法轻松活泼,让读者读起来也觉得豁然开朗。不难看出作者很喜爱华文书籍,看到这么多好书,又这么便宜,自然会忍不住,所以就有了疯狂在文莱买华文书的经历。

对于爱书的人来说,收藏书籍是非常快乐的一件事,特别是淘到了好书,作者最后总共选了88本书,是有点疯狂,估计作者也被自己吓到了,但依然是愉悦的。

(张瑞坤)

沈仁祥

沈仁祥,1951年2月生,祖籍中国广东潮州。任中国吉林省少儿书画协会常务理事、广西民族大学东盟学院文莱研究中心研究顾问、九汀中华学校校务顾问,曾任中小学校长、教师数十年。任《汶华荟萃》主编,是《华和刘锦国的奋斗故事》的作者。作品曾发表于新加坡《南洋商报》。曾获微型小说奖、论文奖、新闻写作奖、亚细安文莱文学奖,诗歌作品也在加拿大被编曲演出。获"华教终身成就奖"称号,也曾于北京人民大会堂发言。

我 眼 中 的 中 国

孩提时,中国在爸爸口中的故乡里。那是爷爷叶落归根的山庄,辉煌宏大。爸爸口中的中国,是他熟悉的故土、温热的血缘,也是遥不可及的天涯一方。

小学时,中国是摇着头晃着脑吟诵的唐诗宋词,还有老乡长辈们的瑶琴、二胡和黑胶唱片中的咿咿呀呀的青衣花旦。稚嫩童音里,中国是床前明月光的云深不知处,春眠不觉晓的处处啼鸟儿飞入寻常百姓家,更是后来少年不识愁滋味地寻寻觅觅那一江春水东流的雕栏玉砌。懵懂的岁月,中国是《论语》章句、《孟子》篇章、归有光如盖大树、欧阳修阡表的期待、《出师表》《陈情表》的荡气回肠纵横挥泪,中国是浮想联翩江南草长的诗情画意,又似乎只在此山中。

中学以后,中国竟然是数学老师的道可道又不可道、名可名却不可名,英语老师的非鱼非我、白马非马。那时的中国,是历史老师滔滔不绝口沫横飞的秦皇汉武唐宗宋祖,还有那厉兵秣马衔枚枕戈、荒漠戈壁飞沙穿金甲的八千里路云和月;是地理老师粉板上红白黑黄贯穿东西南北山岭的江河铁路、云雨气候林矿孕育的大地。眼镜片中的中国,是课桌下偷偷翻阅、课后长夜不寐废寝忘食的东周列国隋唐英烈三国水浒杨将岳军。中国是煊赫、是恢宏、是绵长,中国在连篇累牍的章回里,在冥想中。

后来啊,中国在湛蓝碧水天海弧线的深奥彼端。中国成为《尚书》《诗经》《礼》《易》《春秋》、楚辞汉赋传奇与注疏、文字音韵训诂加考据,还有那浩如烟海的充栋文牍档案,天工开物玲珑剔透鬼斧神工,这时的中国,广袤而深邃,在历史里,在宇宙中。

再后来,中国已不仅仅是梦魂萦绕的名山大川、人文轨迹。背囊虽匆匆,却可追遍高屋建瓴钟鼎山林的先贤步履,捡拾抖落的清脆笑语、千秋喟叹。目不暇接力图探寻清华园的高论余音、未名湖畔的悠思长喟、漱芳斋里的交错觥筹、颐和园廊的碎步低语、华清池的凝脂却又夹杂着流弹枪响,轰隆的壶口呼啸着千百万年的汹涌。紫禁城天安门印下无数穿梭来回足迹、人民大会堂讲台诵述海外百年游子低吟、钓鱼台十八楼下一瞥鸿爪、皇姑屯边那一声惊梦巨响不住、旧皇城八王风云叱咤未了。黄龙九寨沟、灵隐寒山寺、孤山桥断雪残、都江拜水青山问道、太湖泛舟效陶朱、草堂深处觅诗圣。中华大地,是英雄策马奔腾射雕问鼎逐鹿的棋盘,是贤哲竭智殚虑神游六合冥思的殿堂,更是革故鼎新万亿黎庶勠力同心深耕厚耘的安身立命地。改革潮涌波澜壮阔舒长卷声震遐迩,开放风劲云水翻腾起苍穹风雷激荡。放眼江山如此多娇,多情也笑老残步履倥偬。

中国,这时不只在眼中,更在口中,在笔记、电脑、幻灯影片中,满盈在迥然不同满口拼音文字的莘莘学子耳中;锦绣中华、文明古国、璀璨文化、历史渊源、伦常价值,强灌耳际。因传媒、因网络、因交通,中国也从他们眼中的海市蜃楼蜕变成经济大国、产业巨人、世界工厂、外汇磁场、体坛巨擘。嫦娥不必偷灵药,也能长征碧海青天登上玉宇琼楼。

时空交错,秦皇汉武唐元明清盛世溢然,今朝 G20 龙虎续盘踞,熙熙攘攘寰宇再显华夏和风。

✿ 作品赏析

文章按照时间顺序,从孩提、小学、中学、后来、再后来几个方面出发来描绘作者眼中的中国,几个时间节点不仅是作者的成长状态,更是中国的发展状态。在时间的旅程中,作家将自己对中国的款款深情倾泻而出。

本文的语言之美让人不禁联系起余光中的《乡愁》,语言雅致,诗意盎然。大量地化用了传统诗句,如"春眠不觉晓的处处啼鸟儿飞入寻常百姓家,更是后来少年不识愁滋味地寻寻觅觅那一江春水东流的雕栏玉砌"一句便化用了七句诗词。

本文气势磅礴,情感真挚,带着故乡的记忆,涵泳在中国古典文学之中,又流露出对中国缠绵的情感,令人动容。

(张清媛)

越南卷

陈国正

陈国正，祖籍中国广东高要，1945年出生于越南永隆省，高中时已和文学定情。1966年曾任《水之湄》《湄风》文2刊编辑。1967年出版个人散文集《秋讯之外》。1999年任《越华文学艺术》特刊执行编辑，直到2007年因经费停刊。其间，2000年主编《越华散文选》，2006年主编《西贡河上的诗叶》诗选。2008年《越南华文文学》季刊创刊，任副主编兼执行编辑至今。2011年出版个人诗集《梦的碎片》，2015年出版个人诗和散文集。

笑语声中

每步入校门，泛滥着的笑语声就从间间课室溢出，似乎想把这个浊浊尘世洗刷一番，有时，我也想放怀沐在这笑语声中走回从前，任意童真的一刻。

对着这一张张脸，稚嫩纯洁可爱，不由想到我问道"颍川华文中心"三年来的漫漫岁月，其中包含了喜悦、欢乐、苦闷以及其他种种滋味。

三年，蓦然回首，我已走过一千多个日子，在这个小天地里生活着，致力负起传承民族文化之责，直到今天，我也无法整理好乱七八糟的情绪，尤其与友侪间相处的感情，沉淀后又一再起伏。我会永远感恩曾经力助我越过一切的人，连同某些曾对我暗放冷箭着意毁谤的人，我认为，如果人生不遭受过种种考验就不会磨炼出坚强的意志，正如剑要经过磨砺才显露锋芒。毕竟我已顿悟，也懂得分析哪张是推销笑容的脸，哪一张会随气候变色。

虽然当今社会的人大多功利，巧取豪夺，自我膨胀，或者摇尾乞怜地谋出位，但人不能只物质为追求生活就急功近利地拍卖自己，其实对生命的理想、价值、意义的多层次追求才是生活的目标，尤其我们是任重道远的"人类灵魂的工程师。"

已经中年了,实在没有几多岁月让我恣意,让我一如当年再奢侈挥霍,只是,在这段岁月里,我有所感悟,我想取于社会,用于社会,尽一点绵力而已。

当然,每个人都有自己生活的轨迹,每个人都有自己选择的路,虽然前面的路是无尽延伸的,却有人感到疲倦,收拾鞋印,在萧萧秋风中荒凉,但仍有人正阔步前进,快意北渡,豪放南跨,沿途展现各自风貌,正如一匹马抛出的蹄声,总想找寻到绿野,巍巍山容,洋洋水貌。而我也做一次空间的转移,来到曾经硝烟滚滚的那座名叫永隆的小城。那儿曾经有很多无人修剪的云,一片荒芜,我就一直摸索而来,想重新找到自己所谓美的定位,希望在人生的成绩单上填上满分,重拾骄傲。但人生无奈的事确实太多,或者有人不认同,而我总感觉自己就是这里的一根灯柱,恋恋风尘,偷听风的心事,只在雨中着凉,幸好暴风雨中没有把自己摔倒。站在这里,我不能达到燃烧自己照亮别人那种奉献的绝美境界,究竟我不是一支蜡烛,燃烧自己照亮别人,我只能是一根灯柱,像其他的灯柱。

我只能是一根灯柱,所以我不能像风筝那样随风飞得高高的,我曾经羡慕过,可是一想到线的另一端仍由人牵制,就不敢想象牵制的人一旦收线的后果,所以还是释怀吧,一切只好随缘。其实,世事不能为它外表的美丽所惑,很多事都经过刻意的包装。

在生命延续的历程中,在所走过的道路上,随着岁月,随着环境,在不同的时空,每个人都会乔装扮演多种角色,我只想,欲要正人,必先律己,最重要的是能认清自己,正视自己,正如我们的职责,在这陶冶的烘炉中,身为教师应自问本身的言行素养、教学的理念、教育的态度和学问的水平是否足够为人师表。不能否认,一名优秀的学生可改变他的一生,而一名优秀的教师则可改变千百学生的一生,所以,大家对教与学,都要问心无愧,尤其对精神内涵要感到心安,那才能有笃定的未来,所以我也希望大家都共同努力寻找未来。对莘莘学子,对"颍川"的新面貌,只有众多的精诚,众多的能力才能在明天为它投射新的光芒,发挥新的律动,也只有为我们的小园圃施肥,才能种出繁茂的风景!几树摇曳的杨柳,几声吱吱的鸟声是不能带来春天的。

当!当!当!放学钟声响了,又一阵悦耳的笑语声,我步出校门,仰首,辽阔的天空有一片云彩正悠悠地散步……

作品赏析

《笑语声中》这篇散文属于文化散文。文章的开头作者便用校园生活的普遍性来引入，并且回忆到自己已经在这片清澈的小天地生活了三年的日子。接着作者谈到在这期间面临的种种事宜以及情绪，由于遭受的种种考验，他快速成长且顿悟出明辨事物的特殊能力，他感激这一切。接下来，由校园环境切换到社会环境，作者认为在现如今社会的大环境下大部分人被驱使走向功利的一面，人处中年的他，只想在这样缺乏人文关怀的大环境下为社会尽一份绵薄之力。但同时作者也尊重每一个人的选择，每个人在面对不同的环境时都有不同的生活方向，存在不同的生活轨迹。作者将自己比作"灯柱"，静静聆听平凡日子里的声音就足够。随后作者谈及自己的教师工作，并且提及他认为的在扮演教师角色中应当树立的正确的价值观，即对教学一定要问心无愧，对精神内涵要感到心安。文章最后，作者引用放学的钟声做到首尾呼应。

这篇散文具有非常高的审美价值，作者用词用语十分考究，整篇散文除了有精深的见解、优美的意境，还有清新隽永、质朴无华的文采。尤其是在中间一大段，作者将自己形容为灯柱，也在无形中表达了对自己人生定位的认知，将灯柱与风筝作对比，更是文章的升华部分，作者谈及世事往往不能只看美好的外表与刻意的包装，更多的时候须放弃被人牵制的结果，做到释怀方可做更好的自己。整篇散文语言极度优美，在抒发感情的同时作者做到了清楚地表达自己正确的价值观念，是一篇值得回味的散文。

（王思佳）

燕 子

燕子,本名陈小燕,原籍中国湖北天门,1949 年出生于越南西贡。初中毕业于越南知用学校,曾在报社、旅行社工作,最后应征前辈诗人吴望尧的化工厂,被录取工作于化验室一直至 1979 年。并于同年移居德国至今。

雨天里的小角色

昨天整天阴雨连绵,今天早起,天气晴朗,心情也特别好,就想,午饭吃些什么呢? 到那家新开张不久的美食坊吃台湾菜吧,朱朱也有同样的口味。而且周一至周五,中午有经济小食供应,是地道的台湾菜,厨子是旅德四十多年的老厨师,厨艺好,煎锅贴、卤肉饭、牛肉面、三杯鸡、椒盐虾、雪鱼球炒蒜苗、鱼香茄子等色香味俱全,卖相好的浓味小菜超好吃,还配搭着喷香的泰国长香米,想想也会食指大动啊。而每款菜连一杯饮品才 6.9 欧元,真是超值。虽然店不大,却顾客来来去去,座无虚席。

十一点半出门时,朱朱问我要不要带雨伞,我说不用了吧,大好晴天,今天怎会有雨? 于是走到街头乘坐电车,坐了两站下车,还没走到日本街,天色一下子阴暗下来,雨点毫不客气地沙沙洒下! 我们赶快跑到有遮挡的店门前避雨,应该只是过云雨吧,但雨却没有停歇之意,而我的五脏庙已开始打鼓了,因为我没吃早餐。避雨处恰巧是比萨店,隔着落地玻璃窗,看到里面的食客正捧着一个大大的比萨,就在窗前坐下吃,我的肚子更是不争气地叽里咕噜,在旁的朱朱也听到了,也看到我吞口水的样子,就说我们进这家吃比萨算了,雨不知几时才停! 不! 我是宁可忍饿也不吃这厚皮的比萨的,要不就在这里拐弯处的越南店吃? 不,想起那碗牛肉粉上面可舀起一汤匙肥油与切得又大块又硬的牛肉片,已经没胃口了! 这里一条街都是食店,独独没有可买到雨伞的店。而日本拉面店、寿司店、面包店、咖啡店,一家挨一家,但都不是我们想要去吃的。人的执着与分别心,在吃这方面,已显露无遗。要通过这一寸之喉,口舌之刁,谈何容易! 真佩服那真心修行的僧众。

看街上三三两两的上班族,都撑开小小的缩骨伞,轻快地穿雨而行,享受午休充电的欢乐气氛。一伞一伞,高高低低,花花绿绿,在雨中展出一幕幕生动的诗情画意,羡杀我也。

距美食坊仅百码之遥,就算能拦截到出租车,司机也未必肯载! 少带了一把雨伞,就被困街头了。虎落平阳被犬欺,我却是无伞被雨欺!

好不容易等到雨小了,当绿灯一亮,我们就双手顶着手袋遮住头,赶快过了两道马路的绿灯,一路上,遮遮避避地终于到了美食坊。刚梳洗好的头发,也淋湿了。

所以不要小看一把雨伞,在雨天里,你能说它只是个小角色吗? 无雨的时候,也不要把它抛之脑后啊! 它是把你牵到雨中与雨亲近的小红娘呢! 在最需要的时候,连芝麻绿豆也会成为主角。

🌴 作品赏析

在一个天气晴朗的日子里,作者和朋友想去那家新开张不久的美食坊吃地道的台湾菜,这家台湾菜店虽不大,但是却超值划算,所以一直都座无虚席。出门时,朋友问作者要不要带雨伞,作者说不用了吧,大好晴天,今天怎会有雨? 结果下了车,天色一下就暗下来了,突然下起了雨,作者和朋友便到比萨店躲雨,朋友问作者要不就在附近随便吃点什么,但是附近的这些店都不是作者想吃的,所以当雨小一点的时候作者和朋友双手顶着手袋遮住头,赶快过了两道马路的绿灯,一路上,遮遮避避地终于到了美食坊。最后作者总结出一个道理:"不要小看一把雨伞,在雨天里,你能说它只是个小角色吗? 无雨的时候,也不要把它抛之脑后啊! 它是把你牵到雨中与雨亲近的小红娘呢! 在最需要的时候,连芝麻绿豆也会成为主角。"

作者用发生在自己身上的一个小故事总结出一个道理,不要忽略生活中的任何一件东西,它可能会在不经意之间就成为主角。本篇文章描写得很细腻,对于在下雨天忘记带雨伞导致的一系列的遭遇描写得很生动、有趣,给读者一种欲罢不能的感觉。作者通过生活中的一点点的小事,引发自己的思考，最后从中总结出道理。文章在描写下雨的时候运用了白描的描写手法，如："看街上三三两两的上班族，都撑开小小的缩骨伞，轻快地穿雨而行，享受午休充电的欢乐气氛。一伞一伞，高高低低，花花绿绿，在雨中展出一幕幕生动的诗情画意，羡杀我也。"作者的这段描写为我们描绘了一个画面，在午休时刻，天空下着蒙蒙细雨，路上的行人都打着自己的缩骨伞，而作者却只能在路边避雨，看着来来往往的行人实在是羡慕。这使文章更加生动形象，给读者以画面感。

作者选材来源于生活，通过对生活中的小事的描写，总结出人生的道理。作者以她独特的角度选取生活中的素材，经过语言的加工，让文章有自己要表达的观点，给读者以启示。

（李翠翠）

石 羚

石羚,本名吴远福,1949年出生,原籍中国广西合浦县,中学时期开始投稿于堤岸各华文报刊文艺版,但因战乱,1975年前发表之作品已失存,且停笔至1986年才重新开始写作,即获《解放日报》举办之诗歌比赛奖项,连续获得散文、诗赛奖。作品散见于报纸、文艺杂志等。

从窗子里看麻雀

除了偶尔听到外面机车驶过发出的噪声,在这个正发展、越来越失去空间的市区,目前的工作环境可算是一处宁谧的"乐土",宁谧得甚至可以入禅。这清静并不表示完全的沉寂,教员的讲解啦,学生的朗读啦,唱歌啦,加上几只在操场上飞上飞下的小麻雀,边跳跳蹦蹦边叽叽喳喳个不停,非但不让人觉得烦躁,反而听来有一种说不出的和谐。

记得小时候,家在闹市中的一条小巷内,只因为对户植有一棵小树,所以一到春天,翅膀有巴掌般大的彩蝶就会在门外飞舞。秋天气爽天蓝,蜻蜓满天盘旋,随时轻易捉几只,用细线绑着它的尾巴来玩。麻雀更是不必说了,没有季节之分。那棵越语叫作 cây trúng cá 的树将它们养得肥肥胖胖。不过那时候对麻雀的兴趣,就是偷偷用自制的弹弓练习自己的"神射"(那是犯了一向连养雀也不准的祖母的禁例的)。这些见惯了的一点都不稀奇的小东西,跟着我无知的童年消失得几乎不复记忆,眼下却惹起我"探窥"它们的兴趣——正如它们正对着课室探头探脑一样。

我是透过校务处的一扇窗子来看它们的。

每天看着这些小东西,虽然说所有的麻雀都是同一个样子,但我敢说它们都各自有自己的"面貌",我还根据其"个性"而给每只麻雀起了绰号。就说那只个子比其他大的,常爱站着顾视,俨然是长者,我叫它"家长";一只刚好相反,个子纤细苗条的,虽然走起路来不离蹦跳,但形态居然看来像一个淑女般柔娴,"淑女"这个名字就给了它。有"窈窕淑女",必有"君子好逑",我心想。开始时曾以为其中一只喜欢由这只面前跳到那只身边的就是"君子",后来才发觉这只特别活跃的"老小子"——它的羽色比一般来得灰白,并不"好逑",反而越看越像一个搬弄口舌的家伙!

除了这群操场上的常客,间或还有一群别处飞来的外客,它们多停在校园内唯一的瘦树上,这时候,那只"说话"最多的家伙就更加起劲了,飞上枝头去与每个"客人"寒暄一番后,又飞下来到自己的同伴前晃一晃。奇怪的是:虽经它做了媒介,但这群麻雀从不与原有的混在一起,就算飞下来啄食时,都只在操场的一角罢了。

学生们没有追赶麻雀的行为,人、雀倒也相安无事,而它们同类间却未能好好相处,这才想到:人与人之间又何尝不是互相厮轧呢?

好多时,我不得不深思自己与他人之间的关系了。

🌴 作品赏析

《从窗子里看麻雀》这篇文章属于文化散文,内含深意。作者讲述了在这个发展越来越迅速的城市里,不能再像小时候一样与麻雀玩耍,而是只能在高楼里透过窗户看麻雀的事情。与此同时,通过看麻雀,作者也思考了人与人之间的关系的问题。

《从窗子里看麻雀》从标题来分析的话,根据文意具有两层含义。第一层主要是对比儿时的生活与现在的生活,随着城市的快速发展,高楼大厦的建立,作者已经不能像小时候那样在楼底下和小伙伴们一起与麻雀玩耍,而是只能被关在高楼里透过窗户才能与麻雀进行眼神上的交流,这就是标题所表明的最浅层的含义。第二层则需要通过正文来理解,文中第四段,作者非常具体地描绘了他看到了什么样子的麻雀之间的交流,运用拟人的修辞手法,使得文本更加具有生趣。而作者也正是通过这一段交流相处,感叹:"学生们没有追赶麻雀的行为,人、雀倒也相安无事,而它们同类间却未能好好相处,这才想到:人与人之间又何尝不是互相厮轧呢?"文章运用了大量的叠词,"跳跳蹦蹦""叽叽喳喳""肥肥胖胖"等,读起来朗朗上口,富有音韵美。

作者也运用了大量的口头语，使得文本更通俗易懂。本文也描绘了两段环境的样貌，一段是宁谧却夹杂着烦躁的意味，一段是儿时快乐的玩耍的氛围，极具怀念意味。运用比喻的修辞手法，将麻雀可爱俏皮的样子表现得淋漓尽致。动静结合，表现出之前的生活环境的逍遥闲适。

石羚的散文极其富有他那个时代的特征。他的文字平实简单易懂，也会引用一些口头语，使文章更富有生趣。虽然文章篇幅不长，但是石羚善于从生活的小细节入手，以小见大，从特别的视角分析事物的特征，以此来分析、思考、探索自己的哲学观点。

（王思佳）

巧　缘

巧缘,原名卢少芬,祖籍中国广东花县,1953 年出生于越南堤岸,1969 年毕业于新亚英文商科中学。其后 6 年任职于驻越日本东棉出入口公司,1979 年 4 月 16 日,离开越南。于同年底定居澳大利亚维多利亚州,抵澳 4 个月后即获聘任职于礼士门胜利西药房。千禧年参加新海潮报举办的《照片中的回忆》全澳征文比赛,以《铭》一文获亚军后始从事业余创作。

茧　囚

此刻我究竟身在何处?

像沉睡了整整一个世纪,耳际由一片死寂逐渐传入喁喁人声。

我的眼睛是睁着的吗?怎么透不进丝毫柔光?周遭似罩着深重帷幕,墙壁像蘸了浓墨般,看不到门,更没有窗,幽晦莫可名状。

四肢被钉牢似的动弹不得。整个躯体泅泳在一潭茫漠漆黑的汪洋之中,愈挣扎愈是沉落,犹如被禁锢于梦魇迷宫,遍寻不着出路。

我是怎样走进来的?

脑中映影断续浮现。从健身室出来以后,渐觉头痛欲裂,胸口涨满,胃酸翻腾。钻进汽车,还来不及跟驾驶座上等待了好一阵子的父亲打招呼,随即哗啦啦呕吐一地,之后便混混沌沌地沉陷游离于这黝黯冷冽的深渊中,百般无助地被困围在这个千丝万缕、牢不可破的茧里面。

蒙眬间,耳畔嘤嘤啜啜,像是祖母和母亲在抽泣,抑或是父亲扑簌簌的泪水滴落滚烫着我的手背。他们在为谁悲恸?为谁涕泗涟涟?为我吗?为什么?我欲询问究竟,却只觉唇干舌涩,咽喉似被什么东西堵塞着,硬是发不出半点声音。

依稀仿佛,母亲温婉的嗓音在召唤我,叫我醒过来。我睡着了吗?贪睡嘴馋的坏习惯不是早就改过来了吗?就是为了强身健体才努力定时苦练,三年之间瘦了十公斤,效果不是挺好的吗?

母亲仍在耳边絮絮叨叨牵引着我。什么?您在说什么?哦,天哪!我原来躺在医院病床上,已经昏迷了五天!体重剧降原是一个计时炸弹,昏厥由先天性不健全脑细胞所诱发。住院期间瞳孔涣散,对光源没有反应,不能接受手术,要等待我苏醒之后,才可以测试脑部损害程度,医生暂时判断我为脑干死亡!

我不是脑干死亡,我不要脑干死亡!我才二十五岁,从来不抽烟,不喝酒,是一个活力满满、勇猛桀骜、热血奔腾的青年。我的人生旅程才刚起航,多少理想与期望有待我去实践,曾经答应父亲要在商场上奋力驰骋,誓将有限的生命灼灼燃烧。

至亲的焦虑哽咽刺激着我麻木的神经。我内心在号啕,在嘶喊,五脏六腑扭曲痉挛,眼球剧烈转动。你们可曾看到我的泪水滴落,听见我疯狂般的呼叫?

我不甘心就这样被命运俘虏。我要突破,天啊,让我蜕变吧!

我现在就尝试给你们显现生命的迹象,看到了吗?我的一根手指在动了呀!

你们看到了吗?看到了吗?

为了一个尚徘徊于生死边沿的年轻生命而定

🌴 作品赏析

《茧囚》这篇散文主要通过一个徘徊于生死边缘的年轻人内心的独白,描述了从健身房出来后的"我"突遇疾病,被医生宣判为脑干死亡,陷入昏迷状态的情景。虽然"我"四肢动弹不得,但是意识依旧清醒,能感知到家人的悲痛和焦虑,展示了"我"对于生命的渴望与追求。

这篇散文语言生动、凝练,且富有感染力,文章采取了意识流的手法,文章结构随着意识在流动,采用了第一人称"我"的口吻,开篇即采用了一反问句:"此刻我究竟身在何处?"引起了读者的好奇心。接着,随着"我"的意识的逐渐恢复,慢慢回忆起了昏迷之前发生的事情,再由身边母亲的哭诉,让我们了解到昏迷后发生的事情。文章题目为"茧囚",其实是想以此为喻,写出"我"泅泳在一潭茫漠漆黑的汪洋之中,内心的号啕、嘶喊与挣扎的体验。文中关于此类的比喻用法比比皆是,如当"我"意识模糊之时,"整个躯体泅泳在一潭茫漠漆黑的汪洋之中""犹如被禁锢于梦魇迷宫,遍寻不着出路",写出了"我"努力想要走出迷宫、恢复思维意识的种种挣扎。文章还反复使用了反问句和感叹句,如当"我"刚恢复意识之时,对于一切都不明所以,文章连用多个反问句。"他们在为谁悲恸?为谁涕泗涟涟?为我吗?为什么?"一句接着一句的追问形式,突出了"我"内心的疑惑和不解;再如,"我不是脑干死亡,我不要脑干死亡!"语句的重复以及感叹句的使用,加强了文章情感的表达力度,突出了文章的主题,即对生命的渴望。

总的来说,巧缘的这篇散文,善于遣词造句,注重利用语言、结构烘托出文章的主题内容,表达的情感也较为强烈。作者以感同身受的经历,为一个尚徘徊于生死边沿的年轻生命而讴歌,赞美了生命的顽强。

(刘世琴)

冬　梦

冬梦,原名马炳戚,祖籍中国广东中山,1957 年生于越南,1974 年移居中国香港。越南寻声诗社社长,中国香港散文诗学会常务副主编,世界华人文化研究会常务副会长兼联络部部长。作品曾入选越南《越华现代诗钞》(1993)、越南《越华散文选》(2000)、中国香港《香港近五十年新诗创作选》(2001),个人出版诗集《墙声》、《十根手指咬出一种痛》(2002)、《岸不回头》(2006)、《冬梦短诗选》(2007)。

恋上一片大海不如去爱一滴水

你离开已多久? 几日? 几月? 几年? 多少度的春秋前尘仍萦回脑海,都烙进我的记忆。

有人说岁月如烟,我记忆中的你并不模糊。我们当初机缘邂逅的海,海依然蓝,我们看过的浪,浪依然白,蓝和白绝不是伤感的颜色,为什么看海看浪的日子对于我来说,少了你,面对万顷波涛,一片浩瀚,心坎总似少了慰藉,多了空虚。

你走后的日子,每次假期我仍会回到这个海岛,一个人静静地看海,从早上到黄昏,享受飒飒凉风,直到夕阳晚霞渐敛,暮色苍茫,海面出现点点渔火,出现夜空闪烁的星群,我才带着怏然迷惘的心情离开。

海再澎湃也是海,你信中说的,看到一排排浪花呼啸而来,翻滚而退,令人感悟每个生命中总会遭遇到的无常和无奈,既有生离亦有死别,这正是我们曾经的生离,过程中也只有我们才能真正领略这份酸涩。

有人说似水流年,青春难再挥霍,过于仓促,今天我回来不会为逝去的感情而凭吊追忆,暌违多年,悠悠往事虽仍偶在脑际出现,只是一切都成过去，人为什么要在痛苦回忆中活得这么沉重呢？是不是？

此刻的海看来仍亲切如昔，只是自己对海也突然感到好陌生了。

你相信吗？如果此刻我跟你说，与其恋上一片大海我宁愿去爱一滴水，至少水的清澈、沁凉，能带给我心灵满满的丰盈，这比独自凄楚地面对无边无际的大海实在得多、舒服得多。

你离开已多久？几年？几月？几日？对于我来说，都无所谓了。

🌴 作品赏析

冬梦这篇散文《恋上一片大海不如去爱一滴水》，通过自己在海边怀念已经故去的人，抒发了自己内心复杂的情绪与物是人非、逝者已逝的感慨，情感层层递进，令人感动。散文以一句问话开头："你已离开多久？"引出对故人的思念，而"我"多次来到"我们"初次邂逅的海，面对着海回忆着"我们"的往昔时光。而海依旧是那片海，人却已经不同，最后，爱上充满故人回忆的海，不如爱上一滴能带给"我"沁凉清澈感觉的水，这时面对故人的离开更加坦然了。

这篇抒情散文从大海和一滴水入手，借由"我们"邂逅的海，将自己满腔的情感托付于大海与一滴水。文章开头以反问导入，引人注意。强调了"我"对逝去的故人的怀念，进而在之后用"我们"初次邂逅的大海，进一步加深这种思念的情感。"我"独自看海，心中的感觉却是"人面不知何处去，桃花依旧笑春风"的空虚与怅然。而"每个假期""一个人"从早上静静地看海到夜晚，也进一步刻画出对故人的深沉思念。而故人的信中对于世事无常，每个生命都有无奈与遗憾的开阔与淡然，勾出了"我"心底对于生离的"酸涩"，也从这里开始，"我"发生了转变。作者在这里又用了两个反问承上启下，引出下文自己心态的改变。对海的感觉"陌生"，与"此刻""我"认为"恋上一片大海我宁愿去爱一滴水"，并将清澈沁凉的一滴水，与充满回忆却让我凄楚的大海进行对比，对文章题目进行了解释。最后一段，与文章首段相呼应，最后一句"都无所谓了"，表达出自己心态的开阔坦然。

《恋上一片大海不如去爱一滴水》通过有回忆却会带来痛苦的大海和微小却清澈沁凉的一滴水的对比，在讲述自身经历与情感转变的同时，也阐明了人不要沉浸在过去的伤痛与回忆中，人生要向前看，人世总会有人来来去去，留下的应当是回忆，却不应该沉湎于回忆，在拥有回忆的同时，也当及时从回忆中走出，继续前行。

（于　悦）

赵 明

赵明,原名姚伟民,1961 年生于湄公河畔,祖籍中国福建永春。28 岁开始写作,作品发表于多国的华文刊物、华文文艺网站。任《越南华文文学》季刊副主编,获中国香港"2006 年度《诗网络》诗奖"优异奖。2012 年出版新诗、散文、小说、译作集《守望寒冬》。

遗忘的宁静

每当严寒自北方袭来,南部的农村便开始一轮新的忙碌,满载的船只不约而同地随着盈盈春水从西部各省沿着大江小河朝北蜿蜒,然后成群结队地在第八郡平东码头靠岸。

平东码头自早期货舱聚集的农土产集散地,经过岁月更迭,人情洗礼,逐渐演变成当今每年一度的花市盛景,说不清它的开始,查不到它的痕迹,只知道人要吃饭,便千方百计把一年的辛苦经营,欢天喜地搬到船上,也附带了十天半月的米粮鱼干、换洗衣物,抱着满怀期待,一家家一船船,来到这繁花似锦的最大都市,除了要赚足一年辛劳的果实,也趁便感受一番现代生活氛围。平东这地方,就这样承袭了祖辈的生意传统。种花养花的,折腾了一年,总要找个好地方图个好收成吧!

梅花、菊花、纸花、兰花、橘树,还有说不清、道不尽的上百种时令鲜花,近年,随着生活品位的提高,越来越多的大株盆景也搭船而来。大小不一,贵贱自知,都为搏一搏自身命运,看到底谁能进入豪门,受尽呵护,享尽恩宠,哪怕只是一个短短的春节。从价格低廉的时令小花起,到身价中等的纸花黄菊红橘,以至于高贵的兰花梅花,压顶的还是那些经过百番折骨续肢、瘦身整容、去皮剜肉,摇身挤出奇特的姿态,抬头装一副孤高自傲的盆景。

其实,观花的人最多,真正买得起的人却很少。然而,偌大都市,人口如麻,富商巨贾,地位显赫的大有人在,各买所需,货随人爱。一天到晚川流不息的人流,最终也能把这几十船劳动成果席卷而去,买的,卖的,还有应运而生的摩托运输都皆大欢喜。年三十中午,这些熬过腊月寒天风餐露宿的船只,卸了一身重担,装上轻盈的过节物品起锚扬长而去,昔日浩浩荡荡杀来,如今高高兴兴而归,最后,把宁静还给忍辱负重的码头,把安详还给累得晕头转向的豆腐渠,一个历尽沧桑的古老名字。

生意越来越好做,于是,越来越多的花农从各地接踵而至,他们像平地里冒出来的蚂蚁,一下子变得很多很多,多到无法想象。于是,平东码头变成更热闹、更繁华,无限拥挤、无限喧嚣的整整一条街。于是,更多爱看热闹的人,带着体验精神而来,与卖花买花的人们肩比肩肘碰肘脚尖顶着脚跟在这两三公里河岸,不分昼夜穿梭挤兑擦肩撞肘。于是,年三十的中午收市便一再后延,为那些嫁不出去的花卉制造机会,让更多低收入的市民从容买到廉价的倾销年花,即使它们手脚受伤、头焦额烂,甚至有的衣不蔽体,四肢伤残,却不妨碍它们在冷漠的街灯下与人默默交换迎春的心得。于是,平东码头往昔岁末时分,排除喧闹静待新年的光景便不复存在了。取而代之的是,滞销的年花比比皆是,过了年三十的中午,有的才卖了一半,运气好的卖得七八成,于是,时令产品纷纷倾销,不愿降低身价的果树、盆景只好搬回船上,原物回乡休整,来年卷土重来。天色已经暗了,家反正也回不了,就索性在甲板上摆香案供祭品,在异乡迎除夕,只可怜乡下家中小孩守着祖屋在冷清的除夕之夜翘首盼望天明,盼望那些迟来的新衣服新玩具。而平东堤岸往昔的安恬,便也延迟到大年初一清晨才归还给大地母亲。

以往,总爱在大年三十午后,家里一切准备就绪后,一家老小来到熟悉的码头,来到这烙着祖辈多年辛劳痕迹的小河畔,看疲倦的夕阳静静舒展在静静的河面,目送最后离去的商船,在它袅娜的炊烟和渐远的马达声中享受烦嚣过后的宁静,看一眼铅华洗净、素颜古朴的豆腐渠畔回归自然,在冷风中坚持等待年关交接的情景,从浓烈喧哗和冷静安恬的氛围对比中猎取新的生活勇气,在追求实效漠视道德的现实生活中领悟过去和善友爱勤俭智慧发展的浅显人生道理。

只是如今,这光景却不知何时才能再现。

作品赏析

《遗忘的宁静》这篇文章属于文化散文。讲述了原是装货卸货的码头逐渐演变为花市的现象,并且生意越来越好做了之后,码头也变得越来越繁华热闹,在换取了过年用的年货后,渔船轻盈归去,商客满载而归,而码头又重获宁静。作者在这一现象中反复思考,写下了这篇文章,期盼真正的宁静再次回归。

《遗忘的宁静》里的长句多由短词、短句整合而成,表达清晰,使文章感情回环往复,增强语句的句势。读起来节奏分明,铿锵有力,增强了句子的情感。多四字词语,读起来朗朗上口,富有音韵美。举例子,说明码头从宁静到繁华热闹再回归冷清的现象,使文章表达的意思更明确,更生动形象,读者更明白,增强说服力。整篇文章的结构可分为三个部分,第一个部分讲述了最一开始的码头是老百姓勤勤恳恳地劳作,承袭祖辈的传统活着,运用了对比等修辞手法,展现其真实性。第二个部分讲述的则是"承袭了祖辈的生意传统"。人们开始卖花,贵的便宜的都有,不同的人都被吸引来了,应了文中的那一句话"人口如麻,富商巨贾,地位显赫的大有人在,各买所需,货随人爱"。而且实际上,真正买得起的人少之又少,运用对比,将花市做买卖时的繁华热闹喧嚣与喧嚣散去仅剩凄凉冷清的氛围进行对比。第三个部分则描绘的是以往的大年三十后,炊烟袅袅,虽不喧哗,实际上却非常热闹,如今的大年三十后,仅剩下人们追求完现实生活之后的冷漠与静默。将两者进行对比,表达了作者渴望回到最初的码头的心愿,以及对过往生活的深切怀念之情。

赵明是一个生活经历非常丰富的人,才能写下如此富有人生哲理的文篇。赵明的文笔简单朴实,道理也都简单易懂。用生活化的语言向读者叙述着故事,感慨着世事万千。

(王思佳)

余问耕

余问耕,原名周智勤,1963 年出生于越南堤岸。祖籍中国广东东莞,寻声诗社秘书,寻声网站副站长。中国香港世界华文文学家协会永久会员。作品入选越南《越华现代诗钞》《越华采文集》《诗的盛宴》,中国《2002 年诗选集》《2003 年诗选集》,个人著有诗集《越诗汉译》,任亚细安华文文艺营越南代表团秘书长。2012 年获马来西亚第十三届亚细安华文文学奖。

聚　散

有些故事一开始,你就知道了结局。但还是,要继续。总有自己认为合理的借口来解释,旁人体谅与否不会是障碍。在情理的边缘徘徊,你知道自己是痴迷还是清醒吗? 少女情怀总是诗! 少男呢?

如果时光倒流,你还会继续吗? 如果……如果……如果都没有故事你如何,如何去衡量得失,探求生活的情趣和真谛? 如果不敢离开安全的海岸,你如何到达新的海洋? 如果怕摔倒怕受伤怕痛而不敢往前迈进,你如何体验新路程的苦乐循环挣扎彷徨? 怕付出的人往往难以得到难以拥有,虽然付出了未必有收获,但过程中那值得回味值得纪念的点滴总比,总比错失后的悔恨埋怨要有意思多了。

日出日落,月圆月缺,花开花谢,风起云涌时晴天也会下雨。日子随着刹那生灭的悲喜轮回而匆匆掠过,什么是你可以永远拥有的? 抓不住岁月,抓不住永恒,抓不住青春,抓不住要走的人,握在手中的你始终也要放手! 珍惜所有,热爱生活,缘来缘去,你只需记住往昔的笑泪,不要恨怨也不要责难。因为故事一开始你就知道了结局。

作品赏析

《聚散》这篇散文,自"有些故事一开始,你就知道了结局"开始,通过接连的反问"你知道自己是痴迷还是清醒吗?""如果时光倒流,你还会继续吗?"等,写出"珍惜所有,热爱生活"的主题。

《聚散》这篇散文全篇紧扣"聚散"这一主题,通过排比、反问的修辞手法直接地表达出自己的想法,抒发自身对于人生的感悟。文章的开头便用"有些故事一开始,你就知道了结局"点出了作者自己对于人生、对聚散的看法。而紧接着,"但还是,要继续"则体现作者自身对于人生世事无常,知道结局但又要接受的无奈与坦然。第一段最后作者用反问引出更加深入的疑问与思考,引出文章的下一段,并在第二段中使用反问与排比,以一个接一个的"如果"引导的问句,"如果时光倒流""如果都没有故事""如果不敢离开安全的海岸"等,层层递进,引发读者思考,将生活中可能遇到的艰难、苦痛看作人生的必经之路,正如"不经历风雨,怎能见彩虹",虽然"付出"和我们的"收获"可能不成正比,但每一段经历都是我们人生道路上的宝贵经验与财富,"付出"虽然可能痛苦,但比因"错失"而"后悔"要有"意思"。到第三段,作者又将"付出"与"得到"进一步升华,没有什么可以永远拥有,也没有什么可以"拥有",因而引出"珍惜当下"的主题,在文末再一次重复文章开头的一句话"因为故事一开始你就知道了结局",表达了对读者的劝诫,告诫我们只需要记住过往的"笑与泪"但不要"怨恨"和"责难",不要抱怨失去过什么,既然结局总是要"散",那么经历才最宝贵。

余问耕的文章透出了他对人生豁达的态度与平和的心境,充满了他对人生的思考,面对人生的大起大落,或喜或悲,或舍或得,抓不住的不如随它去,像这篇《聚散》就点出了人生在世,聚散无常,没有什么人什么事可以相伴到最后,相比起散后的悔恨抱怨,珍惜当下,珍惜经历,珍惜人生,才是人之一世最值得去做的事。

(于 悦)

潘 宙

潘宙,1965 年出生于越南堤岸。1987 年赴加拿大,定居多伦多后开始写作。短篇小说曾获《联合文学》小说新人奖,2014 年 11 月出版小说集《烽火越南》。

旧时笔墨

走过沃尔玛的文具部,很意外地发现它的货架上还有四色笔。四色笔的外形这几十年来一直没变过,都是蓝白两色的笔身,四色墨水也还是蓝黑红绿,蓝和黑是常用的墨水颜色,红色是老师改作业用的,只有绿色怎么看都有点碍眼,我不记得曾经用过这种颜色的墨水写字,那根绿色笔芯好像纯粹是放进来凑数的。也许因为这样,另外又出现了一种仅有红蓝两色的,是四色笔的瘦身版。

其实还有一种更古典的四色笔,在塑料纪元开始之前的金属时代,四色保持不变,笔身则为不锈钢,看起来高雅气派得多。

每年开学,学生们都免不了除旧布新,添置作业本、书包文具等物,书包不一定每年换新的,笔墨规尺等却会用旧了坏了耗损了折断了,有必要换一批新的,好新学年新气象整装待发。以前华人学生除了准备铅笔圆珠笔还得准备习字课的毛笔,越南学生也有习字课,但他们用的是钢笔,不是可以吸满一肚子墨水那种,而是较原始有着木制细长笔杆的(塑料纪元后则改为塑料的,看上去反显得廉价粗劣),笔头可更换,用紫色或蓝色的墨水,小墨水瓶设计独特,宽肚窄口,即使瓶身倾斜翻倒墨水也不会流出来,瓶盖还有一个小环可以套在手指头上。我们写毛笔字用九宫格,越南学生习字也有特别格式的作业本,像五线谱,但五线之间的距离并不相等,中间三条线比较接近,学生就在这宽窄不等的五根线之间描摹一个个字母,但这种格式的习字本好像也不通行了，现在的习字本还是五线谱，但线条之间距离相等，以前的那些钢笔墨水瓶当然也早被淘汰了。

塑料产品统治世界后，常用的文具通通遭转型塑化，连铅笔也不能幸免，被免削铅笔取代，还有铅笔盒也从传统的金属盒子变成塑料盒，那时最流行的笔盒，盒盖是磁铁开关的，里面并有间隔，学年结束时有的小学生会做一件现在想起来很令人发指的事：那个用旧了脏了的笔盒(才一个学年，只要洗洗就完好如新了)，我们用小刀把它割开，杀鸡取卵似的只为了挖出那两块小磁铁来玩，没有了磁铁的笔盒只好丢掉，等暑假过后让大人再买新的。今天的地球这样百孔千疮，实非一日之寒，几十年前不懂得惜物、没有环保意识的我们都要负上一部分责任。

学生常用的文具之中，橡皮擦的花样最多。立可白涂改液没发明出来之前，橡皮擦是唯一的修改工具，但也仅限于铅笔字，对墨水写的字无能为力，有的橡皮擦虽号称可擦去墨水字，但其实并不很有效，往往得加上唾沫的帮助，还不能太用力免得把纸擦破。尽管如此，橡皮擦还是很受我们欢迎，它们一般都造型可爱、色彩亮丽，还有香味，那时用得最多的是一种粉彩色的酷似我们常吃的果冻，因此我们都叫它"大菜糕"，另一种也很常见的是接近正方形的白色的橡皮，顶端约四分之一是半透明的碧绿色(也像"大菜糕")，每一块印有一个英文字母连同以那个字母开头的英文字和图像，我们那时还没开始读英文，所以并不太注意那些生字。

1975年5月，战争骤然结束，市面一片混乱，许多生意人逃到国外，他们留下来的货品都被抢掠一空，然后在街上出售，从厨具到家电，从玩具到酱料，什么货色都有。我和同学阿昌在和平市场外面的地摊上看到有人摆卖文具，包括一大堆橡皮擦，也是吸引人的亮丽色彩，一个个形状姿势各异的蒙面超人，我们驻足观看良久，却终究没买，仿佛隐隐知道有一个时代已经过去了。以后我们果然再也没有漂亮的文具可用，设计美观、刺激消费者购买欲的产品从来就不是社会主义兄弟国家的专长，战后物资日益枯竭，到了中学，我们的文具就只剩下一两支笔、一两把尺而已，就连最起码的圆珠笔都不可多得，有人因此穷则变地自制墨水，注入旧的圆珠笔芯内循环再用，常常在学校外面会有这样的摊子，摆摊的人用一根细长金属线探进笔芯末端，把笔头的小圆珠推出，然后用针筒将墨水注入笔芯，再把小圆珠放回去即成，只是这种山寨墨水质量往往不佳，小圆珠也容易刮损，写起字来如杂砂石，极不顺畅，没有什么比一支写不出字的笔更叫人沮丧的了，像空有一肚子话却无法倾诉，只有当收到外国亲友寄回来的包裹，里面说不定会找到一两支圆珠笔，我们才又能重享挥洒自如的书写快意。李黎说她在摩洛哥时有当地小孩向她讨圆珠笔，可见在偏远地区或开发中国家，好的、可靠的书写工具仍然十分珍贵。三十几年前若也有观光客送我们其实不值什么钱的圆珠笔，我们必定也如获至宝，开心好几天。

战争结束前那个农历新年，舅舅从中国台湾回来，带给还在念小学的我和我哥每人一个书包。中国台湾的书包和我们惯用的不同，是帆布的，军绿色，里面的间隔也简单，此后战争结束，那个书包伴着我将近十年，直到中学毕业。念完中学后那个书包都褪了色，它后来去了哪里，我是一点都不记得了，许多好像不久之前还在用着的东西，书包、钢笔、套在手指头上的墨水瓶、九宫格和五线谱、"大菜糕"橡皮擦……一转眼就掉落在岁月的长河里，消失得无影无踪，连谷歌搜索都找不回来。

原来时间才是最厉害的橡皮擦，什么都可以擦掉。

作品赏析

《旧时笔墨》这篇文章属于文化散文。讲述了作者在沃尔玛的文具部，很意外地发现了还在卖的四色笔，甚至有一种更古典的四色笔也还在卖。这进而引发了作者对于文具变迁以及时代变迁的探索思考。

《旧时笔墨》的题材并不过时，且作者的选材新颖，通过描写文具的替换升级，以小见大，展现了时代变迁。全文大量运用举例论证，"钢笔的墨水瓶的变迁""作业纸张的变迁""文具整体塑料化""橡皮擦形式大变花样"等例子，真实可信，增强文章说服力、趣味性、权威性，同时，增加了读者阅读兴趣，使得文章浅显易懂。运用大量的对比论证，古今对比，文具发展历程的对比，使得全文具有极大的鲜明性，给读者留下深刻的印象，进而引发深层次的思考。全文总共有两条线索，一条是文具的线索，另一条则是时间的线索。文具是一条明线，贯穿着文章始终，点明标题"笔墨"，时间是一条暗线，通过文具的变迁表明时代的变迁。大量的举例论证与文章结尾"原来时间才是最厉害的橡皮擦，什么都可以擦掉"相照应，表明时间一去不复返，并且总是转瞬即逝。运用比喻论证，表现文具变迁后使用的效果，使得文章的论证更加生动形象、浅显易懂。整篇散文读下来非常流畅，作者的观念也很明确地给到了读者，无论是什么物品，在经过时间的轮回后，都会经历轮换代替，这是不可避免的。

潘宙的文笔简单易懂，不乏仔细说明的地方，却注意控制说明的程度，使得全文并没有偏向说明文。潘宙很擅长将自己所见过的事物一点一点细细地描述出来，接着进行对比，这使得他的论证更具说服力。潘宙的语言很平实，就是平常人们交流使用的语言，却又富含很多不太一样，非常新颖的理念。

（王思佳）

麒　麟

麒麟,本名杨迪生,1978 年出生于越南胡志明市,祖籍中国广东顺德。自小热爱散文创作,2003 年由报社保送至中国广西大学修新闻学,出版散文集《我们走得很近很近》和新闻作品集《走进堤岸》。中国香港寻声诗社网站执行编辑。现为华文《西贡解放日报》资深记者。2008 年 1 月获得胡志明市共青团颁发的第三届"年轻笔锋"奖。

情系古巷——走进堤岸苏州里、太湖巷

我看到岁月流逝
在古巷斑驳的墙壁上
我听到岁月流逝
在古巷里老人们口中
我闻到岁月流逝
在古巷里岁月留下的味道

堤岸,一个有着华人群体诉说不尽的故事之地,随着时代的变迁,越南经济的突飞猛进,华人的历史痕迹也逐渐被现代化的建筑工程所蚕食,一些承载着许多代华人感情的老街区被高楼大厦取代,那些陪伴着一代又一代学生成长的老校舍换上了新颜,就连已被公认为"国家级历史文化遗迹"的一些庙宇也在重建当中……然而,在目前堤岸众多具有相当年龄的巷弄中,封了尘的"太湖巷"和"苏州里"的水泥字样上仍散发着点点古朴气息,令路过的华人感到十分亲切。

位于第五郡第六坊陈兴道街上的太湖巷、苏州里是堤岸目前所剩无几

的古巷之一,它的价值体现在完整的巷名书法以及临街的那排老房子上。古巷的格局按照粤式古建筑而建,尤其是那公用的"骑楼走廊"是粤式建筑的一大特色。苏州里、太湖巷的具体建设时间不详,但巷内老人家表示至少有九十年以上。临街上层的房屋外表是整座建筑群中最具历史价值的所在,那些半挂的双页木门、拱形的门楣、通风铁窗等展现了历史的沧桑,有些房子内的摆设还是古色古香,保留了先辈们当年原汁原味的布置:厅中几张赤色的木凳围着光滑的圆桌,茶几上放着几个小玻璃杯和一个布满茶迹的茶壶,墙角还放着几瓶腌制已久的陈年四季吉,墙上挂着大概是来越第一代先人的黑白遗照,有的照片还是椭圆形的……渗透着传统气味,难怪胡志明市电视台于 20 世纪 90 年代末在拍摄反映华人在堤岸生活的电视剧《异乡》时,选择了门牌 51C 号的关苏女(街坊惯称她为"二嫂")的房子作为剧中主人翁——丽梅的住所。这种房子内外的装饰和摆设如今也不多见了!

漫步于古朴而深幽的走廊,纹理清晰可见,也许是岁月匆匆踏下的脚步吧。曾是美好,如今早已是斑驳。涌现的早已不仅仅是淡淡的古巷之味,还是浓浓的岁月所酿出的浓浓的小酿。记者沿着走廊向前进,然后踏着早已崩裂的台阶往苏州里走下去,这让我看到了岁月在古巷里烙下的最真实的印迹。古巷中的房子虽已被许多新楼房所取代,但穿插在新房子间的老房子仍有迹可循;门牌 15 号的房子还是当年的窗门,在新换上的铁栅后还保留了两页半挂的木门。许多老房子的屋檐下大片大片青苔蓬勃地生长在瓦片上,历经岁月不停地催促而更为仓皇地生长、蔓延,岁月催促着它,岁月呼唤着它。青苔这样生长,像是与岁月并肩而行,从来不离不弃。抬头,看见岁月在古巷的瓦片上走过,烙下不灭的印痕。潮湿的瓦片,还爬满了青灰色的爬山虎,本是干净得不沾灰尘的瓦片,如今岁月悄悄褪去它华丽的色泽,只留下淡淡的朴素的颜色。

有别于苏州里的房子建筑格式,太湖巷目前所剩的四五间老房子感觉其年代更久远些,格局与临街一楼的房子大同小异,拱门与里面的正门都是约有八寸地方之隔,这是以前人们用来堆放木柴和杂物的空间。由于时代变迁,沧海桑田,古巷内的许多房子早已易主,而老一辈的华人亦寥寥无几,住在门牌 7 号的张润松老伯是巷内为数不多的老堤岸,今年将近八十高龄了。

拉来一张小木凳,记者坐下聆听张伯讲述古巷的前尘往事……

苏州里与太湖巷以前同是二天堂药油厂老板韦少伯的物业,全区共有房子九十九间。由于韦少伯本身是广东三水人,所以租客绝大部分是从中国广东各地到堤岸来谋生的同乡或水客。张伯一岁多便随母亲搭乘"大中华"从广东开平来到堤岸与父亲会面,那时候父亲早已租了临街一楼的57B号房子居住,所以抵达堤岸后,张伯便住进了上述房子中,1993年政府把太湖巷内的7号房子与他兑换了57B号房子。

　　在古巷内生活了一辈子,张伯对当时与街坊和睦相处的情景记忆犹新。由于那时候大家都是离乡背井的乡亲,同时也是劳动家庭,人与人之间的感情非常深厚,哪家有好东西吃都拿出来与左邻右舍分享,一家有事全巷都出手帮忙,彼此守望相助。还有每晚空余时间在门前背靠木椅、手摇葵扇与街坊拉家常的情景,十分温馨。张伯说,包租公和包租婆对他们也非常友善,每月派员工登门收租金时也很有礼貌,遇到租客该月手头紧的话也给予通融,绝对没有像南方电视台所播放的《七十二家房客》里的包租婆那么刻薄、苛求。

　　对于古巷昔日四周的环境,张伯还记得一清二楚。在他小时候,太湖巷和苏州里后面是二天堂公园,巷子对面是一片荒地,到处长满青草,有几个小池塘,他与巷内的小朋友经常跑到荒地上玩耍或到池塘里捕鱼。张伯说,有一次,一名拉着一头大象沿街叫卖药油的金边人来到荒地,大象不知怎么突然毙命,引来了许多好奇者围观,有的人还拔象毛呢。

　　在古巷中度过了人生的各个阶段,张伯见证了越南从殖民地走向独立的今天,古巷留给他太多太多的回忆。也因为对古巷和街坊有着浓厚的感情,自南方解放以来,张伯一直担任古巷的街坊组组长,为街坊与地方政府搭建沟通桥梁,也因为张伯的建议,坊人委会把原来遮盖了"太湖巷"字样的标语牌给移开。尽管年事已高,街坊人去人留,古式建筑越来越少……但情系古巷的张伯坚持在有生之年仍然把守岗位,与生活了四代人的古巷走完人生的道路。

　　走出古巷,记者百感交集,不知道未来的社会会否选择太湖巷、苏州里作为现代化进程的牺牲品。古巷,浓缩了一代代先民勤勤恳恳的拓荒垦殖,蕴含了一个民族生生不息的奋斗追求。古巷应该得到大家的珍惜与保护,让跨越时空的古巷崛起,立大地,向苍穹,冲云霄。

作者走近堤岸苏州里、太湖巷,见到了残留着岁月味道的古巷。按照游行顺序,介绍了古巷的历史年代、陈列、格局、历史背景,聆听了张伯对旧时街坊相处情景的回忆,感慨着岁月变迁与民族活力。

文章从一首小诗入手,别具韵味,点明了文章的核心意象"古巷",突出了古巷上寄寓的历史的厚重感、沧桑感。文末又将这种岁月感升华到民族的生生不息的奋斗追求中,更具深意。

文章娓娓道来,亲切自然,语言平实。开篇破题,卒章显志,别具匠心。

(张清媛)

叶华兴

叶华兴,1978 年出生于越南胡志明市,祖籍中国广西防城。对诗有梦想、有热诚。作品多发表于寻声网站、当地报纸以及新加坡文艺刊物。是寻声诗社一颗颇受瞩目的新星。

书 信

抽屉里,能放的东西不多,但有几封发黄的信,我像珠宝一样珍藏。

以前收到的信件,很多附带着照片,除寄件人写上名字相赠,照片后面还记有拍摄的地点和日期,好让大家有个印象。无论是谁寄来给我,除了接收一份惊喜,对于我来说,更添了一份友情的关爱。

进入 21 世纪互联网的年代,无论人与人之间相隔多远,由于我们可以轻易通过手机或电脑,更可在荧屏前面对面交谈,这种零距离的接触,确实令人佩服。日新月异的高科技赐了我们一个网络世界。

书信除了传递讯息,也让我们表达了至爱的亲情。尤其是我仍羁身于中国香港难民营的日子,思家的情绪特别浓烈,书信往来显得更为重要。古有杜甫《春望》的经典名句:烽火连三月,家书抵万金。诗人冬梦《一只灰鸽》中有句:是当年爸爸妈妈替我抹的,那滴早已风干的泪,藏在抽屉内寄不出的信么?

读着,相信只有异乡的游子方能明白这种感受。

每次开启计算机,看到远方友人寄给我的信,哪怕只有"你好"短短的两个字。这份难得的关怀正从遥远的地方如矢放飞过来,展示在我的眼前。不需说了,我想,此刻的充实已然足够让我温暖、让我感动。

作品赏析

　　《书信》这篇散文以"书信"为题，同时也以"书信"为主题，围绕"书信"这样一个意象，写出自己对故乡、对亲人、对朋友的思念。文章以抽屉里被珍藏的信开头，从过去的信件到现在通过网络和手机的联络方式，讲述了连接异乡的朋友、亲人和"我"之间的"信"或"手机"承载着的情感和更加深刻的含义。

　　文章第一段用比喻的方式，将抽屉里的"发黄的信"比作"珠宝"，单从实物价值上来看"发黄的信"难以与"珠宝"相比，但对于"我"对于在外的"游子"来说，在"能放的东西不多"的"抽屉"里，几封"发黄的信"就代表了"游子"全部的思念与回忆。同时，以前信件中的"照片"与现代社会中通过"手机和电脑"的荧屏进行交流形成对比，展现出随着如今技术的发展与进步，人与人之间联系、沟通、交流的方式也在不断地改变，但对于"我"来说，"信"又包含着说不清的深情厚谊。"书信"中包含的"我至爱的亲情"，只有"游子"才明白，那些年没有网络技术、没有手机和电脑时，一封封书信承载着的是怎样的思念，是怎样的深情。"我"也用自己的经历诠释了那样浓烈的想念。在"难民营"的日子，艰难的环境使家人的"信"显得那样珍贵。作者引用了唐代诗人杜甫的《春望》中"烽火连三月，家书抵万金"的诗句，更突显"信"在"我"心中的地位。最后，在信息爆炸的现在，纸质信件已经很少了，"我"在电脑中看到来自远方友人的邮件，也还能从中感受到来自友人的关怀。

　　《书信》全篇围绕着"书信"展开，充分展现什么叫"纸短情长"，在信息技术发达的现在，很多人习惯于用电话、语音来解决生活中的问题，却忽视了一封信件、一段话语所能带给人的绵绵不绝的情意。"书信"虽然轻，却饱含最深切的、最重的情感，在困境中支撑着我们，鼓励着我们，让我们坚持下去、不断努力，就像是寒冷阴霾中的一道光，温暖照亮着我们的世界。

（于　悦）

林晓东

林晓东,本名林大富,笔名林晓东、林小东。1980年出生于越南胡志明市,祖籍中国福建同安,胡志明市师范大学毕业。著有诗集《西贡情侣》《缘分的渡口》《和平鸽的苦恼》《冰泪》《那双眼睛》,散文集《念念不忘是那风筝》,主编《越华截句选》。东南亚华文诗人笔会常务理事、越南胡志明市华文文学会副会长、东南亚华文诗人网主编、越南华文《西贡解放日报》执行编辑、越南福建温陵会馆理事。

念念不忘是那风筝

生活在世上,最重要的是要有爱心,只有施以爱心,才会被爱,而人间才会充满温情,自己才会活得快乐、幸福。

每个人在童年,总会有他喜爱的玩具。而我在童年,喜爱的是风筝。

童年,我对风筝情有独钟。每天黄昏,当夕阳忙着给晚霞涂抹上动人的粉妆时,我总要拽着风筝到对面的河边去放。

那时,爷爷住在农村,每月底都会上城市来看望我们一次。爷爷知道我喜欢风筝,就答应我,在我步入第十二个生日那天,送我一只大鹰形的风筝。爷爷会做那种风筝,用塑料纸剪出来的,再用彩笔画上圆圆的眼睛,涂抹上片片深绿色的羽毛,然后用农村里才找得到的一种瘦细绿竹做支骨,再系上一个小小的铃儿,那么升空起飞随风飘荡时,就会发出"零、零、零"悦耳的响声。我听爷爷描述风筝的形状,简直着了迷,连忙催他快快给我做。

生日那天,爷爷果然送我梦寐以求的飞鹰。我迫不及待地拉着爷爷的手,跑到青青河边草地上去放。那时,飞鹰一展翅,整个晚霞天空上的风筝都甘拜下风,它直飞到夕阳那里去,好像揶揄夕阳都没有它漂亮哩!

正当爷孙俩的笑声围着飞鹰也升上了蓝天彩云之际,我们忽然被眼前一个镜头吸引住了——阿龙,住在隔壁的一个孤儿,他正痴痴地看着我们放风筝,爷爷见他喜欢便叫他与我一起玩。后来爷爷还叫我把那只飞鹰送给他,我执拗不肯,爷爷生气了,掴了我一巴掌。我一直是家里的"小皇帝",这回怎受得起爷爷的这一记耳光,就哭闹着跑回家去。

从此,我恨透了爷爷,爷爷不仅把我的生日礼物送给了别人,还打了我,"聪明"的我一直耿耿于怀。

后来爷爷又糊了一只新飞鹰给我,但我不要,而每次爷爷从农村过来,都会带一些水果、饼糕给阿龙吃,为了此事,我更痛恶爷爷。

不久,圣诞节降临了。那年的圣诞节很冷,很冷。妈妈告诉我爷爷心脏病发,住院了。

平安夜,我通宵达旦参加联欢会去了。回家时,家里静悄悄的,我有一种不祥之感。

在万籁俱寂的客厅里,我看见桌上有一只鹰形的风筝,旁边还压着一封信:

> 小东:
>
> 那天爷爷打了你一下之后,一直感到很痛心。爷爷不仅痛心打了你,更痛心你的任性和没有爱心。阿龙是个孤儿,从小就失去父母的疼爱,爷爷送风筝给他,是要让他感到人间充满温情,不要自卑和失落。
>
> 孩子,要记得,人活在世上最重要是有一颗爱心,才会被爱,而人间才会充满温情,自己也才会活得快乐、幸福。现在爷爷把这只风筝送给你,愿你喜欢和仔细想想爷爷的话吧!
>
> ——爷爷

我读完信时,心头如被针刺,好痛好痛,但却欲哭无泪。这时,我接到了爸爸的电话,听到了他在电话筒里的哭声,说爷爷在圣诞夜去世了,我魂不附体,手掌一松,电话筒滑落在桌上。我忽然看到,窗外,那彩霞满天,青青河边草地上,爷孙俩牵着一只飞鹰正在欢快地追逐,而飞鹰身上系着的铃儿,随着晚风吹送"零、零、零"地响,升上了满天彩霞……

　　作者给我们讲了一个童年的故事,作者小的时候喜欢风筝,而乡下的爷爷会做风筝,所以作者小的时候特别期待乡下的爷爷来城里看望他,作者生日那天爷爷送他一个他一直期待的飞鹰风筝,正在作者和爷爷放风筝的时候碰到了邻居阿龙——一个孤儿,阿龙正痴痴地看着作者和爷爷放风筝,爷爷不仅叫他一起放风筝,还把作者的风筝送给阿龙。作者不肯,还被爷爷打了一巴掌,自此作者感到非常伤心,并且对爷爷耿耿于怀。不久之后的圣诞节爷爷心脏病发住院,当作者参加完平安夜联欢会回家时,发现桌子上有一封爷爷留给他的信,爷爷的信上说:"孩子,要记得,人活在世上最重要是有一颗爱心,才会被爱,而人间才会充满温情,自己也才会活得快乐、幸福。"而此时,爸爸打电话对作者说爷爷去世了。

　　这篇文章对我而言感触最深的还是它表达的真挚情感,作者讲自己童年的故事一方面是怀念已经不在了的爷爷,另一方面也是想通过这个故事告诉我们:"人活在世上最重要是有一颗爱心,才会被爱,而人间才会充满温情,自己也才会活得快乐、幸福。"同时也有对当时的自己的不懂事以及对爷爷的愧疚之情。作者的语言很优美,运用了比喻、拟人等修辞手法来描写爷爷亲手为自己做的风筝,如:"那时,飞鹰一展翅,整个晚霞天空上的风筝都甘拜下风,它直飞到夕阳那里去,好像揶揄夕阳都没有它漂亮哩!""爷爷会做那种风筝,用塑料纸剪出来的,再用彩笔画上圆圆的眼睛,涂抹上片片深绿色的羽毛,然后用农村里才找得到的一种瘦细绿竹做支骨,再系上一个小小的铃儿,那么升空起飞随风飘荡时,就会发出'零、零、零'悦耳的响声。"生动、传神,通过作者的语言描述我们甚至能在脑海中描绘出风筝的样子。给读者充分的想象空间,吸引读者的兴趣。

　　作者的这篇文章是以时间为顺序进行叙事的,讲述的是作者小时候和爷爷之间的故事,在描写风筝时作者的语言生动、形象,而在最后情感的表达时作者用最质朴的语言表达了最真挚的情感。作者的笔触细腻有味、抒情感人,文章洋溢哲理能给人以启迪。

(李翠翠)

李伟贤

李伟贤,祖籍中国广东东莞,1981 年生于越南胡志明市。胡志明市国立大学所属市师范大学中文系学士,曾任越南《西贡解放日报》经济采访部主任记者。2003 年获得《读者文摘》第一届全球读者征文比赛十大优异作品奖;著有诗集《燃烧岁月》《雨一直下》和散文集《屋梁》。寻声诗社文字编辑,2016 年获菲律宾第十五届亚细安华文文艺营文学奖。

踏上人生的渡口——值父亲节而写

印象中,父亲总是严肃的,童年的回忆从来没有过父亲讲故事哄我入睡的场面,自小与父亲就没有一种正常的沟通,他没有很好地理解我的想法,我也没有尝试去了解他们那一代人的思想,父子嘛,存有代沟许多人都认为再正常不过。

后来的日子就不一样了。尤其是从十多年前父亲动过一次大手术开始,看着父亲扭曲的下肢,走起路来蛮费力的,每上一层楼梯都得停下来喘气,我心中对父亲便渐渐有了一种体贴之情,但那仅是一种深藏在心底的关怀,这种关怀对父亲来说,既遥远而又薄弱。而做子女的,年龄越大往往就越不好意思向双亲表达爱。就如今年的父亲节,适逢与父亲的生日碰在一起,一个月前,我们向父亲提出不如今年摆个大寿吧。"七十岁再做,看我能否活到七十岁。"父亲一句话就顶了回来。当时,心里真的有点不舒服,父亲的倔强有时候是不可理喻的。于是,我们只好再次把这种心意藏在心底。

其实话说回来,从来没想过与父亲相处的日子能像这几年来这样融洽。我们之间无所不谈,每天下班回来,都迫不及待地说个不停,讲我今天工作上遇到的人和事,发一些牢骚或说几个笑话,父亲有时聆听有时附和有时反驳,原来过平凡的日子就是这种感觉,而我们还想祈求它能有多精彩呢?人活着,如果用倒数时针来算,每分每秒都是赚回来的,这些在别人看来不屑一顾的平淡日子,我看到,父亲变了,我也变了,而我们都开始懂得珍惜。与老人家相处,才慢慢发现人生中许多奇妙的事,有时候我们必须像哄小孩一样哄他老人家,就一如当年他哄我们一样。小时候父亲对我们说:"不许吃太多糖果,会蛀齿。"现在我们则对父亲说:"不许吃得太肥腻,小心胆固醇。"生命中的颠倒和错位,有多少唏嘘就有多少无奈。

记得孩童时,有一年家里经济出现问题,日子过得特别困苦,我和哥哥向母亲提议,我们不念书了,去卖彩票或做点什么来帮补家计吧,母亲当然不同意。后来无意间听到母亲和父亲提起这件事,父亲听了严厉地说:"挨穷可能只是一两年的事,但辍学会是孩子们一辈子的事!"时至今日,我仍不会忘记,在那段人生中最穷困的日子里,父亲依然保证让我们有受教育的机会,甚至是坚持学习民族文化,这让我们兄弟姐妹在将来步入社会后有了一个很好的人生起跑点,仅这一点,我认为父母的远见和伟大就无法言喻。然而,在当时那个环境,能坚持这样做委实一点都不简单。我们的学费成为家庭的重要开支,虽然我们一家在挨穷,但父亲从未让我们挨饿,更不会让我们失学,那一年,我才七岁。这些生活上的点点滴滴,我毕生难忘。熬过那一年后,日子渐渐好转,我们一家又回复到那种奔波劳碌的生活中。现在静下来回想那十几年的匆匆时光,岁月在带给我们成长的喜悦的同时,也无情地卷走了双亲的年华。有一天,我扶着父亲下楼梯时才发现,我走起路来有多快,父亲就老得有多快。这个时候,我与父亲之间的步履,是很不协调的,就像小时候他拖着我走路时一样,又或者,当我对着镜子看到自己长得已经如何气宇轩昂的时候,父亲手臂上的老人斑都渐渐长出来了,活到这个年纪,就不得不承认,父母是不可能和我们过一辈子的,要接受这样的事实很不容易,而有些人,活了大半辈子,还会想不通。

其实所谓父母子女兄弟姐妹一场,无不就是到了适当的时候,父母把我们一一送到人生的渡口,逐个上船,然后大家挥一挥手,兄弟姐妹之间也得分道扬镳,某一天,等你已经满载而归或者漂泊得累的时候,才想起童年时那个无忧无虑的港湾,于是,你又划回去,但在泊岸时,岸头上已看不到双亲的影子了,再放眼望去,大海茫茫,这时除了继续起航,还有什么选择呢?那如果在泊岸时,你还能看到双亲在岸头上守候的身影,恭喜你!你获得了老天爷对你人生中最大的恩泽。

所以，当有一天父母把我们送到渡口时，上船吧，别回头。

因为我始终相信，父母一直给我们最好的祝福。

🌴 作品赏析

《踏上人生的渡口——值父亲节而写》正如它的副标题中提及的"父亲节"，"我"和父亲的相处模式的改变，引起了"我"对子女与父母相处模式的思考。文章讲述了小时候"我"和父亲的不良沟通，到成长后内心逐渐因为父亲的衰老和病弱而发生改变，逐渐开始珍惜与父亲的情感，也开始体会到父亲的艰难，"我"在这个过程中逐渐领悟到父母是我们人生中的过客，不可能永远陪伴在我们的身边。离别是必然，在面临离别的时刻，我们能做的，是感谢父母，珍惜父母。

龙应台的《目送》中曾写道："所谓父女母子一场，只不过意味着，你和他的缘分，就是今生今世不断目送他的背影渐行渐远。"李伟贤的这篇文章中也有相似的情感体验，不同的是，由我们的"目送"，变为父母送我们到"人生的渡口"，看我们走向远方，打拼自己的天地，拥有自己的世界，而我们"荣归故里"之时，"渡口"之上父母的身影可能已经不在。"我"对父亲，也从一开始没有正常的沟通，也不尝试去"了解"，到因父亲的病弱而产生怜惜，再逐渐地理解父亲，感谢父亲。再通过小时候父母不让"我"吃糖，同现在我们不让父亲吃肥肉形成对比，相似的话语是责任位置的转变。而父亲的老去，也让"我"逐渐想通，父母不会一直陪着我们，这时候珍惜父母，是最重要的也是最需要做的。

子女与父母如何相处，以及子女如何看待与父母的关系一直是社会中受人关注的问题，父母一直无私地爱着自己的孩子，为孩子奉献，但社会影响下不同时代人又因为思想代沟造成沟通的困难也是现实的问题，而时间的飞速流逝，可能使子女在理解父母的时候，却发现为时已晚。李伟贤的文章提示着作为子女的我们，应该珍惜短暂的与父母相处的时间，这不意味着放弃自我，而是尝试去理解、去珍惜，你可以在人生的渡口走向远方，但不要忘记，在原地默默为你祝福的父母。

（于　悦）

蔡 忠

蔡忠,本名赵忠。祖籍中国广东省汕头市潮阳区,生于1984年。喜爱写文、作诗、书法、画画、音乐等。现为世界华文作家交流协会永久会员、世界华文作家协会会员、亚洲华文作家协会会员、《越南华文文学》季刊编委、《文艺季刊》编委、胡志明市书法会会员等。诗作与散文见于《越南华文文学》季刊、《西贡解放日报》文艺创作版、《文艺季刊》,亦披刊于中国《创世纪》《笠诗双月刊》,以及《中国文艺家》,美国加州《新大陆》诗双月刊等园地。2012年元月出版个人新诗集《摇响明天》,2015年6月出版个人散文集《点亮行程》。

有一种最神圣的呼唤——父亲!

没有天,哪有地? 没有父母,哪有我们?

是您,父亲,敞开我生命的智慧之门。

是您,父亲,陶冶我本性的思想情操。

父爱是一本人生震撼的著作,它承运了岁月沧桑之留痕。

父爱是一册心灵归宿的典范,它超越了空间时间之想象。

父亲的爱是理性的、内敛的,是智慧之爱,更是责任之爱。

母亲养子育女的过程要比父亲更为用心,是点点滴滴温存的给予,因此诸如孩子的吃喝拉撒睡,注意程度注定比父亲高,所以说孩子的身心、情感之茁壮成长多依赖于母亲的教育,而孩子的思想之成长更多来自父亲的谆谆引导。

父亲的爱是天生的,是自然的,更是神圣的。如天降甘霖,霈然而莫之能御,是无条件的施与而素来不望回报。与生俱来,常以身体言行为精准典范,常以人生道理和期望来引导孩子前进。是忍耐,更是宽容,没有一丝威胁和独裁,让正在苗壮成长的孩子感到身心发育,汲取文化之精华而睿智日益获得增加,并最终栽培出优秀的儿女。

父亲,顶天立地的男子汉气质之作用是由他的责任心决定的,能够负责任的、尽义务的父亲是真正的男人,是每个孩子心灵的港湾,抵挡门外千万的风霜雨雪,能够站立叫作坚强。

父亲对于子女的爱,应该说是尽力地教育、完全地抚爱。父亲以爱护自己的生命为光荣,这构成他爱孩子的基点,让这种爱洋溢了忧患与思虑的理性色彩。父爱的力量是永远超乎我们想象的。这满载父爱的文字是无比珍贵的礼物,在社会给予人类的一切馈赠中,有什么能胜过父母的关爱呢?深信没有的。

父爱如一盏亮丽的明灯无时无刻不照耀着我们的人生道路,又是生活中最坚强的后盾,一直以来陪伴着我们成长,笑傲人生。

世界上最伟大的爱——父爱。

是的,一位父亲胜过百位教师。父亲那高尚的德行永远是孩子巨大的财产,一生受用不尽,对子女有重大的影响。父母因儿女而青春常驻,从孩子呱呱坠地一直到长大成人,一来二去总是养儿体、乐儿魂、开儿识。倘若没有父母的爱培养出来的人,往往都是有缺陷的。可见父母的智慧是对儿童最有效的影响魅力。

在慈父的心目中,孩子常是自我的一部分,子女是他的理想自我再来一次的机会。能从自己孩子身上得到幸福的人才真正拥有幸福。一个做父亲的,当他生养孩子的时候,还只不过完成了三分之一。他对人类有生育孩子的义务,他对社会有栽培人才的义务,他对国家有造就公民的义务。另外还有一种特别的成分,那就是——父亲对儿女深深的爱!对孩子而言,有如营养般重要的双亲的爱极其有利于孩子的成长。有其父必有其子,每一棵好树必然结出好果实。

父母让子女借鉴自己的经验,留给他们共同的回忆,子女则成为父母不朽的替身。父爱应当是这样的:他能激起孩子对周围世界,对人们所创造的一切的关心。

父母之于子也,生之、育之、保之、教之,故为子者有报答父母恩之义务。

父亲与生俱来的使命,是整个家庭的领导者,他有责任教导小孩子认识人类的真实面目及了解人生。孩子还小时,教育他们伦理道德;孩子长大后,给他们翅膀,指引他们翱翔高飞。父亲,是最仁慈的法,是最贴心的朋友,是最挚爱的太阳,他的光焰照耀着、温暖着我们的心灵深处。撑起一片湛蓝,万里晴空无云,悠然放怀沐在明媚的阳光下。明天会更辉煌、更璀璨,教会我踏出美丽的步伐。

感谢上帝赐予我这位伟大的父亲。

既然真正的保姆是母亲,则真正的教师便是父亲。父亲以优秀而明智的话语来开导我,引我向前迈进。这么多年来,那满是爱意的目光一直留在我心中,自己才真正明白父亲的伟大。我悟出了父亲给予我的人生最大的快乐,那就是让我明白、让我学会真谛——我什么都能行!挺起胸,向前跨步,站在文学之巅谱写每一页绚丽人生。每次提及父爱、阅读父爱、写到父爱,总觉得父亲在摸着我的头、拍着我的背,不知怎的,手中的笔总是显得无力,情感的语言总是匮乏,眼泪一次次地将稿纸打湿,脑子里一次次出现空白,炽热的情感又一次次地凝固……

如果想让孩子成为一个快乐、大度、无畏的人,那这孩子就需要从周围的环境中得到温暖,而这温暖只能来自父母。父亲已给予我许多,让我觉得家庭是每个人最坚固的城堡。风雨来时,寻找的怀抱永远是母亲的胸脯、父亲的殿堂,容我入怀。幸福的家庭都是相似的,生活的乐趣是抵抗坏风气歹毒害的良剂。

父亲的言行举止能给儿童最起码的观念,树立了人性敦品崇德的模范,教人温馨铭记。每一句话都是金玉良言,在风雨兼程中起了无数激励鼓舞的作用。父亲的美德就是孩子一笔巨大的财富,取之不尽,用之不竭。我常想:人间充满了爱的交响,我们倾听、表达、感受、震撼,让我真正地体会、懂得,父亲的声音是最优美的旋律、最动听的乐曲。那是无可置疑的力量,把我对父爱的理解送到至高处。父亲的和蔼可亲能使孩子在道德上更快地成熟。家庭是用孜孜不倦的亲情劳动建立起来的,家庭是社会的一个天然的基层细胞。和睦相处的家庭随着它的成员的成长而更加丰富多彩。

纵使是丹青高手,也难以勾勒出父亲那坚挺的脊梁;即使是文学泰斗,也难以刻画出父亲那不屈的精神;即使是海纳百川,也难以包罗父亲对儿女的关爱!父亲的亲情滋养了我,滋养了一个家,滋养了一片纯朴的风情。一家人能够互相亲密合作,才是世界唯一真正的幸福。他用自己慈爱的方式来爱护每一个孩子,用一颗晶莹剔透的心灵告诉我们怎样去爱下一代的孩子,如犁铧一样豁然驶过我思想的原野,又教导我最理想的家庭生活取决于成功的思想交流,我铭记于心。

父亲是一部大书,年轻的儿女们常常读不懂父亲那优美且深奥的内容,直到我们真正长大以后,站在理想与现实、历史与今天的交汇点上重新打开这部大书的时候,才能真正读懂父亲那颗真挚的心。人生真正的幸福和欢乐浸透在亲密无间的家庭关系中,以及在这社会给予人类的一切馈赠中,有什么能胜过父母的关爱呢?没有一件宝能胜过的,金银白玉诚可贵,怎及父母身价品德高。

我站在窗前,窗外大雨如注,我不知道父亲那边是下雨还是天晴,但我知道,他一定站在老屋檐前翘望着我,直到风止、雨停,完全歇下……

不要将自己置于时间的控制之下,总之要保持生命的平衡,因孩子是爱情和义务永远结合的象征,不到自己做父母的时候就不会了解父母对我们的爱,人是如此的。"养儿一百岁,长忧九十九。"可不是吗?

做父亲的,对子女的教育绝不是一种无效劳动。虽然在某些年月里,好像被教育者处于沉睡的状态,没有见到效应,但是,总有一天,会看见有大好处的。和睦的家庭气氛是世上的一种娇艳的鲜花,没有东西比它更温柔,没有东西比它更优美,没有东西比它更适宜把一家人的天性培养得坚强、正直。在充满体贴和关心的家庭中,永远不会为鸡毛蒜皮的事情发生争执,伤感情。家庭是心灵的寄托处,是灵思絮语最佳的归宿。所以父母一来二去总是鼓励着儿女以自己的方式获取那无与伦比的种种快乐、愉悦,难道还有比这更好的方式吗?父母竭尽一生的努力把儿女养育、教导、呵护、关注,而至发现孩子需要什么,然后再建议他们如何去做,栽培他们成为一代杰出人才。

是谁,用瘦弱的身躯为我们撑起一片充满爱的天空?

是谁,用勤劳的双手为我们构建一个最幸福的家园?

是您,我毕生最伟大的父亲啊!

只要有父亲在世,我永远是那么那么的年轻!

父亲,世界上没有什么比得上这更神圣的呼唤了!您平凡而伟大!

父亲是一条河,流转着岁月,诉说人世的多少沧桑!

父亲是一片海,擎起了朝阳,放飞天空的彩色翅膀!

父亲是一座山,坚韧起脊梁,挺拔大地的桃李芬芳!

父爱如山,如山父爱。

人类历史上最精彩、最纯朴、最优美、最感人、最动听的诗篇——父亲!

作品赏析

《有一种最神圣的呼唤——父亲!》是一篇歌颂父爱的抒情散文,全篇都在赞美父爱是最伟大的爱。作者指出孩子的思想成长更多来自父亲的谆谆教诲,父亲对于孩子的爱是一种坚强的责任,一位父亲胜过百位教师,父亲有与生俱来的使命,是整个家庭的引导者。

作者在文中多处使用排比的修辞手法,从方方面面歌颂父爱的伟大,感情饱满强烈。作者把父亲比喻成一部大书,在子女年轻的时候往往很难理解这本书的深奥。文章的开头与结尾处互相呼应,用排比的手法强烈歌颂父亲是一条河,父亲是一片海,父亲是一座山,父爱如山,最感人至深的就是父亲。

"唯有你的意志,百折不挠,千磨不变,挑起全家老小一生的重量。"父亲爱的方式往往和母亲不一样,全篇感情饱满地赞美父亲,表达了作者对父亲一生的深厚感情。

(张瑞坤)

缅
甸
卷

林德基

林德基,祖籍中国福建安溪。生于缅甸仰光,1965年离开缅甸回中国台湾求学就业,定居至今,曾在平面媒体工作,现已退休,著有《伊江书情》《再见,兰心书店!》《Min-ga-lar-bar伊江》等。

到缅甸南方旅游吧

旅游缅甸,除了大金塔、勃固、蒲甘、东枝茵丽湖、曼德礼等景点,现在可以换个方向,往缅甸南方旅游了,尤其是近年来渐渐热门的毛淡棉、帕安值得一游。

缅甸南方的旅游景点,第一站是吉蒂佑佛塔(风动石),对缅甸境外游客来说,此景点是较为熟悉的,目前可以当日来回,去过的人不少。从吉蒂佑佛塔往南走,就是毛淡棉、帕安,近几年当地情势稳定,游客增多,目前以邻近的泰国游客到此旅游最多,欧美背包客也不少。

2017年2月下旬,我们在仰光通过住宿旅馆介绍的旅游巴士,开往缅甸南方旅游,四天三夜行程每人交180美金(不包括餐费),我简单记下行程:

2月20日,早上8时30分出发,前往仰光市东南方约300公里萨尔温江入海口的毛淡棉,它是孟邦最大的城市。午后,经过全长2300多米的毛淡棉铁、公路两用大桥,傍晚抵达坐落在Strand Rd滨海大道的旅馆。下车,就被夕阳吸引了,大伙纷纷在海边取景留影。晚餐在"和尚餐厅"用餐,餐厅名"和尚",并不是和尚经营餐厅,炒饭、炒面、炒米粉作料多,有点像马来西亚料理风味,味道不错,餐后沿滨海大道走回旅馆,海边有规模不小的夜市,相当热闹。

2月21日,往毛淡棉南方约30公里的木东、温盛达耶参观,沿途可看到整排的僧侣化缘和坐佛雕像,看见横卧在山上巨大的达隆卧佛。此卧佛于1948年开始兴建,1994年由一位高僧募款重建,佛像长180米,高34米,重达400吨,内有8层楼高,设施似乎还待补强。而高僧已圆寂,附近建有高僧金身纪念馆及各种佛教故事雕塑。

下午游水上佛塔,参观"死亡铁路"(桂河大桥)博物馆。1942年9月,日本从缅甸和泰国两端强迫战俘修筑"缅泰铁路",要确保日军侵略缅甸和其他亚洲国家的替代补给线,铁路经过的许多地方地形恶劣,被残暴对待的战俘死亡上万人。这条铁路被称为"死亡铁路",因泰国路段的《桂河大桥》小说与电影故事而闻名,许多人忘了铁路另一段的缅甸路线。近年在毛淡棉完成一座"死亡铁路"博物馆,呈现了这段残酷历史,是最近才开放供游客参观的。

毛淡棉还有英国殖民时期的建筑,如总都府、大教堂、大清真寺等,可惜我们因时间关系都错过了。

2月22日,前往距离毛淡棉60公里的帕安。原来可以坐船去帕安的,但我们包车,就失去了体验海上旅游的乐趣。昨天路过木东看到壮观的200多尊化缘侣僧雕像和坐佛雕像,司机今天停车让我们拍照。近午时刻来到帕安,它属克伦邦城镇,街道上可见到背枪的军警。沿途但见山石嶙峋,景色秀丽,有到桂林阳朔的感觉,欧美背包客不少。帕安附近有不少石灰岩溶洞,走溶洞乘小舟的体验,与走桂林钟乳洞、金门坑道相似。今晚在帕安过元宵节。

2月23日。风景优美的帕安坐落在河畔和山区,绿色稻田与轻盈湖水遥相呼应。到此旅游,很多人是为了探索周边充满佛教氛围的神奇岩洞。来到这里,要进入石灰岩溶洞参观才不虚此行。此地岩洞有 Sadan Cave,Kawgun Cave,Kaw Ka Thawng Cave,Yathaypyan Cave,有六七世纪缅甸第一个皇朝辟筑的溶洞,洞穴里有让人叹为观止的佛像、佛塔和岩壁雕刻,有的洞口石壁和岩顶上雕刻着成百上千的小佛像,有的洞穴附近有很多猴子,我们脱鞋进入一座最大的石灰岩溶洞,洞内光线不足,依手机照明穿越,地下全是泥土沙石,我们相互牵着小心翼翼地走每一步,担心滑倒,也担心被尖锐的石头刮到。出了洞乘小舟,舟在湖面划动,湖光山色,旖旎迷人,不禁让人沉醉。

今天的行程,幸运地遇上本地民族节庆赶集,附近居民多盛装而来;尤其是小孩穿新衣戴新帽在广场追逐嬉戏，市集里有不少山产水果糕点，更有各式服饰和刀械产品贩卖，市集附近的佛塔则挤满虔诚的信徒……

缅甸南方的游憩景点，几乎多维持原貌，很少因为观光、旅游而人为开发，目前到此一游，可以欣赏自然的原貌，享受天然的美丽。再不把握机会，过几年也许就会变样了。

后　记

毛淡棉另有吸引欧美游客的景点，那就是出版《缅甸岁月》《动物农庄》《一八九四》三本书的作者乔治·奥威尔曾经住过的地方。乔治·奥威尔曾在缅甸担任警察，他于1922年11月来到曼德礼，十九岁进入英国政府设于曼德礼的警察训练学校就读，这是他在缅甸发展的开端。1926年，奥威尔抵达毛淡棉担任当地的警政首长，他的母亲是缅甸木材商的女儿，毛淡棉是奥威尔母亲成长的地方。他先后在毛淡棉、曼德礼等地驻扎五年，这段经历也使他日后走向作家一途。

由于奥威尔所写的故事被认为影射军政府高压统治下的缅甸社会面貌，美国女记者埃玛·拉金出版了一本《在缅甸寻找乔治·奥威尔》，她带着书到缅甸走过被当地知识分子誉为"先知"的奥威尔曾驻扎的路线，观察比较书中场景与缅甸人民的悲惨生活状况。奥威尔就读的警察训练学校，他来到缅甸之后首次落脚的警官食堂，以及他担任英国殖民警察的最后一个驻点卡萨小镇里的办公住所，至今依然存在，吸引了许多外国游客专程探访。

🌴 **作品赏析**

《到缅甸南方旅游吧》通过记叙"我"到缅甸南方旅游的经历，向读者展现了缅甸南方城市的文化风情。作者使用了像日记或者行程记录的方式，记录了在缅甸南方四天的行程与体验。表达了对于缅甸南方天然美丽的喜爱与赞美。也将缅甸南方的城市与风景推荐给了我们，让人更加了解缅甸的风景与文化，去欣赏现在难得的自然的风景，天然的美丽。

作为一篇文化散文，作者通过自己到缅甸南方旅行的经历，向人们介绍了缅甸南方的景色与文化风情。文章开篇点题，"除了"与"现在可以"将关注的重点自然顺畅地引导到"缅甸南方"，紧接着按照时间顺序将"我"旅行中看到的缅甸南方风景展现出来,从毛淡棉到木东、温盛达耶,从海边的毛淡棉到佛教文化,再到承载历史惨痛记忆的文化博物馆,最后归于风景优美的帕安。按照自己的行程,从时间和空间上的顺序将缅甸南方的风景进行了细致的描写,这其中辅之对于文化的阐释与对风景的描写,展现了极具风情的缅南自然风景与人文特色。而这条旅行的线路并不那么完美,"达隆卧佛"的设施"还待加强",博物馆"最近才开放",岩洞中还是依靠"手机照明"……而这些不完美的地方,在"我"看来,也成为缅南风光天然的风格与自然的特色。

林德基详细记述了到缅南旅游的经历,表达了自己对于自然景观与天然未加过多改造的美的喜爱与向往,同时也想把这种未经过许多修饰的自然的美推荐给更多的人,让人们都能体会到这种自然与天然的美好。现在各种各样的旅游景点层出不穷,但更多是来自人的刻意修饰,商业气息已经掩盖了景点自身具有的美丽,缺少了自然的清新美丽,林德基的这篇文章也在告诫我们,珍惜自然之美,珍惜天然的美好。

(于 悦)

苏懋华

苏懋华,1949 年出生于缅甸北部格沙镇,是年母亲带入云南腾冲探望外祖母,从此父母各居一方,苏懋华一直跟随母亲成长。于腾冲一中初中毕业后,"文革"期间回农村接受再教育。1974 年移居缅甸与父亲相聚,在缅甸打工,挖玉矿,后经商,现已退休。有作品在东南亚华文报刊及《缅华文学作品选》发表。

常 回 家 看 看

大女儿在中国台湾定居多年,每次回来,总是带来大包小包一大堆的礼物,家人的、亲朋的一应俱全,特别是我的滋补品,她从未忘记过。多年来,我未曾买过衣服鞋子什么的。我看着她带着沉重的行囊这么大老远的奔波劳累,内心很是不忍,我对她说:"爱仙,这边什么东西都买得到,过磅费就可买这些东西了。"她说:"爸,这不一样。"我突然意识到我说错话了,女儿的一片孝心,我不该堵塞啊!

女儿每次回来,我总想着让她住得舒适些,家里家外一定要收拾一番,也想着为她做一些爱吃的饭菜,缅甸小吃独有的风味也是她梦寐以求的,毕竟她自小生活在缅甸,一直留恋着曾经有过的生活,这里的番薯叶、山毛野菜等绿色食品,她都当饭吃一般。每天早晨去小菜街,特别吩咐买一些景颇族人家用擦锅叶包着发酵的纳豆豉,她说里面的丝丝对美容很好。总之,只要她爱吃的,我们都会满足她。

记得上次她带着两个孩子回来,清静的家又开始热腾起来,两个小外孙大概在中国台湾住久了鸽笼式的屋子,一旦来到宽展的家,被压缩的小心灵如同释放到一个广阔的世界,楼上楼下到处都是他们玩耍的天地,弟兄俩神气十足,闹翻了天,我这做外公的,看到他们这么活泼快乐,打从心底高兴。

常回家看看,对我们侨居地的华人来说,有着如同过节的滋味,"家"的概念也令我想了很久很久,有时自问,何处才是我真正的家呢?我的老家在山东,那是父亲出生的地方;母亲的家在腾冲,那是我成长的地方;我生活的家在密支那,这是我漂泊的地方;中国台湾也有个家,那是父亲最后的归宿。这些"家"编织着我全家人一连串的故事,而我几乎成了故事的主角。

父亲年轻时为抗战离开了家,驰骋于滇缅沙场,跟母亲结下了一段情缘,后来因局势变故父亲又来到缅甸,过着笔耕不辍的生活,最后去了中国台湾,病故于台北,遗骨还存放在阳明山灵骨塔内。而母亲跟父亲颠沛流离了一段岁月又回到腾冲。那年忽然接到母亲逝世的消息,我悲痛万分,当我从密支那赶到腾冲,亲人们簇拥着我,我跪在母亲的灵前,久久地忏悔,那悲恸的记忆令我难忘,如今,即便常回家看看,对我来说也已没有喊爹叫娘的机会。

然而我不知不觉地当上被喊的角色,当我垂垂进入耳顺之年,才真正体验到父母曾经有过的渴望,《常回家看看》这首家喻户晓的歌,歌词深深触动着我。

我终于明白,常回家看看并非看这个"家",而是看生我养我的父母,看共汲母亲乳汁长大的同胞兄妹,或许还有自己的妻儿老小。我也终于明白,在来得及时一刻都不要忘记家里的每一个人,免得来不及时后悔。

🌴 作品赏析

《常回家看看》作者讲述了女儿常年在外,每次回家都会带着大包小包,带着孩子回家探亲,父亲也希望自己的女儿好不容易回来一次,住得舒心,用心收拾与准备,做了女儿爱吃的饭菜,看着孩子们嬉戏打闹,这样的情节似乎我们每个人都会向往,特别是对于常年在外的孩子,无论多远,回家都是最大的温暖。通过描述女儿的回家,引发了作者的深思,到底什么才是作者真正的家?作者想起了自己已故的父亲和母亲,讲述了忽然接到母亲逝世消息的悲痛万分,最后心中有了对"家"的答案。

作者的行文思路非常清晰,就像简单唠家常,但是却很饱满,生动且有升华,最后不禁触动人的心,每个人都会有对家的牵绊,家不是简单的房子,不是那座城市,有亲人的地方才是家,有父母的地方就是家,要趁父母还在,要趁还有机会表达自己的牵挂,常回家看看。

　　《常回家看看》是一篇记叙抒情的文化散文,简单的故事情节,触动读者的情结。

（张瑞坤）

陈和平

陈和平,1951年8月29日生于缅甸仰光,1965年5月回中国,在中国广西南宁华侨补校就读。下过乡,当过缅共人民军,也从事过大学缅甸语教师。因为爱好阅读及写作,曾在多家刊物发表过一些散文,还在微博中发表了对父亲的回忆录《他的足迹》。

大脖子村——孟雅

这,是在我人生旅途中掠过的一个景点。它是那样顽固地深深扎根于我的脑海之中。

时光飞逝,一晃就是四十多年。依稀记得那是在 1969 年的夏季。

这一天,骄阳似火,酷热难当。我随女兵连风尘仆仆地来到一个神奇的村落。尽管之前指导员交代过,前面我们即将到达的是个掸族大脖子村——孟雅(位于缅甸掸邦北部边远地区),但进村后我还是震惊无比。

这是一个仅十来户人家的小村寨。我们拖着满身的疲惫走进寨子,不忍目睹的画面一一映入眼帘:村里的男男女女(除了年幼的孩子),几乎无一不是大脖子的,乍一看,一个个大小不等的肉瘤就像大冬瓜似的垂挂在他们的脖子上(最大的可以垂到胸口),令人触目惊心,心酸不已。

我们五班进驻的高脚屋,堂屋里只有一个四四方方的火塘、一口铁锅和一张破竹席,里屋也仅摆放着大概是装粮食的一个布袋,别无他物。屋主是个四十岁上下的中年男子,衣衫褴褛,样子丑陋,肿大的脖子吊到了胸口。其身边未见妻室儿女,只有一位也是大脖子的老母亲与他相依为命。不知怎的,一看见他,我心里就很不是滋味,怜悯、心酸、伤感一起涌上心头。只见他面带笑容用掸语招呼初来乍到的我们,虽听不懂他说些什么,但我还是能猜出他这是在对我们表示热忱的欢迎,故对他报以微笑和点头。后来从别人口中得知,这里的饮用水(井水)中严重缺碘,很不好喝,长期饮用,会罹患大脖子病,可是,我们每个人却偏偏都得硬着头皮去"品尝"。这水很奇怪,一到嘴里就很难下咽,说不上是啥味道,酸甜苦涩都不是,总之就是三个字:特难喝!然而这大热天口干舌燥的,不管难不难喝你总得喝吧,人家祖祖辈辈就靠这水活命,而且因饮用这水罹患大脖子病已成为他们不可抗拒的命运,和他们相比,我们这点委屈又算得了什么?!

让人困惑或无法解读的不只这些。下午,我们来到村旁的小河边洗澡,一到这里,眼前的景色又让我一下子惊呆了!哇!这哪像苦难深重的大脖子人的居住地啊?这简直就是人间天堂!放眼望去,蓝天白云,青山绿水交相辉映,一棵棵枝繁叶茂的榕树弯着腰身,把枝叶伸进清澈见底的河水中,那姿态宛如一个个长发飘逸的美丽仙女低头吮吸着河里的甘泉,榕树倒映水里,河水银光闪烁,河底的鹅卵石清晰夺目。此刻,只觉得自己仿佛进入了一个梦幻般的美丽仙境,顿时感到如痴如醉,心旷神怡。欣喜若狂的姑娘们立即换上纱笼,纵身跳进河里,打起了水仗,啪啪的戏水声和欢笑声交织在一起,连日行军的疲劳荡然无存。

在大脖子村,只待了短短三天,我们就和村民挥手告别。想到这美丽的河畔,迷人的风光与贫病交加的村民同在一片蓝天之下,反差却如此强烈,我不禁深深感叹:大脖子村啊,你什么时候才能变成一个健康村、鱼米乡?什么时候才能脱离苦海,变成真正的人间天堂?

作品赏析

作者在 1969 年随女兵连去到了掸族大脖子村——孟雅,在这个仅十来户人家的小村寨作者发现了非常奇怪的一幕,村里的男男女女(除了年幼的孩子),几乎无一不是大脖子的,乍一看,一个个大小不等的肉瘤就像大冬瓜似的垂挂在他们的脖子上(最大的可以垂到胸口),令人触目惊心,心酸不已。后来从别人口中得知,这里的饮用水(井水)中严重缺碘,很不好喝,长期饮用,会罹患大脖子病,作者尝了一下发现这水很奇怪,一到嘴里就很难下咽,说不上是啥味道,酸甜苦涩都不是,总之就是三个字:特难喝!然而这大热天口干舌燥的,不管难不难喝你总得喝吧,人家祖祖辈辈就靠这水活命,而且因饮用这水罹患大脖子病已成为他们不可抗拒的命运。然而除却大脖子病,令作者困惑而又无法解读的是这里山清水秀,仿佛一个梦幻般的美丽仙境。作者不禁发出感叹:"大脖子村啊,你什么时候才能变成一个健康村、鱼米乡?什么时候才能脱离苦海,变成真正的人间天堂?"

作者对患大脖子病的村民以及孟雅村村民的家描写得很细致,如:"堂屋里只有一个四四方方的火塘、一口铁锅和一张破竹席,里屋也仅摆放着大概是装粮食的一个布袋,别无他物。"作者的这段描写有一种画面感,这也从侧面烘托出这户人家的清贫。还令我印象深刻的便是作者对孟雅村环境的描写,作者写道:"这简直就是人间天堂!放眼望去,蓝天白云,青山绿水交相辉映,一棵棵枝繁叶茂的榕树弯着腰身,把枝叶伸进清澈见底的河水中,那姿态宛如一个个长发飘逸的美丽仙女低头吮吸着河里的甘泉,榕树倒映水里,河水银光闪烁,河底的鹅卵石清晰夺目。"这段描写运用了比喻、拟人、白描的修辞手法,给人一种如临仙境的视觉体验,生动形象、栩栩如生。

作者描绘的这个鲜为人知的小村子——孟雅村,因为严重缺碘,一代又一代人患有大脖子病;又因为病痛,村子生产力低下,恶性循环导致生活异常贫困,不禁令人同情嘘唏。作者的悲悯之心流露在文章的字里行间,经作家披露后,定会引起政府当局的关注与重视。这样关注社会现实具有人文主义情怀的作品值得大家关注。

(李翠翠)

杨成炯

杨成炯,1964 年出生于缅甸克钦邦,1967 年因战乱迁至挽幕镇武扬村,于本地育侨小学就读,后转读密支那育成中学,1980 年初中毕业。现居密支那,喜欢文学艺术。

回忆在武扬村过年

20 世纪 60 年代缅甸克钦邦,与中国交界的山区一带,华人村落星罗棋布。在这片区域居住的华人,虽则多数已历几代,但基本完整保持着中华民族的传统特色。当时的昔董区麻河村就是一个很好的例子。那里跟云南盈江苏典接壤,因时代背景使然,一度繁华兴旺,由原来的十多户,骤增至四百余户。后因战乱,缅甸政府于 1965 年至 1967 年,勒令山区居民全部迁移至平原地带,即现今的挽幕镇武扬村。

我童年的一部分岁月,就在辗转迁徙中度过。在这样一个特定的年代,特定的地区,华人仍固守传统,庆祝并举办盛大节日活动。往事依稀,越行越远,而随着时代的进步,童年时代的很多生活方式与习俗,也在悄悄发生变化,有的甚至已经湮灭。今凭记忆所及,且将年节习俗录其大概,以为纪念。

年底腊月中旬以后,农忙已毕,家家为了除旧迎新,先挑选一个与全家人属相不相冲的日子,举行大扫除。扫除从堂屋、居室、厨房开始,次至牛栏、猪圈,里里外外清扫一通。大人们手持扫帚长竿,忙得灰头土脸,小孩也干劲十足不亦乐乎!

腊月廿四晚上送灶君,桌上摆设香花纸箔,柴担马草,糖果供品。祭者恭敬叩拜,祷祝上天言好事,人间降吉祥。接着要春粑粑,先选上好糯米,洗净浸泡一夜,次日凌晨两三点钟,妈妈就起来烧火,上甑子蒸熟,然后动员全家,或邻里互助,舂碓的,添糯米饭的,剥粑粑的,按粑粑的。脚碓哐唧、哐唧的声音此伏彼起,在村子里回荡缭绕,煞是热闹。粑粑在舂时,要边舂边撒炒香的芝麻面,以防粘碓窝,并增加其香味。粑粑舂好,即从碓嘴上扭下来,放到干净的芭蕉叶上,摁按到厚薄适中、上下匀称、圆形美观方可。人口多之家,舂三四箩,少则一两箩。粑粑可当点心,烧熟蘸蜂蜜吃,是小时候的一味美食。

舂好的粑粑,过两天就切成两寸长、小指粗、条状形的糍粑果,晒干收储,到雨季再拿出来做干粮。粑粑在火堆里烤熟或油炸均极可口,如有多余,则泡在瓮里,间隔换水,可存两三个月而不坏。舂粑粑、吃粑粑,是当年农村过年的一件大事,因而至今印象深刻。

到除夕就要宰杀年猪了。那个年代,除婚丧喜庆、逢年过节外,平素很少能吃到肉,故此小孩盼望过年的心情,极其强烈,年前几个月,就掰着手指头计算日子。不仅如此,过年还能吃到各种平素难得一见的美味,穿崭新漂亮的衣服,有压岁钱花用,还因过年期间讲求吉利喜气,少挨一份父母打骂。

除夕先祭祖,辞岁,贴春联,换门神,接下来栽摇钱树,烧年纸,吃团圆饭。烧年纸后就不串门了。小时,每逢除夕年夜,兴奋得无法入睡,反复背诵开财门吉利话,务必做到倒背如流,唯恐临期如若念得不顺溜,令人不快,红包就小了。

大年初一凌晨,静听金鸡初啼,就去开财门。童子开了财门后,大人起身,先到家堂神位,焚香秉烛,迎灶君,迎喜神财神,然后到水井或水源拈香请水。桶底事先放好一枚硬币,注满水后,挑到水缸倒上,祈求水源清洁,百病莫生。小孩早早起床,忙着换新服,好快点出门去较量一番谁的新衣更漂亮。早餐是肉臊子饵丝,吃过后,大人们也同到学校操场上去立秋千。

秋千是由十六根竹子或木条组成,两边各八根,中间间隔约五米空隙,以便打秋千,每根相距约一米。立秋千是一项技术活,青年人爬到每根秋杆中部,用绳子交叉绞拢,捆绑结实,架上横梁及秋索即成。之后由村里新婚之家来祭秋神。秋架上已用细竹条系上彩礼红包,待祭拜完毕,新娘子将秋千绳上的草人推着先荡几遍(这叫开秋)后,大家才开始比赛。谁能将架上吊的红包打下来,证明谁的荡秋千水平最好。还有洋秋(即飞轮秋千)、磨担秋等。青年男女相互戏谑,尤其晚上分外热闹。

立好秋千,花灯队也沿门挨户地来贺年了。花灯队贺岁所得红包一律归公,拿来兴学办校或购置公用器物。晚上还有闹花灯及游艺演出,都是村里人自编自导的歌舞戏剧,却也热闹非凡。

初一或初二,待择日先生选好吉时及方位,全村鸣锣开道,手捧香花蜡烛纸火,出村外朝选定的方位摆上供品叩拜,从此一年到头出门顺利,求谋称心。回家时要砍上些木柴,取财("柴"谐音),意思是空手出门,抱财归家。

春节期间基本处于休闲状态,直至元宵。到了元宵节,冷清了几天的秋千场上,又热闹起来,趁秋千未卸先争着荡一下,否则过了今晚,想打秋千只能等来年了。初一至十六,每晚祭秋千之家,都会在每架秋千的杆脚插上线香,十六等大家荡好后,再献上供品祭拜,祈求麟儿早降,年内生个胖娃娃。仪式完毕才将秋千卸下。

春节期间大家轮流请春客,几乎每天都你来我往地吃吃喝喝,小孩大人酒足饭饱后,聚集到幽静处吆喝赌博。因村子在春节期间不禁赌,赌风颇盛,往往赢家眉开眼笑,大家围着要红包,威风十足;输了的垂头丧气,懊恼惶急,自怨自艾,无人理会。

元宵节傍晚,妈妈将炒好的谷子、玉米爆花加花生、豆子、糍粑等兜在围腰里,带我们到村外的小河边,计家里人员之数插上线香,并向河里撒米花,边撒边念:正月十六,百病消除,风调雨顺,衣丰食足。回转时,采野花戴上,此谓撒年宵。至此新年习俗才算告一段落。

🌴 作品赏析

作者的童年经历了战火纷飞的年代,作者童年的一部分岁月,几乎都在辗转迁徙中度过。在这样一个特定的年代,武扬村华人仍固守传统,庆祝并举办盛大节日活动。从年底腊月中旬开始,年节的气氛就开始了,每天都有不同的活动,一直会持续到元宵节后新年习俗才算告一段落。这是作者的童年记忆中最深刻也是最快乐的日子。

本文按照时间的先后顺序,讲述春节期间的习俗,首先会在年底腊月中旬以后,先挑选一个与全家人属相不相冲的日子,举行大扫除。廿四晚上送灶君,接着要春粑粑,到除夕就要宰杀年猪,祭祖,辞岁,贴春联,换门神,接下来栽摇钱树,烧年纸,吃团圆饭。烧年纸后就不串门了。初一凌晨,静听金鸡初啼,就去开财门。童子开了财门后,大人起身,先到家堂神位,焚香秉烛，迎灶君，迎喜神财神，然后到水井或水源拈香请水，祈求水源清洁，百病莫生。然后立秋千，之后花灯队也沿门挨户地来贺年了。初一或初二，待择日先生选好吉时及方位，全村鸣锣开道，手捧香花蜡烛纸火，出村外朝选定的方位摆上供品叩拜，从此一年到头出门顺利，求谋称心。回家时要砍上些木柴，取财（"柴"谐音），意思是空手出门，抱财归家。春节期间大家轮流请春客，几乎每天都你来我往地吃吃喝喝。元宵节傍晚，妈妈将炒好的谷子、玉米爆花加花生、豆子、糍粑等兜在围腰里，带我们到村外的小河边，计家里人员之数插上线香，并向河里撒米花，边撒边念：正月十六，百病消除，风调雨顺，衣丰食足。回转时，采野花戴上，此谓撒年宵。至此新年习俗才算告一段落。即使过去这么久作者依旧清楚地记得新年的习俗，这也从侧面表达了作者对于童年时期的那段日子的怀念之情。

本篇文章构思缜密，布局精巧。通篇以时间为顺序，描写春节期间这些习俗，实际上是作者情感的抒发。通过对儿时新年习俗的记忆，字里行间表达了作者对那一段时光深深的怀念。

（李翠翠）

叶 星

叶星,祖籍中国湖北广水市,1969 年 5 月 21 日出生,1992年移民缅甸掸邦定居,从事华文教育教学与研究工作。现任果敢文教基金协会副会长、缅北果文文教会秘书长、腊戌黑猛龙高级中学常务副校长、龙门缅甸华教基金会秘书长、临沧市海外交流协会理事等职。有小小说、诗歌、海外华语文教学论文、新闻报道等千余篇,发表于国内外报刊。

牵 手

苏芮的《牵手》唱得好:"也许牵了手的手,前生不一定好走,也许有了伴的路,今生还要更忙碌,所以牵了手的手,来生还要一起走,所以有了伴的路,没有岁月可回头。"在人生的旅途上,不管走到哪一段,只要有人牵着你的手,就到达了幸福的最高境界。

牵手,是世界上最动人的风景。十指交叉后,像刚泡好的春茶,香甜沁脾,心灵瞬间相通。

四十年前,父亲不幸中风,身体左侧瘫痪,卧床不起,唉声叹气,意志极度消沉。母亲眼含热泪,紧紧握着父亲的手,说:"你一定要挺过来! 活动不方便不要沮丧,你还有我啊,我会牵你的手走完这一生的!"

从那以后,母亲就是父亲的眼,是父亲的脚,是父亲的手。母亲常常搀扶着父亲出门,不论去哪里,两人一定手牵手。母亲每天的任务,除了一切的家务活,就是用自己的一双手牵引着父亲生活。她牵着父亲步履蹒跚地去逛街,去散步,去串门子,一起购买生活品,一起回忆年轻时浪漫的日子,一起笑呵呵地与人打招呼……牵手,成了父亲与外界联系的重要纽带。他们这一牵手就牵了二十年,直到二十年前父亲去世时他还紧紧攥着母亲的手。对父母而言,牵手,既是信赖,也是爱恋,更是力量。

我本楚狂人,二十年前千里单骑来到异域。驿动的心在缅北的丛林间穿梭,游弋的青春在掸邦高原飘移,那时的我满怀背起行囊走四方的男儿志,从没有在他乡安营扎寨的打算。直到有一天,一位美丽的姑娘走进了我的心房,我悄悄地牵了她的手,而她也用力地攥紧了我的手。因为牵手,让有情人走到了一起;因为牵手,幸福的原田开始生长绿芽。牵手,是通过爱情关卡的第一张明信片。

儿子小时候,我们时常大手牵小手。只要他一哭闹,我们就握着他的手,他立马"喔喔"地和你聊天,破涕为笑;在他稍微大点儿的时候,每晚睡觉前,他都要牵着我的手才慢慢入睡。有时,看着儿子紧闭的双眼,我以为他已经睡着,刚一松手,他却抓得更紧——小家伙没睡着,还醒着呢!直到他甜美入梦,那小手才松开。后来,儿子上学读书了,每天早上他还要我牵着他的手背起他的书包送他到学校到教室。在儿子的世界里,牵手是他最坚实的武器。

我依稀记得 2010 年 4 月 14 日,中国青海玉树地区发生了特大地震。当时的中国领导人温家宝和胡锦涛先生先后赶到灾区,他们紧紧地握着灾民的手不放:只要有一线希望,我们就要尽百分之百的努力救援!胡锦涛先生还走进刚搭好的临时板房教室,牵着小朋友的手亲切地嘱托他们坚强些不要哭,在黑板上写上:"新校园,会有的;新家园,会有的!"并与同学们一起朗读。牵手,成了世界上最伟大的祝福,也是最珍贵的暖流,它使玉树不倒,青海常青,中国雄起!

我任职的缅北腊戌黑猛龙是一所爱心学校,五十多年来,也是因为有着爱心牵手,才从无到有,不断发展和壮大起来,成为缅北华文教育界一颗璀璨的明珠。黑猛龙的发展历史证明:人生多一些牵手,就会多一些飞跃;多一点感恩和满足,就会多一些幸福。牵手,是一种扶持。

特朗普和金正恩牵过手,昂山素季和小市民牵过手……如果牵手仅仅是牵手,那是朋友的,自然可以牵手;如果牵手不仅仅是牵手,那是情人的,自然要牵手;如果因为牵手而牵手,那不管是朋友还是情人,当然应该牵手。我说的牵手,是桥梁,是勇气,更是力量;我喜欢的牵手,是互爱,是相通,更是交融。

✿ 作品赏析

　　《牵手》这篇文章属于文化散文。作者在文章的第一段引用苏芮的歌词来表达在人生的路途中,只要有人牵着你的手不管走到哪一段都是幸福的。作者提到了自己的父母亲,四十年前父亲由于中风生活便不太能够自理,于是母亲成为父亲的手脚和眼睛。母亲紧握着父亲的双手表示会牵着对方走完这一生,于是那以后生活中的点滴都是父母亲牵手度过的温馨画面。父亲直至去世时都是紧紧攥着母亲的手,因为牵手早已成为连接他们两人的重要纽带。随后,作者提及自己,自己本是潇洒而没有心事的好男儿,却和一个姑娘牵起了彼此的手,有情人走到了一起,让作者顿悟到牵手是通过爱情关卡的第一步。后来作者在陪伴儿子成长的过程中,也时常大手牵小手,无论是在入睡前还是上学读书的路上,作者的双手一直都是儿子最坚实的武器。作者也描述了地震灾害时,中国领导人牵着小朋友们的手送上了最温暖而坚强的嘱托与祝福。

　　整篇散文结构层次有序,语言简约朴实,作者通过自己的父母、自己与妻子、自己与儿子,以及发生过的事情来增强对"牵手"的多元化理解。牵手不但是温暖、坚强的,更给予人们一种无形的力量与永久的陪伴。作者结尾处的点题让文章得到升华。

(王思佳)

谷 奇

谷奇,1978年生,缅甸第三代华人,出生在缅甸北部南坎县,现居缅甸仰光,从商。业余爱好旅游,偶尔写点小诗。缅甸古韵新声诗社成员。

给女儿的信

亲爱的衣衣:

宿舍生活还习惯吗?习惯了最好,不习惯也没有关系,慢慢去适应,适应也是成长的一部分。今年将面对学习过程中最关键的一年,当然成绩并不是决定你人生的唯一因素,但是有一个好的成绩就会多一些选择,所以希望你心无旁骛地读完这一年,也借这个机会去体验一下集体生活,和一群同龄孩子一起学习的过程。

之前你和爸爸很慎重地讨论过人生意义的问题,宝贝,你今年才十五岁,爸爸到现在都还在思考这个问题,所以很难给你一个圆满的回答。人生应该分为三个阶段吧!第一个阶段应该是学习的阶段,过早地去思考人生并没有什么意义,这个阶段应该把学习做好,以及做一个快乐的孩子。第二个阶段是去寻找意义的过程,也就是拼搏的阶段,也许人生的意义是旅行,也许是做义工,也许是科学,也许是一个平凡的生活,也许是当兵保家卫国……这些都是需要自己去追求以后才能发现意义的所在。最后阶段是完成拼搏后享受自己拼搏的成果,无论成功还是失败,都有过一个努力的人生。也许这就是一个有意义的人生。

亲爱的衣衣,你已经够优秀了,当然也有缺点,这个才是正常的,你无须太过于在乎别人的眼光,也无须过度地放大自己的缺点。有些弱点是与生俱来的,不要急着去改变。喜欢和不喜欢,讨厌或嫉妒,一直都会在生活里发生,无法避免,所以需要学会坦然接受,慢慢地也就会明白哪些是有所谓的,哪些是无所谓的了。尽量去做一些自己感兴趣的事情,不要伤害到别人就好,至于别人的喜恶,不要太敏感地去分析,这样不会有意义的。

亲爱的衣衣,爸妈不会要求你成为多么伟大的人,也不会拿你去和别人家的孩子做比较,只希望你是一个快乐的孩子。

最后祝宝贝健康,快乐学业!

爱你的爸爸
2019 年 4 月 28 日

🌴 作品赏析

　　本篇是以信的形式统领全文,作者将自己对女儿的关心与嘱托倾注在信中,首先询问了女儿在宿舍生活的情况,鼓励女儿适应成长。其次以平等的姿态与女儿探讨如何过一个有意义的人生。再次对女儿衣衣予以肯定与鼓励,表达了一些对她的叮咛与嘱托。

　　作者以第一人称的方式,不是以居高临下的父亲权威对女儿进行说教,而是以平等的朋友姿态与女儿进行对话。既真诚自然随和,让人能安心地看下去,不会枯燥与反感,同时又温暖动人,让人体会到字里行间的爱与温情。

　　总之,文章以亲切自然的口吻,表达了对女儿的爱与关心,温暖感人,脉络清晰,真挚自然。

(张清媛)

许 云

　　许云,1981年2月出生,祖籍中国广东台山,中国澳门药剂师。作品在中国、泰国、印度尼西亚、新西兰、新加坡、菲律宾等国家的报刊发表。小说《昏理》获2007年全国手机小说大赛三等奖。小说《肿瘤教授》《出粮的怨愤》《失踪的回款》等,以及《淇澳岛素描》《水步碉楼》等十数首诗被收录到2010年至2017年"澳门文学作品丛书"小说卷和诗词卷。

水 的 祝 福

　　澳门缅华互助会主办的第十三届泼水节于2008年4月底圆满成功。在三盏灯圆形地和黑沙海滩上人们敲锣打鼓,载歌载舞,孩子们用水手枪、喷水器、水管等互相泼水嬉戏,穿着民族服装的少女们用番樱桃花枝,从银钵中蘸取浸有玫瑰花瓣的清水,轻轻地向别人身上抖洒,热闹非凡。人们被泼得越多越高兴,因为水象征着幸福。望着孩子们身上斑驳的水迹,听着歌手们的热情演唱,围观的缅甸、柬埔寨、印度尼西亚、菲律宾等国的归侨们脸上自然地流露出浓浓的喜悦。

　　泼水节是东南亚国家以及云南傣族的过年庆典,泼出的水如泉水般清澈凉快,象征除污去秽、消灾除难,祈求在新的一年里风调雨顺、五谷丰登、人畜兴旺。忆起孩童时仍在缅甸,每年的泼水节都会和弟弟站在家门口对过路的人们洒上一瓢水,并调皮地补上一句:"祝福您!"受佛教思想的感化,缅甸人乐善好施,只求为善得福。然而获得善果并非个人独享,也是可以惠及众生的。罕见的古朴和诚实,演绎在点点滴滴的生活中,也包含在泼出去的点点滴滴的水中。

　　澳门有三万居民是缅甸归侨和侨眷,他们心灵深处仍对缅甸有丝丝牵挂和怀念。缅甸,一个虔诚的佛教国度,拥有着捐献奇迹的瑞光大金塔,充满生活气息的茵莱湖,典雅的皇家妙声鸟餐厅,万塔之城蒲甘……遥远又亲近,依然熟悉伊洛瓦底江、白象、榕树、特那卡、槟榔、番樱桃花、泼水节……怀念那淳朴与安详,怀念那真诚以待与其乐融融,怀念那与世无争与善良好客,深深的想念使泼水节穿越时空来到澳门,每年都有妙声鸟花车巡游全澳,用天籁之音向全澳市民致以最吉祥如意的祝福。

妙声鸟是缅甸传说故事中栖息在喜马拉雅山林之中的神鸟,如中国传说中的凤凰。这种鸟形如布谷,当它啼鸣时,叫声优美、柔和、甜润、动听,世上一切动物都停止活动,全是为了静听它婉转的啼鸣,因此有此美名。缅甸人认为妙声鸟的叫声犹如佛祖释迦牟尼的诵经声,令万物倾倒、陶醉,让心灵明净。许多澳门人及旅澳游客都见过两辆金光闪闪的妙声鸟花车徐徐游过澳门的大街小巷,上面有穿着民族服装的少女向人们挥手祝福。每年4月下旬,正值夏初百花怒放、淡淡飘香的季节,妙声鸟飞来澳门,为小城居民带来水的祝福,带来纯洁、热情、惬意与安详,带来那遥远佛教国度的温馨与吉祥,令人向往的写意与满足。

随着近年澳门旅游业的发展,泼水节得到澳门社会各界和广大市民的认同与积极参加,更发展为有摄影展览、东南亚美食品尝、文艺晚会表演、投资旅游推介及商贸等丰富多彩的活动。多年来,泼水节的成功举办更邀请到澳门特首及澳门各部门领导、内地各省市侨办侨联领导和本澳各界人士的热心参与,带来的不单是对缅甸的思念,更是澳门特有的多元文化的发展,也是一种虔诚文化的延续和传播。

以水为媒,泼出人们的祝福和喜悦,泼出心灵的真善美好,泼出社会的繁荣与和谐。

作品赏析

《水的祝福》这篇文化散文,围绕着"泼水节"这样一个具有国家、地方特色的节日,展现出极具特色的民族文化。故事开始于澳门缅华互助会主办的第十三届泼水节,作者首先介绍了泼水节的含义与象征祝福的意义,泼水节是东南亚国家以及云南傣族的过年庆典,它对于东南亚国家以及云南傣族有着非同寻常的意义。又简单介绍了缅甸的代表地点,以及这些有特色和代表性的地点穿越地点的限制，如"妙声鸟"，这种在缅甸传说中的神鸟形象也出现在游行的花车上，给人们送来了祝福。

这篇短文通过澳门互助会主办的"泼水节"，介绍了缅甸特有的文化及其有代表性的形象特征。作者先用白描的方式简述了澳门举行的泼水节活动的现场情况，同时，开篇点题，讲述"水的祝福"是什么样的含义，同时也在告诉我们"泼水节"中的"水"包含的祝福与期盼，与文章题目"水的祝福"相呼应，文章中穿插"我"的童年回忆，将自己在缅甸度过的泼水节和前文中在澳门举行的泼水节进行对比，突出在现如今这样一个全球文化相互交流相互融合的环境中，各国的文化也通过属于他自己的文化表现方式在世界各地绽放属于自己的花朵。其中的代表，作者也举例说明，像"妙声鸟"的花车，在"我"看来，就是缅甸当地特有的文化走向世界的代表，"妙声鸟"作为缅甸传说中的神鸟，走向世界各地，在"我"看来，既是向世界各地的人展示缅甸文化，也是向世界各地的人们送上来自缅甸的祝福。

《水的祝福》一文，以澳门缅华互助会举办的一次泼水节为主题，向我们介绍了缅甸的泼水节文化，并将此次的活动借"水"或"泼水节"这样一个形式或者说媒介，用文化的方式，联通中缅两国的友谊，也将缅甸的文化展现在中国人民面前，加深了两国人民之间的文化联系与沟通，促进两国人民间的友好交流。

（于　悦）

王崇喜

王崇喜，笔名号角，缅籍华人，祖籍中国云南。1983 年生于缅甸腊戍市猛约村。喜爱诗歌、书画，从事教育工作。2012年与缅华诗歌同好张祖升、段春青、黄德明共创"五边形诗社"。诗歌作品曾先后发表于中国《乾坤诗刊》《野姜花雅集》《诗歌月刊》《滇池诗刊》和泰国《新中原报》、菲律宾《世界日报》等文学报刊上。出版作品有合集《五边形诗集》(2015)、诗集《原上》(2015)，主编《缅华截句选》(2018)、《东盟文心骠国诗情——第十六届亚细安华文文艺营文集》(2018)等。现为缅华五边形诗社社长、东南亚华人诗人笔会理事、缅华书画协会会员、缅北书画协会副会长。

横空爆响的春雷——《缅华截句选》编选及截句经验

《缅华截句选》能顺利出版，首先要感谢中国台湾诗学季刊在面向东南亚各国华文新诗界的"与时俱进，和弦共振"思路中，特别关注到缅甸这块比较陌生的土地上来。

在接到这份编选重任之时，对于是否能顺利完成组稿及编选工作，我是感到有些迟疑的，原因是缅华文坛与文学才刚刚进入一个新的复兴期，尤其是对于现代诗歌的文学形式创作，更需要时间引入思潮，并加以提倡，方能见效。

了解缅甸历史可知，缅华文坛可谓道途多舛，自 1962 年军政府执政并颁布《缅甸社会主义道路》宣言后，在"国有化"政策的实施下，华文文坛与教育受到前所未有的摧残，知识分子和文化人纷纷逃往国外。昔日繁花似锦的文学社团、报刊，自此沉寂，并整整冬眠了半个世纪。换句话说，是整整沉默了两代人(限缅南地区)。而不幸中的大幸，则是缅华教育在面临严峻考验的时期，在无数华人先贤想方设法地努力争取下,原本以缅甸南部(仰光)为中心的华文教育,最终在缅北各城镇得到了延续发展。缅华五边形诗社、抹谷雨诗社、古韵新声诗社的成员,即是从缅北各华校走出来的新一代文艺青年。

缅华五边形诗社于 2012 年 2 月创社,抹谷雨诗社于 2014 年创社,古韵新声诗社于 2017 年 10 月创社。这三个诗社创社的时间均不到十年,从诗社成员发展的速度看,这也意味着缅华文坛在长达半个世纪的沉寂之后,横空爆响的几声春雷,不论雨点之大小,却终使缅华文坛的复兴走出了第一步。

近几年,缅甸本土华人写作者与东盟各国文学组织往来交流日深,其中以创作现代诗为主的五边形诗社近年来已活跃于东盟各国文坛,2015 年于缅甸仰光主办过第八届东南亚华文诗人大会,而兼容古体诗和现代诗的古韵新声诗社也于创社后积极与五边形诗社联合参与东盟文学交流会议。

本月 23—25 日,东盟第十六届亚细安华文文艺营将首次在缅甸曼德勒举行,除有五边形诗社、古韵新声诗社参与其盛之外,更邀请中国台湾著名诗人作家林焕彰、白灵、夏婉云、叶莎、刘正伟等一行至缅甸各大城市的华校进行"缅华诗歌种子与儿童文学启蒙巡回讲座",希望缅华文坛与文学的复兴,能从校园里开始播种、开花、结果。

如前所述,缅华诗坛正处于一个复兴期,从本次集结三个诗社诗人的作品选中不难看出,缅华诗人在现代诗写作上,才刚刚进入探索与呐喊的阶段。对于短小、精练、成熟"截句",非一定的功力与巧思,则难以登堂入室,这对于尚在学步的缅华诗歌写作者而言,实为一大挑战。但缅华诗人亦多以写小诗为取向,故几个月的鼓动之下,缅华诗友们也一鼓作气地尝试截句写作,或从旧作中升华、截取,最后如期交稿,终完成组稿与编选任务。

《缅华截句选》收录了三个缅华诗社社员作品:五边形诗社号角、转角、奇角、广角、云角、海角、天角七位成员作品,每人各十五首;收录古韵新声诗社滇南(十五首)、益寿(十五首)、谷奇(十五首)、蓝翔(十首)四位成员作品;抹谷雨诗社李碧改十首作品。共收录一百七十首截句诗作。

不可讳言,本次选入的作品均为尝试之作,都有极大的拓展与提升空间。今结集出版,旨在追星逐月,步众诗家之身后,俯拾些许诗趣,为缅华诗歌诗坛,添一根火柴。

截句诗是中国台湾诗人白灵、萧萧等主推的一种诗歌新形式,以四行为主,可新创,或从四行以上的旧作中,去芜存菁,截取精华四句或四句以下者。而截句风潮之兴起,则沿着 2014 年中国台湾"鼓动小诗风潮"而来(见白灵《台湾诗学截句选 300 首·编选序》)。

2014 年 9 月,笔者自澳大利亚返回中国台湾(因曾在这留学)。幸蒙中国台湾的诗人林焕彰老师邀约,于是 21 日下午两点,在台北纪州庵文学森林参加诗人白灵主持的"吹鼓吹诗创作雅集"活动第四场,并与野姜花诗社诗友灵歌、季闲、叶莎等不期而遇,实感惊喜。该次雅集诗会共十四位诗人出席,探讨十五位诗人小诗作品。那是我首次参加"鼓动小诗风潮"的活动,也算体验更见证了其历史意义。

时隔三年,即 2017 年 9 月,我与缅华诗友们出席新加坡承办之第九届东南亚华文诗人大会,见到了中国台湾诗学二十五周年出版之十五本"截句诗系"专辑,其截句风潮之广,可见一斑。自此我亦开始尝试截句诗创作,并发表于中国台湾台客诗 facebook 专页及 facebook 诗论坛上,其中拙作《仰光街角随想》在台客四行诗征奖中,侥幸获奖,此亦是在新诗创作的不断尝试之下,意外碰撞出的星火。

在众多文类中,诗,本就是以浓缩为主的一种文学形式,古诗如此,现代诗亦如此。当任何一种文字表达被浓缩后,必然产生由繁而减,由连而断,由直而曲,由实而虚的特性,这种特性恰恰是诗的张力和魅力所在。而截句则是将诗的浓缩特性,发挥到近乎极致的程度。笔者曾以"截句"为题,作一诗《截句》:

> 短笛虽短
> 尤能吹出更高的音域
> 卵石,投之入水
> 或可溅出时代的迷思

截句不是不着边际的排浪,而是诗人手中的石子掷之入水,所溅起的一个时代的惊叹号。其所指所向,如箭之于靶心;其所震所荡,如山村之鼓。

诗,是常人欲道而不能道者,而要道出常人欲道而不可道者,首先这需要三个条件:第一是"真"。"真"就是情感真实而不做作,诗人如果失去了"真",必然就远离诗了。第二是"灵感"。"灵感"是存在于宇宙万物、诗、诗人三者之间的媒介,借由灵感的闪现,诗人得以将其对宇宙万物的回应转而为诗。第三是"巧"。"巧"是巧思。诗的本质是诗,诗歌语言是诗人在灵感闪现时完成一首诗的手段。一首诗之好与不好,在其表现手段之巧与不巧。诗要表现其"巧",则需要诗人的不断寻思。这种寻思是建立在前者"真"的基础上进行的,而非故弄玄虚。

截句既以四行以内为规范,在创作上,更须讲究"巧"的功夫了。诗人王安石写诗尚且寻思千百遍方得一"绿"字;今若不下"巧"的功夫,一首截句,恐怕就要掷若漂石,虽美而失"扑通"之鸣响了。

🌴 作品赏析

本文是一篇论述《缅华截句选》以及截句诗的散文。文章前面部分向我们重点介绍了作者主编的《缅华截句选》的相关背景,阐发了"国有化"政策下缅甸华文文坛与教育受到长达半个世纪的摧残之况,揭示了缅华文坛目前才刚刚起步的现实;中间部分向我们大致介绍了三个诗社以及《缅华截句选》中的诗人作品收录情况,作者也并不讳言地指出,"选入的作品均为尝试之作,都有极大的拓展与提升空间";最后部分则一方面为我们详细讲述了作者与小诗的渊源,另一方面向我们深入阐述了截句诗的发展情况以及作者对诗的认识与见解。

文章突出地体现了散文"形散而神不散"的特点,作者以自己主编的《缅华截句选》作为论题,围绕截句诗这一中心向我们依次呈现了各个方面的相应情况,能够给人以一定的知识、启发。

文章融说明与议论为一体。说明部分通过一系列的数字向读者具体准确地介绍了缅华文坛与截句诗的发生与发展情况;议论部分则用语精简且富有哲思,条理清晰且观点明确,具有一定的说服力与启发性。尤其最后作者以截句诗写"截句"——"短笛虽短/尤能吹出更高的音域/卵石/投之入水/或可溅出时代的迷思"——从而精练形象地表达了截句诗短小精美、富有张力与魅力的特点。

总体而言,本文内容较为丰富,层次较为分明,主题也比较集中,是一篇富有知识性、前沿性与启发性的文化类散文。

(李仁叁)

柬埔寨卷

钟瑞云

钟瑞云,1947年12月2日出生于柬埔寨贡布,1964年柬埔寨金边市端华中学专修(高中)毕业后到广州华侨补校就读,后转入南京上学。1970年赴中国香港,在裕华国货公司工作,1976年移居巴黎至今。

贡布语搭配特别饮食

巴黎铁塔巍巍矗天,塞纳河蜿蜒流淌,罗浮宫、金字塔闻名世界。在这繁华都市内一角,十三区有座中国城,居住着来自世界各地的华人,而占最大多数的是避居于此的柬埔寨华人。这里餐馆林立,有各式美食,更有令人惊讶之特别餐——世界少有的贡布小食,它不只闻名遐迩,还吸引了世界各地柬埔寨华人趁到法国一游之际前去品尝,饱食一番!

贡布小食是特别餐饮文化。因为贡布临海,海产丰富,除了无处不在的鱼露厂、盐田,卜哥山响水溪流侧,胡椒园、榴梿园、椰树、棕榈随处可见。有潮汕、闽南风味搭上当地特色的食品。最出名的比如咸包、粉卷,咸包是用广式粉料为皮,内部用当地沙葛(类似新鲜马蹄味)加虾肉碎、胡椒粉等制成的大笼包,粉卷却用生菜、香草、豆芽、虾肉碎卷成一圆棍状。另一特色是用碎虾米配以米粉加上香草芽菜等。这三道美食全配以当地产鱼露加各种调料制作而成的酱汁一同食用。由于这里产树糖,加上椰子、榴梿可制成各式各样的糕点等小食。我家面包店也用上了树糖,长棍面包上面涂上经过烤焦的红糖酱,就是别具特色的贡布面包!

每每傍晚,我家门口总会站着几位卖完鱼返家之打鱼人家妇女,用半柬半潮语问我妈:米包婶,我有鱼能换几个面包吗?我妈多数会答应,因为剩下的面包隔天就要扔了还不如换鱼。换了鱼和面粉炸了,留给下半夜几个面包工,他们最爱用妈妈浸之米酒配着吃。一边吃,一边用筷子敲打,哼着柬民歌,然后开始工作。

还有更为人们乐道的是,这里的潮语不同于任何地方,人称贡布话,只要贡布人开口说话,许多人都会赞说:真好听! 一股甜味! 比如:甜,贡布话是"di",而潮语是"dian"。在中国台湾自助游时,向当地人问路,我曾用上贡布话,奇怪的是他们竟然能听懂,还以为我是闽南乡下过来的。看来这种语言是闽南与潮州混上贡布水土演变而来的,婉转动听,唯美清新,娓娓道来令人心旷神怡。

如今远离这片土地,情绪时时感到沉闷而压抑。只有坐在巴黎贡布小食店,品尝着这美味餐品,回味儿时乡里之种种趣事,才能解除心中的惆怅。

🌴 作品赏析

本文大体由两部分构成,前半部分作者为我们讲述了贡布的特色餐饮文化,后半部分则主要讲述了贡布话的唯美清新、婉转动听的特点。在对自己故乡的这两种特色文化的书写中,作者字里行间总浸透着对故土的深切喜爱和深厚怀念之情。

本文的语言灵动活泼、精简而美,三言两语就能展现贡布小食的餐饮特色,读来令人垂涎,同样通过极少的笔墨展现出贡布话的甜美婉转特点,使人声犹在耳。

行文风格上,文章总体平和冲淡而富有趣味,颇具有周作人的散文艺术特点。

在文章选材上,作者善于选取故土文化中的细小而颇具代表性的事物来展现故土风貌,并寄托作者对故乡的怀念之情,这种借由小事物寄托大情感的以小见大写法,使得文章富有趣味和意味,显得真切而深切,于不动声色处给人以悠长的韵味,增强了作品的艺术魅力。

远离故土的人总是更能回味出故土的美,正像长大后的人们更加怀念儿时的纯真童趣一样。作者远离曾经的"生我养我"的故土而"情绪时时感到沉闷而压抑",这其实是现实社会中大多数人的无奈体验,相信这篇文章可以给很多在外漂泊与奋斗的人带来共鸣,激发起他们的思乡之情,也让他们联想起家乡的特色文化。

(李仁杰)

郭 庆

郭庆,字秀光,常用笔名翁明、半空和尚。汉族,原籍中国
广东潮阳,1948 年 10 月生于柬埔寨金边市,曾执教鞭及从事
中柬语翻译工作,20 世纪 70 年代生活于柬埔寨广袤的农村
中,1981 年定居法国。爱好诗词、楹联、戏剧、歌曲和旅游,曾
主持欧洲时报合唱团多年,现为欧洲龙吟诗社副社长,诗作详
见于中国香港《近四百年五百家诗选》《夏声拾韵》和巴黎《龙
吟诗词》等诗集。回忆录《我和柬埔寨西北华侨工作纵队》《半
个菜农到一校之长》《难忘的岁月》《再逃难黄金易货避居越
南》《偷渡》等已由中国华侨历史博物馆收藏。

童年往事

20 世纪 50 年代的安良街(俗称三角街),在金边是一条相当闻名的街
道,它东起海旁街,西临诺罗敦大道(俗称三支灯),南望安英街,北靠苏拉玛
烈大道(俗称花园街或长花园)。这条街上有许多说不完的故事,现在想起
来,往事还历历在目。

我是 1948 年生的,家住安良街 118 号,见证了许多发生在此的事物。我
出生的 20 世纪 50 年代末,金边市的规模远没有 60 年代末 70 年代初的繁
荣,彼时的安良街是金边的主要街道之一,这条街上存在着各行各业,我家
楼下相隔不远处就有一家宝号"潮源"的成衣批发商和一家成衣制造商,对
面则有"潮诗记"绫庄和"厚生"山巴行。山巴行做的是走兽及爬行动物的皮
毛生意,从门口望去,一张虎皮铺在一张特制的大王椅上,两面墙壁挂着诸
如豹子、狐狸等动物的皮毛,一张张蛇皮用小钉子固定在木板上,还有地上

制成标本的穿山甲，吸引了无数眼球。顺着"厚生"山巴行往海旁街方向走去，有合美电发、当铺、金铺，过去转角处就是以鸭肉粿条著称的"杨炳盛"粿条面店，再向前有几家土产店，金边德高望重的陈顺和老先生早年经营的土产店就在其中。土产店对面是集中市(俗称老市)，过了安英街后则是以经营布料为主，多为来自广东潮阳南阳乡之郭姓宗亲经营。从这些布庄的招牌可看出他们之间有多浓厚的宗亲情结，犹如兄弟般亲密，如德顺、德祥、德隆、德生、德发、德大等，掺杂在他们之中的还有多间印度人的布庄。安良街有一家自行车制造商、两间自行车行，分别由正发和烈发两兄弟经营，还有存利烟丝行、大三丰染布厂、西簿厂、三民饼家、咖啡店和理发店等，此外，东西两头有两间名闻遐迩且具代表性的餐厅，接近海旁街那头是潮州乡亲最钟爱的潮州菜馆"老山海"，以炮制正宗潮菜著名。靠诺罗敦大道那头则是具园林特色的"桃园餐厅"，华丽的装饰，室外桌椅摆放在一片错落有序的小竹林中，围墙上沿挂满彩色小灯泡，格调高雅。两间餐馆的菜式和点心一样高档好吃，价钱当然不菲，他们以招徕上流人物为主，家父有时会带我们几兄弟去吃早点，那里的大包是非常有名的，包馅有猪肉、鱼翅、鲍鱼和冬菇等山珍海味，吃了回味无穷，我总是细嚼慢咽，舍不得太快吃完。丽士电影院就在桃园餐厅旁边，安良街和诺罗敦大道的转角处是大名鼎鼎的柬埔寨国家银行。此外，附近还有一间坐落于安英街的戏院，该戏院专演潮州戏，挂牌的是老玉春香班、老梅正香班等老牌戏班，后来潮剧式微，改成专演电影循环场的中国戏院。中国戏院对面有代表柬埔寨华侨华人的最高权威机构五帮公所和香客常满的本头公庙。另一间戏院坐落于安良街和加拉来雄公街之间，叫高棉电影院，专演中国香港国语片。距高棉戏院百米处有私立华文建华学校、五姑留产院，我就在这间产院出生。

集中市是一座露天市场，历史悠久，主要买卖华夷用品(俗称洋杂)、服装、鞋履、水果及各式各样的小食，众多小食中又以泰国甜品最讨人喜，特别是年轻人。集中市的生意白天并不怎样，店商一般都在午后开始营业，晚上最热闹。每天下午四时水果商人开始靠安良街一面摆摊，这些水果摊长年累月经营高级水果，如苹果、梨子、葡萄等进口水果和龙眼、山竹、杧果等季节性水果，价格昂贵的进口水果一年四季都可以买到，但对于低收入人家则是可望不可得。香蕉、木瓜、红毛丹、菠萝和人心果(俗称红毛梨)等低价位水果则在另一个角落。每年五月榴梿上市的时候，榴梿散发出来的味道香飘十里,令人垂涎,很多人家会在吃了晚饭后一家大小来吃榴梿。无须懂得选择,这里的榴梿是包开包吃的,摊主选好了一个榴梿,开出来让顾客看,如果不满意(没有熟透或果肉太少)顾客可以拒绝,要求换一个,再不好再换,直到满意为止,当然也不能吹毛求疵,鸡蛋里挑骨头。开过的榴梿必须用铁线捆起来,和熟过了头裂开的一样低价出售。我家是榴梿大主顾,每个星期有固定的商贩按时送货上门。必须一提的是集中市经营华夷用品的店商,他们的货物是不标价的,而是漫天叫价,买者必须懂得砍价,不然就会成冤大头,多花了钱还让人嘲笑,而中招上当的往往是外省人。

安良街地段好、商铺多,居民集中,所以每天都有各式各样的小商贩到此,或摆摊或沿街叫卖,人们最喜欢吃的糖葱薄饼(一种用蒸米粉皮裹上糖葱、椰子丝,再撒上黑芝麻的小吃)会在午饭前适时出现,卖卤肉"好味道"的、卖玉米棒的、卖凉粉的、卖豆腐脑的,都会一一到来,只要有钱,不怕没有吃的。那时候小面额的纸币还可以一张撕成两半,一张一元当两张五角用,我一天有两块零用钱,吃小零食一次花五角钱,挺满足了。金边著名的老王卤鸭(本名王良春),每天下午四时半左右就会出现在我家门口,其制作的卤鸭味道鲜美无人能及,王良春从无到有,从小到大,从挑担吆喝到推着小车,靠一家人的辛勤劳动,后来在加拉来雄公街购置了一套三层楼房,楼下开设门面,从此不用到处叫卖,成为一时佳话。每天下午,煎韭菜粿的、卖鸭子蛋的都来了,合美电发院旁边固定摆摊的有卖福建薄饼卷(米粉皮抹上甜酱和辣椒酱,裹着热腾腾的白葛丝、煎蛋丝、几粒小虾米、几小片腊肠再撒上搅碎的花生)的,一卷一块钱,基本上四卷就能吃饱。还有越南阿姨做的"粘能",这东西吃起来挺复杂,主料是腌制过的烤猪肉丸和米线,搭配甜糯米粥、生香蕉片、阳桃片、韭菜和香花草,用烫过热水的米片裹着,蘸上调配好的鱼水吃,非常好吃,令人回味无穷。晚饭后孩子们听到敲铜钵发出的清脆声音,就知道卖冰棍的叔叔来了,到了晚上九时,换成另一种声音,那是一个瘦小的少年用筷子有节奏地敲着一片小木板,发出嘀嗒嗒嘀嗒嗒的清脆声,告诉大家该是吃馄饨面的时候了,想吃的只要跟他说一声,很快就会送货上门,一个小时后回来收钱收碗筷,就是那么简单方便。

上面说过,安良街背靠花园街,花园街住的多为越南人,他们不少家庭是靠编织藤具谋生的,也有许多男的当技术工人,妇女们做一点零食甜点,本来跟华人相安无事,偏有一些青年终日无所事事,喜欢撩是生非,调戏华人姑娘,华人青年当然咽不下这口气,于是找上门理论,一言不合大打出手,而且成了常态,隔一段时间就会相约来一次群殴,大有大打,小有小打,照规矩青年跟青年打,少年跟少年打,看得出那时人们还是挺讲义气的,不然怎会一呼百应打群架呢? 幸亏那时的人没今天的凶狠,一年打几次群架,始终没闹出人命,但伤痛是免不了的,算是不幸中之大幸了。也幸亏我那时年纪小不够格上阵,才免了皮肉之苦。后来经过双方家长出面干涉,并请中间人调停才逐渐平息。

儿时的生活,就是那么多姿多彩、无忧无虑、简单快乐,真想回到童年。

🌴 作品赏析

作者20世纪50年代出生在安良街,见证了许多发生在此的事物。作者出生的20世纪50年代末,金边市的规模远没有60年代末70年代初的繁荣,彼时的安良街是金边的主要街道之一,这条街上存在着各行各业,作者家楼下相隔不远处就有一家宝号"潮源"的成衣批发商和一家成衣制造商,对面则有"潮诗记"绫庄和"厚生"山巴行。作者对于安良街上的商铺以及周围的饭馆记得非常清楚,在安良街的记忆是作者最快乐的时光。

作者童年都是在安良街度过的,作者对于安良街的描写花费了很多笔墨,作者描写了安良街上的商铺、集市、小吃等。作者对于安良街周边的商铺描述得非常清楚,对街上的商铺、人物还有周围的环境描写得非常细致。对于周边的集中市的描写都很清楚,集中市是一座露天市场,历史悠久,主要买卖华夷用品(俗称洋杂)、服装、鞋履、水果及各式各样的小食,众多小食中又以泰国甜品最讨人喜,特别是年轻人。集中市的生意白天并不怎样,店商一般都在午后开始营业,晚上最热闹。每天下午四时水果商人开始靠安良街一面摆摊,这些水果摊长年累月经营高级水果,如苹果、梨子、葡萄等进口水果和龙眼、山竹、杧果等季节性水果,价格昂贵的进口水果一年四季都可以买到,但对于低收入人家则是可望不可得。香蕉、木瓜、红毛丹、菠萝和人心果(俗称红毛梨)等低价位水果则在另一个角落。每年五月榴梿上市的时候,榴梿散发出来的味道香飘十里,令人垂涎。作者对安良街周围的事物描写得都非常细致。

本文的题目是《童年往事》,而作者的童年是在安良街上度过的。所以本文大部分的篇幅都用来描写安良街的环境,而安良街的美好景象就是作者童年生活的幸福写照。

(李翠翠)

许昭华

许昭华,又名宜光。中国广东揭阳人,生于 1949 年,现居
中国香港。广州中医药大学医疗系毕业。现为世界华人文化
研究会常务副会长兼秘书长、中国香港风雅颂诗词学会常务
副会长、中国香港散文诗学会副会长、中国香港诗书联学会会
员。中国香港美声合唱团文学顾问、新加坡《新世纪文艺》柬
埔寨编务顾问、青源诗社社刊《青源诗刊》特邀顾问。系《长
河》(世华期刊)执行副主编、《夏声拾韵》(风雅颂期刊)执行副
主编,著有诗词集《闲斋漫拾》。

今天是你的生日——广州中医药大学①建校六十周年(1956—2016)

今天是你的生日,我亲爱的母校!你玉柱金瓦的牌坊巍峨高耸,院廊的
百卉千葩婆娑着镌刻校训的基石。依然故貌的旧办公教学大楼前,鲜艳的
五星红旗在高高的旗杆上迎风飘扬,指引着精深渊博的祖国医学的继承和
发展的方向。

大学之道,在于育人,育人之道,在于大师。几代中医药人劬劳、悉心的
守护和耕耘,你始终傲然屹立于全国中医药最高学府的前列。你是医学与
学术的实验室,是取之不尽的知识和思想宝库。秉承共同追求理想与信念

---

① 母校的"大学精神":崇德远志、和衷有容、汲古求新、笃学精业。
母校的校训:厚德博学、精诚济世。
母校的育人理念:以人为本、德业双修、全面发展。
大学精神:是为大学人所认同的价值观,是大学文化的核心、灵魂所在,是科学文化
精神的时代标志和具体凝聚,是人类社会文化精神的集中体现。

的大学精神,是名师和学子的聚集地。

今天,南国入冬犹暖,紫荆花开正艳。金猴报喜,百鸟归巢,同你一起寻找:穿越一个甲子沉寂在历史长河的记忆,一条条飘散着阵阵花香的林荫小道,难以忘怀校园的欢乐时光。

你可记得,在那激情燃烧的峥嵘岁月,天南地北,四面八方,来自伟大祖国各条战线的精英,肩负崇高使命走到了一起,相聚在这令人仰视的祖国医学殿堂。

你可记得,那个特殊年代的日日夜夜,久违了的校园的宁静,一草一木的眷顾,陌生而期望的课堂;久违了的求知的热望,导师传送薪火的倍感艰辛。

这是知识和智慧涌动的最高学府,不同的年龄,不同的经历,一样的追求,一样的信念!我们的春天就这样在校园里留下足迹,度过春光烂漫的青葱年华,编织人生七彩的梦想,收获一生中最宝贵的知识财富。

今天是你的生日,我们,与你毕生难以割舍的学子,回来了! 回来了!回来举觞同庆,雀跃欢呼! 祝贺我们亲爱的母校:华南名学府——广州中医药大学!

衷心祝愿你:承前启后掀新页,继往开来奏凯歌。

正是:

饮誉杏林闻久远,山中甲子自春秋。

寿星光照岐黄路,汲古扬新展劲道。

作品赏析

《今天是你的生日》这篇散文作者是在歌颂自己的母校——广州中医药大学。作者在字里行间表达了曾经的欢乐时光,久违的课堂,久违的校园宁静,处处渗透着作者对母校的感激和热爱之情。

作者的开篇和结尾处相互呼应,都用了"今天是你的生日",着重强调今天是母校的节日,也表达出了自己内心的激动喜悦之情。最后,作者又题诗一首送给自己最亲爱的母校,祝贺母校承前启后掀新篇!

(张瑞坤)

林新仪

林新仪,1954年5月生于越南西贡,后随母亲移居柬埔寨。父亲林宏毅、母亲杨碧陶皆为柬埔寨华文教育界知名人士。1970年金边政变后,加盟越共部队,转战回越南南方;1975年4月参加解放西贡的胡志明战役,并在解放后的西贡唯一的一家华文报纸《解放日报》上发表大量的诗歌、散文、中篇小说以及政论文章;1978年返回中国,翌年考上大学,攻读机械专业;大学期间,连续在《广州文艺》《福建文学》《水仙花》等文学刊物上发表散文、政论文章。

木棉花开

一

去年初冬供暖之前,去了趟广州,为了避寒。

广州依然那么善解人意,那么和蔼可亲。没有北方的尘土和雾霾,也没有麻将哗啦啦之声不绝于耳;早茶的精致美味令人神往垂涎,全世界的唐人街都能闻见它在飘香;都市的繁华喧闹里隐藏着无数小巷幽深而静谧,岭南风韵若隐若现,绵延千年。

这是一种别具一格的生活情趣,置身其间便不想离去。

二

翌日,与妻信步登上越秀山公园。

一路葱茏翠绿,一路心旷神怡。四季如春的南国,如诗如画,我不禁轻轻翻开了久远的回忆……

登上一个高坡,空中竟飘起了如麻雨丝。雨丝很快变成了雨点。我们不得不在一处曲折回绕的长廊里歇脚。人越聚越多,都为避雨而来。天公似乎不忍心拂人游兴，不大一会儿，雨渐渐小了，又回到细雨霏霏之态。

"走吧。"我对妻说。

我们撑起一把伞，在烟雨迷蒙之中继续漫步。雾岚水珠里的越秀山，越发的秀美迷人了。

上坡下坡，下坡上坡。万绿丛中不时闪现几笔亮色：紫花、红花、蓝花、黄花、粉花……宛如一幅水彩画，浑然天成。

忽然，前方闪出一条小路，一面墙上镶着一块硕大木牌：粤秀书院。我心中一动，对妻说："走。进去看看。"

湿漉漉的曲径通往幽深之处。转过几个弯，一座古色古香的小楼掩映在绿树丛中。书院大门紧闭，告示曰：正在举行讲座，谢绝参观。

我伫立在书院前一片小空地上，环顾四周。在枝蔓婆娑之间，两棵挺拔魁伟的大树闯入视野。我不觉眼前一亮，这树，好生面熟啊。近前端详，只见主躯干需两人合抱，笔直，树身布满圆形短刺，高耸云天，向四面八方伸出无数枝干，绿叶覆盖，默默为人们遮风挡雨。两棵树一高一矮，矮的稍细，仿佛一对老夫老妻，执手百年，深情厮守，不离不弃。

"这是什么树啊？这么高大。"妻问。

树身上钉着一块标牌映入眼帘，上书"木棉树"。我心头一热，不由得低声念出来："亦称'攀枝花''英雄树'。木棉科，落叶大乔木，高达 30—40m。"

啊，回国三十余年，终于再次与它邂逅。木棉树如此令我心动，是因为它和我们林家颇有渊源。回忆之门开启了。我向妻娓娓道来……

三

孩提时代，曾跟随母亲在柬埔寨西北部的马德望市生活。母亲时任马市国光华侨联校校长，我们住在学校里边。学校周边就有许多木棉树。木棉树只在每年的三四月份开花，先开花后长叶。这些满身是刺的大型植物令人生畏，可开出的花却格外艳丽。花谢之后，便会结出椭圆形的木棉果来，好似一枚枚纺锤挂在树枝上，多得数也数不清。

熟透了的木棉果外皮坚硬，内里却是一团蓬松的纤维状棉花。木棉纤维滑腻如绸，富油性，不透水，当地人常用它做枕头芯。妈妈就给我们兄弟仨做了好些个木棉枕头和抱抱枕，让我们在大木床上舒舒服服打着滚睡。那段岁月，和平而宁静，就像这些木棉枕头一样，柔软、舒适、甜美，回味无穷。

而让我永远记住木棉树的则是它与父亲的缘分。

　　母亲离开马德望之后就去了柬埔寨东部的磅针市,受聘于培华学校,担任校长,而父亲仍然在金边端华学校执教。我随母亲在培华读完高小。每逢周日,或者母亲带着我去金边与父亲相聚,或者父亲前来磅针看望我们。

　　一个周六下午,父亲来了。吃完晚饭,我们一家人散步到湄公河畔一个小公园,坐在水磨石长椅上休息。正对面,有一株魁梧的木棉树。时值三月,红棉花盛开,在绚烂的晚霞下默默绽放着迷人的英雄气概。

　　"看。木棉花开了。"父亲深情凝视着木棉树,对母亲说。

　　"什么时候能再回到你'人生的起点'?"母亲微笑道。

　　我好奇地看着爸爸妈妈,探寻他们对话里的故事。

　　于是,爸爸简短地给我讲述了他的"人生起点"。

　　父亲出生于越南西贡市堤岸华人聚居区。出生的那天,祖父为庆贺长子的诞生,特意在家门前栽下一棵木棉树。

　　祖父本是一名国文教员,过番到南洋后,在堤岸与友人合作从事华文教育。父亲自幼得益于祖父的培养,打下良好的华文基础。

　　1940 年的春天,父亲刚满二十岁,祖父把父亲叫到跟前,语重心长地对他说:"如今,日本人侵犯我中华,我们的祖国危在旦夕。我们虽然身居海外,也不敢忘却'国家兴亡,匹夫有责'的祖训。你走吧,到中国重庆去读书吧。记住,学成之后要为国效力……"

　　就这样,父亲背负起沉重的行囊和祖父的殷殷教诲,毅然离家远行,北上中国求学去了。临行时,那棵与父亲同龄的木棉树一夜之间红花怒放,为父亲的第一次人生出发衷心祝贺,隆重送别。

　　谁知此一去,天涯茫茫,再无归路……

　　后来,便是战争与动乱,烽火岁月,生灵涂炭……

　　我们林家也在战火中离散了。父母亲在万般无奈之下进入战区,而我也在经历了无数磨难之后加盟越共部队,并随部队转战回越南南方。1975 年 4 月 30 日,越共五路大军从不同方向攻入越南西贡市。当年的我,是先头部队中的一名战士。

　　政权易手了。

　　我随同一支小分队奉命驻守在一幢貌不惊人的别墅里,它是前政权一位最高行政长官的私人官邸。这里是一片富人区,豪宅鳞次栉比。别墅前面是一条浓荫覆盖的安静的马路。绿化树带中有几棵木棉树。我们驻守的别墅里也有一棵,高傲的躯干直插云霄。那时已是五月初,木棉花期的尾声了。地上落满了硕大的红棉花,任人踩踏,残破不堪,那是一番怎样的凄凉景象啊。看着地上那些已逝去昔日光彩的、一片狼藉的红棉花,我莫名地黯然神伤,心陡然一沉,想起了父亲,他的"人生出发",木棉花盛开……

如今,他在何方？还有妈妈和弟弟,你们还安好吗？

眨眼间,又晃过去了很多年。我返回中国,扎下了根;而母亲和俩弟弟成为印支难民,经过九死一生,最终落足在美丽的新西兰。

二十五年前,我获准前往新西兰探亲。我们一家人,历经无数劫难,终于在那个"遥远的白云的故乡"重逢、团聚了。已是白发苍苍的老母亲悲喜交集,饱含沧桑的泪花对儿女们微笑。

遗憾的是,林家缺失了两个亲人:大弟弟和父亲。

大弟弟在两年前的一场车祸中不幸夭亡,而可怜的父亲却是病逝于柬埔寨东北部的蛮荒之地,他没能走出那场苦难。

父亲的死,是母亲心中永远的痛,她不愿多谈。

一日,与母亲一起去寻找工作,连连碰壁。走累了,在一个小公园的长椅上坐下歇息片刻。我不经意地提起了当年在磅针市,一家人傍晚去散步,也是坐在小公园的石椅上休息,对面有一棵木棉树,红花绽放在绚丽的晚霞下,还说到了父亲的"人生起点"……

母亲长叹一声,幽幽地吟道:"人面不知何处去,红花依旧笑春风。"这是一句唐诗,她改动了一个字。往事不堪回首啊。但母亲还是简略地给我讲述了父亲亡故的情形。

父亲是在 1979 年 3 月份去世的。那天,他一早便起身,到田里劳动。在暴力监督下,他已经由一个文弱书生被"改造"成一个能喘气的生产工具,每天必须干很多繁重的体力活儿。奇怪的是,那些持枪的黑衫士兵一夜之间全都消失了,何故？父亲朦胧感觉到了这个黑暗的残暴的世界好像出现了什么转机,但他还是尽力压抑住心中的惊喜,不形于色,照样下田耕地,像一头老牛。然而,就在那一天,他干着干着,突然就一头栽倒在了田里……

他本来就有高血压,心脏也有严重隐患,而在那个暴政年代,既没有药品也没有医生,况且我们还是一群囚徒。得不到任何专业的抢救,父亲被抬回茅寮时已经撒手人寰了……

我们赖以栖身的小村落被原始森林包围着,那是我们一砍刀一砍刀、一锄头一锄头开拓出来的,它也是我们的监狱。村子的边沿,有一棵古老的木棉树,无比魁梧,父亲非常喜欢它,没事的时候常常独自坐在它下面,默默地思索,遥望远方,良久、良久……

在母亲的授意下,俩弟弟将父亲安葬于那棵木棉树下。那天,木棉树的枝枝丫丫上开满了庄严肃穆的红色花朵,为父亲默哀,隆重送行……

🌴 作品赏析

《木棉花开》这篇散文一共分为三大部分内容。第一部分主要交代了文章写作背景,简略描述了去年初冬作者去广州避寒的场景,作者将广东和北方做比较,指出广东"别具一格的生活情趣",使人"置身其间便不想离去"。文章第二部分详细描述了作者和妻子游览广东的越秀山公园,途中偶遇木棉树的情景,从而打开了作者的回忆之门。文章第三部分重点追忆了作者家族和木棉树之间千丝万缕的渊源,其中既包含了作者孩提时代,木棉枕头留给他的那段和平而宁静的岁月,也包含了父亲的"人生起点"的故事以及战争中一家人的悲欢离合。

这篇散文中四次提到木棉树开出了硕大的红花,每一次木棉花开都有不同的象征意义,传递了不同的感情色彩。第一次出现是父亲在祖父的殷殷教诲下,毅然离家远行,北上中国去求学,出发前的那一夜"与父亲同龄的木棉树一夜之间红花怒放",这次"红花怒放"象征着为父亲第一次人生出发的祝贺,也象征着家人的离别。第二次出现是战争的缘故,作者被迫和家人分散,看到"地上那些已逝去昔日光彩的、一片狼藉的红棉花"不由得黯然神伤,抒发了作者对家人的深深思念之情以及对于战争的指控。第三次出现则是时过境迁后,母亲看到公园里木棉红花绽放,从而勾起了对作者父亲亡故的情形的追忆,表达了母亲的悲伤之感。第四次出现则是在母亲的回忆中,父亲安葬的那棵木棉树,开满了庄严肃穆的红色花朵,表达了作者对父亲的哀思之意。

林新仪的这篇文章,结构布局巧妙,详略得当,描述的过程中穿插了倒叙、插叙和追叙的方式,整篇文章以"木棉树"为主要线索,所有描述都是伴随着木棉树进行。文章的语言精练且富有感染力,叙事技艺高超,描写手法独特,表达的情感感人肺腑。作者善于使用象征、比喻、拟人的手法,渲染出了一种物我交融的情境,读其文章,使人沉浸其中不可自拔,容易和作者一起达到情感上的共鸣。

(刘世琴)

老挝卷

陈 琳

陈琳,1957年10月出生于中国四川合江县。老挝华人作家、诗人与油画艺术家。他以民间生活为题材,书写和描绘普通民众的百态人生。作品常见于东南亚报刊,著有《行走东南亚》《天堂之梦》。与马来西亚吉隆坡拉曼大学辛金顺博士合作《诗/画对话》,与中国台湾成功大学林宪德教授合作《迷雾原乡》。长篇著作《我爱台湾》曾在《亚洲日报》连载半年之久。

绿色文莱(节选)

2012年5月1日

边境的官员看我一眼,"啪啪"两下在我的护照上打下了印记。一路顺风地就进入文莱达鲁萨兰国。

一只大茶壶直迎着我。茶壶的四周还有四只茶杯雕塑。心中好不快乐。我远涉重洋,迎来了这香喷喷的热茶,而且还是一杯工夫茶,备感亲切。

清晨,我的朋友苏谋兴开车来接我。沿高速公路驶去,平静的海湾一阵轻风,吹动岸上椰林频频与我挥手,弯腰致礼。赤道的一阵小雨,如几滴热泪落在了汽车的挡风玻璃上,更觉文莱之情深义重。

似乎文莱的大海更加蓝,天也更加青。海岛绿树成林。许多如同别墅的民居房镶嵌的密林之中。设计也是非常高雅,土红与橄榄色的屋顶并不张扬,与四周的环境浑然一体。

　　文莱没有多少高层建筑,更无冲天大厦。全岛一片森林连接,恰似公园之国。

　　朋友告诉我,这里就是文莱苏丹的行宫。我下车仔细端详,白色的建筑古色古香,带有十分的阿拉伯色彩。小小巧巧地坐落在这绿草茵茵的海边,丝毫看不出有什么炫耀。它和民居一样地协调。

　　苏谋兴在文莱与人合作了一家公司,经营建筑、建材和其他项目。在他们的公司里看见文莱苏丹视察公司的照片后,更觉这个国家人情味之浓厚。

　　用过午餐又继续带我游览。驱车没有多长的时间,已跑出半个文莱国土。所见所闻尽是安逸的生活。

　　人们与世无争,和睦相处。好一个世外桃源。

　　文莱,世界上最富有的国家之一,有着高度的物质文明和精神文明,也是一个高工资高消费的国度。但人们并不挥霍,只有富豪没有"大款"。

　　我们沿南中国海岸行驶,来到了斯里巴加湾。

　　几个世纪前,这里还是一座小小的水上村落,当地人称为"坎旁·艾尔",意为水上村庄。1970年现任文莱苏丹为表彰其父的建国伟业,将文莱镇正式命名为"斯里巴加湾",意为"受尊敬的高贵之人"。

　　这里草木青翠,繁花似锦。文莱河中一片片木制房屋建于水中。规模庞大,造型别致。

　　为了我的方便,朋友在这里帮助我找旅馆住下。走了好几家,但价格相当昂贵。我这个流浪画家腰中并没有几个钱,实无能力承受。最后选择了一家最便宜的,价格仍要每晚50文莱币,也相当于50美元了。无奈,只好住下。

2012 年 5 月 6 日

　　文莱,古称"浡泥王国",和中国有着历史悠久的外交往来,仅有文字记载的便有两千多年。至明代,两国的友好关系发展到最高峰。

　　1405年,郑和舰队访问浡泥王国,将中国的文化、经济、轻工业等带到了浡泥,帮助浡泥国各领域建设和发展,也将这里的一些技术带回了中国。舰队的官兵就是从这里学会了采集燕窝。

1408 年,浡泥国王携家属、陪臣等一行一百五十人回访了中国,成为第一个到中国进贡的宗主国国王。浡泥国王后来不幸在南京去世,葬于南京城郊的石子岗,即现在的南京雨花台区铁心桥乡东向花村。由此可见,中国与文莱有着特殊的关系。虽然 16 世纪末西方殖民者入侵文莱后两国关系一度中断,但民间交往从未停止。为此文莱总是将中国看成特殊的朋友。

常听朋友介绍说:苏丹国王勤政爱民。现又出资修建了许多的住宅,专供还不能购买房屋的人民免费居住。待住满一定的时间后,那房屋就归你所有。还说:苏丹国王常出资补贴老百姓的生活。所以,文莱公民购买的食品非常便宜。

的确如此,文莱人民所食用的都是上等泰国香米,其价格比泰国还要便宜许多。

2012 年 5 月 7 日

由于时间的仓促,我不能在文莱住得太久。虽说文莱政府给了我较长的逗留期,但我只能用上一小部分。只好再度穿越南中国海返回曼谷。

苏谋兴送我到了机场,我一步三回首地离开了文莱。天边搭起一座彩桥,赤道的雨林润我一身的芳香。彩桥上飘来一朵白云,瞬间钻进了我的速写夹。我将她小心地藏在心中,珍惜这真诚的友谊。顺彩桥而下,却还是文莱绿色的天堂。也是我前生到过的地方。潺潺文莱河水源远流长,河的尽头就是美丽的南中国海湾,海湾的对面——我的家乡。

作品赏析

《绿色文莱》是一篇散文随笔,整篇文章总共分为七个小节,记录了作者在文莱的七天,通过自己抵达文莱一路走来的所见所闻,用文字记录下来自己的所感。文中节选了三个小节,看似是写景,但其实包含了许多地域文化,将风景、文化、抒情融合在了一起。

先是标志性的雕塑茶壶,一杯热茶让作者在异国他乡感受到了温暖。在朋友的引领下沿途欣赏了文莱特有的文化自然景观。"天蓝地青绿树成林""古色古香的建筑""人与自然和谐共处,桃花源似的和睦",作者通过简单的几笔勾勒,将读者也仿佛引领至文莱的优美环境之中。

作者的语言精练,文笔优美。当你大致看一遍时,会觉得内容如流水账，但只要你细细品读，就会发现文章具有许多的闪光点，无论是写法还是语言都十分到位，把作者的感情抒发得淋漓尽致，真可谓"篇篇有寒梅之香，字字若璎珞敲冰"。

（张瑞坤）